Im Fokus der Liebe

Teil 2 der Liebeskrimi-Trilogie:

»spannend, fesselnd, lebensnah:
Die perfekte Mischung aus Krimi und Liebe.«

AF222331

»Liebe berührt die Vergangenheit, lebt in der Gegenwart und verbindet für die Zukunft.«

Über das Buch:

»Im Fokus der Liebe« ist eine überarbeitete Neuauflage des 2019 unter dem gleichen Titel erschienenen Buches. Inhaltlich schließt es an die tragischen Ereignisse in New York an. Es beleuchtet die vergangene Beziehung zwischen Eric und Claire und erzählt von den ungeahnten Herausforderungen, denen sich Joselyn und Eric plötzlich gegenübersehen. Der Verbleib von Harper wird aufgeklärt und es wird erzählt, was aus Samira und Miller wurde. Zeitlich gesehen ist dieser Roman also zwischen dem letzten Kapitel und dem Epilog von »Im Fokus der Vergangenheit« anzusiedeln.

Anfragen unter: kontakt@juliane-schmelzer.de

Leserstimmen:

»Ein schönes spannendes Buch mit viel Gefühl! Der Schreibstil war, wie auch im ersten Band, sehr gut, fesselnd und super locker zu lesen. Man ist gefühlt durch die Seiten geflogen und es war einfach super leicht zu lesen. Auch die Geschichte war wieder super spannend und hat perfekt an Band 1 angeknüpft.«

»Auch der zweite Teil dieser Reihe hat mir richtig gut gefallen und ich bin unglaublich angetan von diesem Genre, das Juliane Schmelzer für sich kreiert hat.«

Über mich:

»Manchmal passieren im Leben Dinge, von denen man nicht einmal wagte zu träumen. Manchmal passieren aber auch Träume, die man nicht für möglich hielt. Manchmal denkt man, jetzt ist alles gut und dann wird man zurückgeschleudert. Manchmal ist man ganz tief unten und plötzlich steht man wieder auf. Manchmal kann man planen und denken und denken und planen und kommt zu keinem Ergebnis. Und manchmal ist man ganz spontan und das Leben passiert einfach.« - JS

Schreiben ist meine Leidenschaft und ich tue das in jeder freien  Minute. Neben Romanen schreibe ich liebend gerne Gedichte und lasse mich von meiner Schreibcommunity auf www.fanfiktion.de inspirieren. Ich bin verheiratet und Mutter eines Jungen. Ich liebe meine Katzen und meinen Garten. Mit meiner Familie lebe ich in der Nähe von Berlin und arbeite im Öffentlichen Dienst.

Weitere Informationen unter: www.Juliane-Schmelzer.de

Hier findest du unter anderem kostenlose Leseproben meiner Romane und Gedichte.

***

Ich bin Selfpublisherin und auf eure Hilfe angewiesen. Wenn ihr mich unterstützen wollt, dann schreibt mir gerne eine Rezension auf den gängigen Buchplattformen.

Vielen Dank!

Bibliografische Information der Deutschen Nationalbibliothek:

Die Deutsche Nationalbibliothek verzeichnet diese Publikation in der Deutschen Nationalbibliografie; detaillierte bibliografische Daten sind im Internet über http://dnb.dnb.de abrufbar.

Herstellung und Verlag:
BoD – Books on Demand, Norderstedt

ISBN: 978-3-756-27495-6

erschienen: 09/2022
überarbeitete Neuauflage

Text: Juliane Schmelzer
Covergestaltung: Constanze Kramer, www.coverboutique.de
Bildnachweise: ©Wirestock, ©OneClic, ©kiuikson –
                 stock.adobe.com, ©Vegorus - shutterstock.com,
                 unsplash.com
Lektorat/Korrektorat: Susann Rückert, Sylvia Wustmann

Juliane Schmelzer

Im Fokus der Liebe

Für Stefan und Paul.
Die beiden wichtigsten Männer in
meinem Leben.

Prolog

Ein Dezembertag in San Diego

Es war ein sonniger Tag. Er war so typisch für San Diego. Der Himmel zeigte keine einzige Wolke und die Sonne brannte auf die Erde herab. Ein leichter Wind blies und trug den salzigen Geschmack des Meeres zu ihnen herüber. Es war idyllisch und passte eigentlich nicht zu dem traurigen Anlass, der sie hier zusammengeführt hatte. Und dennoch, es passte zu ihm, zu seinem sonnigen Gemüt und zu seinem Strahlen.

Er hatte sich eine Seebestattung gewünscht, wollte mit den Wellen hinaus aufs offene Meer getragen werden. Er wäre glücklich über Musik und eine Party gewesen, denn er hatte die Gesellschaft von anderen Menschen immer geliebt. Das Herz am rechten Fleck, war er mit Leib und Seele Polizist gewesen und hatte keine Feier ausgelassen. Er hatte nicht sterben wollen, aber es war auf tragische Weise bei der Ausübung seiner beruflichen Pflicht passiert. So wie er es irgendwann einmal vorausgesagt hatte.

Sein letzter Wille war verlesen worden und sie hatten sich genau an seine Anweisungen gehalten. Sein bester Freund Cole hatte alles arrangiert. Er hatte eine kleine Yacht gemietet und sie mit Girlanden und Lampions schmücken lassen. Es gab Bier und Würstchen vom Grill. Genauso wie er es sich gewünscht hatte. Die Anlage spielte seine Lieblingssongs und ein paar seiner Freunde tanzten sogar. Sie quasselten alle durcheinander, erinnerten sich an ihn und erzählten sich die wildesten Anekdoten.

Es war alles genauso, wie er es vor einigen Jahren aufgeschrieben hatte, als er in den Dienst des Staates gegangen war und die Gefahr immer neben ihm zu stehen begonnen hatte.

Ein paar Möwen kreischten über den Köpfen seiner Freunde und seiner Familie und die Sonne schien. Sie wärmte ihre Körper und ihre Herzen und machte den Tag, der eigentlich ein trauriger war, ein klein wenig angenehmer. Das Leben ging weiter, nicht für ihn, aber für die anderen und sie sollten das Leben und nicht seinen Tod feiern.

Jetzt wurde seine Asche in alle Winde verstreut, fiel ins Meer und die Wellen trugen ihn fort übers Wasser und in die Unendlichkeit. Jeder dachte an ihn und ließ die Erinnerungen noch einmal Revue passieren. Es flossen Tränen, aber es wurde auch gelacht. Ganz so, wie er es sich für diesen Tag gewünscht hatte. Und die Sonne setzte ihren Weg über den Himmel fort und bescherte diesem Tag ein ganz besonderes Flair.

Joselyn

»Wie geht es Ihnen, Joselyn?«, fragt mich die Frau, die mir seit ein paar Minuten gegenüber sitzt und die ich nicht wirklich kenne.

»Wollen Sie darauf eine ehrliche Antwort?«, frage ich sie und merke, dass meine Stimme aggressiv klingt.

»Ja, deswegen sind Sie doch hier.« Sie ist Psychologin. Ihr Name ist Nathalie Moers und sie macht sich unaufhörlich Notizen über mich. Claire hat mich hierher geschickt, nachdem das mit Nick passiert war. Es war ihre Auflage, damit ich wieder zur Arbeit erscheinen durfte. Ich bin mir nicht sicher, was ich davon halten soll. Es sind gute zwei Wochen vergangen. Ein neues Jahr hat begonnen. Das alte ist klammheimlich an uns allen vorbeigegangen. Ich kann mich nicht erinnern, wie ich Weihnachten und Silvester verbracht habe. Es kommt mir wie ein böser Traum vor. Und nun sitze ich hier. Ich weiß nicht, wo ich anfangen soll. Es ist alles so verwirrend.

»Wie soll es mir schon gehen?«, frage ich Nathalie herausfordernd.

»Ich habe gerade eben erst einen neu gewonnenen Freund verloren, ein anderer Freund redet nicht mehr mit mir, mein ehemaliger Chef entpuppte sich als korrupt und wollte mich umbringen und meine Vergangenheit hat mich überrollt. Was glauben Sie, wie es mir dabei geht?«

Sie wirkt unbeeindruckt hinsichtlich meiner Spitzen. Ihre kurzen blonden Haare sind ordentlich frisiert. Sie trägt Strähnchen. Ihre Augen sind graublau und sie ist groß und schlank. Sie sieht eigentlich ganz nett aus, mal abgesehen von der Brille, die sie an einem Band um ihren Hals hängen hat.

»Was davon quält Sie am meisten, Joselyn?«, fragt Nathalie und schaut mich an. Sie ist älter als ich. Ich schätze sie auf ungefähr 50, kann mich aber auch irren. Ich lache kurz auf.

»Ich weiß nicht genau, wo meine Probleme anfangen und wo sie aufhören. Ich weiß nicht, was mich am meisten quält.«

»Okay, Joselyn, lassen Sie uns über Eric reden.«

Ich blicke Nathalie überrascht an. Ich hätte erwartet, dass sie etwas über Curt oder über Nicklas wissen will, allenfalls noch über meine

Enttäuschung, die ich durch Miller erfahren habe. Dass sie ausgerechnet über Eric reden will, das erstaunt mich dann doch.

»Über Eric?«, frage ich.

»Ganz genau. Eric Coleman, in welcher Beziehung stehen Sie zu ihm?«

Mein Herz zieht sich schmerzvoll zusammen, als ich seinen Namen höre. Ich zögere. Sie merkt es natürlich und macht sich wieder irgendeine Notiz auf ihrem Block.

»Er ist mein Kollege«, sage ich vorsichtig.

»Und?«, fragt sie und setzt die Brille auf.

»… ein Freund«, antworte ich.

»Der Freund, der nicht mehr mit Ihnen spricht«, stellt sie fest und ich blinzele. Ich habe das Gefühl, irgendetwas ins Auge bekommen zu haben. Doch dann merke ich, dass es meine eigenen Tränen sind, die sich da hinauf schummeln. Sie sieht mich eine Weile stumm an, dann sagt sie:

»Was würden Sie ihm gerne an den Kopf werfen. Was hat er getan, dass er Sie so sehr verletzen konnte?«

›Woher weiß sie, dass er mich verletzt hat?‹, frage ich mich. Dann fällt mir wieder ein, dass sie darin ausgebildet ist, solche Dinge zu merken. Ich spüre die Tränen und nehme hastig einen Schluck aus dem vor mir stehenden Wasserglas. Es hilft nur bedingt. Der Schmerz windet sich in meiner Kehle nach oben und ich beginne zu zittern. Ich schaffe es, das Glas zurück auf den Tisch zu stellen, ohne dass ich etwas verschütte. Sie wartet immer noch geduldig auf eine Antwort von mir. Ich schlucke.

»Auf dem Rückweg von New York nach San Diego, am Tag nach … nach Nicks Tod … er hat nicht ein Wort zu mir gesagt. Er hat mich nicht einmal angesehen. Es war, als wäre ich Luft für ihn.«

Meine Stimme bricht und dann fließen endlich die Tränen.

Kapitel 1

Montag, 09. Januar

Die Fahrstuhltüren öffneten sich mit einem leisen ›Pling‹ und sie straffte automatisch die Schultern. Langsam hob sie den Kopf und betrat den Raum. Sie lächelte einem Kollegen zu, der an ihr vorbeieilte, offenbar gerade in ein wichtiges Telefonat vertieft. Mehr als ein Kopfnicken schenkte er ihr nicht. Joselyn fühlte sich ein wenig unwohl, als sie nun in Richtung ihres Schreibtisches lief. Es fühlte sich an, als wäre sie ewig weggewesen und nicht nur zwei Wochen, und sie stellte fest, dass sie das alles hier vermisst hatte. Sie hatte David, Marco und Caroline vermisst, sie hatte ihre Arbeit vermisst, sogar Claire und den Kaffee. Und … Eric …

Sie stellte ihre Tasche auf den Tisch und öffnete ihren Blazer, dann schaltete sie den Computer ein und wartete bis dieser hochgefahren war.

»Josi«, rief jemand und sie fuhr herum. Im ersten Moment hatte sie das Gefühl, Nick stünde hinter ihr, doch es war nur Marco, der mit einem Stapel Akten um die Ecke gekommen war.

»Hi Marc«, sagte sie und schenkte ihm ein Lächeln, welches er sofort erwiderte.

»Schön, dass du wieder da bist«, sagte er und legte die Akten auf seinen Schreibtisch.

»Bin auch froh, wieder da zu sein.« Joselyn verstaute ihre Handtasche in ihrem persönlichen Fach und schloss es dann ab.

»Wie geht's dir?«, wollte Marco wissen und Joselyn hob leicht die Schultern.

»Ganz gut, glaube ich. Und dir?«, erkundigte sie sich. Sie war sich darüber im Klaren, dass es ihre Freunde und Kollegen mindestens genauso hart getroffen hatte wie sie selbst, wenn nicht gar härter. Immerhin hatten sie Nicklas seit Jahren gekannt und waren eng mit ihm befreundet gewesen.

»Ich vermisse seine dummen Witze«, murmelte Marco und in seine Augen trat ein verräterischer Glanz, den er aber sehr schnell wegblinzelte.

»Ich auch«, pflichtete Joselyn ihm bei und biss sich auf die Unterlippe. Sie hatte gewusst, dass sie hier mit Nicklas und seinem Tod konfrontiert werden würde und das immer und immer wieder. Davor hatte sie Angst gehabt, als sie heute Morgen aufgestanden war und sich für die Arbeit fertiggemacht hatte. Worauf sie nicht vorbereitet gewesen war, war die Tatsache, dass der Schmerz sich tatsächlich in Grenzen hielt. Wann immer sie jetzt an Nicklas dachte, dominierten die positiven Empfindungen. Es war verrückt, aber es fing an okay zu sein. Natürlich nicht, dass er gestorben war. Ihre Schuldgefühle, weil sie der Grund für seinen Tod gewesen war, bahnten sich immer wieder ihren Weg. Sie hatte aber nicht das Gefühl in ein tiefes Loch gefallen zu sein. Nicht so, wie damals bei Curt.

»Wo ist David?«, wechselte Joselyn schließlich das Thema.

»Er hat diese Woche noch frei. Familienangelegenheiten«, sagte Marco und verdrehte dabei die Augen. Alle wussten, dass David unter der Fuchtel seiner Frau nicht viel zu sagen hatte, aber keiner sprach jemals darüber. Und wahrscheinlich war David auch noch damit beschäftigt, Nicklas' Tod zu verarbeiten. Also nickte Joselyn und machte sich dann daran, ihre Mails zu checken. Marco setzte sich ebenfalls an seinen Schreibtisch und begann die erste Akte aufzuschlagen.

»Haben sie dich dazu verdonnert den Papierkram zu erledigen?«, erkundigte sich Joselyn nach einer Weile. Sie hatte die ersten zehn Mails von ungefähr hundert geschafft und dehnte ihren Nacken. Marco sah zu ihr herüber. Die letzten paar Minuten hatten sie geschwiegen und es war nur das leise Klicken der Tastaturen zu hören gewesen.

»Claire will noch den ausführlichen Bericht des Falles Samira-Harper-Miller haben.«

»Oh«, machte Joselyn nur. Ihr Herz begann zu rasen und sie fühlte sich mit einem Mal unwohl.

»Keine Sorge, Cole hat schon eine Zusammenfassung der Ereignisse aus New York geliefert.«

»Tatsächlich.«

Mehr konnte sie nicht sagen, so verblüfft war sie. Wann war Eric hier gewesen? Wann hatte er sich dazu aufgerafft, diesen Bericht zu schreiben? Sie hatte ihn seit der Trauerfeier nicht mehr gesehen. Er ignorierte jegliche Kommunikationsversuche ihrerseits, reagierte weder auf ihre Anrufe noch Nachrichten. Er war in ihren Augen einfach abgetaucht.

»Er hat ihn vor ein paar Tagen gemailt«, beantwortete Marco damit Joselyns unausgesprochene Frage.

»Klar«, sagte sie und drehte den Kopf wieder in Richtung Bildschirm. Sie klickte eine neue Mail an und begann zu lesen, konnte sich aber nicht wirklich auf das konzentrieren, was sie da tat. Ihre Gedanken kreisten um Eric und sie holte ihr Handy aus der Tasche, schaute schnell darauf und vergewisserte sich, dass da keine ungelesenen Nachrichten waren. Wenn sie erwartet hatte, dass da etwas von ihm war, so wurde sie auch dieses Mal enttäuscht. Das Display war leer. Eine Weile ließ sie ihren Finger über der Tastatur schweben, entschied sich dann aber anders und steckte das Telefon wieder weg. Er kannte ihre Telefonnummer. Wenn er sich hätte bei ihr melden wollen, hätte er es getan.

»Würdest du …«« Marco war aufgestanden und zu ihr getreten. Sie schaute hoch.

»Ja?«, fragte sie und merkte, dass der junge Mann vor ihr ziemlich nervös von einem Bein aufs andere trat.

»Ich meine …«« Er räusperte sich. »… wenn ich fertig bin, wärst du bereit den Bericht gegenzulesen?«

Joselyn hob eine Braue und nickte sacht.

»Sicher.«

»Danke.« Marco drehte sich um und ging zurück zu seinem PC.

»Kein Problem. Ich bin sicher, dass Claire auch meine Version der Geschichte noch haben will«, meinte Joselyn und merkte, wie sie eine leichte Gänsehaut bekam. Bis zu diesem Augenblick war es ihr ganz gut gelungen, die Tatsache zu verdrängen, dass es eine Untersuchung und einen Bericht geben würde. Nun aber holte sie die Realität ein und sie fragte sich, ob sie in der Lage sein würde, die reinen Fakten aufzulisten. Sie schluckte und stand dann auf.

»Ich weiß ja nicht, wie es dir geht, aber ich brauche ganz dringend einen starken Kaffee«, sagte sie und blickte in Marcos Richtung. Dieser warf ihr ein Lächeln zu und meinte:

»Klingt verdammt gut.«

»Bin gleich wieder da«, sagte Joselyn und lief zur Kaffeeküche. Sie holte zwei Tassen aus dem Regal und stellte sie neben die Maschine. Dann schaltete sie sie ein und wartete, dass sie sich aufheizte.

»Ach verdammt«, fluchte sie leise vor sich hin, als der Automat ihr zuallererst sagte, dass der Wassertank bitte aufzufüllen sei. Joselyn griff sich eine Kanne und füllte sie mit Wasser, trat wieder zur Maschine und begann den Tank zu füllen. Die Maschine blinkte immer noch.

»Was denn noch?«, fragte Joselyn die Maschine und merkte, dass sie langsam ungeduldig wurde. Vielleicht hätte sie doch lieber zum Coffeeshop um die Ecke gehen sollen, als hier herum zu stehen und die Kaffeemaschine zu warten. Sie schaute aufs Display und las ›Bitte Kaffeesatzbehälter leeren‹. Seufzend machte sich Joselyn ans Werk und als sie gerade den Behälter wieder einrasten ließ, stand auf einmal Claire neben ihr.

»Hallo«, sagte Joselyn und rang sich ein Lächeln ab.

»Ganz schön widerspenstig das Ding, was?« Claires Miene war sanft und man hatte das Gefühl, dass sie ehrlich an einem Gespräch interessiert war.

»Da will man nur eben einen Kaffee holen und ist mindestens eine halbe Stunde beschäftigt«, entgegnete Joselyn.

»Das kenne ich«, meinte Claire und holte sich dann eine Tasse aus dem Regal.

»Ich kann Ihnen einen Kaffee mitbringen«, bot Joselyn an und Claire nickte, machte aber keine Anstalten wieder zu gehen. Schweigen breitete sich zwischen den beiden Frauen aus, während die Kaffeemaschine vor sich hin knarzte. Claire und Joselyn waren nicht unbedingt das, was man Freundinnen nennen konnte. Sie respektierten sich und arbeiteten gut zusammen. Alles andere, vor allem ihrer beider Beziehung zu Eric, sprachen sie lieber nicht an. Joselyn hasste es hier herumzustehen und nichts zu sagen, also fragte sie Claire:

»Gibt es irgendwas Neues aus New York?« Ihre Blicke trafen sich und langsam schüttelte die blonde Frau den Kopf.

»Unverändert. Harper liegt immer noch im Koma. Die Ärzte haben die Prognosen weiter heruntergeschraubt, aber man kann ja nie wissen.«

Joselyn nickte. Man hatte Nils Harper ein paar Stunden nach dem Schusswechsel im New Yorker Hafen, bei dem Nicklas ums Leben gekommen war, in einem kleinen Fischerboot gefunden. Er war mehr tot als lebendig gewesen, hatte viel Blut verloren und war halb erfroren. Doch er lebte. Man hatte ihn in ein Krankenhaus gebracht, wo er seitdem auf der Intensivstation, streng bewacht, dahinvegetierte. Joselyn war sich noch immer nicht sicher, was sie sich wünschen sollte. Auf der einen Seite wollte sie seinen Tod, auf der anderen Seite sollte er seiner gerechten Strafe dadurch nicht ausweichen können. Er sollte im Gefängnis schmoren.

»Ich habe gestern mit meinem ehemaligen Kollegen Ralf gesprochen. Er sagte, dass Millers Prozess in einer Woche losgehen wird.« Joselyn nahm den fertigen Kaffee und stellte ihn neben Claire auf den Küchenschrank. Dann machte sie sich daran einen zweiten zuzubereiten.

»Hab schon gehört«, meinte Claire und griff nach der Tasse. Claire war die Einzige im Team, die ihren Kaffee schwarz trank. Alle anderen hatten jede Menge Milchtüten im Kühlschrank gebunkert.

»Wissen Sie, wie das ablaufen wird?«, erkundigte sich Joselyn bei ihrer Chefin.

»Ich gehe davon aus, dass Sie und Eric eine Aussage machen müssen. Ich muss da noch mal genau nachhaken, aber ich vermute, dass es sich noch ein bisschen hinziehen kann. Die gerichtlichen Mühlen mahlen auch nicht gerade schnell.«

»Verstehe.« Joselyn hatte damit gerechnet, sich dem Ganzen stellen zu müssen, aber das hieß nicht, dass sie es gerne tun würde. Der ganze Fall um Curts Tod, Millers Korruption, sein Verrat, all das würde alte Wunden wieder aufreißen. Und dazu hatte sie eigentlich keine Lust und keine Kraft. Es bedeutete aber auch, dass sie endlich mit dem Vergangenen abschließen würde können, um sich auf das aktuelle Leben und ihre jetzt anstehenden Baustellen zu konzentrieren. Sie seufzte und ließ dann den Kaffee, den sie für Marco bestimmt hatte, aus der Maschine. Während sie hantierte, merkte sie weiterhin Claires Blick auf ihrem Rücken.

»Wie sieht es denn eigentlich bei Ihnen aus, Joselyn?«, sprach Claire schließlich das Unvermeidliche an und Joselyn hob eine Braue. Sie war sich nicht ganz sicher, was ihre Chefin meinte. Ihr privates Befinden, ihre Arbeit oder ihre Beziehung zu Eric. Also sagte sie vorsichtig:

»Ich bin in einer Stunde durch mit meinen Mails, denke ich. Es ist unglaublich, wieviel Mist aufläuft, wenn man mal ein paar Wochen weg ist.«

»Das meinte ich nicht, Joselyn«, erklärte Claire ganz ruhig und Joselyn blickte ihrem Gegenüber in die Augen. Claire war wie immer perfekt geschminkt und gestylt, aber es ließ sich nicht leugnen, dass die letzten Tage auch bei ihr Spuren hinterlassen hatten. Sie hatte ein paar Schatten unter den Augen, die auch ihr Make-up nicht hatten verdecken können und in ihren Augen lag ein trauriger Zug. Joselyn wusste, auch sie hatte Nicklas gemocht und sie konnte sich vorstellen, dass auch Claire unter seinem Tod zu leiden hatte.

»Mir geht's gut Claire. Ich möchte wieder arbeiten. Das hilft mir, mit der Sache klar zu kommen. Ich will nicht denselben Fehler machen wie damals bei Curt und mich irgendwo verstecken.«

»Das ist gut«, sagte Claire. Joselyn nickte und stellte dann endlich die letzte Kaffeetasse unter den Hahn. Sie drückte auf Start und der Kaffee begann langsam zu fließen. Die beiden Frauen starrten schweigend auf die Maschine und Joselyn musste an das erste Mal denken, als sie hier gewesen war. Es kam ihr vor wie eine Ewigkeit, so viel war inzwischen passiert.

»Bestellen Sie Nathalie einen schönen Gruß von mir«, rief Claire, während sie sich zum Gehen wandte. Joselyn hob irritiert den Blick. »Sorry, ich wollte …«, setzte Claire an, die merkte, dass sie ein wenig übers Ziel hinausgeschossen war. Joselyn hob beschwichtigend eine Hand.

»Schon gut. Ich weiß, dass Sie nur herausfinden wollen, ob ich auch regelmäßig zu ihr gehe und das ist okay. Ich tue es und es ist gut darüber zu sprechen … mit Nathalie.«

Claire nickte verstehend.

»Das ist sehr gut, Joselyn. Denn ich habe nämlich vor, Sie in den aktiven Dienst zurück zu holen.« Damit straffte sie die Schultern und machte sich mitsamt ihrer Kaffeetasse auf den Weg in ihr Büro. Joselyn schaute ihr mit offenem Mund hinterher.

Eric

Ich liege auf dem Rücken und starre an die Decke, zähle die Risse darin und überlege, ob ich nicht mein Appartement streichen sollte. Ich wohne nun schon seit fast zwei Jahren hier und habe noch nicht einen Handschlag getan, seit ich hier eingezogen bin. Und dabei war es nicht wirklich renoviert gewesen, aber das war mir damals egal. Ich brauchte ein Dach über dem Kopf und hatte nicht unbedingt viel Geld.

Mein Blick fällt zur Seite in Richtung Küche und auch dort sind die Spuren des Verfalls zu sehen. Es wurmt mich, dass mir das jetzt alles auffällt, aber so ist es nun mal, wenn man plötzlich unendlich viel Zeit hat. Ich versuche die Augen zu schließen, doch sie brennen nur. Es hat keinen Zweck. So oft ich es auch versuche, es klappt einfach nicht. Ich kann nicht schlafen und ich kann nicht essen. Ich fühle mich leer, allein und wütend. Ja, die Wut ist das, was mir am meisten zu schaffen macht.

Und das Warum.

In meinem Kopf läuft ein Film. Immer und immer wieder sehe ich meinen besten Freund, wie er auf dem Boden liegt und das Blut unter seinem Körper hervorquillt. Es bereitet mir Magenschmerzen und Übelkeit und ich versuche, die Bilder aus meinem Kopf zu verdrängen. Aber es gelingt mir nicht. Ich kann sie nicht vergessen.

Wieder blicke ich zur Decke empor und zähle die Risse, die Flecken und die Spinnweben, die sich darauf befinden. Ich versuche es erneut mit Schäfchen zählen, doch es funktioniert auch dieses Mal nicht.

Mein Rücken schmerzt von dem vielen Liegen auf der Couch, aber ich kann mich einfach nicht dazu durchringen, nach draußen zu gehen und die Sonne zu sehen. Ich habe ihn beerdigt oder besser gesagt: Ich habe ihm seinen letzten Wunsch erfüllt. Ich habe Nick auf dem Meer zurückgelassen, genau wie er es immer gewollt hatte. Wir haben ein paar Mal darüber gesprochen, mehr im Scherz und ich hätte nie gedacht, dass dieser Tag wirklich einmal kommen würde. Ich habe es nicht zugelassen, darüber nachzudenken und nun wurde ich gezwungen. Und ich hasse es. Ich hasse mich, dass ich ihm nicht noch ein paar

Dinge gesagt habe und ich hasse die Welt, dass sie mir das angetan hat. Ich hasse Harper, der uns in diese Lage gebracht hat und der nun einfach nicht sterben will, der in einem Krankenhaus in New York liegt und an dem massenweise Steuergelder verschwendet werden.

Und ich hasse sie!

Ich hasse sie, weil sie nach San Diego gekommen und in mein Leben gestolpert ist.

Nein, ich hasse sie nicht!

Ich liebe sie, aber im Moment bin ich nicht fähig, irgendetwas davon zuzulassen. Während ich weiterhin zur Decke starre, frage ich mich, wie ich ihr jemals wieder unter die Augen treten soll.

Kapitel 2

Es klopfte an der Tür und Eric schrak zusammen. Er hatte das Gefühl aus dem Tiefschlaf gerissen worden zu sein, obwohl er sich sicher war, nicht geschlafen zu haben. Er rieb sich über die Stoppeln an seinem Kinn und seufzte auf. Da klopfte es noch einmal und dieses Mal klang es schon viel energischer. Er überlegte, ob er das Klopfen ignorieren sollte, aber es wurde lauter und ließ sich einfach nicht leugnen.

»Ja, ja … ich komm ja schon«, rief er in den Flur und rappelte sich auf. Im Laufen griff er nach seinem T-Shirt, das auf dem Sessel neben der Couch gelegen hatte und streifte es über. Er erreichte die Tür und riss sie schwungvoll auf.

»Ich bin nicht …« Eric stoppte in seiner Bewegung und starrte die Besucherin vor sich an, die nun schnell an ihm vorbeilief und erst in seiner Küche wieder stehen blieb. Ihre Absätze klackerten über das Parkett und sie wirkte wütend.

»Eric Coleman, bist du eigentlich komplett bescheuert?«, fragte sie und stemmte die Hände in die Hüften.

»Claire«, stellte er fest und setzte sich in Bewegung, kam langsam auf sie zu.

»Nichts Claire. Scher deinen verdammten Arsch endlich hier raus und komm zur Arbeit! Ich habe dir genug Zeit gegeben.«

»Ich freue mich auch dich zu sehen«, entgegnete er und steckte dann die Hände in die Taschen seiner Jeans. Sie musterte ihn mit einem undefinierbaren Blick. Er konnte nicht sagen, ob sie einfach nur wütend oder traurig oder beides war. Sie wirkte ein wenig durch den Wind und dennoch war sie einfach nur Claire.

Er schaute sich um und mit einem Mal war ihm seine unaufgeräumte Bude ziemlich peinlich. In der Küche stapelten sich leere Pizzakartons und Schachteln vom Asiaimbiss. Das Geschirr stand in der Spüle und überall im Wohnzimmer lagen Klamotten herum. Es war so gar nicht sein Stil, aber er hatte einfach keine Kraft gehabt, in den letzten drei Wochen irgendetwas in Richtung Ordnung zu tun. Sie schaute ihn noch immer an und mit einem Mal ließ sie die Schultern hängen und trat einen Schritt auf ihn zu. Sie fasste ihn sanft am Arm und er schaute an die Stelle, an der sie ihn berührte, als würde sich dort ein Brandherd ausbreiten. Doch er zog sich nicht zurück.

»Wie geht es dir?«, wollte sie wissen und schaute ihn dann von der Seite her an. Sie suchte seinen Blick und er merkte genau, dass sie wusste, wie es ihm ging. Sie waren eine ziemlich lange Zeit ein Paar gewesen und kannten sich. Sie hatte ihn schon immer durchschaut und das tat sie auch dieses Mal. Langsam schüttelte er den Kopf und schaute dann interessiert auf seine Füße. Er schaffte es nicht, ihr in die Augen zu blicken, ohne dass es ihn zerriss. Der Schmerz saß tief und er hatte keine Ahnung, wie er damit umgehen sollte. Sie strich ihm über den Arm und meinte:

»Du kannst mit mir reden, das weißt du. Jederzeit.«

Er nickte. Er könnte mit ihr reden, aber was sollte er sagen? Dass er Nick so unglaublich vermisste? Dass er wütend auf Joselyn war, dass er sie liebte, dass er sie hasste und dass er am liebsten davonlaufen würde. Was sollte er sagen? Sie war seine Exfrau, nicht seine Freundin. Sie waren nicht mehr zusammen. Er fühlte nichts mehr für sie und dennoch war er froh, dass sie hier aufgetaucht war. Dass sie nach ihm gesehen hatte und dass er ihr offensichtlich nicht egal war. Auf seltsame Art und Weise spendete sie ihm Trost, was sonst im Moment kein anderer vermochte.

»Claire …« Seine Stimme war nur ein Flüstern und er musste sich unheimlich anstrengen, nicht in Tränen auszubrechen.

»Komm einfach zurück, Eric. Das wird dir helfen«, sagte sie und ließ ihre Hand weiter hinauf in Richtung seiner Schulter wandern. Er ließ es geschehen, merkte wie sein Widerstand langsam in sich zusammensackte.

»Ich kann nicht zurück zur Arbeit, Claire.«

»Warum nicht?«, fragte sie. Er schloss die Augen. Er konnte ihr unmöglich sagen, dass er sich davor fürchtete, Joselyn zu begegnen. Dass er nicht sagen konnte, wie er ihr gegenüber reagieren würde. Das alles ging sie nichts an.

»Lass es einfach dabei, Claire. Ich bin noch nicht bereit. Ich fühle mich noch nicht fit genug.«

»Dann sorge um Himmels willen dafür, dass du wieder fit wirst, Eric. So kann es nicht weitergehen.«

»Das weiß ich, verdammt noch mal.«

Er schüttelte ihre Hand ab und drehte sich um, lief um den Tresen herum und schenkte sich ein Glas Wasser ein. Hastig trank er ein paar Schlucke.

»Ich kann nicht länger warten, Eric. Ich stecke in der Zwickmühle. Mein Chef sitzt mir im Nacken. Ich muss das Team wieder bestücken. Und wenn du es nicht bist, der ein Teil dieses Teams ist, dann muss ich mich schnellstmöglich umsehen.«

»Es sind gerade mal drei Wochen, Claire.« Erics Stimme klang empört. Er stellte das Glas mit einem Klirren in die Spüle und kam dann wieder auf sie zu.

»Die Welt schläft nicht, Eric. Und während du hier in Selbstmitleid versinkst, dreht sich die Erde weiter.«

Ihre Stimme war nun klar und fest und sie drang zu seinem verwirrten Verstand durch. Irgendwie schaffte sie es, dass er sich schuldig zu fühlen begann. Schuldig gegenüber seinen Kollegen. Er dachte an Marco, Caroline und an David, die allesamt immer wieder versucht hatten, ihn aufzumuntern. Sie riefen abwechselnd jeden Tag an und wollten ihn zum Surfen oder Fußball überreden. Doch er hatte sie immer abblitzen lassen. Er fühlte sich einfach nicht bereit sie zu sehen oder mit ihnen zu reden.

Wieder legte Claire eine Hand auf seinen Arm und schaute ihn ernst an. Und dieses Mal griff er nach ihren Fingern und hielt sie fest, zog sie dann zu sich heran und drückte ihr seine Lippen auf den Mund.

Wenn sie überrascht war, so zeigte sie es nicht, sondern erwiderte seinen Kuss. Er griff in ihr Haar und drückte sie noch ein wenig enger an sich heran. Er wusste nicht warum, aber er fühlte sich mit einem Mal frei und in einen Zustand der Ekstase versetzt. Es schleuderte ihn in die Vergangenheit, in eine Zeit, in der er und Claire die körperliche Liebe als Trost für alles angesehen hatten. Mit der sie jeden Streit geschlichtet und jedes böse Wort ausgelöscht hatten. Er wünschte sich in dieser Sekunde einfach nur, nicht mehr denken zu müssen, wegzukommen von seiner Trauer, seinen Schuldgefühlen und den Sorgen, die ihm den Schlaf raubten und den Atem nahmen. Er wollte sich in ihr verlieren, einfach nur Sex ohne Bedingungen, so wie sie es unzählige Male getan hatten in den letzten Jahren. Er küsste sie weiter und seine Hände wanderten unter ihre Bluse, streiften ihren BH und schnell öffnete er ihn. Dann manövrierte er sie gegen die Frühstückstheke und hob ihr Bein ein wenig an. Ihr Rock rutschte nach oben und gab den Blick auf ihr Höschen frei. Claire stöhnte auf und drückte sich gegen seine Mitte. Die Reaktion, die sie bei ihm auslöste, war deutlich zu spüren und sie drängte ihn weiter zu machen. Doch je länger ihre Küsse dauerten, desto weniger ekstatisch fühlte er sich. Er konnte seinen Kopf einfach nicht ausschalten und seine Gedanken begannen zu kreisen. Sie führten ihn zu einer anderen Frau, die ihm mittlerweile sehr viel bedeutete. Er sah ihr Gesicht und mit einem Mal fühlten sich seine Lippen auf Claires Körper falsch an. Ihre Hände konnten ihn nicht länger trösten und er hob ruckartig den Kopf.

Claire wurde nach hinten geschoben und Eric legte seine Hände rechts und links neben ihrem Oberkörper auf den Küchentresen. Jetzt hob auch sie den Kopf und schaute ihn an. Sie musste nicht lange forschen, denn sein Blick sprach Bände. Eine Weile schauten sie sich in die Augen, seine so blau wie der Himmel, ihre so grün wie Smaragde. In ihnen funkelte es und Eric wusste, dass sie wütend war, vielleicht auch eher enttäuscht. Dahingehend hatte er sie noch nie besonders gut einschätzen können. Doch er konnte und wollte es nicht ändern. Er hatte sich zu etwas hinreißen lassen, was nicht hätte passieren dürfen. Und er schämte sich augenblicklich dafür, hatte das Gefühl, Joselyn betrogen zu haben und das trug nicht gerade zur Verbesserung seines Allgemeinzustandes bei. Er räusperte sich leicht, um die peinliche Stille, die mit einem Mal zwischen Ihnen entstanden war, zu überbrücken.

»Ich sollte gehen«, sagte Claire schließlich und griff auf ihren Rücken, um ihren BH zu schließen. Eric wich zurück und steckte die Hände in die Hosentaschen. Sie zog sich den Rock nach unten und strich sich die Bluse glatt. Dann schlüpfte sie in ihre Schuhe, die sie während ihres kleinen Intermezzos verloren hatte, und schnappte sich ihre Handtasche. Eric seufzte leicht auf, als er sie so anschaute, wie sie hastig ihre Sachen zusammensuchte. Er wusste, er hätte es nie so weit kommen lassen dürfen, aber es war nun einmal passiert. Er konnte es nicht ändern. Doch vielleicht war das, was soeben zwischen ihm und Claire geschehen war, genau das, was er zum wach werden gebraucht hatte.

»Claire, es tut mir leid«, raunte er ihr zu, als sie nun an ihm vorbei in Richtung Tür ging. Sie drehte sich um und schaute ihn an.

»Wann wirst du wieder zur Arbeit erscheinen?«, fragte sie nur und stellte damit genau die professionelle Distanz her, die in diesem Moment das einzig Richtige war.

»Montag«, antwortete er nach kurzer Überlegung. Er wusste nicht, ob er am Montag bereiter sein würde als heute. Er hatte keine Ahnung, ob er es jemals wieder sein würde, aber er musste ihr etwas anbieten, sonst würde sie ihn eiskalt feuern. Und was bliebe ihm dann noch? Sie nickte ihm zu und als sie die Tür öffnete, rief sie ihm über die Schulter hinweg zu:

»Du solltest verdammt noch mal endlich mit ihr reden.«

Damit ließ sie die Tür ins Schloss fallen und Eric blieb mit seinen Gedanken zurück.

Claire

Er spukt in meinen Gedanken wie noch nie ein Mann zuvor. Er ist stattlich, adrett und gefährlich. Eine fatale Mischung, aber sie zieht mich magisch an. Unsere erste Begegnung, damals vor gut drei Wochen, als ich ihm ein Geschäft vorgeschlagen habe, hat mich umgehauen. Er hat mich umgehauen. Seither ist jedes Treffen wie ein Spießrutenlauf. Eine Mischung aus Angst und Faszination. Ich versuche, nicht an ihn zu denken, aber es gelingt mir nicht. Ich habe damit angefangen und ich werde es zu Ende bringen, auch wenn es bedeutet, ihn – und vielleicht auch mich – zu zerstören.

Und während ich in meinem Büro sitze und die dicke Akte anstarre, die ich seit geraumer Zeit in meinem Schreibtisch liegen habe und jeden Tag wieder hervorhole, um endlich den Plan wasserdicht zu machen, versuche ich nicht darüber nachzudenken, was es vielleicht bedeutet. Es ist meine Mission und ich werde sie durchziehen. Ich weiß, dass sie mir entweder eine Beförderung oder den Ruin bringen wird. Doch das stört mich nicht. Ich blättere Seite um Seite der Akte durch und lese alles noch einmal ganz genau. Mein Team hat jede Menge Details über ihn gesammelt, Profile erstellt und Kontaktdaten zusammengesucht. All diese Informationen fließen in meinen Kopf und ich speichere sie ab. Ich gehe langsam vor, Schritt für Schritt und die ganze Zeit gehen mir seine dunklen Augen nicht aus dem Kopf. Sie haben mich gemustert, haben mich ausgezogen und was ich dabei empfunden habe, kann ich nicht beschreiben. Sie verdrängen ganz langsam die Augen meines Exmannes und ich weiß, dass diese Beziehung nun endgültig der Vergangenheit angehört. Es tut mir nicht leid. Ganz im Gegenteil. Endlich fühle ich mich frei.

Als ich auf der letzten Seite angekommen bin, weiß ich, was ich zu tun habe. Ich schlage die Akte zu und verstaue sie sicher in meinem Schreibtisch. Ich schließe alle Dateien und fahre meinen Computer herunter. Dann hole ich meine Jacke und nehme meine Tasche, lösche das Licht und mache mich auf den Weg nach draußen.

Kapitel 3

Samstag, 14. Januar

Sie betrat die Bar und schaute sich suchend um. Es dauerte nicht lange, bis sie ihn entdeckt hatte. Er saß am Tresen, ein Glas Whiskey in der Hand, neben sich sein Handy, das unablässig summte. Seine aristokratische Art überwältigte sie auch dieses Mal. Er war groß und schlank und er faszinierte sie. Seine dunklen Haare waren akkurat geschnitten, vorne etwas länger, im Nacken perfekt. Seine Kleidung geschäftlich und adrett. Sie trat neben ihn und er drehte den Kopf, lächelte sie an und entblößte dabei seine weißen Zähne. Er nickte ihr zu und sie nahm neben ihm auf einem der Barhocker Platz, schlug die Beine übereinander und legte die Hände auf den Tresen.

»Clarissa«, sagte er und seine sonore Stimme ging ihr auch dieses Mal wieder durch Mark und Bein. Doch sie zuckte mit keiner Wimper, stellte lediglich all ihre weiblichen Reize in den Vordergrund.

»Theo«, antwortete sie und griff in ihre Tasche, holte eine Schachtel Zigaretten heraus und steckte sich eine davon zwischen die Lippen. Es dauerte keine Sekunde und er hatte ein Feuerzeug herausgeholt und ließ die Flamme direkt vor ihrem Gesicht aufleuchten. Sie schloss kurz die Augen, als sie sich nun zu ihm hin beugte und die Zigarette über das Feuer hielt. Sie nahm einen tiefen Zug und er ließ das Feuerzeug wieder zuschnappen, steckte es weg und trank noch einen Schluck aus seinem Glas. Sein Handy ignorierte er weiterhin, ließ es einfach vibrieren. Sie merkte, dass er sie beobachtete, aber es störte sie keineswegs. Im Gegenteil, sie war fasziniert. Er zog sie an und etwas in ihrem Inneren reagierte auf ihn. Sie bemerkte dieses warme Kribbeln in ihrem Unterleib und sie konnte einfach nicht anders, als ihn permanent anzusehen.

»Wie wäre es mit einem Drink?«, fragte er und sie nickte, deutete auf sein Glas und er winkte den Kellner heran. Im Hintergrund spielte Musik und die Stimmen der anderen Gäste drangen zu ihnen herüber. Doch sie bemerkte es kaum, starrte nur auf seine

Hände. Sie stellte sich vor, wie diese sie streichelten und ihren Körper langsam erforschten. Sie konnte nichts dagegen tun. Ihr Whiskey kam und sie trank einen großzügigen Schluck, ließ dann das Glas in ihrer Hand und schwenkte es leicht hin und her, so dass die Flüssigkeit Runden zu drehen begann. Er rückte näher an sie heran und legte seine Hand auf ihren Rücken. Sie fühlte sich warm durch den dünnen Stoff ihrer Bluse an. Sie atmete ein und drückte dann die Zigarette im neben ihr stehenden Aschenbecher aus. Dann schaute sie ihn wieder an, bemerkte seine dunklen Augen und sein charmantes Lächeln. Sie hob ihr Glas und trank es aus, dann legte sie ihm eine Hand auf den Oberschenkel und fragte:

»Wie wäre es mit ein wenig mehr Privatsphäre?«

Ihr Herz begann zu klopfen und ihr wurde warm. Sie schlug die Augen nieder, nur um sie gleich darauf wieder zu öffnen und in die seinen zu schauen. Sein Handy brummte erneut. Er warf einen kurzen Blick darauf, dann schaltete er es aus und steckte es ein. Er erhob sich und streckte ihr die Hand entgegen.

»Meine Limousine wartet draußen«, sagte er und sie griff nach seiner Hand.

Eric

»*Cole, du solltest endlich mit ihr reden*«, sagt Nicklas *zu mir und schaut mich an. Er sieht merkwürdig aus, so blass, aber ich schiebe es auf die Dunkelheit, die uns umgibt. Wir sitzen im JUCE an der Bar und trinken Bier.*

»Ich kann nicht mit ihr reden, Nick. Sie ist dafür verantwortlich, dass du jetzt tot bist«, antworte ich meinem besten Freund und fühle mich wie paralysiert, leicht und schwer zugleich.

»Nein ist sie nicht. Sie ist lediglich zur falschen Zeit am falschen Ort gewesen. Außerdem hast du mit ihr geschlafen. Du musst doch was für sie empfinden.«

»Sie ist so süß, Nick.« Er beugt sich zu mir und jetzt sehe ich, dass sein Hals ein Loch hat.

»Du liebst sie, Cole. Du liebst sie«, sagt er immer wieder und ich starre ihn an. Das Loch in seinem Körper wird immer größer und jetzt sehe ich, dass Blut herunterläuft.

›Warum steht er noch?‹, frage ich mich und mir wird ganz mulmig zumute.

»Nick«, rufe ich, doch er ignoriert mich. Er wiederholt ein ums andere Mal:

»Du liebst sie … du liebst sie …«

»Nick«, schreie ich nun und greife nach ihm, doch er ist weg. Ich kann ihn nicht mehr sehen. Panik keimt in mir auf und wieder schreie ich:

»Nick …«

Meine Stimme ist zu laut, zu schrill. Ich öffne die Augen und setze mich auf. Es ist stockdunkel. Wahrscheinlich ist es mitten in der Nacht. Ich habe keine Ahnung, wie lange ich geschlafen habe, aber ich fühle mich schrecklich. Mir ist kalt und mir steht der Schweiß auf der Stirn. Mein Herz hämmert gegen meine Brust und mir ist übel. Ich versuche meinen Atem wieder unter Kontrolle zu bekommen, doch es gelingt mir nicht. Ich höre seine Stimme in meinem Kopf.

»Du liebst sie … du liebst sie …« Ich schlage die Hände vors Gesicht und versuche sie zum Schweigen zu bringen. Dieser Traum, er

kam mir so real vor. Ich schaue auf die Uhr und sehe, dass es kurz vor fünf Uhr morgens ist. Es lohnt sich nicht mehr, noch einmal zu schlafen, wenn ich gleich zur Arbeit gehen will.

Zur Arbeit.

Dieses Wort jagt mir einen Schauer über den Rücken und ich beginne zu zittern. Ich sprinte ins Bad, weil ich das Gefühl habe, mich gleich übergeben zu müssen. Doch als ich mich über die Toilette beuge, passiert nichts. Ich versuche gleichmäßig zu atmen, mich wieder zu beruhigen, doch es dauert lange, bis mir das so einigermaßen gelingt.

Ich ziehe mich am Waschbecken nach oben und richte mich auf. Mein Blick fällt in den Spiegel. Mich empfängt ein Geist. Ich sehe nicht aus wie ich selbst. Ich bin viel zu blass und unter meinen Augen sind dunkle Ringe. Meine Wangen und mein Kinn sind bedeckt von einem Bart, den ich seit geraumer Zeit nicht gepflegt habe. Langsam streiche ich darüber, fühle die Stoppeln und komme mir fremd in meinem eigenen Körper vor.

So geht das nicht. So will ich nicht sein.

In diesem Moment beschließe ich, es nicht noch schlimmer zu machen. Ich weiß, dass ich nicht kneifen kann. Ich muss da jetzt durch. Ich muss mich dem stellen, was mir am meisten Angst macht.

Ich muss in dieses Büro gehen und ihr gegenübertreten.

Und so lasse ich langsam Wasser ins Waschbecken laufen und beginne mich zu rasieren.

Kapitel 4

Montag, 16. Januar

Der Montag war schneller gekommen, als er es erwartet hatte. Und genau wie er es vorausgesagt hatte, war er alles andere als bereit, wieder zur Arbeit zu gehen. Doch trotz allem liebte er seinen Job und er wusste, dass Claire ihn ohne zu zögern feuern würde, wenn er nicht, wie vereinbart, im Revier auftauchte. Also ging er eine Runde joggen und stieg dann unter die Dusche. Das Wasser belebte ihn und nach einem kurzen Frühstück, was lediglich aus Müsli und Kaffee bestand, schwang er sich schließlich auf sein Rad und fuhr die knapp zehn Kilometer zur Arbeit. Er schloss das Fahrrad auf dem Hof des Reviers an und ging hinein.

Josh, der für gewöhnlich tagsüber an der Pforte saß, begrüßte Eric mit einem freundlichen, wenn auch mitleidigen Lächeln und Eric grüßte ihn kurz angebunden zurück. Tapfer lächelte er seinen Kollegen an und nahm dann seinen Rucksack und seinen Fahrradhelm und fuhr nach oben.

Die Fahrstuhltüren öffneten sich mit dem gewohnten ›Pling‹ und Eric zuckte zusammen. Wie oft war er hier zusammen mit Nicklas herausgekommen? Er konnte es nicht einmal zählen. Es war zur Gewohnheit geworden, sich irgendwo zu treffen und dann gemeinsam zur Arbeit zu fahren. Und jetzt war er das erste Mal seit ewigen Zeiten allein.

Er trat hinaus und lief in Richtung seines Schreibtisches. Dabei kam er an Nicklas' Schreibtisch vorbei, der noch immer genauso aussah, wie er ihn vor gut vier Wochen verlassen hatte, als sie zusammen nach New York geflogen waren. Eric runzelte die Stirn und starrte eine Weile darauf.

»Wir haben uns nicht getraut irgendetwas wegzuräumen.«

Eric wirbelte herum.

»Verdammt noch mal Marco. Du hast mich erschreckt.«

»Sorry, Cole. War nicht meine Absicht.«

»Kein Ding, Mann.« Eric trat auf seinen Kollegen zu und klopfte ihm auf die Schulter. Marco verzog den Mund zu einem Lächeln und meinte:

»Schön, dass du wieder da bist.«

»Ja … schön wieder hier zu sein«, entgegnete Eric, obwohl er nicht sicher war, ob er es wirklich als schön empfand.

»Wirst du auch bleiben?«, fragte David, der soeben mit einer Tasse Tee aus der Küche gekommen war. Eric konnte das Schildchen des Teebeutels nicht ganz erkennen, aber er roch eindeutig Pfefferminze.

»Seit wann trinkst du denn Tee?«, entgegnete er, ohne Davids Frage zu beantworten.

»Du warst einfach zu lange weg, Kumpel.« David hielt seine Hand nach oben und Eric schlug ein.

»Ich sehe, ihr habt mich vermisst.«

»Nicht wirklich«, meinte Marco ironisch und Eric fühlte sich schon ein wenig besser. Er stellte seinen Rucksack auf den Boden neben seinen Schreibtisch und drehte sich dann wieder zu seinen Kollegen herum.

»Hat irgendwer von euch einen Pappkarton oder sowas ähnliches?«

Marco hob eine Braue und schaute irritiert zu David, der nur mit den Schultern zuckte. Eric deutete auf Nicklas' Schreibtisch und meinte:

»Ich denke, ich sollte seine persönlichen Sachen bei Mike vorbeibringen.« Mike war Nicklas' Freund gewesen, mit dem er eine mehrjährige Beziehung gehabt hatte. Mike war ebenfalls Polizist, allerdings beim FBI.

»Ich hab hier was«, sagte Marco und lief in die Kaffeeküche, um gleich darauf mit einer größeren Schachtel wiederzukommen. Es war eine Cupcake-Schachtel, die offensichtlich von der letzten Bürofeier übriggeblieben war. Eric grinste.

»Ich denke, das hätte Nick gefallen.«

Marco und David verdrehten die Augen und Eric trat an Nicklas' Schreibtisch heran. Seltsamerweise hatte er gerade überhaupt keine Berührungsängste, als er nun begann, die Schubladen nach persönlichen Gegenständen zu durchsuchen. Nicklas war ein relativ ordentlicher Mensch gewesen, so dass es nicht sonderlich schwer war, alles zusammen zu packen. Helga, die Büropflanze, die immer auf seinem Schreibtisch gestanden hatte, stellte er kurzerhand auf seinen eigenen Tisch und die wenigen Fotos, die

Nicklas rund um seinen Bildschirm geklebt hatte, steckte er in einen Briefumschlag.

»Was meint ihr, Leute, was machen wir mit seiner Lieblingstasse?«

Nicklas' Kaffeetasse zierte der schöne Spruch ›Kein Kaffee ist auch keine Lösung‹ und er hatte seit jeher sämtliche Lacher auf seiner Seite gehabt. Eric fand es einfach zu schade, sie irgendwo in einer Ecke verschwinden zu lassen.

»Warum die Tasse nicht allen zur Verfügung stellen?«

Eric hob den Kopf und schaute in braune Augen. Es war Joselyn, die zusammen mit Claire den Raum betreten hatte. Eric blieb die Luft weg, als er sie nun zum ersten Mal seit der Trauerfeier wiedersah. Sie lächelte ihn an, doch ihr Lächeln wirkte aufgesetzt und erreichte ihre Augen nicht. Er konnte sehen, dass sie sich alles andere als wohl fühlte. Und er wusste ganz genau, dass er eine gehörige Portion Mitschuld an ihrem Zustand trug. Doch er war nicht in der Lage einen Schritt auf sie zuzugehen – noch nicht.

Er senkte den Blick vor Joselyn und richtete ihn stattdessen auf Claire. Diese wirkte, wie immer, sehr professionell und Eric konnte keine Anzeichen entdecken, dass sie ihm den kleinen Ausrutscher von vor ein paar Tagen in irgendeiner Art und Weise übelnahm. Claire räusperte sich, kam auf Eric zu und sagte dann mit fester Stimme:

»Über die Tasse könnt ihr später noch philosophieren. Ich würde dich und Joselyn gerne in meinem Büro sprechen. Jetzt gleich.«

***

»Du willst was?«, rief Eric aufgebracht und strich sich durch die Haare. Er hatte sich nicht hinsetzen wollen, sondern tigerte quer durch Claires Büro. Joselyn hingegen saß stocksteif vor Claires Schreibtisch, hatte die Beine übereinandergeschlagen und die Finger verschränkt. Ihre Lippen bildeten eine dünne Linie und sie wirkte, als würde sie jeden Moment in Tränen ausbrechen. Sie sagte keinen Ton, ließ Claire reden und wartete ab.

»Ich mache euch zwei zu Partnern«, erklärte Claire noch einmal und lehnte sich auf ihrem Stuhl nach vorne. Sie musterte Eric und setzte dann einen strengen Blick auf.

»Würdest du dich bitte hinsetzen, Eric!«, setzte sie dann noch hinterher und ihr Ton duldete keine Widerrede. Eric schnaubte und ließ sich dann neben Joselyn auf den Stuhl sinken. Joselyn drehte sich ein wenig zu ihm herum und er merkte, dass sie ihn auch weiterhin mit ihrem Blick fixierte. In ihren Augen funkelte es. Im Moment konnte er nicht genau sagen, ob es Wut oder Traurigkeit war, aber es ließ ihn einen Moment innehalten und seine eigene Wut hinunterschlucken.

»Claire …«, versuchte er es noch einmal, doch sie hob ihre Hand und brachte ihn somit zum Schweigen.

»Joselyn hat zugestimmt, wieder in den aktiven Dienst zurückzukehren.«

»Ach ja?«, fragte Eric verblüfft und schaute Joselyn nun direkt an. Noch vor kurzem hatte sie sich strikt geweigert auch nur irgendetwas mit dem Polizeidienst zu tun haben zu wollen. Und jetzt wollte sie wieder auf die Straße. Er konnte es beim besten Willen nicht nachvollziehen

»Woher der plötzliche Sinneswandel?«, fragte er daher. Sie holte tief Luft und sagte:

»Wenn mir der Tod von Nick eins gezeigt hat, dann, dass da draußen Menschen herumlaufen, die hinter Schloss und Riegel gehören. Ich möchte Gerechtigkeit, Eric – für Nick. Und wo könnte ich das besser als da draußen?« Sie zeigte mit dem Arm zur Tür.

Eric schluckte. Sie hatte recht. Sie hatte so verdammt recht. Aber er war noch nicht bereit dies zuzugeben. Sein Herz zog sich schmerzvoll zusammen, als er an seinen Partner dachte und er musste das Wort Rache ganz schnell aus seinen Gedanken verbannen. Er wusste nicht, wie er damit umgehen sollte und Joselyns Worte hatten ihn wieder daran erinnert, was er eigentlich zu tun hätte. Er war ein Feigling.

»Punkt für dich, Jo …«, flüsterte er und blickte sie an. In ihrem relativ blassen Gesicht konnte er Erstaunen erkennen. Sie hatte nicht damit gerechnet, dass er ihr zustimmen würde. Sie sah so klein und verletzlich aus, wie sie da vor ihm saß und am liebsten hätte er ihre Hand genommen und ihr gesagt, dass alles wieder gut werden würde. Aber das konnte er nicht, denn er war es, der Trost brauchte. Er war derjenige, der nicht damit zurechtkam, dass sein bester Freund gestorben war. Und er war es, der Joselyn insge-

heim dafür verantwortlich machte, dass es so gekommen war.»…
aber das ändert nichts daran, dass ich keinen neuen Partner brauche«, ergänzte er dann und stand auf.

»Setz dich, Eric!«, rief Claire und er schüttelte den Kopf, blickte noch einmal zu Joselyn hinüber und verließ dann das Büro. Die Tür fiel mit einem lauten Knall ins Schloss und Joselyn zuckte zusammen.

Eine Weile blieb es still zwischen den beiden Frauen, bis Claire schließlich den Telefonhörer von der Gabel nahm und eine Nummer wählte. Joselyn schaute ihre Chefin neugierig an.

»Wen rufen Sie an?«, fragte sie.

»Die Personalabteilung. Sie sollen Erics Papiere fertigmachen.« Es klang hart und Joselyn seufzte innerlich auf. Sie rang eine Weile mit sich, doch dann beugte sie sich nach vorne und drückte auf das Telefon, so dass die Leitung unterbrochen wurde. Claire schaute sie verwundert an.

»Lassen Sie mich mit ihm reden, Claire«, bat sie schließlich und deutete mit dem Kopf in Richtung Flur.

»Und Sie meinen das bringt irgendetwas?«, fragte Claire, die ernsthaft abzuwägen schien, was denn nun das Richtige war.

»Ich kann es zumindest versuchen, oder? Und wir beide wissen doch, dass Sie nicht ernsthaft wollen, dass er geht.«

Claire seufzte und legte dann den Hörer zurück auf die Gabel. Sie war Joselyn dankbar, dass diese ihr die Entscheidung noch eine Weile abnahm.

»Sie haben eine Woche, Joselyn.«

Joselyn nickte und erhob sich.

»Verstehe«, sagte sie und verließ dann Claires Büro.

***

Er war aus Claires Büro gestürmt, vorbei an den verwunderten Gesichtern von David und Marco, hatte die Tür schwungvoll geöffnet und war dann die vier Treppen nach unten in den Keller gerannt. Die Tür zum Fitnessraum war gegen die Wand gekracht, als er sie mit voller Wucht aufgestoßen hatte. Er hatte sich ein Handtuch gegriffen und war schnurstracks auf einen der in der Mitte des Raumes hängenden Boxsäcke zugelaufen. Erst als er ein paar Mal wütend auf ihn eingeschlagen hatte, hatte er sich wieder einigermaßen beruhigt und umfing nun den hin und her schwingenden Sack mit den Armen. Erschöpft lehnte er sich dagegen, schloss die Augen und versuchte seinen rasenden Puls wieder unter Kontrolle zu bekommen. In diesem Augenblick bereute er es zutiefst, dass er heute hierher gekommen war. Er hätte zu Hause bleiben sollen. Er war noch nicht bereit. Alles in diesen Räumen erinnerte ihn an seinen toten Partner. Selbst der Duft von Kaffee und dieser Raum hier machten ihn verrückt. Wie lange sollte das noch so weitergehen? Bis er endgültig zusammenbrach oder bis er irgendwann verrückt wurde?

Verzweifelt legte er seine Hände übers Gesicht und strich dann langsam darüber. Doch es half wenig.

»Es wäre wirklich schön, wenn du wenigstens den Anstand haben würdest, mir in die Augen zu sehen.«

Eric versteifte sich und drehte sich dann ganz langsam herum. Er sah Joselyn, die ihre Hände in die Hüften gestemmt hatte und ihn wütend anfunkelte. Wie hatte sie ihn so schnell gefunden?

»Lass mich in Ruhe, Jo«, entgegnete er und versuchte ihr auszuweichen, indem er an ihr vorbeilief. Doch sie hielt ihn am Arm fest und zwang ihn so, stehen zu bleiben.

»So nicht, Eric Coleman. Du hast mich lange genug ignoriert. Ich weiß nicht, was ich machen soll, damit du nicht mehr wütend auf mich bist. Ich kann Nick nicht wieder herbringen. ICH KANN ES NICHT.« Sie stieß die Luft aus und schaute ihn an. Sie war laut geworden und sie registrierte, dass die anderen, die gerade hier trainierten, neugierig zu ihnen herüberblickten. Aber es war ihr egal. Er machte sie wütend. Unglaublich wütend. Er machte ihr und sich selbst das Leben unnötig schwer. So konnte es nicht weitergehen. Er jedoch schien es anders zu sehen. Er wollte weiter im Selbstmitleid versinken und bis zu einem gewissen Grad konnte sie das sogar nachvollziehen. Sie dachte an Curt und wie sie sich nach seinem Tod gefühlt hatte. Aber das war etwas Anderes gewesen.

Oder doch nicht?

Sie verstärkte ihren Griff um seinen Oberarm. Er trat einen Schritt zurück, schüttelte sie ab und blitzte sie nun ebenfalls wütend an.

»Ganz genau, du kannst es nicht«, bestätigte er noch einmal und schaffte es, dass sie sich noch mieser fühlte. Er bohrte einen kleinen giftigen Pfeil in sie hinein und das tat weh. Wo war der Eric hin, der sie liebevoll angelächelt hatte? Der ihr zugeflüstert hatte, dass er im Begriff war, sich in sie zu verlieben? Sie hatte begonnen ihm zu vertrauen. Sie hatte Gefühle für ihn entwickelt und nun war er eiskalt. Sie hielt es einfach nicht mehr aus, aber sie hatte auch keine Ahnung, was sie noch sagen sollte.

»Was ist dein eigentliches Problem, Eric?«, fragte sie.

»Jo, lass mich in Ruhe.« Er wollte nicht mit ihr reden. Er wollte nur noch weg, aber sie ließ ihn nicht durch.

»Claire hat uns zu Partnern gemacht, ob es dir nun gefällt oder nicht.«

»Jo, du verstehst es nicht, oder?«

»Nein Eric, ehrlich gesagt verstehe ich es ganz und gar nicht.«

»Ich will keinen neuen Partner. Nie mehr. Nicht dich und sonst keinen. Nick war mein Partner, verdammt.«

Er schlug wieder gegen den Boxsack und merkte, wie ihm der Schmerz durch die Hand schoss. Er verzog das Gesicht und strich über seine Knöchel, die sich rot einzufärben begannen. Joselyn stand nur da und starrte ihn mit offenem Mund an. Das war nicht ihr Eric. Dieser Eric machte ihr Angst.

Langsam drehte sie sich um und ging zur Tür. Er blickte ihr hinterher und als sie schon fast verschwunden war, hielt er sie doch noch einmal auf.

»Jo …«

Sie drehte sich um. Er erkannte Tränen in ihren Augen. Sie sagte kein Wort, schaute ihn nur an.

»Ich …« Weiter kam er nicht. Jetzt trat sie wieder einen Schritt auf ihn zu und sagte:

»Weißt du, Eric, ich dachte, wir sind sowas wie Freunde. Freunde helfen einander. Freunde sind füreinander da. Aber du benimmst dich gerade, als wäre ich dein Feind. Und das tut verdammt weh. Und weißt du was? Ich hatte vor, dir den Arsch zu retten, aber du hast es eindeutig nicht verdient, gerettet zu werden. Wir sind fertig miteinander.« Sie drehte sich um und ließ ihn stehen. Er schaute ihr nach und flüsterte:

»Bitte hilf mir.«

Doch sie hörte es nicht mehr.

Joselyn

»Sie hat gesagt, ich soll in den aktiven Dienst zurückgehen«, berichte ich Nathalie zu Beginn unserer nächsten Sitzung.

»Claire weiß genau, was sie Ihnen zumuten kann.« Nathalie hat ihre Brille auf der Nase und schaut mich abwartend an.

»Ich weiß nicht, ob ich das schaffe.«

»Warum denken Sie das, Joselyn?«

Nathalies Frage überrascht mich. Was soll ich ihr darauf antworten? Dass ich mich unsicher fühle? Dass ich Angst habe zu versagen? Dass ich alles andere als stark bin? Oder dass ich Angst vor Eric habe? Davor, dass er mein Partner wird und noch mehr davor, dass er es nicht wird. Ich habe noch ein paar Tage, um ihn dazu zu bringen, zukünftig mit mir da draußen zu sein. Nur ein paar Tage bleiben mir, um ihm seinen Job zu retten, ohne den er nichts ist. Und ich weiß noch nicht einmal, warum ich das für ihn tue. Er hat mich verletzt. Er hat mir so wehgetan wie noch nie ein Mensch zuvor in meinem Leben und ich weiß nicht, ob er es verdient hat, gerettet zu werden. Aber ich kann nicht anders. Er zieht mich immer noch magisch an und ich kann ihn nicht einfach aufgeben, auch wenn ich im Moment sauer auf ihn bin.

»Ich weiß es nicht«, sage ich und Nathalie runzelt die Stirn. Sie weiß genau, dass ich lüge. Sie weiß es immer. Sie ist ein Profi.

»Joselyn, ich habe hier Ihre Akte. Sie haben Ihren Abschluss mit Auszeichnung gemacht. Ihre Beurteilungen sind einwandfrei. Sie haben alle körperlichen Tests bestanden. Es ist einzig Ihr Kopf, der Sie davon abhält, es zu versuchen. Oder aber …« Sie schaut mich mit diesem wissenden Blick an, der mir manchmal Angst macht. Sie scheint in meinen Kopf hineinsehen zu können.

»Ja?«, frage ich.

»Sie haben noch einen ganz anderen Grund, warum Sie daran zweifeln, dass es die richtige Entscheidung ist, wieder als Polizistin zu arbeiten.«

»Woher wissen Sie das?«

»Nennen wir es Intuition«, sagt Nathalie und schaut mich wieder an. Mir zittern die Knie.

»Wahrscheinlich haben Sie recht«, gebe ich zu und blicke unsicher zu Boden. Ich hasse meinen Kopf dafür, dass er bestimmte Dinge einfach nicht loslassen kann.

»Es ist Eric, richtig?«

»Claire möchte, dass wir Partner werden«, beeile ich mich zu sagen, bevor ich wieder den Mut verliere.

»Und Sie möchten das nicht?«

»Doch, ich schon.«

»Nur er möchte es nicht.«

»Er riskiert gerade seinen Job mit seiner Sturheit.«

»Und das möchten Sie nicht?«

»Ich weiß nicht. Ich denke, dass er diesen Job braucht. Er liebt ihn. Was ist er, wenn er kein Polizist mehr ist? Aber ich weiß nicht, ob es richtig ist, ihn dazu zu zwingen, einen Partner zu haben, den er nicht will.«

»Aber das ist nicht Ihre Entscheidung, Joselyn.«

Ich seufze und weiß nicht, was ich darauf antworten soll. Es ist wahrscheinlich wirklich nicht meine Entscheidung, aber was soll ich tun? Ich kann nicht schon wieder davonlaufen. Das kann ich auch Matthew, meinem Sohn, nicht antun. Jedoch, was bleibt mir sonst für eine Wahl? Eric vertreiben? Nathalie bricht mein Schweigen.

»Hören Sie, Joselyn. Ich habe da schon eine ganze Weile eine Idee.«

Ich hebe den Blick und sehe in Nathalies freundliches Gesicht.

»Welche?«

»Es nennt sich Konfrontationstherapie.«

»Was meinen Sie damit?« Ich kann Nathalie nicht ganz folgen.

»Vertrauen Sie mir, Joselyn!«, fordert sie mich auf und ich frage mich, was Vertrauen eigentlich bedeutet. Kann ich das überhaupt noch? Ich bin so oft enttäuscht worden.

Sie steht auf und geht mit einem Lächeln zur Tür. Ich drehe mich herum und folge ihr mit meinem Blick. Ich kann mir gerade keinen Reim darauf machen, was sie von mir will. Sie geht in den Nebenraum und unterhält sich mit ihrer Assistentin. Die Stimmen sind gedämpft und ich kann nicht hören, worüber sie sprechen. Und dann ist da noch eine andere, eine männliche Stimme, die mir plötzlich eine Gänsehaut verursacht. Ich merke, wie meine Kehle trocken wird und mein Magen sich zusammenzieht.

Langsam erhebe ich mich und trete vor den Stuhl, auf dem ich gesessen habe, halte mich an der Lehne fest, weil ich Angst habe umzufallen. Als ich den Blick hebe, fällt dieser auf den Mann, der hinter Nathalie das Zimmer betritt. Und als sich unsere Blicke treffen, scheint wieder einmal die Zeit still zu stehen.

Kapitel 5

Mit ausgestreckten Armen rannte Matthew durch das leere Zimmer und spielte Flugzeug. Sein Lachen hallte durch die Räume und die Maklerin schaute skeptisch drein. Joselyn warf ihr einen entschuldigenden Blick zu und versuchte ihren Sohn davon abzuhalten, auf einen der Barhocker, die vor dem Küchentresen standen, zu klettern. Sie wusste, es war keine gute Idee gewesen, den Kleinen zur Besichtigung mitzunehmen, aber sie hatte keine Wahl gehabt. Ihre Eltern waren im Skiurlaub und die Maklerin hatte nur Abendtermine gehabt, so dass Joselyn gezwungen gewesen war, ihren Sohn mitzunehmen. Es war bereits weit nach 19 Uhr und Matthew entsprechend quengelig, was die Sache auch nicht besser machte. Doch was sollte sie tun?

Die Maklerin ratterte ihren Text herunter und Joselyn hatte das Gefühl, überhaupt nicht ernst genommen zu werden. Die Wohnung war wirklich schick. Sie war teilmöbliert und hell. Sie lag nur zwanzig Gehminuten von ihrer Arbeit entfernt, zu ihren Eltern war es nicht weit mit dem Auto und Matthew könnte weiterhin in den gewohnten Kindergarten gehen. Eigentlich war die Wohnung perfekt, wenn auch ein wenig teuer, aber dies würde Joselyn schon irgendwie in den Griff bekommen. Sie hatte ein langes Gespräch mit Claire gehabt und diese hatte ihr versichert, wenn sie wieder als Detective arbeiten würde, bekäme sie eine Gehaltserhöhung. Außerdem gäbe es Überstunden- und Feiertagszuschläge und einen besonderen Zuschlag für die Undercoverarbeit, falls dies notwendig werden sollte. Und Joselyn hatte fest vor, Matthews Vater noch einmal wegen der Unterhaltszahlungen in die Pflicht zu nehmen. Ob ihr das gelingen würde, wusste sie zwar nicht, aber sie wollte es wenigstens versuchen.

»Also, Miss Davis. Was halten Sie von der Wohnung?«, fragte die Maklerin nun und klappte ihre Aktentasche zusammen.

»Sie ist wunderbar und ich würde sie sehr, sehr gerne nehmen«, antwortete Joselyn und schnappte sich Matthews Arm, bevor der wieder quer über das in der Mitte stehende Sofa rennen konnte.

Er meckerte zwar, ließ sich aber dann problemlos hochheben und legte den Kopf auf ihre Schulter. Er schien wirklich müde zu sein.

»Gut. Ich rufe Sie dann an.« Die Maklerin drehte sich um und ging in Richtung Tür. Joselyn folgte ihr und hatte das Gefühl, dass sich niemand bei ihr melden würde. Im Geiste schloss sie bereits mit der Möglichkeit ab, endlich auf eigenen Füßen zu stehen. Sie bedankte sich bei der Frau und stieg dann die Treppe hinunter in den Hof, der sehr schön bepflanzt war und zudem noch einen Spielplatz hatte. Matthew machte große Augen, als er die Rutsche entdeckte, aber Joselyn schleppte ihn tapfer zum Auto.

»Mummy, ich will rutschen«, brüllte er los und Joselyn musste sich die Ohren zuhalten, da sie genau neben ihm war.

»Nein mein Schatz, wir fahren jetzt nach Hause. Es ist spät.«

In dem Moment fing Matthew an zu weinen und steigerte sich in seinen Wutanfall hinein, so dass Joselyn keine andere Wahl hatte, als mit einem brüllenden und weinenden Kind nach Hause zu fahren.

Auf der Fahrt versuchte sie immer wieder den Kleinen zu beruhigen, aber weder Bestechungsversuche mit einer Extrarunde Fernsehen noch angedrohte Bestrafungen, zeigten ihre Wirkung. Matthew weinte einfach weiter. Und so war Joselyn genervt und völlig fertig, als sie eine viertel Stunde später im Haus ihrer Eltern ankam.

Sie parkte das Auto und lud Matthew aus. Dann machte sie für ihn etwas zu essen und setzte ihn vor den Fernseher. Sie wusste, dass dies nicht die pädagogisch wertvollste Methode war, aber sie besaß im Moment absolut nicht die Nerven, sich noch länger mit ihm und seinen Launen zu beschäftigen. Während Matthew aß, nutzte sie die Gelegenheit, räumte ein wenig auf und packte ihre und seine Sachen für den morgigen Tag. Schließlich brachte sie ihn ins Bett. Ungeduldig wartete sie, bis er endlich eingeschlafen war und ging dann ins Badezimmer. Sie stellte sich unter die Dusche und versuchte ihre schmerzenden Muskeln zu lockern.

Nachdem sie mehrere Minuten den Massagestrahl des Duschkopfes direkt auf ihren Rücken gehalten hatte, stellte sie das Wasser ab und trat aus der Dusche. Sie trocknete sich ab, cremte sich ein und schlüpfte in Jogginghose und T-Shirt. Dann band sie sich die Haare zu einem unordentlichen Knoten nach oben und schaute in den Spiegel. Sie betrachtete sich lange und ausgiebig und stellte fest, dass da ein paar kleine Fältchen um die Augenwinkel aufgetaucht waren.

Langsam strich sie mit dem Zeigefinger über die zarte Haut und versuchte erfolglos, die Zeichen des Stresses einfach wegzuwischen. Sie seufzte und holte ihre Nachtcreme aus dem Schrank. Als sie fertig war, griff sie nach dem kleinen Plastikbeutel, den sie neben die Toilette gestellt hatte und holte eine rosa Schachtel heraus. Sie öffnete sie und entnahm ihr das Teststäbchen, legte die Packungsbeilage beiseite und öffnete den Toilettendeckel. Sie setzte sich auf die Brille, riss die Folie des Stäbchens auf und hielt es sich zwischen die Beine.

Es dauerte eine Weile bis sie es schaffte, sich so weit zu entspannen, dass sie auf das Stäbchen pinkeln konnte, aber schließlich funktionierte es und sie legte das Stäbchen auf ein Papiertaschentuch. Dann stand sie auf und spülte, wusch sich die Hände und zählte im Geiste die Sekunden. Als die angegebene Zeit verstrichen war, nahm sie das Teststäbchen in die Hand und schaute darauf. Sie hielt die Luft an und schloss die Augen.

Eric

Ich sitze in meiner unaufgeräumten Bude, trinke Bier und denke nach. Wieder einmal. Es lässt mich nicht los. Nick lässt mich nicht los. Joselyn lässt mich nicht los und ich versuche verzweifelt, endlich einen Weg zu finden, damit umzugehen. Das Bier schmeckt fad, aber es rinnt durch meine Kehle und spült den Kummer hinunter. Es löscht die Verzweiflung – fürs Erste. Ich weiß, dass das meine Probleme nicht lösen wird, aber es ist im Moment das Einzige, woran ich mich festhalten kann. Meine Gedanken drehen sich im Kreis, doch irgendwann traue ich mich, sie zurück zu lenken zu dem Tag, an dem ich Joselyn bei Nathalie begegnet bin.

Ich betrete dieses Zimmer und mit einem Mal ist mir heiß und kalt zugleich. Ich habe nicht gewusst, dass sie auch hier sein würde. Es ist mein erster Termin bei Nathalie Moers. Es ist eine Auflage, die nicht ungewöhnlich ist nach einem traumatischen Erlebnis und ich war dieser Therapie aufgeschlossen entgegengetreten. Doch in diesem Moment fühle ich mich einfach nur überrumpelt. Mir wird die Luft knapp, als ich ihr nun in die Augen sehe. Diese wunderschönen dunklen Augen, die ich so sehr vermisst habe. Sie starrt mich an. Offenbar hatte sie ebenfalls keine Ahnung, dass wir hier zusammentreffen werden.

Nathalie bedeutet mir, mich zu setzen und ich nehme dankbar auf einem der Stühle vor ihrem Schreibtisch Platz. Joselyn setzt sich neben mich, ohne mich aus den Augen zu lassen und ich fühle mich noch unheimlicher. Nathalie schaut von ihr zu mir und wieder zurück und eine ganze Weile ist da diese Stille, die sich auf uns hinab senkt und die uns beinahe zu erdrücken scheint.

Plötzlich geht die Tür auf und Nathalies Assistentin erscheint mit einem Tablett und drei Tassen. Sie kommt auf uns zu und drückt uns jedem eine Tasse in die Hand. Ein verführerischer Duft nach Kaffee steigt mir in die Nase und ich schaue hinüber zu Joselyn. Ich kann ein Grinsen nicht unterdrücken, als ich an unser erstes Zusammentreffen im Revier denken muss und ich weiß, dass sie gerade ebenfalls daran denkt. Ich hebe meine Tasse und proste ihr zu und endlich erscheint ein kleines Lächeln auf ihrem Gesicht.

»Also gut, Joselyn, Eric …«, beginnt Nathalie das Gespräch und wir schauen sie beide an. »Ich hoffe, Sie verzeihen mir, dass ich Sie in diese Situation gebracht habe.«

»Schon okay«, rufen wir gleichzeitig und schauen uns wieder an. Joselyns Gesicht ist blass und sie sieht müde aus, doch sie scheint froh zu sein, dass ich da bin. Und wenn ich ganz ehrlich bin, ist es mir ebenfalls recht. Da ist es wieder, dieses Knistern zwischen uns. Es ist niemals ganz weg gewesen, nur ein wenig gedämpft. Mein Herz klopft und ich trinke schnell einen Schluck Kaffee, um meine Gefühle wieder unter Kontrolle zu bekommen. Nathalie beobachtet uns beide ganz genau. Sie lässt uns Zeit, uns an die Situation zu gewöhnen und ich frage mich, was sie nun vorhat. Wenig später erhalte ich die Antwort, als Nathalie sagt:

»Wenn Sie nichts dagegen haben, würde ich heute einfach mal aufs Reden verzichten und mit Ihnen beiden diesen hervorragenden Kaffee genießen. Alles andere wird sich zu einem späteren Zeitpunkt ganz von selbst ergeben.«

Wir starren sie mit offenem Mund an, doch es dauert nicht lange, bis wir schließlich zustimmend, und auch ein wenig erleichtert, nicken.

Meine Gedanken kehren ins Hier und Jetzt zurück und plötzlich steigt in mir ein Entschluss empor. Ich brauche zwar noch einen Schluck, um endlich den Mut zu fassen, das zu tun, was ich gleich tun werde, was ich schon lange hätte tun sollen. Doch dann ist es plötzlich ganz einfach. Ich stehe auf und schnappe mir meine Jacke, ziehe meine Schuhe an und verlasse die Wohnung.

Kapitel 6

Es klingelte und Joselyn schreckte aus dem Schlaf hoch. Sie brauchte eine Weile, um sich zu orientieren. Sie rieb sich die Augen und registrierte, dass sie auf der Couch lag. Der Fernseher lief noch und sie griff nach der Fernbedienung, um den Ton auszustellen. Er war die einzige Lichtquelle im Raum und sie war froh darüber. Sie musste eingeschlafen sein, nachdem sie Matthew ins Bett gebracht hatte. Es war Sonntagabend und obwohl sie hatte nicht arbeiten müssen, war der Tag anstrengend gewesen und sie fühlte sich nicht gut.

Da ihre Eltern immer noch im Urlaub waren, hatte sie Matthew den ganzen Tag alleine bespaßen müssen. Sie waren auf dem Spielplatz und am Strand gewesen, hatten zusammen gekocht und dann ein wenig ferngesehen. Es hatte Joselyn Freude bereitet, einen ganzen Tag mit Matthew zu verbringen, sich voll auf ihn einzulassen, aber irgendwann waren ihr dann doch die Ideen ausgegangen und sie hatte sich gewünscht, er würde eine Weile für sich alleine spielen, damit sie in Ruhe die Wäsche machen konnte. Doch er hielt leider nicht lange durch und so stand die Wäsche immer noch ungelegt herum und auch aufgeräumt war nicht wirklich. Aber das konnte sie nicht ändern. Sie war einfach zu erschöpft gewesen, um sich noch einmal aufzuraffen.

Und nun war sie schon ein wenig verärgert, dass sie aus dem Schlaf gerissen worden war. Trotzdem stand sie auf und streckte ihre steifen Glieder. Es klingelte noch einmal und Joselyns Kopf fuhr automatisch in Richtung Treppe.

›Hoffentlich wurde Matthew durch den Lärm nicht wach.‹

Aber wie sie ihren Sohn kannte, würde er mühelos weiterschlafen. Man konnte eine Rakete neben ihm zünden, wenn er einmal schlief, dann schlief er. Zum Glück.

Sie lief in den Flur und spähte durch den Türspion. Sie erschrak und hielt den Atem an. Hektisch drehte sie sich hin und her und wusste nicht so recht, was sie tun sollte. Ihr Blick fiel in den Spiegel und sie sah sich selbst, blass, verschlafen und mit zerzaustem

Haar. Ihr Besucher begann an die Tür zu klopfen und Joselyn versuchte eilig wenigstens ihre Haare zu richten. Doch es gelang ihr nicht, also ließ sie es bleiben und öffnete die Tür.

»Eric«, rief sie und hielt die Tür fest. Sie war sich nicht sicher, ob sie schon wieder bei seinem Spitznamen angekommen waren, ob sie sich wieder Freunde nennen durften. Die Begegnung bei Nathalie hatte etwas zwischen ihnen bewirkt, dessen war Joselyn sich sicher, aber es standen noch so viele unausgesprochene Dinge zwischen ihnen, die sie würden klären müssen. Nur hatte Joselyn nicht so bald damit gerechnet und schon gar nicht an diesem Sonntagabend, an dem sie eigentlich auf der Couch vor dem Fernseher hatte versinken wollen. Eric, der soeben den Arm gehoben hatte, um erneut zu klopfen, ließ denselben wieder sinken und starrte sie an.

»Was zum Teufel machst du hier mitten in der Nacht?«, fragte sie ihn. Er blickte auf seine Uhr und murmelte dann:

»Es ist noch nicht mal Mitternacht.« Seine Stimme war leicht schwankend, ebenso wie seine Haltung. Joselyn runzelte die Stirn.

»Bist du etwa betrunken, Eric Coleman?«, fragte sie dann und blies sich eine Haarsträhne aus der Stirn, die sie schon die ganze Zeit über kitzelte.

»Nur ein ganz kleines bisschen«, sagte er und grinste.

»Verdammt noch mal«, rief sie ihm entgegen und zog ihn dann am Arm ins Haus. In diesem Moment war sie dankbar dafür, dass ihre Eltern weggefahren waren. Es hätte sich eine peinliche Szene abgespielt und darauf war Joselyn ganz und gar nicht scharf. Er stolperte auf sie zu und fing sich dann an der Wand ab, bevor er den Halt verlor. Joselyn hielt ihn fest.

»Du musstest dir also Mut antrinken, um endlich mit mir reden zu können?«, fragte sie ungläubig und in ihr sammelte sich die Wut. Er stand vor ihr, den Kopf gesenkt, mit einer Miene, die nicht zu deuten war und ihr Herz begann zu hämmern. Er machte sie nervös.

»Es tut mir leid«, murmelte er und trat einen Schritt auf sie zu, doch sie wich ihm aus und er blieb ruckartig stehen, was gar nicht gut für seinen angeknacksten Gleichgewichtssinn war. Er merkte, wie ihm schwindlig wurde und er musste sich wieder an der Wand abstützen.

»Was tut dir leid, Eric?«, rief sie ihm aufgebracht entgegen.

»Dass du hier mitten in der Nacht sturzbetrunken auftauchst? Dass du mich seit Wochen ignorierst? Dass du nicht einmal gefragt hast, wie es mir geht? Oder dass du mich nach Nicks Tod einfach so stehen gelassen hast und mich nicht einmal ansehen konntest?« Sie hatte sich in Rage geredet und war lauter geworden, als ihr lieb war. Wieder schaute sie zur Treppe, doch im Kinderzimmer war alles ruhig.

Er stand vor ihr mit hängenden Schultern und einem Blick, der ihr durch und durch ging, aber er sagte nichts. Eine Weile schauten sie sich an und sie wartete darauf, dass er irgendetwas tat, doch er biss sich nur auf die Lippen und schwieg. Schließlich drehte sie sich um und ließ ihn stehen, ging in die Küche und lehnte sich seufzend an den Küchenschrank. Sie fühlte sich in diesem Moment hundeelend und hätte am liebsten ihren Tränen freien Lauf gelassen. Was sollte sie mit ihm machen? Was wollte er hier? Und warum kam er in diesem Zustand? Hektisch begann sie mit der Kaffeemaschine zu hantieren, als er mit einem Mal hinter ihr stand und eine Hand auf ihre Schulter legte. Sie spürte ihn ganz nah und die Sehnsucht stieg in ihr empor. Seine Hand war warm und seine Berührung fühlte sich gut an. Das hatte sie vermisst. Sie hatte ihn vermisst.

»Können wir reden?«, fragte er leise und Joselyn ließ den Kopf sinken. Dann drehte sie sich ganz langsam zu ihm herum und sagte:

»Ich mache uns Kaffee.«

***

Zehn Minuten später saßen sie auf der Couch und tranken Kaffee. Mal wieder.

»Das wird langsam zur Gewohnheit«, sagte sie und deutete auf die Tasse in ihrer Hand. Er nickte und schlang dann die Hände fester um seinen Becher. Er hatte noch nichts getrunken, schaute nur dem Dampf zu, der sich aus der Tasse emporwand und wärmte seine Hände. Ihm war ein wenig übel vom Alkohol und er wusste nicht, ob Kaffee die beste Idee war. Er war aus einer bestimmten inneren Eingebung heraus hergekommen, nicht, weil er es bewusst gewollt hatte. Und eigentlich hatte er nicht die leiseste Ahnung, was er sagen sollte.

»Also«, setzte Joselyn noch einmal an. »Warum bist du hier?«
Seine blauen Augen musterten sie und sie erkannte darin so viel
Schmerz und Trauer und auch eine Wut, die sie selbst ebenfalls
spürte.

»Ich ...«, begann er, kam aber nicht weiter. Am liebsten wäre er
aufgestanden und davongelaufen. Er wusste nicht, ob er alles, was
jemals zwischen ihnen gewesen war, kaputt gemacht hatte. Und
das machte ihm Angst.

»Eric ...« Jetzt beugte sie sich zu ihm hinüber und griff nach
seiner Hand, zog sie von der Tasse weg und strich sacht über
seine schlanken Finger.

»Jo, ich ...« Und in diesem Moment gab er auf. Er konnte nicht
mehr. Er konnte nicht mehr stark sein. Er konnte es nicht mehr
aufhalten. Er fühlte, wie der Schmerz in seiner Kehle emporkroch
und wie der Kloß in seinem Hals größer wurde. Es war wie ein
Feuer in ihm, was unablässig brannte und ihn auffraß. Er schlug
die Augen nieder und merkte, wie sich Nässe auf seinen Wangen
bildete. Joselyn hielt seine Hand und sagte nichts, ließ ihn einfach
weinen. Und auf eine merkwürdige Art und Weise tat ihm dieses
Schweigen gut. Es tat ihm gut, seinen Schmerz herauszulassen,
indem er hier zusammen mit ihr auf dieser Couch saß und sie
seine Hand hielt.

Sie nahm ihm die Kaffeetasse ab und stellte sie auf den Tisch
neben ihre eigene. Dann griff sie wieder nach seiner Hand und
streichelte ihm über die Fingerknöchel. Sein Herz klopfte wie wild
und die Tränen flossen weiter, wurden mehr und ein leises
Schluchzen trat aus seiner Kehle. Er weinte um seinen besten
Freund, um einen Teil seiner Familie und darum, dass er die letzten Wochen so schwach gewesen war.

»Es ist okay«, sagte sie und drückte seine Hand. Er rührte sich
nicht.

»Es ist völlig okay.«

»Ich vermisse ihn.«

»Ich weiß. Das tue ich auch.«

»Er war wie ein Bruder für mich und ich habe ihm geschworen,
dass ich auf ihn aufpassen werde, so wie er auf mich aufpassen
wollte. Ich habe versagt.«

»Hast du nicht.«

»Ach Jo ...«, meinte er seufzend und entzog sich ihrem Griff.

Dann wischte er sich ein wenig ungeschickt über die Augen und versuchte so die Tränen zu stoppen. Joselyn reichte ihm wortlos ein Taschentuch, dass er dankbar entgegennahm.

»Weißt du, Eric …«, begann sie schließlich, nachdem sie eine Weile geschwiegen hatten.

»Cole«, unterbrach er sie und schaute sie von der Seite her an.

»Okay, Cole«, bestätigte sie seine Bitte und es fühlte sich in diesem Moment wieder richtig an. »Als ich Curt verloren habe, da fühlte ich diesen Schmerz tief in mir. Am Anfang war es einfach nur ein dumpfes Gefühl. Ich konnte es nicht glauben. Besser gesagt, ich wollte es nicht glauben. Ich habe immer gedacht, wenn ich mich nur lange genug anstrenge, dann wird alles wieder so, wie es war. Dann kommt er plötzlich zur Tür herein und nimmt mich in den Arm. Ich könnte ihm sagen, wie sehr ich ihn liebe und dann wären wir wieder glücklich. Dann wäre ich wieder glücklich.« Sie versuchte seinen Blick einzufangen, doch er starrte nur nachdenklich auf seine Hände, die er in seinen Schoß gelegt hatte. Das Taschentuch hatte er zerknüllt in der rechten.

»Irgendwann kommt dann der Schmerz heraus. Es wird real, Cole. So wie bei dir jetzt. Du kannst es nicht länger verdrängen oder leugnen. Du musst trauern und in dieser Phase geht es einem wirklich richtig schlecht. Aber …« Sie griff unter sein Kinn und hob es ganz sacht an, so dass er sie anschauen musste. »… es wird besser. Es wird die Zeit kommen, in der du wieder aufrecht gehen kannst. In der es bergauf geht und irgendwann wirst du auch wieder lachen. Und weißt du was?«

Er schüttelte den Kopf.

»Darauf freue ich mich. Ich vermisse dein Lächeln.« Sie hatte leise gesprochen, doch er konnte die Emotion in ihrer Stimme erkennen. Langsam rückte er näher auf sie zu und zog sie schließlich in eine feste Umarmung. Joselyn versteifte sich zunächst, doch ihr Widerstand brach schnell und dann erwiderte sie diese. Nach ein paar Minuten löste er sich von ihr und stand auf.

»Wo willst du hin?«, fragte Joselyn und schaute ihn an.

»Ich sollte jetzt gehen«, meinte er und steckte die Hände in die Hosentaschen. Er wirkte ein wenig verlegen.

»Du kannst so doch nicht quer durch die Stadt gehen. Wie bist du überhaupt hierhergekommen?«

»Mit dem Bus«, sagte er.

»Du kannst die Couch haben«, meinte sie schließlich und stand nun ebenfalls auf. Sie lief die Treppe hinauf ins Schlafzimmer ihrer Eltern, holte ein Bettlaken und Handtücher aus dem Schrank und kam dann wieder herunter. Er hatte sich zurück auf die Couch fallen lassen und war gerade dabei, seinen Kaffee zu probieren, als sie ihn wieder nach oben scheuchte. Sie legte das Bettlaken auf die Couch und drückte ihm dann die Sofadecke in die Hand.

»Danke«, murmelte er. Sie nickte und legte die Handtücher auf den Tisch. Er setzte sich wieder und begann langsam seine Schuhe auszuziehen. Sie beobachtete ihn eine Weile und stand unschlüssig in der Tür herum. Dann nahm sie all ihren Mut zusammen und sagte:

»Eins muss ich aber noch wissen, Cole.«

»Ja?« Er hielt in seiner Bewegung inne und schaute sie stirnrunzelnd an.

»Gibst du mir die Schuld?«

Er hob eine Braue und schaute ihr in die Augen. Die Magie war wieder da und ließ es zwischen ihnen knistern.

»Wenn ich es täte, dann wäre ich nicht hier, Jo«, sagte er schließlich und Joselyn nickte. Eine Weile betrachtete sie ihn. Dann drehte sie sich um und ging in ihr Schlafzimmer.

Claire

Ich frage mich, was ich hier tue und weiß es eigentlich ganz genau. Ich tue meinen Job. Noch nie habe ich mich vor einer Aufgabe gedrückt, habe alles, was man von mir verlangt hat, mit Bravour gemeistert, habe stets Lob und Anerkennung bekommen und bin so die Karriereleiter hinaufgeklettert. Dass dabei meine Ehe auf der Strecke geblieben ist, ist bedauerlich, aber leider nicht zu ändern. Es hat nicht funktioniert und vielleicht waren wir auch zu unterschiedlich, wer weiß das schon.

Mein Job hat mir stets Ruhe und Sicherheit gegeben. Dort wusste ich immer genau, was ich zu tun habe. Gefühle sind nicht relevant. Es zählt stets Logik, Mut und Ausdauer. Ich habe mich nach oben gekämpft, auch oftmals gegen Vorurteile, weil ich eine Frau bin, aber ich habe es geschafft. Und es macht mich stolz, dass ich jetzt dort bin, wo ich bin.

Doch dann kam dieser Auftrag. Er ist anders. Er verlangt mir sehr viel ab. Ich versuche, wie immer, das Richtige zu tun, den Befehlen zu gehorchen, aber ich weiß jetzt schon, dass ich das nicht schaffen werde. Ich sollte Informationen sammeln und das werde ich auch tun. Sie haben mir keine Anweisungen gegeben, auf welche Art und Weise ich das tun sollte. Ich habe freie Hand. Einige erste Ergebnisse konnte ich schon übermitteln, aber mir fehlt noch so viel. Theodor Samira ist ein mächtiger Mann mit viel Einfluss, das habe ich schon immer gewusst. Wir haben so oft versucht, ihn und sein Konsortium zu zerschlagen, aber bis jetzt sind wir immer ohne Erfolg geblieben. Selbst bei der Sache mit Harper konnten wir ihm letztendlich nicht viel nachweisen. Und Harper liegt immer noch im Koma. Ob er jemals wieder erwachen wird, ist fraglich und so liegt alles in meinen Händen.

Ich würde gerne mit jemandem darüber reden, aber da ist niemand. Früher war da Eric, aber nun bin ich ganz allein.

Und das erste Mal in meinem Leben macht mir das etwas aus.

Kapitel 7

Sie öffnete die Augen und blickte sich in dem Hotelzimmer, in welches er sie mitgenommen hatte, um. Es handelte sich um eine Penthouse Suite, die ein Vermögen pro Nacht kostete. Das Design war schlicht, aber elegant. Granit und Marmor waren vorherrschend und das Bett war mit Seide überzogen. Sie räkelte sich noch einmal unter ihrem Laken und drehte dann den Kopf zur Seite. Die andere Hälfte des Bettes war leer. Das Bettlaken, welches ihm als Zudecke gedient hatte, lag zusammengeknüllt auf dem Boden. Zwischen den halb zugezogenen Gardinen lugte die Sonne hervor und sie musste blinzeln, als sie davon geblendet wurde. Sie richtete sich auf und hielt sich ihr eigenes Laken vor die Brust. Sie war nackt, doch fühlte sie sich keineswegs so. Er behandelte sie stets wie eine Lady und das schmeichelte ihr ungemein. Es war ihr drittes Treffen innerhalb einer Woche und es hatte bis jetzt immer auf die gleiche Art und Weise geendet. Es störte sie nicht, obwohl sie wusste, dass es nicht angemessen war. Im Gegenteil, es machte sie süchtig.

Sie hörte Wasser im Badezimmer rauschen und wusste, er stand unter der Dusche. Sie warf einen Blick auf ihr Handy und stellte fest, dass es beinahe neun Uhr war. Da waren drei verpasste Anrufe und ein Dutzend Nachrichten, aber sie las keine davon. Die Personen, die wissen mussten, wo sie sich aufhielt, wussten es und alles andere war ihr egal. Sie horchte wieder auf das Rauschen aus dem Nebenraum und stand langsam auf. Sie schlang das Bettlaken um sich herum und lief dann hinüber zu dem monumentalen Schreibtisch, den er zum Arbeiten benutzt hatte. Sie sah den Laptop und einige Papiere, daneben sein Handy und diverse Zeitungen. Schnell griff sie in ihre Handtasche, die sie am vergangenen Abend neben dem Schreibtisch abgestellt hatte und holte einen USB-Stick heraus. Sie beugte sich über den Laptop, der im Standby-Modus war und steckte den Stick an. Es dauerte eine Weile, aber dann wurde der Bildschirm hell. Sie dankte im Geiste ihren Technikern, die diesen Zaubertrick möglich gemacht hatten und betete, dass das Herunterladen der Dateien ebenso rasch gehen würde. Sie setzte sich auf den Bürostuhl und legte die Beine auf den Tisch, während sie wartete. Die Dusche im Nebenraum verstummte und sie merkte, wie ihr Herz anfing wie wild zu pochen. Sie fixierte den Stick und als er endlich fertig war, zog sie ihn hastig ab und ließ ihn in ihrer Tasche verschwinden.

Keine fünf Sekunden später betrat er den Wohnraum. Seine Haare glänzten noch feucht und mit ihm kam ein verführerischer Duft nach Aftershave ins Zimmer. Er blickte zu ihr und runzelte die Stirn, schien sich zu fragen, was sie an seinem Schreibtisch zu suchen hatte. Er nahm das Handtuch, welches über seinen Schultern hing und begann sich damit über den Nacken zu rubbeln.

»Guten Morgen«, sagte sie und öffnete die Beine ein wenig, so dass er sehen konnte, dass sie immer noch nackt war.

»Morgen«, murmelte er und trat auf sie zu, beugte sich zu ihr hinunter und zog sie dann an sich heran. Sie war gezwungen, ihre Beine vom Tisch zu nehmen und landete in seinen Armen. Ihr Puls beschleunigte sich augenblicklich und sie sog seinen Duft ein. Erneut fragte sie sich, was genau sie hier tat, aber sie konnte sich nicht wehren. Sie registrierte, dass er einen Blick auf seinen Laptop warf, bevor er seine Lippen auf die ihren presste.

Eric

Etwas Kaltes, Feuchtes berührt mein Gesicht und ich öffne verwirrt meine Augen. Doch ich kann nichts sehen außer rosa Haut und drehe den Kopf beiseite. Wieder fühle ich es und erkenne nun kleine Finger, die über meine Wangen streichen und mich offensichtlich zu wecken versuchen. Ein leises Kinderlachen dringt an meine Ohren und lässt mich vollends munter werden.

»Matthew«, murmele ich und greife nach seinen Händen. Sie sind ganz nass und voller Seife. Offenbar hat der Kleine es mit seiner morgendlichen Toilette zu gut gemeint.

»Aufstehen«, ruft er aus vollem Halse und stupst gegen meine Nase.

»Ich bin noch müde«, sage ich und ziehe mir das Kissen über den Kopf.

»Das gildet nicht, Onkel Eric. Ich habe Hunger.«

›Onkel Eric?‹ In diesem Moment fühle ich mich tatsächlich uralt.

»Kannst du dir nicht irgendwas machen?« Ich reibe mir die Augen, doch sehr viel wacher werde ich dadurch nicht. Ich blinzele gegen das grelle Licht, welches durch die seitlichen Fenster hereinkommt.

»Ich darf nicht alleine«, entgegnet Matthew und schaut mich mit seinen großen Augen an. Sie erinnern mich an seine Mutter. Sie sind genauso braun und genauso tiefgründig. Mir wird ganz mulmig zumute.

»Wo ist deine Mum?«, frage ich und hebe ganz langsam meinen Oberkörper von der Couch in eine aufrechte Position. Ich habe eindeutig einen Kater. Ich habe Kopfschmerzen und mir ist irgendwie schwindlig. Nie wieder Alkohol, rede ich mir ein und weiß im gleichen Moment, dass ich das niemals einhalten kann.

»Mama schläft noch und mein Bauch tut schon weh vor Huuuuuunnnnngerrrrr.« Matthew greift sich an den Bauch und krümmt sich, um mir zu zeigen, wie sehr ihm der Bauch schmerzt.

»Na gut Kleiner. Lassen wir deine Mum noch ein bisschen schlafen. Komm mit!« Ich hieve mich vom Sofa hoch und strecke meine steifen Glieder. Mein Schädel dröhnt und ich sehne mich nach einer heißen Dusche und einem starken Kaffee. Matthew schnappt sich meine Hand und zieht mich in die Küche. Der Fünfjährige weiß offenbar genau, wo alles steht und zieht mich schnurstracks zum Regal mit den Cornflakes. Er greift sich eine Packung und hält sie mir hin.

»Die willst du?«

Er nickt eifrig. Ich nehme die Packung und stelle sie auf den Tisch. Dann gehe ich zum Kühlschrank und hole die Milch heraus. Ich suche in den Schränken und finde eine Müslischale und einen Löffel, die ich ebenfalls auf den Tisch stelle. Matthew klettert auf seinen Hochstuhl und setzt sich brav hin. Dann beobachtet er mich. Ich schiebe ihm seine Müslischale und die Cornflakes hinüber und er schaut mich irritiert an.

»Was ist?«, frage ich ihn und beginne nach dem Kaffeepulver zu suchen. Ich habe die Kaffeemaschine entdeckt und will mir nur schnell einen Kaffee zubereiten.

»Du musst die Milch warm machen«, sagt Matthew und hebt die Packung an, so dass sie leicht in Schieflage gerät. Ich kann sie gerade noch auffangen, bevor sich der Inhalt fein säuberlich über den Tisch verteilen kann.

»Ach ja?«, frage ich ihn und beginne die Kaffeemaschine mit Wasser und Pulver zu bestücken. Dann drücke ich auf den Powerknopf und seufze erleichtert auf. Das wäre schon mal geschafft.

»Du musst sie in das Gerät stellen, das so schön rückwärts zählen kann.«

»Was?« Jetzt bin ich verwirrt, aber Matthew zeigt mit seiner kleinen Hand auf die Mikrowelle und ich nicke, nehme die Milch, gieße etwas in die Schale und stelle dann alles in die Mikrowelle hinein.

»30«, sagt Matthew.

»Wie bitte?« Ich drehe mich zu ihm um.

»Mama macht immer 30 Minuten.« Er blickt mich ziemlich ernsthaft an und ich kann nicht anders als zu schmunzeln.

»Du meinst Sekunden«, korrigiere ich ihn.

»Minutensekunden«, meint er und greift nach dem Löffel.

»Alles klar.« Ich drehe an dem Rädchen und stelle die Sekunden ein. Matthew beobachtet mich. Dann beginnt sich die Maschine zu drehen und Matthew zählt lauthals mit, bis das Ding anfängt zu piepen. Ich hole die Müslischale aus der Mikrowelle und verbrenne mir prompt die

Finger. Matthew lacht. Verdammt. Ich puste auf meinen Finger und stelle sie mit einem lauten Krachen auf den Tisch.

»Du musst Wasser drauf tun«, meint Matthew und schüttet ein paar Cornflakes in seine Schale, ohne sie zu berühren.

»Weiß ich selber«, knurre ich und stecke mir den Finger in den Mund.

»Mama macht immer Salbe drauf, wenn mir was weh tut«, erklärt Matthew und ich schiele um die Ecke, ob ich Joselyn irgendwo entdecken kann. Ich habe das Gefühl, ich könnte ein wenig Hilfe mit ihrem Sohn gut gebrauchen. Doch sie ist nirgends zu sehen.

»Schmecken dir deine Cornflakes?«, frage ich stattdessen und Matthew nickt, schaufelt weiterhin Löffel um Löffel in seinen Mund und ich sitze daneben und halte mir den Kopf. Die Kaffeemaschine knarzt und zischt und langsam rieche ich das köstliche Aroma von Kaffee. Ich hole mir eine Tasse, gieße etwas davon hinein und greife nach der Milch.

»Onkel Eric«, ruft da Matthew.

»Ja?«, frage ich und setze mich wieder zu dem Kleinen.

»Bist du jetzt mein neuer Papa?«

Ich verschlucke mich an meinem Kaffee und muss husten. Ich brauche eine ganze Weile, um wieder zu Atem zu kommen.

›Was soll ich ihm darauf antworten?‹

»Mama hat geweint wegen dir«, plappert er munter weiter und mir schwillt die Kehle zu.

»Das hat sie getan?«

Matthew nickt wieder. Dann legt er den Löffel beiseite und steht auf.

»Wo willst du hin?«, frage ich ihn.

»Ich habe Bauchschmerzen.«

»Ähm«, mache ich nur, weil ich langsam mit meinem Latein am Ende bin.

»Hier«, sagt Matthew und streicht über seinen Bauch.

»Wo ist hier?«, fragte ich und komme mir selten dämlich vor.

»Am Bauchschnabel.«

»Am …« Ich muss lachen, weil ich so etwas noch nie gehört habe, aber als ich Matthews bedrücktes Gesicht sehe, verstumme ich sofort. In

dem Moment kommt Joselyn mit einer Tüte Brötchen zur Tür herein und bleibt wie angewurzelt stehen.

»Hi«, sage ich und atme erleichtert aus. Meine Erfahrungen mit Kindern erstrecken sich aufs Fußballspielen, allenfalls noch auf das Kühlen von Verstauchungen oder Auswaschen von Platzwunden, was mein Job als Trainer einer Fußballmannschaft manchmal mit sich bringt. Doch hier fühle ich mich völlig überfordert. Ich schaue ihr in die Augen und sie erwidert meinen Blick. Sie hat mir gefehlt.

»Hi«, entgegnet sie und Matthew läuft auf sie zu, wirft sich an sie heran und umschlingt sie ganz fest. Sie streicht ihm über den Kopf. Ich schaue den beiden zu und ein warmes Gefühl steigt in mir auf.

In diesem Moment bin ich wieder glücklich.

Kapitel 8

Zum ersten Mal seit einer gefühlten Ewigkeit betraten sie wieder gemeinsam das Büro. Sie hatten Matthew im Kindergarten abgegeben und waren dann in Joselyns Wagen zusammen zur Arbeit gefahren. Sie hatten einen kurzen Umweg über Erics Wohnung gemacht, damit er sich frische Sachen anziehen konnte und nun waren sie hier. Im Büro duftete es nach Kaffee, aber es war kein Mensch zu sehen. Neun Uhr war offizieller Dienstbeginn und es war mittlerweile bereits nach zehn.

»Wo sind denn alle?«, fragte Eric und schaute sich suchend um.

Joselyn zuckte mit den Schultern.

»David und Marco sind wahrscheinlich unterwegs. Sie haben einen neuen Fall, soweit ich weiß.«

»Und Claire?« Sie drehten sich zum mittleren Büro um, aber es war leer.

»Sieht so aus, als wären wir allein«, stellte Joselyn fest.

»Gut so. Dann wird man wenigstens nicht gleich überfallen«, murmelte Eric und hängte seinen Rucksack über seine Stuhllehne.

»Du hast dich noch nicht entschieden, oder?«, fragte Joselyn.

»Was meinst du?«

»Ich meine unsere Partnerschaft.«

Eric schaute sie an und fühlte sich ziemlich ertappt. Als er schwieg, nickte sie nur kurz und wandte sich ab, um zu ihrem Schreibtisch zu gehen. Er seufzte.

»Gib mir einfach noch ein bisschen Zeit, um darüber nachzudenken. Das geht alles ziemlich schnell.«

»Okay«, sagte Joselyn nur, ohne sich umzudrehen. Sie war enttäuscht. Die Stimmung zwischen ihnen war merkwürdig. Sie hatten noch nicht wirklich über sich geredet, über ihre Gefühle zueinander und über ihre Beziehung, wenn es denn überhaupt noch eine gab. Seit er gestern bei ihr aufgetaucht war, herrschte zwar nicht mehr dieses eisige Schweigen zwischen ihnen, aber sie befanden sich auch noch nicht auf dem Wege der Besserung. Und das Thema Partnerschaft war, bis vor zwei Minuten, überhaupt noch gar nicht auf den Tisch gekommen. Und selbst jetzt war er ihr wieder ausgewichen. Sie verstand ihn einfach nicht. Wovor hatte er Angst?

»Ich müsste kurz zu Caroline und ein paar Auswertungen abholen«, sagte Eric schließlich und schaute Joselyn dabei zu, wie sie ihre Tasche im Schreibtisch verstaute. Sie fuhr herum.

»Du musst dich nicht bei mir abmelden, Cole«, sagte sie. »Denn wir haben offensichtlich keine Beziehung, weder beruflich, noch privat, wenn ich das richtig mitbekommen habe.« Bei ihren Worten war er zusammengezuckt.

»Tut mir leid, Jo, so war das alles nicht gemeint. Ich … ich weiß einfach nur nicht, was ich machen soll«, sagte er und steckte seine Hände in die Hosentaschen.

»Was von dem ganzen Schlamassel meinst du jetzt genau?«

»Unsere private Beziehung«, sagte er und schaute sie an. »Ich weiß einfach nicht, was ich da machen soll.«

»Was sagt dir dein Gefühl?«, fragte sie und ihre Stimme zitterte.

»Das ist es ja gerade. Im Moment ist alles in mir drin so verworren. Ich weiß nicht, was ich fühle. Ich habe so viel mit mir selbst zu tun, dass ich … manchmal will ich am liebsten gar nichts fühlen.«

»Ich verstehe, was du meinst, Cole. Ich kann es nachvollziehen.« Sie dachte an Curt und ihre schwere Zeit nach seinem Tod. Damals hätte sie auch am liebsten sämtliche Gefühle ausgeblendet. Aber das war nun mal nicht möglich.

»Ich denke bald, dass …« Er stockte. »… dass es besser wäre, wenn wir beide … ganz langsam … ähm …«

»… einen Schritt nach dem anderen machen?«, beendete sie seinen Satz und er nickte.

»So was Ähnliches«, murmelte er und versuchte ein Lächeln. Sie schaute ihn eine Weile an und nahm schließlich seine Hand, fuhr mit den Fingern über seine Knöchel und drückte ihm dann einen Kuss darauf.

»Ich weiß, dass wir nicht einfach mit Vollgas wieder starten können. Dazu ist einfach zu viel passiert. Wir brauchen Zeit und wir haben noch viel zu besprechen«, sagte sie und ließ dann seine Hand los.

»Du hast recht. Lass uns darüber reden. Wann hast du Zeit?«, fragte er. Sie zögerte einen Moment, doch dann hatte sie sich schnell wieder gefangen.

»Mittwoch?«

»Okay«, sagte er.

»Kannst du kochen?«, fragte sie ihn und er hob eine Braue.

»Ich glaube schon, zumindest ist noch niemand von meinem Essen umgefallen.«

»Gut, du gehst einkaufen und ich stelle die Küche zur Verfügung. Matthew geht um halb acht ins Bett, danach habe ich Zeit.«

»Ist das …?«, fragte er.

»Nein«, beantwortete sie seine unausgesprochene Frage zu einem Date und drehte sich weg, um zu ihrem Schreibtisch zu gehen. Er schaute ihr verwirrt nach und lief dann in Richtung hinteres Treppenhaus, öffnete die Tür und trat hinaus. Wie in Trance lief er die drei Stockwerke hinab ins Labor, wo Caroline und ein paar Techniker arbeiteten. Er sah, dass die Tür halb offen stand und er hörte Stimmen. Es waren eindeutig Caroline und Claire, die sich offensichtlich über irgendetwas Wichtiges unterhielten. Eric war eigentlich nicht der Typ, der lauschte, aber einige Wortfetzen, die er gleich zu Anfang mitbekam, erregten seine Aufmerksamkeit und er blieb in einigen Metern Entfernung stehen und hörte zu.

»Du musst herausfinden, was auf diesem Stick ist, Caroline, aber es muss vorerst noch geheim bleiben«, sagte Claire.

»Wo hast du den her?«, fragte Caroline.

»Das ist unwichtig. Wichtig ist nur, dass wir die Daten sorgfältig analysieren und endlich herausfinden, mit wem Samira Geschäfte macht.«

»Weiß Kingston davon?«, wollte Caroline wissen. Samuel Kingston war der Polizeichef und ihrer aller Boss. Er war es, der Ihnen die Aufträge gab und sie ihnen, wenn nötig, wieder entzog.

»Natürlich, was denkst du denn«, sagte Claire hastig.

»Okay. Wonach genau soll ich suchen?«, fragte Caroline und Eric merkte, dass seine Kollegin alles andere als begeistert war.

»Das weiß ich noch nicht. Nach allem, was verdächtig ist. Ich habe die gesamte Festplatte kopiert. Du wirst schon was finden.«

Eric beschloss seinem Lauschen ein Ende zu setzen und sich bemerkbar zu machen. Er schlich zurück zum Flur und öffnete die Tür zum Treppenhaus. Dann knallte er sie zu und lief schnellen Schrittes zurück zum Raum, in dem Caroline und Claire sich gerade aufhielten. Er betrat das Zimmer und rief:

»Hallo Mädels. Einen wunderschönen guten Morgen.«

Sein Blick wanderte von einer zur andern und die beiden Frauen starrten ihn mit offenem Munde an.

»Komme ich ungelegen?«, fragte er weiter und wich Claires strengem Blick aus.

»Keineswegs. Ich war sowieso gerade am Gehen«, meinte sie dann und legte Caroline den Stick auf den Tisch. Dann drehte sie sich herum und lief, nicht ohne Eric noch einmal konsterniert anzusehen, zur Tür. Caroline drehte sich zu Eric herum und fragte:

»Was willst du?«

»Ich wollte die Daten abholen, die ich für meinen Bericht noch brauche.«

»Okay, ich habe alles hier.« Sie ging zu einem Tisch und wühlte kurz darauf herum. Dann griff sie einen dünnen Ordner und reichte ihn Eric.

»Danke Caro«, sagte er und drückte den Ordner an seine Brust.

»Sonst noch was?«, fragte Caroline.

»Ähm … was genau wollte Claire hier?« Sie wussten beide, dass Claire fast nie hierherkam. Und wenn, dann handelte es sich wirklich um etwas sehr, sehr Wichtiges.

»Kann ich dir nicht sagen.« Eric versuchte Carolines Blick einzufangen, doch sie wich ihm aus. Und jetzt wusste er, dass da irgendetwas faul war. Er wusste nur noch nicht was.

Claire

Heute ist es endlich soweit. Ich werde Samiras engsten Stab kennenlernen. Ich bin aufgeregt. Ich weiß, dass ich meinem Ziel, mich in seine Organisation einzuschleusen, mit jeder Minute näherkomme. Und das ist gut so. Es dauert schon viel zu lange und Kingston sitzt mir im Nacken. Ich weiß, er möchte endlich Resultate sehen und ich weiß, ich muss mich zurückhalten, um Theodors Charme nicht noch weiter zu erliegen, als ich es ohnehin schon tue. Erst gestern habe ich Caroline die Daten von Samiras Laptop gegeben und sie hat mir schon einige Informationen bereitgestellt. Ich kenne seinen Finanzchef und ich kenne seinen Bruder. Ich weiß ungefähr, wie viele Unternehmen er eigentlich besitzt, aber ich habe noch keine Ahnung, wie viel davon legal und wie viel ein Fake ist. Aber das werde ich alles noch herausfinden.

Ich nehme mir Zeit mit meinem Outfit, stehe eine gefühlte Ewigkeit vor meinem Kleiderschrank und entscheide mich dann für ein schlichtes schwarzes Kostüm, dazu goldenen Schmuck und schwarze Schuhe. Die Absätze sind hoch, 12 Zentimeter und ich brauche eine Weile, um mich daran zu gewöhnen. Ich lege ein wenig Parfum auf, BB, meinen Lieblingsduft. Dann kämme ich meine Haare und stecke sie zu einem kunstvollen Knoten auf. Als ich noch ein kleines Mädchen war, haben meine Freundinnen und ich uns stundenlang die Haare gestylt. Wir haben alle möglichen Frisuren ausprobiert, und ich war immer diejenige, die die kunstvollsten Werke zustande gebracht hat. Dieses Talent ist mir bis heute erhalten geblieben, nur dass ich mittlerweile keine Zöpfe mehr flechte, sondern meine Kreationen etwas exotischer aussehen.

Als ich mit meinen Haaren fertig bin, beginne ich mich zu schminken und setze meine Augen und vor allem meine Lippen in Szene. Ich weiß genau, wie man Männer betören kann und bin immer wieder aufs Neue überrascht, wie sehr sie sich von einem hübschen Gesicht und einem tollen Körper beeindrucken lassen. Ich checke ein letztes Mal mein Gesicht, dann nehme ich meine Handtasche und verstaue alle notwendigen Utensilien darin. Ich schreibe Kingston eine Nachricht, dass ich mich auf den Weg zu Samira mache und erhalte keine fünf Minuten später meine Instruktionen. Ich streiche mir noch einmal über

*die Haare, nehme meine Autoschlüssel und verlasse das Haus. Ich
steige in meinen Wagen und fahre zu meiner nächsten Mission.*

Kapitel 9

Sie betraten den Konferenzraum und er bedeutete ihr sich zu setzen. Claire schaute sich kurz um, streifte die ihr, bis dato nur aus ihren Recherchen, bekannten Gesichter und nahm dann rechts neben Theodor Samira Platz. Der Raum war groß und hell, mit einem ovalen Tisch in der Mitte, an dem gut und gerne zwanzig Leute Platz finden konnten. Heute waren es lediglich vier, sie eingeschlossen. Auf dem Tisch standen Kaffeetassen und Gebäck sowie Milch und Zucker.

»Kaffee, Miss Simmons?«, fragte Samira an Claire gewandt und deutete auf die Tassen. Er benutzte nicht die vertraute Anrede, sondern stellte eine professionelle Distanz her. Anders hatte sie es auch nicht erwartet. Theodor Samira war stets ein Profi, wenn es um Geschäftliches ging.

»Gern«, antwortete sie und strich sich den Rock glatt. Sie wusste, sie wurde beobachtet, aber das störte sie nicht. Samira schenkte ihr ein und stellte die Tasse vor sie auf den Tisch. Die anderen nahmen sich ebenfalls etwas und schauten sie dabei weiterhin misstrauisch an. Samira setzte sich und faltete die Hände.

»Also, Miss Clarissa Simmons, darf ich Ihnen meine beiden engsten Vertrauten vorstellen?« Er deutete nach rechts. »Das ist mein Bruder Claudio und das ... « Er deutete nach links. »... ist mein finanzielles Genie Miko Nguyen. Es gibt nichts, was er nicht irgendwie zu Geld machen kann.«

Claire nickte den beiden Männern zu und beobachtete heimlich den asiatisch aussehenden Mann Nguyen. Er wirkte verbissen und Claire konnte nicht sagen, ob er begeistert war, dass sie hier war. Samiras Bruder hatte eine Miene aufgesetzt, die an Skepsis grenzte und Claire konnte es durchaus nachvollziehen. Sie war eine Fremde. Noch dazu eine Frau und wahrscheinlich dachten die beiden, dass Theodor einzig aufgrund seiner Hormone auf sie hereingefallen war, was ja auch in gewisser Art und Weise stimmte. Das sich entwickelnde Gespräch verlief nicht besonders wohlwollend. Claire erntete das ein oder andere Mal bitterböse Blicke und gemeine Spitzen von Claudio und Miko, aber damit konnte sie umgehen. Theodor stärkte ihr den Rücken, indem er unmissverständlich klarmachte, dass er hier das Sagen hatte und dass er eine neue Anwältin engagieren konnte, wann immer er das wollte.

»Ich möchte, dass du sie mit den Zahlen vertraut machst«, sagte Theodor an Nguyen gewandt und dieser schaute seinen Boss überrascht an.

»Theo, kann ich dich einen Moment sprechen!«, meldete sich plötzlich Claudio zu Wort und sprang auf. Sein Blick ruhte auf Claire und sie konnte die Feindseligkeit förmlich spüren.

»Sicher.«

Die beiden Männer verließen den Raum und Claire blieb mit Nguyen allein zurück. Eine Weile sprachen sie kein Wort, dann sagte er:

»Ich weiß nicht genau, was Sie vorhaben, Miss Simmons, aber ich verspreche Ihnen, dass Sie damit nicht durchkommen werden.«

Claire beugte sich ein wenig über den Tisch, so dass er in ihren Ausschnitt schauen musste.

»Ich habe vor, einen neuen Job anzutreten, sonst nichts.«

»Sonst nichts«, wiederholte er ihre Worte und lachte auf.

»Ihr Boss hat mich engagiert, weil ich gut bin.«

»Fragt sich nur wobei«, giftete Nguyen zurück.

»Das ... werden Sie wohl nie erfahren.« Claire nahm einen Schluck aus ihrer Kaffeetasse und stellte fest, dass der Kaffee gar nicht mal so schlecht war. Nguyen runzelte noch immer die Stirn. Claire lehnte sich zurück und er stand auf, lief zum Fenster und tat für einen Augenblick so, als würde er angestrengt hinausschauen. Doch Claire wusste genau, dass er sie weiterhin genauestens musterte. Sie konnte es ihm nicht einmal verübeln. Er tat nur seinen Job, aber inzwischen wurde ihr das Ganze doch etwas unangenehm. Sie vermied es, sich zu ihm umzudrehen und mit einem Mal spürte sie ihn ganz dicht neben sich. Er hatte sich zu ihr heruntergebeugt und Claire konnte seinen warmen Atem an ihrem Hals fühlen. Doch da war noch etwas Anderes. Ein metallischer Gegenstand, den er ihr in die Seite presste. Claire schluckte.

»Ich warne Sie nur einmal. Wenn Sie irgendetwas mit Theodor vorhaben ... egal was es ist, wenn Sie ihm schaden ... ich werde es erfahren. Und dann werde ich nicht mehr so freundlich sein, verstanden?« Er drückte die Waffe noch ein wenig mehr in ihr Fleisch und Claire musste sich zusammenreißen, um nicht laut aufzuschreien. In diesem Moment wünschte sie, sie hätte diese Mission nie begonnen. Doch sie konnte nicht mehr zurück. Also griff sie zur Seite und umschloss die Waffe mit ihrer Hand, zog sie ganz langsam nach oben und stand auf. Sie drückte Nguyens Arm von sich weg, so dass die Waffe nun auf den Boden gerichtet war. Während der ganzen Prozedur wich sie seinem Blick nicht aus. Und als sie sicher sein konnte, dass er ihr nichts tun würde, sagte sie:

»Wie gesagt, ich möchte diesen wirklich gut bezahlten Job. Alles andere interessiert mich nicht.«

In diesem Moment kamen die anderen beiden zur Tür herein und Claire blickte auf. Sie sah, dass Samira sie und Nguyen skeptisch musterte und sie spürte, dass sich die Stimmung mit einem Mal verändert hatte. Sie versuchte Samiras Blick einzufangen, aber er wich ihr aus. Nguyen packte seine Sachen zusammen und verließ den Raum. Zurück blieben sie, Theodor und sein Bruder. Es wurden noch ein paar belanglose Kleinigkeiten ausgetauscht und dann wurde die Runde beendet.

***

Sie verließen den Konferenzraum und Claire folgte Samira den langen Gang entlang zu seinem Büro. Er lief schnell und sie hatte Mühe auf ihren High Heels mit ihm Schritt zu halten. Sie betraten das Vorzimmer und Samira wies seine Sekretärin schroff an, in der nächsten Stunde keine Anrufe durchzustellen. Dann hielt er Claire die Tür auf und ließ sie eintreten. Er schloss sie leise wieder und drehte sich dann langsam zu ihr herum. Claire setzte ein Lächeln auf und wartete. Er verriegelte die Tür und kam auf sie zu, strich ihr mit der Hand leicht über die Schulter und den Nacken und kämmte ihr Haar zur Seite, so dass ihre Haut entblößt wurde.

»Was hast du vor?«, fragte sie ihn und schmiegte sich an seine Seite, legte ihren Kopf schief und ließ ihn weitermachen.

»Dasselbe könnte ich dich auch fragen, Claire Brown.«

Er betonte ihren Namen. Claire versteifte sich und zog ruckartig ihren Kopf zur Seite. Es dauerte ein paar Sekunden bis das, was er gerade gesagt hatte, wirklich bei ihr angekommen war. Ihr Mund wurde trocken und sie fühlte, wie ihr das Herz auf einmal bis zum Halse schlug. Er starrte sie eine Weile an und sagte kein Wort, musterte sie nur von oben bis unten und sie versuchte gleichmäßig zu atmen. Die Gefahr kroch in diesen Raum und Claire hatte keine Ahnung, was nun passieren würde. Sie roch sein Aftershave, als er sich nun wieder zu ihr hinab beugte und ihr in die Augen schaute. Sie konnte sich nicht abwenden. Sie begehrte ihn und das, obwohl dies ihr Todesurteil sein konnte.

»Seit wann weißt du es?«, flüsterte sie und merkte, wie ihre Stimme zitterte. Er strich ihr mit dem Finger über die Wange und hinab zu ihrem Ausschnitt. Ihre Brust hob und senkte sich im schnellen Rhythmus ihres Atems und sie schaute ihn angstvoll an.

»Eine Weile.« Seine Hand wanderte in ihren Ausschnitt und griff in ihren BH, strich über ihre Brust und sie musste ein Stöhnen zurückhalten. Was tat er nur mit ihr? Sie konnte absolut nicht klar denken.

»Und was hast du nun vor?«, zwang sie sich weiter zu fragen. Er quälte sie, indem er immer weiter mit ihr spielte und sie in diesem Zustand der Erregung und Angst zurückließ. Plötzlich zog er sie mit einem Ruck zu sich heran und legte seine Lippen ganz dicht an die ihren, ohne sie jedoch tatsächlich zu berühren.

»Theo?«, rief sie und er drückte sie noch enger an sich heran. Sie spürte seine körperliche Erregung und war verwirrt. Was wollte er von ihr? Sie töten? Sie lieben? Was es auch immer war, es machte sie unglaublich heiß. Sein Atem ging mittlerweile genauso schnell wie ihr eigener und sie sah das Verlangen in seinen Augen aufblitzen.

»Ein schöner Name«, flüsterte er ihr ins Ohr und manövrierte sie dann gleichzeitig zu seinem Schreibtisch, schob sie gegen die Tischkante und begann sie zu küssen.

»Was?«

»Claire, Claire, Claire«, murmelte er und drückte sie schließlich nach unten. Sie konnte sich nicht wehren und sie wollte es auch gar nicht. Wenn er sie hätte töten wollen, dann hätte er es schon längst tun können. Noch war sie sicher. Doch das war wohl alles nur eine Frage der Zeit.

Joselyn

Seufzend lege ich das Teststäbchen auf ein Papiertuch und zähle die Sekunden. Das ist mein dritter Test innerhalb von sechs Tagen und ich weiß genau, was er anzeigen wird. Mir wird ganz schlecht bei dem Gedanken, was auf mich zukommen wird und ich frage mich die ganze Zeit, wie das hatte passieren können. Wir hatten ein Kondom benutzt, das weiß ich ziemlich genau. Was ist also schiefgegangen?

Ich brauche die restliche Zeit nicht abzuwarten, die zwei Linien sind deutlich zu sehen. Mir kommen die Tränen. Ich kann mich im Moment nur auf diese Tests verlassen. Zum Arzt habe ich mich noch nicht getraut. Doch ich fühle, dass es wahr ist. Es ist zwar anders als damals bei Matthew. Mir ist nicht übel und ich bin nicht müde, noch nicht. Einzig meine Brust schmerzt, wenn man dagegen kommt. Ansonsten kann ich beim besten Willen nichts spüren.

Ich schniefe und denke an Eric. Ich werde es ihm sagen müssen, doch ich habe keine Ahnung wann und wie. Wir sind nicht zusammen, waren es noch nie so wirklich und eine Beziehung mit einem Baby zu beginnen, ist nicht gerade eine gute Basis. Wir kennen uns noch nicht wirklich, haben noch nichts miteinander erlebt und wissen nicht einmal, ob wir tatsächlich zusammenpassen. Und nun sind wir für den Rest unseres Lebens aneinander gebunden, egal was passieren wird. Das habe ich so nicht gewollt. Ich merke, dass ich wütend werde, doch ich will mich nicht gegen das Leben in mir wenden. Trotz allem hat es eine Chance verdient.

Mein Handy vibriert auf dem kleinen Regal über dem Waschbecken und ich schrecke zusammen. Ein Blick verrät mir, dass es Eric ist. Er wartet auf mich vor der Tür. Wir haben uns zum Essen und Reden verabredet. Nur haben wir nicht definiert, welches Thema zur Sprache kommen soll. Ich schlucke meine Tränen hinunter und schreibe ihm kurz, dass ich gleich da bin. Dann prüfe ich meine Frisur und versuche die Spuren meiner Traurigkeit zu beseitigen, indem ich ein wenig Puder auflege. Die Schachtel und das Teststäbchen stopfe ich in den Badezimmerschrank und dann eile ich zur Tür.

Kapitel 10

Mittwoch, 25. Januar

»Hi, Jo.« Eric lehnte im Rahmen der Eingangstür und schaute sie an. Joselyn schenkte ihm ein Lächeln und ließ ihn dann herein. Er beugte sich zu ihr hinunter und etwas schüchtern drückte er ihr einen brüderlichen Kuss auf die Wange, den sie genauso schüchtern erwiderte. Sie merkte, wie Hitze in ihr aufstieg und wich schnell vor ihm zurück.

»Schön dich zu sehen«, sagte sie, drehte sich um und ging dann voran in die Küche. Er folgte ihr und stellte die mitgebrachten Einkaufstüten auf den Küchentisch.

»Was hast du gekauft?«, fragte Joselyn und lugte vorsichtig in eine der Tüten.

»Ich hoffe, du magst Fisch«, antwortete er und begann dann seine Schätze auszupacken.

»Ich liebe Fisch«, rief sie und half ihm dabei.

»Schläft Matthew schon?«, erkundigte er sich, als sie die Zutaten ausgebreitet hatten und Joselyn ihm Pfannen und Töpfe herausgesucht hatte.

»Ich hoffe es. Er ist zumindest still, aber ich fürchte, er liegt noch wach und lauscht dem, was wir hier unten so treiben.« Sie grinste ihn an und er grinste zurück. Der eindeutig zweideutige Satz schwebte zwischen ihnen und lockerte die Stimmung ein wenig auf.

»Ich habe ihm ein paar Fußballkarten mitgebracht«, sagte Eric, griff in seine Hosentasche und hielt ihr den Stapel Karten hin.

»Da wird er sich bestimmt freuen. Wenn du willst, dann kannst du kurz hochgehen und mal schauen, ob er tatsächlich noch wach ist.«

»Okay«, sagte Eric und lief zur Treppe. »Bin gleich wieder da.« Joselyn nickte.

»Ich werde inzwischen mal mit dem Reis anfangen.«

»Danke«, murmelte er und verschwand. Joselyn schaute ihm grübelnd nach. Es berührte ihr Herz, dass er sich so um Matthew bemühte, aber sie war auch vorsichtig. Sie wusste nicht, was das mit ihnen werden sollte. Bis vor drei Tagen noch war er ihr aus dem Weg gegangen, hatte ihr die Schuld an Nicklas' Tod gegeben und sich völlig in sich zurückgezogen. Was sollte nun auf einmal anders sein? Sie seufzte und goss Wasser in einen Topf, schüttete Reis hinein und stellte alles auf den Herd. Er hatte Wein mitgebracht und sie fragte sich gerade, wie sie ihm klarmachen sollte, dass sie im Moment keinen Wein trinken durfte, als er zurück in die Küche kam und sagte:

»Er war schon so gut wie eingeschlafen und ich wollte ihn nicht unnötig wieder wachmachen. Ich habe die Karten auf seinen Nachttisch gelegt, dann findet er sie morgen früh bestimmt gleich.«

Sie drehte sich zu ihm herum und sein sanftes Lächeln bescherte ihr ein Kribbeln in der Magengegend.

»Danke, Cole, das ist lieb von dir«, sagte sie und er nickte ihr kurz zu, steckte die Hände in die Hosentaschen und wirkte mit einem Mal sehr unsicher. Stille breitete sich zwischen Ihnen aus. Der Reis blubberte und der Kühlschrank summte, aber ansonsten war es beinahe gespenstisch still. Sie hob den Kopf und ihre Blicke trafen sich. Es machte sie beide verlegen, hier zu stehen und nicht zu wissen, was sie sagen sollten. Sie schauten sich eine ganze Weile einfach nur an und stellten fest, dass das Prickeln, welches seit ihrer ersten Begegnung zwischen ihnen existiert hatte, immer noch vorhanden war. Die Spannung war unerträglich und doch bewegte sich keiner von beiden, bis ein Zischen sie aus ihrer Erstarrung erwachen ließ. Joselyn sprintete zum Herd, riss den Topf zur Seite und fluchte. Eric trat neben sie und half ihr.

»Lass mich das machen«, bat er sie und griff sich einen Lappen, um das übergekochte Wasser wegzuwischen. Sie nickte und trat zur Seite, lehnte sich an den Tisch und versuchte, ihr wild klopfendes Herz wieder unter Kontrolle zu bekommen.

»Cole«, sagte sie schließlich und er hielt in seiner Bewegung inne, schaute sie an.

»Ja?«, fragte er.

»Was machen wir hier eigentlich?«, fragte sie und richtete sich auf. Er zuckte mit den Schultern und fand keine Antwort.

»Ich weiß nicht«, stammelte er.

»Das ist doch verrückt.« Sie hob die Hände über den Kopf und strich sich dann durch die Haare.

»Was meinst du?«, erkundigte er sich verwirrt.

»Das mit uns, ich meine, wir schlafen miteinander, dann ignorierst du mich wochenlang, dann kommst du hier vorbei und schüttest mir dein Herz aus und dann ist alles wieder gut?«

»Du bist wütend«, stellte er fest.

»Ja, das bin ich.«

»Und du hast jedes Recht dazu«, sagte er und ließ sich auf einen der Küchenstühle fallen, legte den Kopf in die Hände und hielt einen Moment lang inne. Joselyn wagte es nicht irgendetwas zu sagen. Sie stand einfach nur da und schaute ihn an. Nach einer gefühlten Ewigkeit hob er den Kopf und schaute sie an.

»Unsere Nacht, Jo.« Er stockte. »Sie hat mir so viel bedeutet. Ich habe wirklich daran geglaubt, dass wir etwas daraus machen können.«

»Und jetzt glaubst du es nicht mehr?«, fragte sie und hatte Angst vor der Antwort.

»Ich … ich bin verwirrt. Ich habe Angst, dass es nicht funktioniert. Das mit Nick hat mich so dermaßen aus der Bahn geworfen, dass ich einfach gerade nicht weiß, ob ich Gefühle zulassen kann.«

»Ich habe auch Angst, Cole. Eine Scheißangst, das kannst du mir glauben. Ich habe Matthews Vater verloren und ich habe Curt verloren. Was glaubst du, wie es mir bei der ganzen Sache geht? Ich traue mich kaum dich anzusehen, weil ich weiß, was ich empfinde und weil ich weiß, wie schnell alles wieder vorbei sein kann, aber …«

»Aber?«, fragte er und jetzt sah er Tränen in ihren Augen glitzern.

»Ich kann nichts gegen meine Gefühle tun. Sie sind nun einmal da und ich muss einfach wissen, was du denkst, weil …«

Er hatte nach ihrer Hand gegriffen und sie zu sich herangezogen. Sie landete auf seinem Schoß und er legte seine Hände auf ihren Rücken, drückte sie an sich und küsste sie auf den Mund. Sie war überrascht und verwirrt und wusste im ersten Moment nicht, was sie tun sollte. Doch dann spürte sie seine Lippen weich und warm auf den ihren, sie fühlte seine Zunge, die versuchte sie zu liebkosen und öffnete ihren Mund. Während sie sich küssten, zuerst sanft, dann fordernder, erinnerten sie sich sofort an den letzten Kuss, den sie sich gegeben hatten, damals in New York und es machte sie beide glücklich und traurig zugleich. Joselyn hob die Hände und legte sie sanft auf seine Wangen, strich mit den Fingerspitzen darüber und küsste ihn weiter. Er schmeckte so gut und löste dieses angenehme Prickeln in ihr aus, dem sie sich nicht entziehen konnte. Der Kuss dauerte an und war sehr zärtlich, doch beide trauten sie sich nicht weiter zu gehen. Ihre Hände blieben dort, wo sie waren und alles, was sie tun konnten, war sich gegenseitig festzuhalten.

»Ich hab dich vermisst, Jo«, flüsterte er zwischen zwei Küssen und sie merkte, wie ihr schon wieder die Tränen in die Augen schossen. Sie löste sich von ihm und legte ihre Stirn gegen die seine. Sie waren außer Atem und durcheinander.

»Ich hab dich auch vermisst, Cole«, gab sie zurück und er küsste sie auf die Stirn, nahm dann ihre Hände und hielt sie fest.

»Es tut mir leid«, sagte er und versuchte ihren Blick einzufangen. »Ich wollte dich nicht verletzen. Ich wollte dich auch nicht im Stich lassen. Ich war nur so wütend. Ich habe einfach falsch reagiert und ich hoffe, du kannst mir verzeihen, denn ich habe das, was ich in New York in diesem Hotelzimmer gesagt habe, absolut ernst gemeint, Jo.« Er hielt inne und schaute ihr in die Augen. Seine Stimme war leise und zitterte und Joselyns Herz zog sich zusammen.

»Meinst du, wir haben eine Chance?«, fragte sie sanft.

»Ich möchte, dass wir die haben«, antwortete er ihr und Joselyn begann zu lächeln. Eigentlich wäre jetzt ein guter Zeitpunkt gewesen, ihm von ihrem kleinen Geheimnis zu berichten, aber sie konnte es nicht. Sie war innerlich einfach noch zu aufgewühlt, um gleich die nächste Hammernachricht los zu werden, deswegen schwieg sie und legte wieder ihre Lippen auf seinen Mund. In dem Moment klingelte ihr Telefon und sie schraken gleichermaßen zusammen.

»Tut mir leid«, murmelte sie und merkte, dass sie das Klingeln ablenkte.

»Kein Problem. Geh ruhig«, sagte er und sie schaute ihn entschuldigend an. Dann stand sie von seinem Schoß auf und lief in den Flur, wo sie ihr Telefon hatte liegen lassen. Er stand ebenfalls auf und schaute ihr nach. Sie kam zurück und rief:

»Da muss ich kurz drangehen. Es ist meine Maklerin. Bin gleich wieder da.«

Sie wirkte aufgeregt, fast wie ein kleines Kind.

»Ich kümmere mich inzwischen ums Essen«, rief er ihr nach, als sie mit dem Telefon am Ohr im Wohnzimmer verschwand. Er rieb sich kurz über den Nacken und besah sich dann das Chaos in der Küche, welches sie angerichtet hatten. Dann begann er die Zutaten zusammen zu suchen, die er für das Essen, welches er geplant hatte, brauchte und stellte Töpfe und Pfannen auf den Herd. Er war gerade dabei den Fisch zu braten, als Joselyn freudestrahlend zu ihm zurückkehrte. Eric blickte vom Herd auf und hob fragend eine Braue.

»Du wirst es nicht glauben«, rief sie und gab ihm spontan einen Kuss auf die Wange.

»Was denn?«, fragte er.

»Ich habe eine Wohnung.« Sie hüpfte auf und ab mit strahlenden Augen und Eric musste unwillkürlich lachen.

»Ich wusste gar nicht, dass du eine gesucht hast«, stellte er dann fest und wendete geschickt den Fisch.

»Hast du etwa geglaubt, ich will ewig bei meinen Eltern wohnen?«, fragte sie ihn tadelnd.

»Das nicht, aber … keine Ahnung, Jo. Wo liegt sie?«

»Nicht am Strand, leider, aber dafür näher an der Arbeit und nicht weit vom Kindergarten entfernt. Ich habe sie mir letztens angesehen und eigentlich gedacht, dass ich sie sowieso nicht bekomme, weil ich Matthew dabeihatte.«

»Vielleicht hat gerade er die Maklerin beeindruckt«, meinte Eric und kramte nach Tellern und Besteck.

»Ich glaube auch. Sie erzählte mir, dass sie auch Kinder hat und dass sie mir zuerst die Wohnung anbieten möchte, genau aus diesem Grund.«

»Das ist doch super. Wann kannst du einziehen?«

»In einem Monat. Wahrscheinlich kann ich schon nächste Woche den Vertrag unterschreiben und dann muss ich mir nur noch ein paar Möbel und Umzugshelfer besorgen.«

»Ich stehe zur Verfügung«, sagte Eric und hob ihr seine Hände entgegen.

»Danke, das ist wirklich lieb von dir«, sagte Joselyn und schaute dann neugierig auf den Herd. Ihr war inzwischen richtig schlecht vor Hunger und sie wusste, sie musste dringend etwas essen. In diesem Augenblick wusste sie, dass sie definitiv schwanger war, denn dieses Gefühl kannte sie.

Diese latente Übelkeit, gepaart mit unbändigem Hunger. Eric, der sie beobachtet hatte, fragte:

»Alles okay mir dir? Du siehst irgendwie blass aus.«

Joselyn nickte und suchte nach einem Glas, welches sie mit Leitungswasser füllte.

»Ja, ich habe nur Hunger.«

»Das trifft sich gut. Das Essen ist gleich fertig.« Er deutete auf den Herd, auf dem der Reis noch blubberte und der Fisch sowie das Gemüse bereits servierfertig darauf warteten, auf den Tisch gestellt zu werden.

»Sehr gut.« Sie setzte sich an den Tisch und wartete, bis er alles fertig hatte und die Teller gefüllt waren.

»Wie wäre es mit einem Glas Wein?«, fragte er und hob die Flasche, die er mitgebracht hatte.

»Für mich nicht, danke«, kam ihre Antwort ein wenig zu schnell und er schaute sie überrascht an, sagte aber nichts dazu.

»Okay, dann Wasser«, meinte er und stellte den Wein zurück auf den Tisch. Sie begannen zu essen und es legte sich eine beruhigende Stille über den Raum.

***

Nach dem Essen hatten sie sich in Joselyns Zimmer zurückgezogen und saßen sich nun gegenüber auf dem Bett. Es war dunkel, lediglich das kleine Nachtlicht auf Joselyns Schreibtisch hatten sie angeknipst. Sie hielten sich an den Händen und versuchten die peinliche Stimmung irgendwie zu meistern. Es fühlte sich an, als wären sie Teenager, die nicht wussten, wie sie nun, da sie beschlossen hatten, miteinander zu gehen, weitermachen sollten.

»Es ist total verrückt«, lachte Joselyn plötzlich.

»Was?«

»Wir benehmen uns total kindisch«, sagte sie.

»Dem kann ich nicht widersprechen«, meinte er.

»Was hältst du von einem Film?«, fragte sie und sprang vom Bett.

»Warum nicht.«

Sie ging zum Regal und ging die Filme durch.

»Also, ich habe ›Casablanca‹, ›Vom Winde verweht‹, diverse neuere Liebes- und Actionfilme, Matthews Ninjakrieger …«

»Was ist ›Vom Winde verweht‹?«, unterbrach er sie.

»Sag bloß, du kennst ›Vom Winde verweht‹ nicht. Das ist ein Klassiker. Clark Gable und Vivien Leigh als Rhett Butler und Scarlett O`Hara, das Traumpaar des Amerikanischen Bürgerkrieges schlechthin.« Er starrte sie nur mit offenem Mund an und zuckte mit den Schultern.

»Das, mein Freund«, sagte sie und griff nach der DVD. »… ist eindeutig eine Bildungslücke.« Sie legte die DVD in den Recorder und schaltete den Fernseher ein. Dann ließ sie sich neben ihn zurück aufs Bett fallen und drückte auf Play. Der Vorspann begann und Joselyn lehnte sich zurück. Eric nahm ihr die DVD-Hülle aus der Hand und versuchte im Halbdunkel etwas zu erkennen.

»Du hast mir nicht gesagt, dass das Ding vier Stunden geht«, sagte er entsetzt und Joselyn grinste ihn an.

»Hattest du heute etwa noch anderweitige Pläne?«, fragte sie zurück und er schüttelte den Kopf. Dann ließ er sich nach hinten fallen und legte einen Arm um ihre Schultern. Joselyn rutschte an ihn heran und bettete ihren Kopf an seine Brust. Es war okay für sie beide, vorerst aufs Reden zu verzichten und einfach nur die Nähe des jeweils anderen zu genießen. Eric streichelte sanft über Joselyns Arm und die gemütliche Atmosphäre trug dazu bei, dass sie schon nach zehn Minuten eingeschlafen war. Auch Eric spürte diese Schwere und schaffte es ganze weitere zehn Minuten. Dann war auch er im Land der Träume versunken.

***

Er erwachte, weil seine Hosentasche vibrierte. Verwirrt rieb er sich über die Augen und brauchte erst einmal ein paar Sekunden, bis er registrierte, wo er überhaupt war. Sanft schob er Joselyn von sich herunter und stand auf. Im Fernsehen rannte gerade eine völlig verzweifelte Scarlett vor den Flammen davon um ihr Leben, aber er interessierte sich nicht sonderlich für den Film. Er zog sein Handy aus der Hosentasche und warf einen Blick darauf. Er runzelte die Stirn und verließ dann leise den Raum. Im Flur nahm er das Gespräch an und flüsterte:

»Claire.« Er hörte sich an, was sie zu sagen hatte. Dann legte er auf und ging zurück zu Joselyn. Er beugte sich über sie und drückte ihr einen Kuss auf die Stirn. Sie bewegte sich leicht im Schlaf, wachte aber nicht auf. Er machte den Fernseher aus und deckte Joselyn zu. Dann schaute er noch einmal auf sie hinab und griff dann nach seinen Schuhen, die er vor dem Bett abgestellt hatte. Schließlich schlüpfte er wieder nach draußen und schlich die Treppe hinab. Er suchte und fand einen Zettel, hinterließ Joselyn eine Nachricht und machte sich dann auf den Weg.

Claire

Ich war noch nie so erschüttert, wie in diesem Augenblick. Ich habe nicht mit so etwas gerechnet. Nicht mit diesem Anblick, nicht mit den Gefühlen, die dies in mir auslösen würde. Nicht mit alledem, was hier gerade passiert zu sein scheint. Ich habe das Gefühl, zu spät gekommen zu sein, etwas Wichtiges übersehen zu haben. Meine Hände zittern so heftig, dass ich es kaum schaffe, mein Handy aus der Tasche zu ziehen. Ich überlege, wen ich anrufen soll und es fällt mir eigentlich nur eine Person ein, der ich blind vertrauen kann. Eric nimmt erst nach dem siebten Klingeln ab und er wirkt ziemlich verschlafen, dabei ist es erst kurz nach zehn.

»Claire«, sagt er kurz angebunden und ich merke, dass er nicht allzu begeistert von der Störung ist.

»Eric«, flüstere ich. »Ich brauche deine Hilfe.«

»Was ist passiert?« Jetzt habe ich seine Aufmerksamkeit.

»Er ist tot, Eric.« Meine Stimme bricht beinahe und ich schaue wieder verzweifelt auf die Leiche.

»Wer Claire? Von wem sprichst du?«

»Ich rede von Theodor Samira, Eric. Er liegt hier tot vor mir. In seinem eigenen Wohnzimmer.« Meine Finger sind ganz kalt.

»Wo bist du, Claire?«

Ich nenne ihm die Adresse.

»Okay, bleib dort. Ich bin in zwanzig Minuten bei dir«, sagt er bestimmt und ich bin froh, dass ich ihn angerufen habe.

»Eric.«

»Ja?«

»Du solltest ein paar Querstraßen weiter weg parken. Ich lasse dich durch den Hintereingang herein. Nur zur Sicherheit«, erkläre ich ihm und höre sein kurzes »Okay«. Dann lege ich auf und versuche mich so weit zu beruhigen, um meinem Exmann gegenübertreten zu können.

Kapitel 11

Er stellte den Wagen am Straßenrand ab und schaltete den Motor aus. Er brauchte ein paar Sekunden, um sich zu sammeln. Claire hatte ihn mit ihrem Anruf in einen Zustand der Angst versetzt. Und gleichzeitig war er ziemlich verwirrt. Was zum Teufel machte sie bloß bei Samira zu Hause? War sie völlig verrückt geworden? Und warum in Gottes Namen war er tot und sie dort? Das bereitete ihm Sorge und er musste sogleich wieder an seinen toten Freund denken. Noch einen Menschen in seinem Leben durfte er einfach nicht verlieren.

Die ganze Fahrt über hatte er gegrübelt und hatte sich ermahnen müssen, auf die Straße zu achten. Jetzt stieg er aus und lief die paar Blocks, bis er zu dem abgelegenen Grundstück kam, dessen Adresse Claire ihm genannt hatte. Er sah sich um und hoffte, dass er unbemerkt an den Kameras vorbeikommen würde. Schnell lief er zum Hintereingang und klopfte leise gegen die Scheibe. Keine zwei Sekunden später, wurde die Tür geöffnet und Claire zog ihn nach drinnen. Er konnte einen Blick auf sie werfen, als der Schein der Hausbeleuchtung sie traf. Sie wirkte völlig aufgelöst. Ihre Wimperntusche war verlaufen und hatte dicke schwarze Streifen auf ihren Wangen hinterlassen. Ihre Haare waren unordentlich und sie wirkte geknickt, und das erste Mal seit einer gefühlten Ewigkeit konnte er auf ihren Zügen echte offene Gefühle entdecken. Eines davon war nackte Angst.

»Was ist passiert?«, fragte er und griff nach ihrem Arm, um sie zu sich herum zu drehen. Er wollte ihr ins Gesicht sehen können.

»Ich habe keine Ahnung, Eric. Ich kam hierher, weil wir hier verabredet waren. Es wirkte alles ruhig. Und dann habe ich ihn gefunden.« Eric schaute sie verwirrt an. Er begriff noch immer nicht ganz, was es bedeutete, dass sie hier war. Sie zog ihn mit sich fort in Richtung Wohnzimmer, schloss die Vorhänge und knipste die kleine Stehlampe in der Ecke an. Dann deutete sie auf den Boden. Dort lag, auf einem weißen Teppich, Theodor Samira mit weit geöffneten Augen auf dem Rücken. Der Teppich hatte sich von seinem Blut rot eingefärbt. Er hatte eine Schusswunde im Kopf und eine in der Brust. Es war offensichtlich, dass er ziemlich schnell tot gewesen sein musste. Eric ging in die Hocke und prüfte zur Sicherheit noch einmal den Puls. Dann schaute er sich etwas genauer um, scannte die Wände und den Boden und stand dann wieder auf. Claire blieb dicht hinter ihm und schwieg.

»Es war vermutlich ein Profi«, sagte er dann und schaute Claire an. »Ich tippe auf einen Schalldämpfer, ansonsten wären wahrscheinlich schon sämtliche Nachbarn alarmiert. Die Gegend ist ziemlich ruhig. Wir sollten die Polizei rufen.«

Sie griff nach seinem Arm.

»Nein.«

»Claire, jetzt wäre ein geeigneter Zeitpunkt, mir zu sagen, was genau du hier eigentlich gemacht hast.« Er schaute sie streng an.

»Ich bin undercover hier.«

»Und?«

Sie strich sich die Haare hinter die Ohren und versuchte seinem Blick auszuweichen, doch er ließ nicht locker.

»Du erinnerst dich doch, dass ihr den Tipp bekamt, wo ihr Harper finden könnt? Damals, als ihr in New York Curt Williams Fall wieder aufgerollt habt.«

»Ja«, sagte Eric knapp. Er wollte eigentlich ungern an New York erinnert werden, aber es ließ sich offensichtlich nicht ganz vermeiden.

»Ich wurde zu dieser Zeit damit beauftragt, mich mit Samira … anzufreunden …«

»Anzufreunden?« Erics Stimme hatte einen sarkastischen Unterton, den Claire ganz und gar verstehen, aber nicht gutheißen konnte.

»Ich bin als Anwältin bei ihm aufgetaucht zu dem Zeitpunkt, als er in Untersuchungshaft saß. Ich habe ihn frei bekommen und mich dann nach und nach in sein Leben und seine Organisation geschmuggelt.«

»Und jetzt ist er tot«, stellte Eric fest.

»Ja, jetzt ist er tot«, wiederholte sie und er sah, dass Tränen in ihren Augen glitzerten. Mit einem Mal war ihm alles klar. Er wirbelte zu ihr herum und zischte sie an:

»Verdammt noch mal Claire, du hast dich nicht bloß bei ihm eingeschmuggelt, du hast dich in ihn verliebt.«

Sie antwortete nicht, sondern stand einfach nur da und starrte auf Samiras Leiche hinab. Er hörte ein leises Schluchzen und strich sich seufzend übers Gesicht. Dann trat er auf sie zu und zog sie zu sich heran. Sie ließ es geschehen und weinte an seiner Schulter, bis er sie schließlich von sich wegschob und ihr ein Taschentuch reichte. Sie wischte sich die Tränen ab und blickte ihn an.

»Das war nicht geplant«, stammelte sie. Eric musste an Joselyn denken und murmelte vor sich hin:

»Wer plant schon, in wen er sich verliebt.« Dann straffte er die Schultern und dachte angestrengt nach.

Nach einer Weile fragte er:

»Okay, wer wusste, dass du heute hier sein würdest? Wen von unseren Leuten können wir anrufen?«

»Niemanden.«

»Was?«

»Ich weiß, ich hätte es nicht tun sollen. Es gehörte nicht zur Mission und ich habe gegen die Vorschriften verstoßen.«

»Gegen sämtliche Vorschriften, die es gibt, Claire. Du riskierst gerade deinen Job und das alles nur für diesen Mann. Ich verstehe dich nicht.«

»Eric«, rief sie und steckte das Taschentuch weg. »Ich habe dich nicht hergebeten, damit du mir eine Strafpredigt hältst, sondern damit du mir hilfst. Ich weiß selbst, wie das alles hier aussieht, aber was soll ich tun?«

»Okay, du bist schon mal hier gewesen?«

»Ja, undercover, das sagte ich doch schon.«

»Dann brauchen wir uns um Fingerabdrücke keine Gedanken machen.«

»Kingston wird uns den Fall zuteilen, wenn die Leiche gefunden wird, da bin ich mir ganz sicher.«

»Und ich bin mir ganz sicher, dass du in großer Gefahr schwebst.«

»Ich kann auf mich aufpassen.«

»Das sieht man«, brummt Eric und sie warf ihm einen giftigen Blick zu.

»Wir sollten jetzt gehen«, meinte Claire schließlich.

»Und was machen wir mit ihm?« Eric deutete auf Samira.

»Die Putzfrau wird ihn morgen früh finden und dann ist es ein offizieller Fall.«

»Wenn du das alles so genau weißt, warum hast du mich dann hergebeten?«

»Weil ich schlecht zu Fuß in die Stadt zurückgehen kann. Ich bin mit dem Taxi hergekommen und …«

»Und?«, hakte er nach.

»Ich brauchte einen Freund.« Sie blickte ihm in die Augen und sein Widerstand löste sich auf. Sein Herz wurde weich und er schluckte. Sie waren kein Paar mehr, aber sie waren Freunde. Sie verband noch etwas und das würde wahrscheinlich auch immer so bleiben.

»Na gut, Claire, aber ich möchte, dass wir gleich morgen früh mit den anderen sprechen. Sie müssen wissen, worauf sie sich einlassen. Du kannst zwar vorerst Kingston und das FBI und alle anderen im Dunkeln tappen lassen, aber nicht unser Team.«

»Ich weiß«, sagte sie. Eric nickte ihr zu und ging dann an ihr vorbei zum Hinterausgang. Sie schaltete das Licht aus und folgte ihm. Sie liefen durch die Nacht zu seinem Auto und er fuhr sie zu ihrem Appartement.

***

»Hier«, sagte Eric und reichte Claire eine Tasse, aus der das Schildchen eines Teebeutels hing.

»Danke«, sagte sie und schloss ihre Hände um die Tasse. Sie hatte sich umgezogen und trug jetzt einen Pullover und eine Jogginghose. Ihre Haare hatte sie in einem Pferdeschwanz nach hinten gebunden und sie hatte sich das Gesicht gewaschen. Sie hatte die Beine unter ihrem Schoß vergraben und wirkte auf der großen Ledercouch gerade ziemlich klein. Eric stand eine Weile unschlüssig herum, bis er sich schließlich neben sie setzte und sie ansah.

»Schau mich bitte nicht so vorwurfsvoll an«, sagte sie und trank vorsichtig einen Schluck Tee.

»Ich schaue nicht vorwurfsvoll. Ich bin nur verwundert.« Er schluckte. »Das ist es also?«

»Was ist es also?«, fragte sie verwirrt.

»Das ist das, was du wolltest? Was du gesucht hast?«

»Ich verstehe nicht, was du meinst?«

»Ich frage mich nur, warum du dich in einen Mann wie Samira verlieben konntest. Suchst du den Nervenkitzel? Zieht dich seine Macht an? Sein Charisma? Die Gefahr? Was ist es, Claire?«

»Bist du eifersüchtig, Eric?«, fragte sie ihn.

»Nein, nicht auf so einen Typen wie Samira«, antwortete er.

»Ich weiß es nicht«, sagte sie.

»Ich glaube schon.«

»Ja, vielleicht ist es ein bisschen was von allem. Bist du nun zufrieden?« Sie sprang auf und stellte die Tasse krachend auf den Couchtisch.

»Ich verstehe es nicht, Claire. War alles, was wir hatten einfach nur ein bisschen langweilig?«

»Nein, so ist das nicht.«

»Wie dann?« Er schaute zu ihr hoch und erkannte sie nicht wieder. Sie wirkte sehr zerbrechlich. Das komplette Gegenteil von dem, was sie sonst ausstrahlte.

»Ich kann es nicht genau erklären, Eric, ohne dich zu verletzen.«

»Glaub mir, Claire, darüber bin ich hinweg.«

»Vielleicht bist du einfach ein zu guter Mensch. Ganz anders als ich, anders als Theodor … es war.«

»Du bist nicht schlecht, Claire«, versuchte er sie zu beruhigen.

»Wenn ich einiges anders gemacht hätte, wenn ich vollkommener gewesen wäre, sanfter, einfühlsamer, dann wäre unsere Beziehung vielleicht nicht kaputtgegangen.«

Jetzt weinte sie. Eric stand auf, trat auf sie zu und griff ihr mit dem Finger unters Kinn.

»Wenn, wenn, wenn, Claire. Das kannst du nicht wissen. Unsere Beziehung ist nicht allein wegen dir zerbrochen. Ich bin auch nicht unschuldig. Und dann waren da noch diese Umstände …« Sie schauten sich an und mussten an den Tag denken, als er sie aus dem Krankenhaus abgeholt und die Diagnose sie beide niedergeschmettert hatte.

»Weißt du, Eric, ich frage mich manchmal, ob alles anders gekommen wäre, wenn ich noch Kinder bekommen könnte. Wenn diese Fehlgeburt mich nicht das gekostet hätte, was eine Frau ausmacht.«

Er schüttelte mit dem Kopf und zog sie dann an sich heran, legte seine Arme um sie herum und versuchte seine eigenen Tränen zurück zu halten. Es war schon so lange her, aber es tat immer noch weh.

»So darfst du nicht denken. Es hätte andere Möglichkeiten gegeben.«

Sie griff um seine Mitte und drückte ihn an sich.

»Tut mir leid, dass ich dich da hineinziehe. Ich möchte dich um etwas bitten.«

»Ja, sicher.«

»Könntest du vielleicht aussparen, dass ich gefühlsmäßig tiefer in der Sache drinsteckte, als allgemein bei so einem Einsatz üblich ist?« Sie trat von ihm zurück und schaute ihn bittend an. Er überlegte einen Augenblick. Dann nickte er.

»Danke, Eric.«

»Kommst du denn klar?«, wollte er wissen und schickte sich an zu gehen. Sie zuckte mit den Schultern und schaute sich dann in ihrer schicken Wohnung um.

»Wenn du willst, kann ich auch heute Nacht hier auf der Couch schlafen.«

»Würdest du das denn tun?«, fragte sie zaghaft.

»Ist ja nicht so, dass ich die nicht kenne. Es schläft sich ganz gut darauf.« Er versuchte ein Grinsen und sie lächelte ihn dankbar an. Dann verschwand sie im Schlafzimmer und kehrte mit einer Decke und einem Kissen zurück. Sie drückte ihm beides in die Hand und er richtete sich sein Bett her. Sie beobachtete ihn eine Weile und wünschte ihm dann eine Gute Nacht.

»Schlaf gut, Claire«, sagte er. Sie nickte ihm kurz zu und ließ ihn dann allein.

Joselyn

Ich schlage die Augen auf und bemerke, dass es bereits hell ist. Wie spät ist es? Panisch schaue ich auf den Wecker, der nicht geklingelt hat. Und dann erinnere ich mich an gestern Abend. An den Kuss und an unser Gespräch und daran, dass wir einen Film schauen wollten. Ich drehe mich herum und richte mich auf. Eric ist weg. Enttäuschung durchflutet mich. Wann ist er gegangen? Und die viel spannendere Frage, die sich mir aufdrängt, ist: Warum ist er gegangen?

Es ist kurz vor halb acht und ich werde garantiert zu spät kommen. Ich schlage die Decke zurück und gehe hinüber zum Kinderzimmer, öffne die Tür und gebe Matthew einen Kuss. Der Kleine schläft noch tief und fest und fängt sich langsam an zu regen, streckt mir seine kleinen Arme entgegen und kuschelt sich an mich. Obwohl ich weiß, dass wir keine Zeit haben, setze ich mich auf sein Bett und ziehe ihn in meine Arme. Langsam streichele ich über seinen blonden Wuschelkopf und küsse ihn auf die Wangen. Er ist so weich und er duftet nach Schlaf. Ich liebe ihn so sehr und wieder einmal bin ich unendlich dankbar dafür, dass ich ihn habe. Ich flüstere ihm ins Ohr, dass es Zeit zum Aufstehen ist und nach einer Weile erhebt er sich und tapst, ohne mit der Wimper zu zucken, ins Badezimmer.

Ich selbst sprinte zurück ins Schlafzimmer, um mir frische Sachen zu holen und dann stelle ich mich neben Matthew ans Waschbecken. Wir putzen uns gemeinsam die Zähne und kämmen uns die Haare. Dann schicke ich ihn ins Kinderzimmer zurück, zum Spielen, während ich schnell unter die Dusche springe. Heute muss alles im Eiltempo vonstattengehen und keine zehn Minuten später sitzen wir fertig angezogen am Tisch und essen unsere Cornflakes. Mir ist flau im Magen und das erinnert mich wieder an meinen Zustand. Die warme Milch hilft mir ein wenig, aber viel bekomme ich davon nicht herunter. Ich beschließe, mir schnellstmöglich einen Termin beim Arzt zu holen.

»Guck mal, Mama«, ruft Matthew da plötzlich und hält mir etwas viel zu dicht unter meine Nase. Ich muss meinen Kopf ein wenig zurückziehen, um erkennen zu können, um was es sich handelt. »Ist das nicht cool, so viele Fußballkarten. Und die lagen einfach so in meinem

*Zimmer. Krass Mama … sieh mal, das sind mindestens zwölfhundert
…«, schnattert er weiter und legt die Karten ordentlich vor sich auf den
Tisch. Mir schießen augenblicklich die Tränen in die Augen und ich
muss blinzeln. Warum macht mich das Ganze nur so sentimental?
Meine Hormone fahren Achterbahn und ich fühle mich sehr eigenartig.
Ich beuge mich zu ihm und sage:*

»Weißt du, Matti, die hat dir Eric mitgebracht.«

*»Echt Mama?« Er schaut mich mit seinen großen Augen an, in de-
nen es leuchtet, als wäre heute Weihnachten.*

»Ganz echt«, bestätige ich ihm schnell.

*»Das ist cool. Eric ist so cool«, plappert er weiter vor sich hin und
sammelt dann die Karten wieder ein. Cool ist sein neues Lieblingswort,
neben krass und tolle Wurst. Ich muss echt ein ernstes Wörtchen mit
ihm reden.*

*»Ja, das ist er wohl«, murmele ich vor mich hin und weiß nicht, was
ich denken soll. Er ist einfach gegangen, letzte Nacht, und das ist mir
nicht egal. Plötzlich gibt mein Handy, das ich gestern in der Küche
liegen lassen habe, einen Ton von sich und ich weiß, dass ich eine
Nachricht bekommen habe. Ich greife nach dem Telefon und aktiviere
es. Es ist eine Nachricht von meiner Mutter, die mir mitteilt, dass sie
heute im Verlaufe des Tages zurück sein werden. Ich schreibe ihr kurz
zurück, dass ich mich freue und stecke dann das Telefon in meine
Handtasche, die neben mir auf einem Stuhl steht.*

*»Mama … komm endlich … looohooos«, ruft Matthew nun unge-
duldig und zieht an meinem Hosenbein. Ich nicke, räume unser Frühstück weg und entdecke dabei den Zettel, den Eric mir offensichtlich
gestern Abend geschrieben hat. Ich lese die paar Zeilen und bin trotzdem enttäuscht.*

*»Mama«, kräht Matthew wieder und ich erwache aus meinen Ge-
danken.*

»Ich komme schon«, rufe ich.

»Ich will die Fußballkarten mitnehmen«, sagt Matthew.

»Bist du sicher? Nicht, dass sie wegkommen.«

*»Bitte Mama. Ich passe auch ganz bestimmt richtig doll auf«, ver-
spricht er mir und schaut mich mit seinem Hundeblick an, dem ich
nicht wiederstehen kann.*

»Na gut. Dann los«, gebe ich schließlich nach und wir gehen zur Tür, um uns Jacken überzuziehen. Kurze Zeit später sind wir auf dem Weg zum Kindergarten.

Kapitel 12

Donnerstag, 26. Januar

Joselyn betrat das Büro und setzte sich schnell an ihren Schreibtisch. Sie war eine halbe Stunde zu spät und hoffte, dass es nicht weiter auffallen würde. Ihre Kollegen waren nirgends zu sehen, also startete sie ihren PC und holte sich dann ihre aktuelle Post aus ihrem Fach. Von unterwegs hatte sie versucht, Eric zu erreichen, war jedoch jedes Mal auf die Mailbox aufgelaufen, mit der sie nicht hatte sprechen wollen. Sie spürte, dass sie sauer auf ihn war. Er hatte ihr »Date« vorzeitig beendet, ohne einen wirklichen Grund zu nennen, und das machte sie wütend und traurig. Wieder einmal zweifelte sie an dem Ganzen, was sie versuchten wie eine Beziehung aussehen zu lassen. Sie konnte sich nicht vorstellen, dass dieses ganze alte Gepäck, was sie immer noch mit sich herumtrugen: Curt, Claire, Nick und alles, was damit zusammenhing, ihre Beziehung nicht belasten würde. Doch da war auch noch das Kind – sein Kind, von dem er noch nicht einmal etwas wusste. Vielleicht sollte sie es lieber nicht bekommen? Vielleicht sollte sie aus seinem Leben verschwinden? Vielleicht würde das die ganze Sache einfacher machen?

›Nein, würde sie nicht‹, schalt sie sich. Das Kind hatte ein Recht auf sein Leben und nur, weil sie selbst nicht aufgepasst hatte, konnte sie ihm das nicht nehmen. Sie kramte nach ihrem Handy und suchte die Nummer ihrer Frauenärztin heraus, die sie noch von früher kannte. Sie berichtete der Sprechstundenhilfe kurz von ihrem Problem und bekam tatsächlich einen Termin für den späten Nachmittag. Damit hätte sie nicht gerechnet, aber sie war auch froh darüber, dann endlich Gewissheit zu haben. Sie seufzte und strich sich sanft über den Bauch. Schließlich setzte sie sich auf ihren Stuhl und öffnete ihr Mailprogramm.

»Joselyn«, war da auf einmal die Stimme von Claire zu hören. Joselyn zuckte erschrocken zusammen und drehte sich dann mit ihrem Stuhl herum. Claire kam auf sie zu.

»Claire, tut mir echt leid. Mein Wecker hat nicht geklingelt«, rief Joselyn schnell und stand auf.

Doch Claire hob kurz eine Hand und ignorierte ansonsten ihren Einwand.

»Könnten Sie bitte in mein Büro kommen, Joselyn«, sagte sie ziemlich ruhig. Joselyn runzelte die Stirn und schaute Claire fragend an.

»Ist etwas passiert?«

»Gleich.« Claire drehte sich um und lief zurück zu ihrem Büro.

»Ich komme«, sagte Joselyn und folgte Claire, die für ihre Begriffe heute irgendwie anders aussah. Joselyn konnte noch nicht genau sagen, was anders war, aber Claire wirkte nicht wie sie selbst. Sie traten durch die Tür und Claire schloss diese hinter ihr wieder. Joselyn registrierte erstaunt, dass das gesamte Team in Claires Raum versammelt war. Neben Marco und David, die am Fenster Platz genommen hatten, saß Caroline und an der gegenüberliegenden Wand, die Arme vor der Brust verschränkt, stand Eric. Ihre Blicke trafen sich und er lächelte ihr kaum merklich zu. Joselyn schaffte es nicht, zurück zu lächeln, sondern bemerkte lediglich, dass er noch dieselben Klamotten trug wie am vergangenen Tag. Also war er nicht zu Hause gewesen.

Seine Nachricht hatte gelautet: »Tut mir leid. Ich muss leider gehen. Ein Notfall.«

Joselyn konnte sich vorstellen, um welchen Notfall es sich gehandelt hatte, als sie jetzt Claire und Eric sah, die in diesem Zimmer standen und offenbar ein Geheimnis teilten, von dem sie alle noch nichts mitbekommen hatten. Claire räusperte sich und begann schließlich mit ihrer kleinen Ansprache.

»Ihr wundert euch sicherlich, warum ich euch alle hierher beordert habe und warum ihr gleich die Anweisung erhalten werdet, alle derzeit laufenden Ermittlungen bis auf Weiteres einzustellen.«

Allgemeine Zustimmung war die Antwort. Claire blickte von einem zum anderen und dann kurz zu Eric, der ihr zunickte. Und jetzt bemerkte Joselyn auch, was an Claire anders war als sonst. Sie trug Jeans, flache Schuhe und einen Rollkragenpullover, keinen Schmuck und kein Make-up. Ihre Haare waren nicht, wie sonst, top frisiert, sondern einfach mit einem Gummiband nach hinten gebunden. Sie wirkte in diesem Outfit viel jünger und sehr verletzlich. Joselyn konnte sich das erste Mal, seit sie Claire und Eric kannte, vorstellen, warum er sich irgendwann einmal in sie verliebt hatte. Es gab offensichtlich auch eine Claire, die nicht so unnahbar und professionell war, wie sie sich gerne gab. Joselyn spürte Eifersucht in sich empor klettern, obwohl es doch eigentlich keinen Grund dazu gab.

›Oder doch?‹

Ihre Unsicherheit wuchs.

»Heute Morgen wurde die Leiche von Theodor Samira in seinem Privathaus hier in San Diego entdeckt«, sprach Claire weiter. Joselyn schaute zu Eric, der allerdings mit ausdruckslosem Gesicht dastand, so als wäre diese Nachricht keine Neuigkeit für ihn. David und Marco richteten sich fast zeitgleich auf und runzelten die Stirn.

»Das ist die offizielle Version«, sagte Claire und Joselyn bemerkte, dass ihre Stimme leicht zitterte. Was hatte sie für ein Problem mit Samiras Tod? Sie selbst war, wenn sie ehrlich war, jetzt nicht sonderlich traurig darüber. Ein mieser Typ weniger auf dieser Welt war sicherlich nicht nachteilig.

»Es gibt eine inoffizielle?«, erkundigte sich David und verschränkte die Arme vor der Brust. Er war ein Typ, der sich an die Vorschriften hielt und alle Ungereimtheiten immer gerne bis ins kleinste Detail aufzuklären versuchte. Das machte ihn zwar zu einem sehr guten Polizisten, aber manchmal auch zu einer Gefahr, wenn es darum ging, bestimmte Dinge nicht genau beim Namen zu nennen, um den Gesamterfolg schließlich einzusammeln. Claire warf ihm einen Blick zu, der besagte, ja die gibt es und ich bestimme die Regeln.

»Ich weiß schon ein paar Stunden länger, dass er tot ist, weil …« Sie stockte. Joselyns Blick landete wieder bei Eric und sie versuchte zu verstehen, was hier vorging. Doch er ignorierte sie auch weiterhin.

»Claire hat Samira gefunden«, sprang dieser nun seiner Exfrau zu Hilfe. Er löste sich von der Wand, an der er gelehnt hatte und trat mitten in den Raum, stellte sich neben Claire und sagte:

»Claire ist seit einigen Wochen undercover tätig und hat sich bei Samira eingeschleust. Das, was Nick eigentlich tun wollte, bevor …« Er schluckte und holte tief Luft. Joselyn konnte sich vorstellen, wie schwer es ihm fiel, von seinem Freund zu sprechen. Er war noch lange nicht darüber hinweg. »… ist ihr gelungen. Gestern Abend sollte wieder eines dieser Treffen zwischen ihm und Clarissa Simmons stattfinden.«

»Clarissa Simmons ist dein Deckname?«, hakte David noch einmal nach. Claire nickte.

»Dafür hast du also diese Legende gebraucht, Claire«, rief Caroline und runzelte die Stirn.

»Ja«, sagte Claire.

»Warum diese Geheimniskrämerei?«, fragte die jüngere Frau dann und blickte von Eric zu Claire und wieder zurück.

»Kingston meinte, wir sollten erst einmal probieren, wie weit ich komme und niemandem etwas davon sagen, bis ich bei Samira angekommen bin.«

»Mit dem Ergebnis, dass wir nun wieder am Anfang stehen«, murmelte David vor sich hin. Marco legte ihm eine Hand auf den Arm und versuchte, seinen Kollegen ein wenig zu beruhigen.

»Lasst uns mal bei den aktuellen Tatsachen bleiben, Leute«, mischte sich nun Eric wieder ein. Joselyn hasste es, dass er Claire verteidigte und ihre Eifersucht wuchs.

»Warum Claire im Alleingang handelte, ist erst mal nicht relevant.« Er nickte Claire zu.

»Als ich das Haus betreten habe, lag er tot auf dem Boden«, sagte Claire leise und Joselyn registrierte, dass Eric sie leicht am Arm berührte. Das war es also gewesen. Das war der Notfall, von dem er gesprochen hatte. Sie hatte Samira gefunden und dann Eric angerufen, damit er sie aus dieser Situation herausholte. Joselyn war sprachlos. Damit hatte sie nicht gerechnet.

»Die Daten, die du mir gegeben hast - will ich wirklich wissen, wie du da drangekommen bist?«, klinkte sich nun Caroline in das Gespräch ein.

»Willst du nicht«, sagte Claire sofort und Joselyn sah ein verräterisches Glitzern in Claires Gesicht. Caroline war klug genug, nicht weiter nachzufragen.

»Was sind das für Daten?«, fragte Joselyn.

»Sie stammen alle von Samiras privatem Laptop«, erklärte Claire.

»Und was genau sollen wir nun damit tun?«, fragte David, der aus seiner anfänglichen Starre erwacht war und nun mit gefurchter Stirn dasaß.

»Samira hat im Laufe der Jahre ein ordentliches Imperium aufgebaut. Wir wollen es zerschlagen. Das war schon die Order vor ein paar Monaten, als wir angefangen haben, gegen ihn zu ermitteln und so lautet sie noch immer«, sagte Claire.

»Allerdings haben sich die Vorzeichen geändert.« Eric verlagerte das Gewicht von einem Bein aufs andere.

»Samira ist tot. Wer also ist sein Nachfolger?«

»Samira hat einen Bruder, Claudio. Er ist einige Jahre jünger und hat bereits viele Geschäfte für Theodor erledigt. Er ist eher der grobe Typ, er agiert nicht unbedingt immer mit Köpfchen, sondern eher mit den Fäusten. Dann wären da noch Miko Nguyen, Samiras Zahlmeister und Steuerberater und sein Anwalt Carlo Monero, den ich als Clarissa Simmons wohl aus dem Geschäft gedrängt habe. Jedenfalls war er nicht gerade gut auf mich zu sprechen, als Theodor ihm erklärt hat, dass ich ihn ab sofort vertreten werde.«

»Wenn ich etwas dazu sagen darf. Wir alle wissen doch, dass Samira nicht alleine die Geschäfte geleitet hat, oder?«, mischte sich nun Joselyn ein. Sofort hatte sie die gesamte Aufmerksamkeit.

»Davon ist auszugehen«, antwortete Claire und schaute Joselyn an. Diese hielt dem Blick ihrer Chefin stand.

»Diese Geschäfte laufen doch alle ungefähr gleich. Wir haben das bei Harper gesehen und wir sehen es jetzt wieder bei Samira. Wird der Kopf abgehackt, ist die Organisation nicht automatisch tot. Es wachsen zwei oder drei neue Köpfe nach. Lediglich die Art und Weise ändert sich vielleicht. Und wir müssen auch davon ausgehen, dass es ein interner Racheakt war.«

»Und genau aus diesem Grund, werden wir weiter ermitteln. Ich möchte, dass ihr euch alle in diesen Fall hineinkniet. Joselyn, Sie kennen sich mit solchen Fällen aus. Ich möchte, dass Sie die Ermittlungen leiten. Natürlich bekommen Sie alle Hilfe, die Sie brauchen.«

Joselyn klappte die Kinnlade herunter.

»Was?«, fragte sie entsetzt.

»Sie haben mich richtig verstanden. Sie sind die, die den Ton angibt. Sie werden mir persönlich Rechenschaft ablegen und Sie werden diesen Fall lösen.« Claire schaute sie streng an. Joselyn holte tief Luft, bevor sie sagte:

»Claire, Ihr Vertrauen in meine Fähigkeiten ehrt mich, aber ich …«

»Ich kann kein Aber dulden Joselyn. Nicht in diesem Fall«, widersprach Claire ihr sofort. Die anderen blieben still. Joselyn wusste nicht so recht, was sie von dem Ganzen halten sollte, doch ein Blick in Claires Gesicht, sagte ihr, dass diese offensichtlich mit dem Rücken zur Wand stand. Sie wusste noch nicht genau warum, aber sie konnte unmöglich ablehnen. Zumal sie dieser Fall auch persönlich interessierte und sie eine gute Chance sah, zu beweisen, was sie draufhatte.

»Ich kann das aber nicht ohne Partner tun«, sagte Joselyn nach einer Weile und schaute dabei zu Eric, der immer noch neben Claire stand und nicht zu wissen schien, was er mit seinen Händen machen sollte. Sie merkte, dass er sich versteifte und konnte sehen, wie seine Kiefermuskeln zuckten. Er hatte damit gerechnet, dass es so kommen würde. Sie konnte es ihm an der Nasenspitze ansehen. Wahrscheinlich hatten er und Claire auch schon darüber gesprochen und waren nicht einer Meinung gewesen.

Joselyn wusste, dass sie Eric gerade mächtig unter Druck setzte, aber sie konnte nicht anders. Claire steckte da in etwas drin, das spürte sie deutlich und sie hatte sie, Joselyn, zur Leiterin bestimmt, diesen Fall aufzuklären. Sie wollte das, aber sie wollte es nicht ohne ihn. Sie wollte ihn an ihrer Seite. Claire drehte sich zu Eric und schaute ihn bittend an. Joselyn konnte sehen, wie der Adamsapfel in seinem Hals sich auf und nieder bewegte, als er nun ein paar Mal heftig schluckte. Die Spannung war unerträglich und am liebsten wäre Joselyn davongelaufen, aber sie konnte sich gerade noch zurückhalten.

»Okay«, sagte er schließlich und Joselyn konnte die leisen Seufzer ihrer Kollegen hören. Caroline war die erste, die sich erhob und Eric auf die Schulter klopfte.

»Gute Entscheidung. Du schaffst das.« Eric nickte ihr kurz zu und dann begannen sie, den Plan auszuarbeiten.

∗∗∗

Zwei Stunden später verließen sie das Büro und strömten zu ihren Arbeitsplätzen. Eric holte Joselyn ein und griff nach ihrem Arm.

»Jo, warte«, sagte er und sie blieb stehen, drehte sich zu ihm um und schaute ihn an.

»Was?«, fragte sie.

»Können wir kurz reden?«, fragte er und deutete mit dem Kopf in Richtung Kaffeeküche.

»Ich muss in die Waffenkammer, mir meine Waffe abholen und dann müssen wir zu einem Tatort«, erinnerte sie ihn. »Hat das nicht Zeit bis nachher?«

»Nein, hat es nicht«, sagte er und marschierte los. Sie seufzte und folgte ihm dann. In der Küche angekommen, sagte er:

»Danke.«

»Wofür?«, fragte sie überrascht.

»Dafür, dass du mich praktisch dazu zwingst, ins kalte Wasser zu springen.«

Joselyn hob erstaunt eine Braue und schaute ihn an.

»Cole, du liebst deinen Job und ich kann nicht zulassen, dass du wegen Nicks Tod alles aufgibst. Das hätte er nicht gewollt. Außerdem kann ich das nicht allein.«

»Claire hat mir erzählt, dass du dich für mich verbürgt hast.«

»Ich weiß einfach, dass du nicht ohne deine Arbeit kannst und dass du einfach nur ein bisschen Zeit gebraucht hast.«

»Oder die richtige Gelegenheit und ein wenig Druck.« Er lächelte sie an und sie lächelte zurück.

»Wir kriegen das hin«, meinte sie dann und wollte die Pausenecke wieder verlassen, doch er hielt sie zurück. »Warte noch kurz.«

»Eric, ich …« Sie wusste nicht, ob sie noch mehr mit ihm besprechen wollte. Sie war irgendwie immer noch sauer auf ihn, weil er ihr Date wegen Claire hatte platzen lassen.

»Ist sonst alles okay bei dir?«, fragte er.

»Ja, warum sollte nicht alles okay bei mir sein?«, antwortete sie mit einer Gegenfrage. Sie wusste ganz genau, dass dem nicht so war, aber sie wollte dies nicht mit ihm bei der Arbeit besprechen. Doch er war offensichtlich anderer Meinung, denn er sagte:

»Du wirkst ein wenig … missmutig.«

Joselyn schnaubte.

»Hey«, er griff nach ihrer Hand. »Tut mir leid wegen gestern Abend. Ich wäre wirklich gerne noch geblieben, aber …«

»Schon gut. Ich verstehe das.«

»Wirklich?« Er suchte ihren Blick, doch sie wich ihm aus.

»Ja … nein … also, wenn ich ehrlich bin, dann ärgert es mich schon, dass du einfach so gegangen bist, um Claire zu helfen. Und dass du dann auch noch die Nacht über bei ihr geblieben bist, das hat mich verletzt.« Jetzt war es heraus.

»Woher?«, begann er zu stottern.

Sie deutete mit dem Kopf auf seine Klamotten und er nickte.

»Das war so nicht geplant. Ich wäre wirklich gerne wieder zu dir zurückgekommen, um die Nacht mit dir zu verbringen, aber es ging einfach nicht.«

»Wenn du es wirklich gewollt hättest, dann hättest du es auch getan«, warf sie ihm trotzig an den Kopf.

»Das ist nicht fair und das weißt du auch«, schleuderte er ihr entgegen. So hatte er sich ihr Gespräch sicherlich nicht vorgestellt.

»Ach, weiß ich das?«

Erics Augen weiteten sich.

»Jo, du glaubst doch nicht etwa …« Er sprach den Satz nicht zu Ende.

»Ich weiß nicht, was ich glauben soll, Eric. Ihr wirkt gerade irgendwie sehr vertraut miteinander und du trägst noch deine Klamotten von gestern. Was soll ich da bitteschön denken?«

»Ich habe lediglich einer Freundin geholfen, die in Not war. Mehr nicht.«

»Sie ist aber zufällig deine Exfrau, mit der du bis vor kurzem auch hin und wieder mal ins Bett gestiegen bist. Woher soll ich wissen, dass es dieses Mal nicht auch so war?«

»Weil ich es dir sage, Jo. Ich habe auf der Couch übernachtet, weil es Claire nicht gut ging und sie nicht alleine sein wollte. Ich hätte nicht gedacht, dass das ein Problem sein könnte.« Er ließ die Schultern hängen. Joselyn schaute ihn an und kam sich plötzlich selbst etwas blöd vor. Ihre Gefühle fuhren Achterbahn und sie wusste selbst, dass sie gerade ziemlich empfindlich reagierte. Sie fragte sich, ob sie unter dem Einfluss von Schwangerschaftshormonen stand oder ob sie auch sonst so heftig reagiert hätte.

»Ich …«, setzte Joselyn an.

»Jo«, sagte Eric sanft und trat einen Schritt auf sie zu. »Es tut mir ehrlich leid, dass wir den Film nicht geschafft haben und dass ich nicht bei dir bleiben konnte. Wir können das jederzeit nachholen.«

»Ich weiß einfach nicht, was ich denken soll, Eric. Sie ist dir einfach immer noch viel zu wichtig, verstehst du das?«

»Genauso wie dir Curt immer noch wichtig ist.«

»Curt ist tot, das ist ein Unterschied«, stellte sie klar.

»Ist es das? Tatsächlich?«, fragte er und sie merkte, wie ihr Tränen in die Augen schossen. War es das? Hingen sie einfach noch zu sehr in ihren alten Beziehungen fest, um wirklich frei zu sein für etwas Neues? Joselyns Lippen bebten.

»Nicht weinen, Jo«, flüsterte er und zog sie zu sich heran. Dann legte er seine Lippen auf die ihren und küsste sie. Joselyn merkte, wie ihr Widerstand brach und sie schmiegte sich in seine Umarmung. Er zog den Kopf zur Seite und flüsterte ihr ins Ohr:

»Das, Jo, ist das wofür ich lebe. Nicht für die Vergangenheit und nicht für etwas, was schon lange gescheitert ist. Ich möchte dich und ich könnte das hier ...« Er küsste sie wieder. »... den ganzen Tag mit dir machen.«

»Wir werden an einem Tatort erwartet«, gab sie zurück und löste sich von ihm.

»Das ist genau das, was ich mir als Antwort auf meinen ersten Bürokuss gewünscht habe«, sagte er und auf seinen Lippen erschien ein leichtes Grinsen. Joselyn schüttelte mit dem Kopf und marschierte dann schnurstracks zurück zu ihrem Schreibtisch, um ihre Tasche zu holen und in die Waffenkammer zu gehen.

Eric

Auf der gut dreißigminütigen Fahrt zu Samiras Haus ist es recht still zwischen uns. Joselyn sitzt auf der Beifahrerseite und starrt aus dem Fenster. Ich bin mir nicht sicher, wo wir zwei jetzt weitermachen sollen. Was ist das zwischen uns? Ich fühle mich so stark zu ihr hingezogen und ich möchte sie am liebsten berühren, aber wir sind im Dienst und es wäre wohl nicht angemessen. Und dennoch, reden könnte uns vielleicht helfen, die Lücke zu überwinden.

»Was hältst du davon, wenn wir unseren vermasselten Abend heute fortsetzen würden?«, *frage ich sie und schaue kurz zu ihr hinüber, bevor ich mich wieder auf die Straße konzentriere. Sie dreht ihren Kopf in meine Richtung und antwortet:*

»Meine Eltern sind heute aus dem Urlaub zurückgekommen. Ich kann leider nicht.«

»Okay, kein Problem. Morgen vielleicht? Du könntest zu mir kommen und deine DVD mitbringen.«

»Bist du sicher, dass du Scarlett noch eine Chance geben willst?«, *fragt sie und ein ironisches Lächeln erscheint auf ihrem Gesicht.*

»Ja, für dich würde ich mir die restlichen drei Stunden dieses Films anschauen«, *entgegne ich und versuche herauszufinden, was sie gerade denkt.*

»Eric«, *sagt sie und ich merke, dass sie tief Luft holt, so als wollte sie mir irgendetwas sagen, wüsste aber nicht wie.*

»Was ist?«, *frage ich nach.*

»Ich ...«

»Wenn du nicht willst, ist es auch okay«, *sage ich schnell und merke, dass ich das ganz und gar nicht okay finde. Aber ich kann sie nicht zu etwas zwingen, was sie nicht will.*

»Nein, so war das nicht gemeint, aber ...«

»Es gibt immer ein ›Aber‹ bei uns, oder?« *Ich bin verletzt.*

»Es ... so ist das nicht. Ich ... es gibt da noch etwas, was du nicht weißt ...«

Jetzt werde ich neugierig.

»Ich bin ganz Ohr«, sage ich und steuere das Auto in eine Parklücke vor Samiras Haus. Dann schalte ich den Motor ab und lege die Hände in den Schoß. Sie schaut mich an, sagt aber nichts.

»Jo?«, frage ich, als sie auch nach zwei Minuten nicht zu sprechen beginnt.

»Ich muss dir was sagen.«

»Das klingt echt ernst.« Es sollte eigentlich ironisch klingen, tut es aber nicht. Jetzt macht sie mir Angst. Sie starrt mich an und ich sehe ihren inneren Kampf.

»Tut mir leid, Cole«, ruft sie plötzlich und dreht sich zur Tür.

»Was, Jo?« Ich versuche ihre Hand zu greifen, aber sie weicht mir aus.

»Ich ... ich brauche noch ein bisschen Zeit«, sagt sie schließlich und steigt aus dem Wagen. Ich bin verwirrter als zuvor. Was meint sie damit, sie braucht Zeit? Was ist auf einmal passiert? Ich steige aus dem Wagen und trete auf sie zu.

»Was meinst du damit? Wofür genau brauchst du Zeit? Um dich für mich zu entscheiden? Um Curt zu vergessen? Wofür?«, fragte ich sie.

»Ich ...« Sie stoppt ihren angefangenen Satz und dreht sich zu dem Polizisten herum, der jetzt auf uns zukommt. Damit ist wohl unser Gespräch beendet.

Kapitel 13

Ein Mitarbeiter des San Diego Police Departements hob für Eric und Joselyn das gelbe Absperrband nach oben, um sie zum Haus durchzulassen. Es wimmelte nur so von Polizisten und auf der Straße vor dem Haus hatten sich inzwischen auch einige Schaulustige eingefunden, die das Geschehen genauestens beobachteten. Joselyn ging voran und Eric folgte ihr ins Innere des Gebäudes, welches bei Tageslicht betrachtet seinen ganzen Prunk zur Schau stellte. Samira war millionenschwer gewesen und das konnte man sowohl am Haus selbst als auch an der Einrichtung sehen. Für Erics Geschmack war das alles zwar ein wenig zu extravagant, aber über Geschmack ließ sich ja bekanntlich streiten. Sie wurden von einem Mann in Uniform begrüßt, der offensichtlich hier das Sagen hatte.

»Detective Davis, Detective Coleman?«, fragte er und schaute erst Joselyn und dann Eric an. Joselyn hob ihre Hand und reichte sie ihrem Gegenüber.

»Ja, und Sie sind?«

»Captain Barns, vom 3. Revier. Dies hier fällt eigentlich in unseren örtlichen Zuständigkeitsbereich, aber ich habe gerade vorhin mit Kingston gesprochen, der sagte, dass Sie ab sofort den Fall übernehmen werden.«

»Ganz genau«, sagte Joselyn und schaute sich um.

»Was genau können Sie uns schon sagen?«, fragte Eric. Er konnte sehen, dass Samiras Leiche bereits weggebracht worden war. Lediglich der rote Fleck auf dem Teppich zeugte noch von ihrer Lage.

»Mr. Samira ist aus nächster Nähe erschossen worden. Er hat eine Platzwunde an der rechten Wange, aber ansonsten gibt es keinerlei äußere Anzeichen eines Kampfes. Entweder kannte er seinen Angreifer oder aber er war so überrascht, dass er sich nicht gewehrt hat. Seine Leiche ist jetzt auf dem Weg in die Autopsie. Der Bericht müsste morgen früh bei Ihnen eintreffen.«

»Danke«, sagte Joselyn, die inzwischen ins Wohnzimmer getreten war und sich ein Bild von der allgemeinen Lage machte. Eric war ihr gefolgt und stand nun dicht neben ihr.

»Was denkst du?«, fragte er.

»Dasselbe wie du, Eric«, flüsterte sie ihm zu und schenkte dabei Barnes ein kleines Lächeln, um ihn erst einmal auf Abstand zu halten. »Das macht Claire ebenfalls zu einer Verdächtigen, schätze ich.«

Eric nickte und trat dann wieder auf Barnes zu.

»Packen Sie alle Beweismittel ein und schicken Sie sie an unser Labor. Samiras Computer können Sie für Caroline Wilkes bereithalten. Sie kommt auch gleich noch vorbei, um sich die Alarmanlage und die Überwachungskameras anzuschauen«, sagte Eric zu Barnes und dieser nickte.

»Machen wir.«

Dann zögerte er kurz und Joselyn runzelte die Stirn.

»Gibt es noch etwas?«, fragte sie schließlich und hatte mit einem Mal ein ganz merkwürdiges Gefühl.

»Das sollten Sie sich besser persönlich ansehen«, antwortete Barnes und deutete nach oben zur Treppe. Joselyn und Eric wechselten einen Blick und folgten ihrem Kollegen dann nach oben in den ersten Stock. Hier liefen ebenfalls jede Menge Polizisten herum und es herrschte ein ungewöhnlich hoher Geräuschpegel.

»Wir haben sie zuerst gar nicht gesehen, weil wir nicht danach gesucht haben. Wir sind davon ausgegangen, dass Samira allein war, als es passierte«, erklärte Barnes und lief in Richtung Badezimmer.

»Wen meinen Sie?«, fragte Eric.

»Irgendwann hörten wir erstickte Schreie und haben das hier gefunden.« Jetzt stieß Barnes die Tür zum Badezimmer auf und sowohl Eric als auch Joselyn stockte der Atem. Überall war Blut, welches natürlich auf den weißen Fliesen einen besonders strengen Kontrast bot. Ein großes Regal lag umgekippt mitten im Zimmer und ein Meer aus Kosmetikutensilien war über den Boden verstreut. Inmitten des Chaos lag eine Frau mit blonden langen Haaren, deren Gesicht entsetzlich entstellt aussah. Ihr Körper war zusammengekrümmt und sie wirkte auf den ersten Blick mehr tot als lebendig. Das einzige Zeichen dafür, dass sie offensichtlich noch lebte, war die Anzeige des Herzmonitors, den ein Sanitäter gerade an sie angeschlossen hatte, während ein anderer ihr eine Infusion legte. Eric fragte sich, warum er und Claire in der vergangenen Nacht nicht mitbekommen hatten, dass diese Frau hier gelegen hatte. Vermutlich war sie ohnmächtig gewesen und hatte sich in der kurzen Zeit, in der sie im Haus gewesen waren, nicht bemerkbar gemacht. Und ganz ehrlich: keiner von ihnen hatte damit gerechnet, dass noch jemand im Haus sein könnte, also hatten sie auch nicht auf Geräusche oder ähnliches geachtet.

Er versuchte seine Gedanken wieder in die Gegenwart zu lenken und drehte sich zu Joselyn um, die neben ihm stand. Sie wirkte irgendwie anders als noch vor ein paar Minuten. Sie war blass geworden und er konnte sehen, dass sie zitterte.

»Alles in Ordnung?«, fragte er sie.

»Ja, alles klar«, antwortete sie wenig enthusiastisch. Sie musste ihre Augen von der Frau nehmen. Sie konnte das Blut gerade nicht ertragen. Sie merkte, wie plötzlich Übelkeit in ihr hochstieg und schluckte. Sie war niemals besonders empfindlich gewesen und es war auch nie ein Problem gewesen, Blut zu sehen. Doch heute war irgendwie alles anders. Nicht nur, dass sie das erste Mal seit einer halben Ewigkeit wieder an einem Tatort stand, sondern auch, dass sie in besonderen Umständen war, die ihr offensichtlich einen Strich durch ihren sonst recht robusten Magen machten. Eric schaute sie weiterhin fragend an. Sie konnte jetzt nicht mit ihm sprechen. Sie musste hier raus.

»Tut mir leid«, flüsterte sie. »Ich muss ganz kurz …« Mehr konnte sie nicht sagen. Sie drehte sich um und verließ fluchtartig den Raum, stürzte die Treppe hinunter und rannte aus dem Haus an die frische Luft. Sie spürte die Magensäure in ihrem Hals emporsteigen und schluckte wieder, so dass sie das Glück hatte, sich nicht übergeben zu müssen. Sie atmete mehrfach tief durch und lehnte sich dann an den Zaun.

»Alles in Ordnung?« Joselyn fuhr herum und schaute Caroline Wilkes, die offenbar gerade gekommen war, unsicher an.

»Geht schon wieder«, antwortete Joselyn und versuchte das Gleichgewicht zu halten.

»Was ist denn los?« Ihre Kollegin trat auf sie zu und legte ihr eine Hand auf den Arm.

»Sie haben noch eine Person gefunden. Und ich … ich weiß auch nicht. Mir ist wirklich noch nie schlecht geworden bei sowas, aber irgendwie …«

»Ups, dann gehe ich mal lieber nicht rein. Ich kann sowas auch nicht sehen. Im Normalfall bluten meine Patienten auch nicht.«

Caroline lächelte ihr zu und Joselyn fühlte sich schon gleich etwas besser. Doch sie traute sich immer noch nicht, wieder hinein zu gehen. Es war ihr peinlich. In dem Moment kamen die Sanitäter mit der Frau, die sie soeben in Samiras Badezimmer gesehen hatte, heraus und trugen sie zum Krankenwagen. Die beiden Frauen starrten dem Auto hinterher.

»Ich glaube, du kannst jetzt doch reingehen«, sagte Joselyn an Caroline gewandt und nickte in Richtung Haus.

»Okay, aber geht's dir auch wirklich gut? Du siehst immer noch ziemlich blass aus.«

»Ja, es wird schon wieder. Die frische Luft tut gut«, bestätigte Joselyn schnell und Caroline nickte. Dann machte sie sich auf den Weg. Joselyn strich sich die Haare aus der Stirn und als sie sich umdrehte, stand Eric hinter ihr.

»Ja, mir geht's gut«, sagte Joselyn schnell und kam damit seiner besorgten Frage zuvor.

»Ich sag ja gar nichts«, wehrte er sich sofort, doch seine Augen konnten seine Sorge nicht verbergen, was Joselyn irgendwie süß fand. In diesem Moment hätte sie ihn am liebsten umarmt und geküsst. Doch sie waren bei der Arbeit und ein Gefühlsausbruch in diese Richtung wäre mehr als unpassend gewesen.

»Wissen wir schon, wer die Frau ist?«, fragte Joselyn.

»Wir konnten noch keine Gesichtserkennung machen, da sie so stark zugerichtet ist, aber wir haben eine Handtasche gefunden. Laut des darin befindlichen Ausweises, handelt es sich um Charlotta Samira, Theodors Frau.«

»Was?« Das überraschte Joselyn dann doch. »Habt ihr gewusst, dass er verheiratet ist?«

»Nach unseren Informationen ist Samira seit zwei Jahren geschieden. Ich habe gerade schon David und Marco im Büro kontaktiert. Sie wollten mich gleich zurückrufen. Sie checken die Akten.«

»Okay und was machen wir in der Zwischenzeit?«, fragte Joselyn.

»Ich weiß nicht, vielleicht erzählst du mir einfach, was da drin gerade passiert ist?«

»Nichts weiter. Mir ist nur ein wenig übel geworden.«

»Bist du krank?«

»Nein. Eric, lass das. Es geht mir gut. Ich muss mich nur erst wieder daran gewöhnen, Leichen, Blut und Verletzte zu sehen. Ich bin eine Weile raus, schon vergessen? Du kannst also beruhigt sein.«

»Okay, aber …«

Sie bedachte ihn mit einem bösen Blick und er schwieg. Als jetzt sein Telefon klingelte, war er froh über die Unterbrechung.

»Ja, David?«, fragte er und lauschte der Stimme seines Kollegen. Er konnte Joselyns Blick auf sich spüren und schluckte. Sie ließ ihn wieder einmal eine Gänsehaut bekommen und er sehnte sich nach ihr, obwohl sie direkt neben ihm stand. Als er das Telefonat beendet hatte, sagte Joselyn:

»Lass uns ein paar Schritte laufen. Da vorne ist ein Bäcker, ich brauche was zu essen. Und unterwegs erzählst du mir genau, was David gesagt hat, einverstanden?« Sie blinzelte, da sie ihn gegen die Sonne anschauen musste und er nickte, war zwar ein wenig irritiert, sagte aber nichts dazu. Sie liefen los.

»Also?«, fragte Joselyn, als sie unter dem gelben Absperrband hindurch waren.

»Charlotta Samira wohnt eigentlich in Los Angeles. David hat ihre Adresse herausgekriegt und überprüft sie gerade etwas genauer. Sie ist tatsächlich von Samira geschieden, hat aber offensichtlich einen neuen Freund. Zumindest, wenn man den sozialen Medien glauben kann. Wäre interessant herauszufinden, wer der Typ ist. Er taucht nirgends direkt auf, sie erwähnt nur hin und wieder einen Partner. Stellt sich also die Frage, was sie hier in San Diego wollte und das ausgerechnet an dem Tag, an dem ihr Exmann erschossen wird.«

Sie betraten die Bäckerei und Joselyn war augenblicklich angetan von den köstlichen Cremetörtchen, die sie sonst eigentlich überhaupt nicht leiden konnte. Doch jetzt merkte sie, wie ihr beim bloßen Anblick das Wasser im Munde zusammenlief.

»Willst du auch was?«, fragte sie Eric, der neben der Tür stehen geblieben war.

»Ein Kaffee reicht mir«, sagte er und Joselyn gab ihre Bestellung auf. Sie griff nach der Tüte mit den Törtchen und reichte Eric seinen Kaffee. Dann traten sie wieder hinaus auf die Straße.

»Du willst keinen Kaffee?«, fragte Eric verwundert und Joselyn merkte, wie sie rot wurde.

›Das wäre ein guter Augenblick, um ihm von dem Baby zu erzählen‹, dachte sie, aber sie konnte sich nicht dazu durchringen. Sie wusste nicht, wie er reagieren würde und sie wollte keine Szene auf offener Straße an einem Tatort riskieren. Außerdem hatte sie erst heute Nachmittag einen Termin bei ihrer Ärztin ergattern können und wollte zunächst sichergehen, dass auch wirklich alles in Ordnung war.

»Ich bleibe heute mal bei diesen hier«, sagte sie und griff in die Tüte, um sich ein Törtchen, welches mit Erdbeeren und Creme belegt war, herauszuholen. Eric verzog den Mund und setzte den Kaffeebecher an seine Lippen. In dem Moment klingelte sein Telefon wieder. Er stellte es auf laut, damit Joselyn mithören konnte und sagte:

»Und?«

»Wir haben gerade die Info bekommen, dass Charlotta Samira gestern Mittag einen Flug von Los Angeles nach San Diego genommen hat. Und sie war nicht allein. Sie hat ein weiteres Ticket auf ihren achtjährigen Sohn gebucht.«

Eric schaute Joselyn an und erkannte in ihren Augen den gleichen Schreck, den er gerade spürte.

»Kriegen wir raus, ob das Kind tatsächlich dabei war?«, fragte Joselyn.

»Die Überwachungskameras des Flughafens haben sie beide aufgezeichnet. Sowohl Charlotta als auch ihr Sohn Timothy sind am Flughafen in ein Taxi gestiegen. Vermutlich auf direktem Weg zu Samiras Haus«, sagte David.

»Ist Timothy Samiras Sohn?«, fragte Eric.

»Das vermuten wir, da er zu der Zeit geboren wurde, in der Theodor Samira noch mit Charlotta verheiratet war.«

»Wenn der Kleine mit seiner Mutter hierhergekommen ist, dann muss er auch dabei gewesen sein, als Samira erschossen und seine Mutter so übel zugerichtet wurde«, spekulierte Joselyn nun.

»Vermute ich auch. Doch die Polizei hat niemanden weiter im Haus gefunden«, sagte Eric.

»Wenn ich ein Kind wäre, dann würde ich mich so klein wie möglich machen oder mich so gut es irgendwie geht verstecken«, meinte Joselyn und beschleunigte ihren Schritt in Richtung Haus.

»David, wir melden uns wieder«, rief Eric in sein Telefon.

Er warf den Kaffeebecher in einen Papierkorb am Straßenrand und folgte Joselyn. Sie betraten das Haus und Joselyn lief nach oben.

»Wo willst du hin?«

»Ich schaue, ob es hier einen Dachboden oder sowas gibt. Ein Kinderzimmer habe ich nicht gesehen.«

»Es gibt einen Keller«, meinte Eric und rannte die Treppen wieder hinunter. Joselyn ließ ihn nach unten gehen, während sie ihren Blick umherschweifen ließ. Sie betrat das Gästezimmer und schaute sich um. Doch sie konnte nichts Ungewöhnliches entdecken. Eine Reisetasche stand auf dem Bett und Joselyn beugte sich hinunter, um den Reißverschluss zu öffnen. Es befanden sich jedoch nur Sachen von Charlotta darin, ein paar Schminkutensilien und Schuhe.

Joselyn drehte sich im Kreis und dann fiel ihr Blick auf ein Stofftier, das auf dem Boden lag. Es war ein kleiner brauner Teddy, der schon ziemlich abgegriffen aussah. Joselyn hob ihn auf und dann sah sie die Balkontür, welche nicht richtig verschlossen war und offenbar beim Öffnen der Tür durch den Windzug wieder ein wenig aufgesprungen war. Sie griff nach der Klinke und zog die Tür auf, trat auf den Balkon, der auf der rechten Seite eine Treppe hatte, die nach unten in den Garten führte. Sie stieg die Treppe hinunter und schaute sich um. Doch Timothy war nirgends zu sehen. Sie lief weiter und fand sich in einem verwinkelten Garten wieder, der viele gute Verstecke bot. Sie nahm ihr Telefon heraus und rief Eric an, erklärte ihm, wo sie war und bat ihn, zu ihr zu kommen. Dann schaute sie sich wieder um. Sie überlegte, wo Matthew sich immer gern versteckte und versuchte sich vorzustellen, wohin Timothy wohl gekrochen sein konnte. Eric kam zu ihr und fragte:

»Was hast du?« Sie legte einen Finger auf ihre Lippen und bedeutete ihm so, still zu sein, damit sie lauschen konnte. Und da war es. Ganz leise, ein Schluchzen und dann war es auch schon wieder weg. Joselyn lief in die besagte Richtung, aus der vermutlich das Geräusch gekommen war und bückte sich unter einer herabhängenden Weide hindurch. Dann krochen sie und Eric weiter und kamen zu einer kleinen Höhle, die wahrscheinlich irgendwann in ferner Vergangenheit für Timothy zum Spielen angelegt worden war.

»Timothy?«, rief Joselyn leise. »Ich bin Polizistin. Du brauchst keine Angst zu haben. Wir wollen dir helfen.«

Keine Antwort. Joselyn schaute zu Eric und der zuckte mit den Schultern.

»Wir wissen, was passiert ist. Du kannst jetzt rauskommen. Die bösen Männer sind weg«, versuchte es Joselyn noch einmal, hatte aber auch dieses Mal keinen Erfolg. Eric bedeutet Joselyn kurz beiseite zu treten und hockte sich dann vor den Eingang der Höhle.

»Hallo Timothy. Ich bin Eric. Du kannst doch schon lesen, nicht wahr? Pass auf, ich schiebe dir jetzt meinen Ausweis in die Höhle und dann kannst du überprüfen, ob ich ein echter Polizist bin, okay?« Er nahm seinen Ausweis aus der Hosentasche und steckte ihn in das Loch. Dann wartete er und tatsächlich, ein paar Minuten später wurde der Ausweis wieder hinausgeschoben und Joselyn konnte eine kleine Hand sehen. Erleichtert atmete sie auf.

»Du hast doch bestimmt Hunger und Durst, oder?«, fragte Eric dann. »Ich sag dir was, meine Freundin hier, die hat eine große Tüte mit Erdbeertörtchen in der Hand und ich verspreche dir einen XL Becher Cola, wenn du mit uns aufs Revier kommst.« Joselyn verdrehte die Augen und Eric grinste sie an. Er konnte sich vorstellen, dass Cola nicht gerade das beste Getränk für ein achtjähriges Kind war, aber irgendwie musste er ja das Vertrauen von Timothy erlangen.

»Außerdem haben wir deinen Teddy gefunden und er vermisst ganz dolle seinen Freund«, redete Eric einfach weiter.

»Darf ich im Polizeiauto mitfahren?«, fragte da plötzlich eine dünne Stimme und Eric schaute zum Eingang.

»Sicher. Das können wir machen.«

»Hast du auch Handschellen und eine Pistole?« Jetzt kam ein dunkler Lockenkopf zum Vorschein und dahinter rutschte das Kind aus der Höhle und blickte sich misstrauisch um.

»Klar, willst du sie sehen?«, fragte Eric und half Timothy dann auf die Füße. Das Kind sah ihn mit leuchtenden Augen an und Eric zeigte ihm die gewünschten Dinge.

»Wir sollten dich jetzt aufs Polizeirevier bringen, Kleiner«, mischte sich Joselyn plötzlich ein.

»Habt ihr auch eine Sirene?«, fragte Timothy weiter.

»Sicher«, bestätigte Eric lächelnd und dann liefen sie in Richtung Straße zu ihrem Wagen. Timothy sah enttäuscht aus, als er nun feststellte, dass Erics und Joselyns Auto gar kein echtes Polizeiauto war, sondern ziemlich normal aussah. Joselyn drehte sich zu Timothy um und sagte:

»Ich hab da eine Idee. Du fährst mit meinem Kollegen Eric und dem Dienstwagen da hinten …« Sie deutete auf eines der Polizeiautos, die am Straßenrand parkten. »… zum Revier, damit du deine Cola bekommen kannst. Und ich komme später wieder dazu. Bis dahin kannst du das hier haben.« Sie reichte ihm die Tüte mit den Erdbeertörtchen, die sie noch nicht gegessen hatte und schaute den Kleinen fragend an.

»Cool.« Timothy nickte.

»Wo willst du hin?«, fragte Eric an Joselyn gewandt.

»Ich habe noch einen Termin. Ich nehme den Wagen und komm dann später wieder zum Revier zurück.«

»Gut, wie du meinst«, sagte er und schob Timothy dann in Richtung der Polizeiautos. Da rief Joselyn:

»Übrigens, Cole.«

Er drehte sich noch einmal zu ihr um.

»Gut gemacht.« Sie deutete auf den Jungen und Eric begann zu schmunzeln.

***

Joselyn war wie in Trance. Sie griff nach ihrer Jacke, sagte der Sprechstundenhilfe auf Wiedersehen und öffnete die Tür der Praxis ihrer Gynäkologin, schlüpfte hinaus und rannte die Treppen hinunter. In der Hand hielt sie das Ultraschallbild, welches ihr die Ärztin soeben im Behandlungszimmer ausgedruckt hatte. Sie zitterte und mit einem Mal schossen ihr die Tränen in die Augen und sie fing an zu weinen. Sie schniefte und versuchte das Tränenmeer irgendwie zu stoppen, doch es gelang ihr nicht. Zu allem Überfluss wurde ihr schon wieder übel und sie musste sich beeilen, um ins Freie zu gelangen. Sie übergab sich neben dem Eingang in eine Hecke und hoffte, dass sie niemand gesehen hatte. Sie wusste gerade nicht, warum sie so aufgelöst war, aber die Gewissheit, dass sie tatsächlich schwanger war, hatte sie erschreckt.

Mit einem Mal waren all die bislang unterdrückten Ängste und Sorgen an die Oberfläche gelangt. Allem voran die Angst, dass Eric es nicht gutheißen würde und dass sie am Ende wieder ganz allein dastehen würde. Sie hustete und kramte dann verzweifelt nach einem Taschentuch, fand aber keines.

»Hier.« Eine leise Stimme hinter ihr ließ sie zusammenzucken. Joselyn drehte sich langsam herum und schaute die alte Dame, die ihr ein blütenweißes Taschentuch entgegenhielt, an.

»Nun nehmen Sie schon. Hier ist auch noch etwas Wasser.« Sie holte eine Flasche Wasser aus ihrer Tasche und reichte diese ebenfalls an Joselyn weiter. Joselyn griff danach, wischte sich den Mund ab und trank ein paar Schlucke.

»Mir ging es ganz ähnlich, damals vor fast 60 Jahren, als ich erfuhr, dass mein Sohn unterwegs ist. Ich war so geschockt und gleichzeitig so erfreut, dass ich die armen Blumen getränkt habe.« Joselyn lächelte die alte Frau zaghaft an.

»Muss Ihnen nicht peinlich sein, Herzchen. Das wird schon.« Sie klopfte Joselyn sanft auf den Arm und lächelte aus ihrem faltigen Gesicht zu Joselyn herüber.

»Was macht ihr Sohn heute?«, wollte Joselyn wissen.

»Oh, er ist Polizist. Ein ziemlich guter und er hat inzwischen zwei erwachsene Kinder und die haben bereits jeder auch ein Kind«, begann die alte Dame zu schwärmen und Joselyn wurde es ganz warm ums Herz.

»Das ist schön«, sagte sie.

»Und ich habe ihn ganz alleine großgezogen«, redete die alte Frau unbeirrt weiter, als wüsste sie, was Joselyn vor nicht mal zehn Minuten durch den Kopf gegangen war.

»Sie haben meine vollste Hochachtung vor dieser Leistung. Ich habe schon einen Sohn und den muss ich leider auch alleine großziehen.«

»Na sehen Sie. Sie wissen, wie's geht und ich bin mir sicher, der Vater von diesem Kleinen da ...« Sie deutete auf Joselyns Bauch. »... wird bestimmt begeistert sein.«

»Ich hoffe es.«

»Ich bin mir sicher. Geht es Ihnen wieder besser?«

»Ja, es geht schon wieder.«

»Wie kommen Sie nach Hause?«

»Ich habe mein Auto da vorne geparkt. Ich schaffe das schon.«

»So gefallen Sie mir schon besser, junge Dame. Ich muss jetzt leider da hoch und Sie, passen Sie mir auf sich auf.« Sie legte Joselyn noch einmal verschwörerisch die Hand auf den Arm und drehte sich dann zur Tür, öffnete sie und war auch schon verschwunden.

»Warten Sie, ich ... wo kann ich Ihnen das Taschentuch ...« Aber die Frau hörte sie nicht mehr. Joselyn nahm sich vor, das Tuch zu waschen und es bei ihrem nächsten Besuch in der Praxis abzugeben. Denn ein nächster Besuch würde definitiv stattfinden, so viel stand fest. Ihr Blick fiel wieder auf das Ultraschallbild, welches sie noch immer in der Hand hielt und sie drückte einen Kuss darauf. Dann steckte sie es ein und lief zu ihrem Wagen.

Claire

Ich ertappe mich, wie ich zum wiederholten Male einfach nur dasitze und auf meine Hände starre. Es ist verrückt, aber ich fühle mich so losgelöst wie noch nie zuvor in meinem Leben. Ich habe schon Verluste erlitten und mir kommt meine Fehlgeburt in den Sinn, mir kommt die Trennung von Eric in den Sinn. Aber das war etwas Anderes, es war ein anderes Leben.

Mein Team ist auf der Suche nach der Wahrheit und ich frage mich die ganze Zeit, wie es hatte soweit kommen können, wie ich mich habe soweit in die ganze Sache hineinziehen lassen können. Ich bin ein Profi. Ich sollte es besser wissen. Ich hätte wissen sollen, wie man sich vor so etwas schützt, aber ich habe es nicht gekonnt. Und nun sitze ich hier und bin entweder eine Verdächtige oder aber in Gefahr. Ich kann es nicht einmal genau sagen. Ich höre Stimmen draußen vor meinem Büro und blicke durch die Glasscheiben. Es ist Eric, der sich mit David und Marco unterhält. Er hat jemanden bei sich, einen kleinen Jungen und mein erster Gedanke ist, dass es der Sohn von Joselyn Davis ist. Was hat er hier zu suchen? Und wo ist Davis? Ich erhebe mich und gehe zur Tür, trete hinaus und schaue in die Runde.

»Eric, ihr seid schon zurück?«, frage ich und schaue ihn an.

»Ja, wir haben erst einmal alles, was wir brauchen. Caroline sichert die elektronischen Spuren. Die Beweisstücke, Fingerabdrücke und so weiter sind auf dem Weg ins Labor, die …« Er stockt und schaut auf den Jungen, der sich aber unbeeindruckt zeigt. Vielmehr läuft er erstaunt von einem Monitor zum nächsten und schaut sich genau um.

»… Samira ist in der Autopsie. Der Bericht ist morgen früh fertig.«

»Okay, wer ist das?«

Ich deute auf den Jungen.

»Das ist Timothy Samira, Theodor Samiras Sohn«, erklärt er mir und ich merke, wie mir der Schreck in alle Glieder fährt.

»Was?«, bekomme ich nur heraus und muss ein paar Mal tief Luft holen. Das habe ich nicht gewusst. Sollten meine Recherchen so oberflächlich gewesen sein, dass ich nicht mitbekommen habe, dass Theodor einen Sohn hat? Ich bin verwirrt und entsetzt zugleich.

»Wir müssen reden, Claire«, sagt Eric zu mir und deutet auf das Büro. Ich nicke und gehe voran. Aus dem Augenwinkel bekomme ich noch mit, wie Eric sich an David wendet und ihn um eine Cola für den Jungen bittet. Dann folgt er mir in meinen Raum.

Kapitel 14

»Du bist ziemlich überrascht«, stellte Eric fest und setzte sich vor Claires Schreibtisch auf den Stuhl.

»Wovon?«, fragte sie und setzte sich ebenfalls.

»Von ihm. Du wusstest nicht, dass Samira einen Sohn hat, habe ich recht?« Eric schaute Claire forschend an.

»Nein, ich wusste es nicht. Es gab keine Hinweise und ehrlich gesagt, hat es uns auch nicht sonderlich interessiert, weil es irrelevant für die Ermittlungen war«, sagte sie schließlich.

»Aber jetzt scheint es durchaus relevant zu sein.«

»Was meinst du damit? Glaubst du nicht an einen Zufall?«

»Ich weiß es nicht, Claire. Wir haben Samiras Exfrau in seinem Badezimmer gefunden. Blutüberströmt, mehr tot als lebendig. Sie kämpft im Krankenhaus um ihr Leben. Und Samiras Sohn hatte sich im Garten versteckt. Wir können noch nicht sagen, ob er etwas gesehen hat. Und die Frau wird uns wahrscheinlich, wenn sie jemals wieder aufwachen sollte, auch nicht viel sagen können.« Claire holte tief Luft und strich sich dann mit den Händen übers Gesicht.

»Ich wusste nicht, dass er Besuch hatte.«

»Warum bist du überhaupt dort gewesen?«, fragte Eric noch einmal nach. Sie hatte ihm erzählt, dass es an diesem Tag keine offizielle Mission gegeben hatte.

»Er hat mich eingeladen. Wir wollten reden. Und ich konnte ja wohl schlecht nein sagen, ohne meine Tarnung zu gefährden«, zischte sie ihn an. Sie sagte ihm nicht, dass dies nicht so ganz der Wahrheit entsprach. Samira hatte sehr wohl gewusst, wer sie war und dieses Treffen war so viel privater gewesen, als es gut für sie war. Doch das wollte und konnte sie Eric nicht erzählen.

»Wann hat er dich angerufen?«

»So gegen Mittag«, glaube ich. Sie holte ihr Telefon heraus und gab es ihm. »Ich schätze, das wirst du Caroline geben müssen.« Eric nickte und nahm das Telefon an sich.

»Um die Zeit muss Samira bereits gewusst haben, dass seine Frau zu ihm unterwegs ist.«

»Oder sie wollte ihn überraschen. Vielleicht ist sie dazu gekommen, als man ihn erschossen hat.«

»Warum hat man sie dann nicht auch erschossen? Warum hat man sie am Leben gelassen und warum ist ihrem Sohn nichts passiert? Das alles passt irgendwie nicht zusammen«, sagte Eric.

In dem Moment klopfte es an der Tür und David steckte den Kopf herein. Im Schlepptau hatte er den Polizeichef Samuel Kingston persönlich. Claire sprang auf und trat auf die beiden Männer zu.

»Samuel«, rief sie ihrem Chef entgegen und hielt ihm ihre Hand hin. Samuel Kingston ignorierte die ihm dargebotene Hand und sagte stattdessen:

»Tut mir leid, Claire, aber ich muss dich leider verhaften.«

Eric sah, wie Claire die Luft anhielt und trat einen Schritt nach vorne.

»Wie lautet die Anklage?«, fragte er.

»Mord.«

Damit holte Kingston ein paar Handschellen aus seiner Tasche und hielt sie Claire vors Gesicht. Diese nickte nur und ließ sich ohne ein weiteres Wort nach draußen bringen.

***

»Sie ist verhaftet worden?«, fragte Joselyn ungläubig und blickte dann zwischen ihren Kollegen hin und her.

»Ja, Kingston hat sie persönlich abgeholt«, bestätigte Marco. Sie war eben erst zurück von ihrem Termin bei ihrer Gynäkologin und hatte eigentlich gehofft, bald Feierabend machen zu können, aber wie es aussah, war daran wohl noch nicht zu denken.

»Das ging schnell«, sagte sie deshalb und lehnte sich gegen ihren Schreibtisch.

»Ja«, stimmte ihr Eric zu und verschränkte die Arme vor der Brust.

»Was ist passiert?« Joselyn hatte ein sehr ungutes Gefühl. Sie hätte geglaubt, dass die Polizei insgeheim froh wäre, Samira endlich los zu sein. Warum ermittelten sie gegen ihre eigenen Leute?

»Die Mordwaffe wurde gefunden und sie ist übersät mit Fingerabdrücken von Claire«, sagte David und Joselyn konnte nicht genau erkennen, ob er wütend oder traurig oder beides war. Im Moment schien seine Enttäuschung über Claire ein wenig die

Oberhand zu gewinnen, denn er hatte die Augenbrauen zusammengezogen und ballte die Hände zu Fäusten.

»Das ist jetzt mal eine Überraschung«, murmelte Joselyn. Nun wurde ihr einiges klar.

»Kingston konnte also unmöglich anders handeln, ohne das Gesicht zu verlieren. Er hatte keine andere Wahl, als Claire zu verhaften. Die Indizien und Beweise sprechen nicht gerade für sie.« Eric strich sich nervös durch die Haare und schaute stirnrunzelnd in die Runde. Joselyn überlegte eine Weile. Dann holte sie tief Luft.

»Also Leute, das sieht zwar übel aus, aber ich glaube nicht, dass Claire Samira erschossen hat. Ihr doch auch nicht, oder?«

Alle schüttelten mit dem Kopf.

»Meiner Meinung nach ist sie hereingelegt worden. Sie wollte Samira und seine Hintermänner überführen. Sie hatte einen Auftrag. Ja, ich kann auch Kingston verstehen und wir müssen da jetzt durch. Ich schlage vor, dass wir einfach weitermachen. Wir drehen jeden Stein um und wir finden heraus, was wirklich passiert ist. David, du fährst mit Marco ins Krankenhaus. Klärt ab, was mit Charlotta ist und wann sie voraussichtlich vernommen werden kann. Eric, wir beide werden mit Timothy reden. Sobald das erledigt ist, würde ich vorschlagen, wir machen für heute Feierabend und treffen uns dann alle morgen früh um neun Uhr wieder, um die Lage zu besprechen. Bis dahin sollte auch der Autopsiebericht vorliegen und Caroline ist mit dem Durchsehen der Überwachungskameras fertig. Alles klar?«

Sie suchte Davids Blick und als dieser nickte, war auch sie zufrieden. Marco und David verabschiedeten sich und Joselyn ließ sich auf ihren Stuhl fallen, legte ein Bein über das andere und seufzte.

»Kaffee?«, fragte Eric und sie nickte ergeben. Gegen ein Tässchen Kaffee war sicherlich nichts einzuwenden. Sie erhob sich wieder und folgte ihm dann in den Pausenraum. Er begann den Kaffee für sie beide zuzubereiten, während sie ihm dabei zusah und daran dachte, was sie vor einer Stunde über sich erfahren hatte. Sie versuchte sich ihn mit einem Kind auf dem Arm vorzustellen und versank in einem Tagtraum, in dem er, der liebevolle Vater, sich um sie und das Baby kümmerte.

»Jo?«, drang seine Stimme ganz langsam in ihr Bewusstsein. Sie schaute hoch und blickte ihn fragend an.

»Alles klar?«, fragte er. Sie nickte.

»Du bist gerade ziemlich weit weg gewesen«, stellte er fest. »Ist alles in Ordnung?«

»Ja, ja alles in bester Ordnung. Ich bin nur etwas müde.«

»Na dann ist doch ein Kaffee perfekt in diesem Moment.« Eric lächelte sie an.

»Wo ist Timothy?«, wechselte Joselyn das Thema.

»Er ist unten bei Caroline und spielt ein paar Computerspiele. Damit ist er erst einmal abgelenkt, schätze ich.«

Joselyn konnte sich lebhaft vorstellen, wie der Kleine am Computer saß und nickte.

»Was denkst du über den Fall?«, fragte sie ihn weiter. Eric nahm den Kaffee unter der Maschine heraus und reichte Joselyn ihre Tasse. Dann bedeutete er ihr auf dem Sofa, welches in der Mitte des Raumes stand, Platz zu nehmen und setzte sich neben sie.

»Hast du schon einmal so tief in einer Rolle gesteckt, dass du die Realität nicht mehr von der Fiktion unterscheiden konntest?«, fragte er sie.

»Nicht wirklich. Manchmal war es schwierig, aber ich war wohl nie lange genug undercover, denke ich.«

»Ich glaube, genau das ist Claire aber passiert. Sie ist zu nahe an Samira herangekommen. Sie hat sich emotional so weit verstrickt, dass sie nicht mehr wusste, was sie tat.«

»Das klingt, ehrlich gesagt, nicht nach Claire«, meinte Joselyn und trank einen Schluck Kaffee. Eric seufzte und lehnte sich nach hinten, legte das rechte Bein auf sein linkes Knie und trank ebenfalls.

»Es gibt immer zwei Seiten, Jo.«

»Was genau meinst du damit?«, fragte sie ihn verwundert.

»Jeder Mensch hat zwei Seiten. Eine, die er offiziell zeigt und eine private Seite. Manche Leute können diese Seiten sehr gut voneinander abgrenzen und verstehen es, die eine vor der anderen zu schützen.«

»So wie Claire.«

»Ja, so wie Claire. Und andere Leute, so wie du und ich, wir sind nicht so gut im Masken aufbauen und sich selbst schützen. Wir tragen unser Herz auf unserer Zunge.«

»Ich verstehe, was du mir sagen willst, aber ich verstehe nicht, was das Ganze mit dem Fall zu tun hat.«

»Eine Menge ...« Er stockte kurz, bevor er weitersprach. »Ich erzähle dir mal was über die andere Claire: Die Claire, die du hier auf der Arbeit nie sehen wirst, die sie gut versteckt.«

»Die Claire, in die du dich mal verliebt hast?«, fragte Joselyn nach und erschrak, als sie das Blitzen in seinen Augen sah. Sie spürte schon wieder diesen Stich der Eifersucht. Es war zum Verrücktwerden. Wie konnten sie sich näherkommen, wenn immer wieder so etwas zwischen ihnen stand?

»Vielleicht. Sie war nicht immer so unnahbar. Früher konnte man die andere Claire durchaus öfter zu Gesicht bekommen.«

»Warum erzählst du mir das?«, flüsterte sie.

»Weil ich denke, dass du es wissen solltest, um Claire zu verstehen, um den Fall zu verstehen und vielleicht auch, um mich zu verstehen. Und um endlich zu begreifen, dass ich nichts mehr von Claire will.«

»Okay. Was ist passiert?«

»Wir waren ein paar Jahre zusammen, als Claire schwanger wurde«, erzählte er und Joselyn schluckte. Was kam jetzt?

»Zuerst wollte sie es nicht, aber nach einer Weile begann sie sich darauf zu freuen. Wir haben Pläne gemacht und dann ...« Er stockte und schaute sie an. Joselyn griff nach seiner Hand.

»Es passierte einfach. Sie bekam Blutungen und hat das Kind verloren. Bei der anschließenden Operation gab es Komplikationen und seither kann sie keine Kinder mehr bekommen.«

»Das tut mir leid«, flüsterte Joselyn und er wusste, dass sie in diesem Augenblick nicht Claire sondern ihn meinte.

»Ja, von da an war alles anders. Sie ist mir ausgewichen, hat sich voll auf ihre Karriere konzentriert. Sie war schon immer ehrgeizig, aber danach noch mehr. Sie hatte ein Ziel und sie wurde immer unnahbarer. Ihre andere Seite verschwand fast vollkommen. Wir haben uns nur noch gestritten, wieder versöhnt und wieder gestritten, aber es wurde nie mehr so wie in den ersten Jahren. Wir lebten uns auseinander und dann hat sie irgendwann den Schlussstrich gezogen.«

»Habt ihr nie in Betracht gezogen, ein Kind zu adoptieren?«

»Ich schon, sie nicht. Für sie kam nur ein eigenes in Frage. Also stritten wir uns auch darüber.«

Eric seufzte.

»Wie stehst du jetzt dazu?«, fragte Joselyn.

»Was meinst du?«, fragte er zurück. Sie blinzelte kurz und wollte gerade anfangen zu sprechen, als Caroline um die Ecke bog. Im Schlepptau hatte sie Timothy. Eric sprang auf und löste sich von Joselyns Hand. Diese schloss kurz die Augen und stand dann ebenfalls auf.

»Caro«, rief Eric. »Alles okay mit ihm?« Er deutete auf Timothy.

»Ja, aber die Jugendfürsorge ist auf dem Weg und wenn ihr ihn noch befragen wollt, dann solltet ihr es jetzt tun.«

»Dann mal los«, sagte Eric und stellte seine Tasse auf den Küchentresen. Dann ging er auf Timothy zu und schaute ihn an.

»Wir würden dir gerne ein paar Fragen stellen, Timothy«, sagte er und deutete auf die Couch.

»Alle nennen mich Tim«, sagte der Kleine und hopste auf die Couch.

»Okay, Tim.« Eric schaute nach oben und Caroline nickte ihm zu, bevor sie verschwand. Joselyn setzte sich Timothy und Eric gegenüber auf die andere Couch und wartete ab. Eric schien einen guten Draht zu dem Kind zu haben, also ließ sie ihn gewähren.

»Was ist mit meiner Mummy?«, fragte der Junge plötzlich.

»Sie ist leider noch im Krankenhaus. Sie muss noch ein bisschen schlafen, weil es ihr nicht so gut geht. Ich denke in ein paar Tagen kannst du zu ihr«, erklärte Eric.

»Okay.« Es war erstaunlich, wie gelassen der Kleine trotz der Umstände war.

»Tim, sag mal, kannst du uns sagen, was ihr bei deinem Vater gemacht habt?«, eröffnete Eric dann die Fragerunde.

»Mummy wollte hinfahren. Sie sagte, sie müsse etwas besprechen. Sie haben immer irgendwas besprochen.«

»Weißt du was?«

»Nein.«

»Okay, war dein Dad zu Hause, als ihr gekommen seid?«

»Ja.«

»Und war er wie immer? Hat er sich vielleicht anders oder komisch verhalten?«

»Sie haben gestritten.« Jetzt sah man Tränen in den Augen von Tim.

»Haben sie das oft getan, sich gestritten?«, fragte Joselyn.

»Immer, wenn wir da waren.«

»Wo bist du gewesen?«

»Sie haben mich hochgeschickt. Ich habe ferngesehen.«

»Hast du irgendwas gehört oder gesehen? War irgendjemand Fremdes im Haus?«, übernahm nun Eric wieder das Gespräch.

»Ich weiß nicht.«

Der Junge wirkte irritiert und verängstigt.

»Warum bist du nicht im Haus geblieben?«

»Ich bin weggelaufen, als es laut wurde.«

»Hast du einen Schuss gehört?«

»Nein.«

Das passte zu der Tatsache, dass ein Schalldämpfer benutzt wurde.

»Was hast du dann gehört?«

»Mummy hat geschrien.«

»Wo bist du hingelaufen?«

»In den Garten.«

»In dein Versteck?«

Timothy nickte.

»Warst du die ganze Nacht über in deinem Versteck?«, fragte Eric weiter. Und wieder nickte der Kleine heftig. Dann rieb er sich die Augen. Offenbar schlug die Müdigkeit mit aller Macht zu. Eric stand auf und drückte Timothy dann auf die Couch.

»Du kannst ein wenig schlafen. Ich rede noch kurz mit Jo und vielleicht kannst du heute Nacht ja mit zu mir kommen, was hältst du davon?«

»Au fein. Zeigst du mir dann deine Uniform?«

»Mal sehen.« Eric grinste und zog dann Joselyn mit sich fort zurück ins Büro.

»Du willst ihn mit zu dir nehmen?«, fragte sie.

»Hast du eine bessere Idee? Wenn die Fürsorge ihn mitnimmt, dann ist er ganz allein und wir bekommen vielleicht gar nichts weiter aus ihm heraus.«

»Er tut dir leid.«

»Dir nicht?«

»Doch natürlich, aber du bist doch überhaupt nicht auf ein Kind vorbereitet.«

»Er kann auf der Couch schlafen und etwas zu essen kriege ich schon noch hin.«

»Warum tust du das?«

Sie berührte ihn am Arm.

»Weil ich nun mal so bin«, sagte er und sie zog ihn spontan in ihre Arme, drückte ihn an sich und hielt ihn fest.

»Womit habe ich das verdient?«, fragte er, als sie sich schließlich von ihm löste.

»Keine Ahnung«, antwortete sie.

»Du solltest jetzt zu deinem eigenen Sohn gehen«, meinte er und sie nickte.

»Eric, ich würde aber dennoch gerne wissen, was du über den Fall denkst.«

Er zögerte einen Augenblick.

»Ganz ehrlich. Ich bin mir nicht so ganz sicher. Nach außen hin sieht im Moment alles irgendwie nach einem Beziehungsdrama aus. Aber vielleicht sollte es auch nur so aussehen, vielleicht sollen wir das denken, und in Wirklichkeit ist alles ganz anders.«

»Was meinst du damit?«

»Claire war nicht offiziell dort. Sie hat sich privat mit Samira getroffen. Er hatte sie angerufen und zwar außerhalb der Undercovermission.«

»Das habt ihr nicht erwähnt«, maßregelte sie ihn.

»Tut mir leid, aber Claire hatte mich darum gebeten. Ich weiß, sie hat ihn nicht umgebracht. Und wenn du mich fragst, dann ist sie in eine miese Falle gelockt worden.«

Joselyn

»*Was führt Sie so kurzfristig zu mir, Joselyn?*«, fragt Nathalie und schaut mich über den Rand ihrer Brille hinweg an. Ich verschränke die Hände in meinem Schoß und weiß nicht, wo ich anfangen soll. Nathalie wartet geduldig mit ihrem Block und ihrem Stift und das macht mich beinahe wahnsinnig.

»*Ich bin schwanger*«, sage ich leise und mit einem Mal rollen mir die Tränen über die Wangen. Nathalie schaut mich überrascht an, sagt erst einmal kein Wort, sondern zupft nur ein Taschentuch aus der Box auf ihrem Schreibtisch und reicht es mir. Ich nehme es und tupfe mir damit über die Augen.

»*Das ist eine Überraschung.*«

»*Glauben Sie mir, für mich ebenso.*«

»*Seit wann wissen Sie es?*«, fragt sie mich.

»*Wirklich sicher seit gestern Nachmittag, aber ich habe es geahnt.*«

»*Ist Eric der Vater?*«, fragt sie weiter.

»*Ja.*«

»*Weiß er es?*«

»*Nein.*«

»*Warum haben Sie es ihm noch nicht gesagt?*«

»*Ich wollte, aber irgendetwas hält mich immer davon ab.*«

»*Irgendetwas?*«

»*Na ja, also, entweder werden wir durch irgendjemanden unterbrochen oder aber mich verlässt der Mut.*« Ich schaue sie an.

»*Wenn ich Ihre Worte richtig deute, dann war das Kind nicht geplant.*«

»*Nein, um Himmels willen. Nein. Wir sind ja noch nicht mal richtig zusammen. Wie sollten wir da ein Kind planen?*«

»*Was wollen Sie jetzt machen?*«

»*Ich weiß es nicht. Ich meine, es hätte nicht passieren dürfen. Wir haben eigentlich verhütet, aber … keine Ahnung, was wirklich schiefgegangen ist. Aber, ich habe schon ein Kind ohne Vater …*«

»*Was sagt Ihnen denn, dass Eric nicht gerne der Vater sein möchte?*«

»Er hängt mir noch viel zu sehr an Claire.«

»Seiner Exfrau?«

»Ja, seit wir diesen Fall zusammen bearbeiten, habe ich das Gefühl, dass er da viel zu tief drinsteckt, dass er sie beschützen will.«

»Was ist falsch daran? Immerhin waren sie ein paar Jahre zusammen.«

»Ich weiß nicht. Vielleicht habe ich gerade das Gefühl, ich käme nicht gegen sie an und wenn ich ihm jetzt von der Schwangerschaft erzähle, dann mache ich alles nur noch komplizierter und …«

»Ja?«, hakt Nathalie nach.

»Was ist, wenn er nur bei mir bleibt, weil ich schwanger bin? Wenn er mich gar nicht wirklich liebt? Wenn er Claire immer noch liebt?«

»Hat er gesagt, dass er Sie, Joselyn, nicht liebt?«

»Nein, aber er hat auch nicht gesagt, dass er es tut.«

»Vielleicht sollten Sie ihm die Gelegenheit dazu geben«, schlägt Nathalie vor und ich denke ernsthaft darüber nach.

Kapitel 15

Freitag, 27. Januar

Sie standen im Büro vor dem Flipchart, welches sie in die Mitte des Zimmers gestellt hatten, und schauten gespannt darauf. Claire befand sich noch immer in Untersuchungshaft und sie versuchten die Puzzlestücke zusammen zu setzen, so gut es mit den wenigen Informationen, die sie hatten, eben ging.

»Also Leute, wir sollten zusammentragen, was wir bis jetzt haben«, Joselyn schaute nacheinander David, Marco und Eric an.

»Wir haben aus Tim nichts Brauchbares herausbekommen können. Selbst, wenn der Junge gesehen hat, wer seinen Vater erschossen hat, dann kann er sich an nichts erinnern, wahrscheinlich verdrängt er es«, meinte Eric.

»Vielleicht sollten wir ihn mal mit Nathalie Moers zusammenbringen«, schlug Joselyn vor.

»Gute Idee«, stimmte Eric zu.

»Was ist mit der Mutter?«, fragte Joselyn dann an David gewandt. Dieser zuckte nur mit den Achseln.

»Sie liegt immer noch im Koma. Die Ärzte können nicht sagen, ob und wann sie wieder aufwacht.«

»Okay.« Joselyn lief es kalt den Rücken hinab. Wer hatte Charlotta nur so derart zugerichtet, dass sie um ihr Leben ringen musste? Sie verstand es nicht. Es war eine Sache einen korrupten Gangster zu töten, aber eine ganz andere eine unschuldige Frau zu foltern. Aber war sie wirklich unschuldig? Immerhin war sie mit Samira verheiratet gewesen. Konnte man seinen Ehepartner derart täuschen? Sie konnte es nicht sagen. Jetzt betrat Caroline den Raum und stellte sich neben Eric.

»Ich bin fertig mit den Überwachungskameras und dem Laptop und dem ganzen anderen technischen Zeugs.«

»Lass hören«, sagte David. Caroline trat an den Monitor heran, der an der Wand hing und betätigte ein paar Tasten. Dann nahm sie sich ihr Tablet, welches sie mitgebracht hatte und öffnete ein paar Dateien, die sie dann auf den großen Bildschirm legte. Sie sahen ein verpixeltes Bild.

»Das sind die Aufnahmen der Kamera vor Samiras Haus.«

»Geht es etwas schärfer?«, fragte Eric.

»Oh, ja sorry, klar.« Caroline drückte ein paar Tasten und das Bild formte sich. Jetzt war schon mehr zu erkennen. Alle starrten gebannt auf die Aufnahmen.

»Ich konnte die Ankunft von Charlotta und ihrem Sohn ausmachen. Sie sind exakt um 17:10 Uhr aus dem Taxi gestiegen und zum Haus gegangen. Samira hat ihnen geöffnet.« Sie vergrößerte das Bild, so dass man deutlich Samira und Charlotta sehen konnte.

»Fällt euch was auf?«, fragte Eric und wechselte einen Blick mit Joselyn.

»Sie sieht genauso aus wie Claire«, stellte Marco sogleich fest und alle anderen nickten.

»Wenn man die beiden Frauen nicht unbedingt nebeneinander stellt, sondern sie flüchtig betrachtet, so sehen sie sich ziemlich ähnlich. Beide sind groß und schlank, blond, mit langen Haaren, schick gekleidet. Ich habe mir daraufhin mal ein paar Fotos von Charlotta geholt und sie mit Claire verglichen«, bestätigte Caroline. Sie drückte wieder ein paar Tasten und zuerst erschien ein Bild von Claire und dann eines von Charlotta. Die beiden wiesen sogar eine ziemliche Ähnlichkeit auf.

»Was sagt uns das?«, fragte Marco.

»Es könnte möglich sein, dass der Täter die beiden Frauen verwechselt hat«, sagte Joselyn. Eric runzelte die Stirn und Joselyn konnte eine kleine Sorgenfalte über seiner Nasenwurzel sehen. Sie zwang sich ihre eigenen Gefühle auszublenden. Darüber würde sie sich später Gedanken machen.

»Wir wissen, dass Charlotta nicht geplant hatte, nach San Diego zu fahren. Sie hat ihr Flugticket erst am Abend zuvor gekauft. Wir wissen noch nicht, was sie dann doch dazu bewogen hat. Außerdem wissen wir, dass Claire einen Anruf von Samira erhielt, der sie in sein Haus bestellt hatte«, fasste Eric zusammen.

»Was, wenn das alles ein abgekartetes Spiel war? Wenn es jemand auf Claire abgesehen hatte?«, fragte Caroline und sprach damit aus, was alle bereits dachten.

»Wir sollten jede Möglichkeit in Betracht ziehen«, meinte Joselyn und strich sich eine Strähne aus der Stirn.

»Was machen wir nun?«, fragte Marco und alle schauten Joselyn an.

»Du und David kümmert euch noch einmal um das Umfeld von Samira. Macht mir eine Liste aller Mitarbeiter, Geschäftspartner, Familienmitglieder und so weiter. Ihr wisst schon, Hintergründe, Alibis et cetera. Wer könnte was gegen ihn gehabt haben.«

»Ich vermute, die Liste könnte ziemlich lang werden«, knurrte David.

»Dann fangt lieber gleich an«, riet Joselyn ihrem Kollegen.

»Was ist mit Claire?«, fragte Caroline dazwischen.

»Solange wir uns noch nicht sicher sind, was hier gespielt wird, ist Claire wahrscheinlich im Gefängnis am besten aufgehoben«, sagte Eric und Joselyn stimmte ihm zu.

***

Sie sah ihm dabei zu, wie er in die Wellen hinabtauchte und kurz darauf auf seinem Surfbrett zum Stehen kam, wie er dann geschmeidig übers Wasser glitt und sich zurückfallen ließ. Sie hatte sich in den Sand gesetzt und die Beine aufgestellt. Es war später Nachmittag und die Sonne stand schon relativ tief am Himmel. Es war nicht mehr allzu warm, so dass man es am Strand gut aushalten konnte. Matthew spielte neben ihr im Sand und baute Sandburgen, die sich bereits beachtlich um ihn herum angesammelt hatten. Der Strandabschnitt war fast leer. Die meisten Badegäste waren bereits nach Hause gegangen, nur einige Surfer ließen sich die spätnachmittäglichen Wellen nicht nehmen. Joselyn rückte ihre Sonnenbrille zurecht und wartete, bis Eric schließlich aus den Fluten kletterte. Er kam auf sie zu und stellte sein Board in den Sand.

»Hi«, sagte er und griff nach seinem Handtuch, um sich abzutrocknen.

»Hi«, entgegnete Joselyn und lächelte ihn gegen die Sonne an.

»Was macht ihr denn hier?«, fragte er weiter und begrüßte nun auch Matthew, indem er ihm seine Handfläche entgegenhielt, in die der Junge einschlagen konnte.

»Wir wollten vor dem Abendessen noch ein wenig frische Luft schnappen«, sagte Joselyn.

»Cool. Woher wusstet ihr, dass ich hier bin?«

»Wussten wir nicht. Es war nur so eine Ahnung.« Eric ließ sich neben Joselyn in den Sand sinken und winkelte nun ebenfalls die

Beine an. Auf seinen Oberschenkeln konnte sie noch Wassertropfen erkennen und sie war geneigt, sie wegzuwischen, nur um ihn berühren zu können. Aber sie traute sich nicht. Es war wie verhext. Sobald sie in seiner Nähe war, war sie wie gelähmt und wusste nicht so recht, was sie denn tun sollte.

»Ist alles okay?«, fragte er weiter und schaute sie mit diesem fragenden Blick an.

»Ja, was soll nicht okay sein?«, fragte sie zurück.

»Ich meine nur. Du wirkst ein wenig nachdenklich.«

»Mir gehen so einige Sachen durch den Kopf.«

»Mir auch.«

»Was ist mit Timothy?«

»Er ist erst einmal bei seiner Tante untergekommen. Sie hat ihn heute Mittag abgeholt. Sie sind noch ein paar Tage hier in San Diego, bis es Tims Mutter hoffentlich wieder bessergeht und sie nach L.A. verlegt werden kann. Wenn wir also noch Fragen haben, dann haben wir noch ein bisschen Zeit«, erklärte Eric.

»Ich muss nach New York«, sagte Joselyn plötzlich und er schaute sie überrascht an.

»Wieso?«, fragte er und nahm einen Zipfel seines Handtuches, um sich das Wasser aus dem Gesicht zu wischen.

»Ich muss meine Aussage im Prozess gegen Richard Miller machen. Die Vorladung war heute Nachmittag in meinem Briefkasten«, erklärte sie langsam und merkte, wie Eric neben ihr zusammenzuckte.

»Wir haben ja gewusst, dass es so kommt, nicht wahr«, sagte er und sie nickte.

»Ja, aber es ist trotzdem merkwürdig. Ich weiß einfach nicht, ob ich ihm unter die Augen treten kann. Ich meine …« Sie stockte und er legte ihr einen Arm um die Schultern, zog sie leicht zu sich heran und meinte:

»Du schaffst das schon. Willst du, dass ich mitkomme?«

»Nein, lieber nicht. Bei der aktuellen Lage hier vor Ort, ist es besser, wenn du hier bist. Du musst dich um den Fall kümmern, während ich weg bin. Versprichst du mir das?«

Er drückte ihr einen sanften Kuss auf die Schläfe.

»Ich versprech's. Ich kümmere mich um alles.«

»Danke«, flüsterte sie ihm zu.

»Wie lange wirst du weg sein?«

»Weiß nicht genau. Vielleicht drei Tage. Und ich habe mir überlegt, ich werde Matthew mitnehmen. Victor würde sich bestimmt freuen, ihn mal wieder zu sehen und ich will nicht, dass meine Eltern sich alleine um ihn kümmern müssen. Sie tun ohnehin schon so viel für uns.« Victor war ein alter Freund von ihr und Curt gewesen und er war derjenige, der ihren Kater Tiger adoptiert hatte, nachdem Joselyn zurück nach San Diego gegangen war.

»Ist doch gut. Er vermisst New York bestimmt, oder?«

»Er ist ja noch recht klein. Keine Ahnung, an was er sich tatsächlich erinnert. Aber ich wette, er möchte unbedingt Tiger wiedersehen.«

»Bring ihn doch mit, wenn du zurückkommst«, schlug Eric vor.

»Den Kater?«

»Ja.«

»Eric, die Wohnung kriege ich doch erst in ein paar Wochen und meiner Mum kann ich den Kater nicht antun. Sie würde sich die Lunge aus dem Leib husten, wenn er auch nur in die Nähe des Hauses kommt.«

»Du kannst ihn bei mir zwischenparken, bis deine Wohnung fertig ist.«

»Das machst du gern, oder?«

»Was?«

»Dich um alle möglichen Leute, Kinder und Katzen zu kümmern.« Sie grinste ihn an.

»Ja, Jo, das mache ich tatsächlich gern.« Er rückte etwas von ihr ab und schaute sie an. Ihr Lächeln war verschwunden, sie wirkte in diesem Moment wieder ziemlich ernst. Eric verstand nicht, warum sie mit einem Mal wieder so distanziert war. Es war ein Hin und Her und es zerrte an seinen Nerven.

»Kann ich dir noch was sagen?«, fragte sie und er hob eine Braue.

»Klar.«

»Ich …«

»Mama«, schrie es da plötzlich von rechts. Joselyn drehte sich herum und sah Matthew an, der mit erhobener Schaufel vor ihr stand und den Tränen nahe war.

»Was ist denn passiert, mein Schatz?«, fragte Joselyn und war sogleich in Habachtstellung.

»Ich muss ganz, ganz dringend aufs Klo«, rief der Kleine und hüpfte auf und ab.

»Pipi?«

»Nein, Groß.«

»Okay. Du musst noch ein kleines bisschen warten.« Joselyn sprang auf und warf Eric einen entschuldigenden Blick zu. Dieser seufzte nur und sagte:

»Kein Problem. Lass uns heute Abend einfach telefonieren, wenn du Zeit hast. Ich muss jetzt eh noch zu einem Termin.«

»Ich ruf dich an.« Sie beugte sich zu ihm herab und drückte ihm einen Kuss auf die Wange. Dann schnappte sie sich ihre Tasche, warf die Sandförmchen hinein und marschierte mit Matthew zur Strandpromenade, um eine Toilette zu suchen.

Eric

»Wie stehen Sie beide jetzt zueinander?«, fragt Nathalie zu Beginn meiner nächsten Sitzung bei ihr. Es ist Freitag. Es sind zwei Tage vergangen, seit mich Claire mitten in der Nacht zu Samiras Haus bestellt hat und ich mich Samiras Leiche gegenüber sah. Und es ist noch nicht einmal einen Tag her, seit Joselyn und ich Partner wurden. Ich weiß immer noch nicht, wie ich damit umgehen soll. Mir fehlt Nicklas.

»Was meinen Sie genau? Unsere berufliche oder unsere private Beziehung?«, frage ich sie, weil ich mir selbst nicht so sicher bin. Joselyn und ich, wir sind wie Feuer und Eis. In der einen Minute verbrennen wir uns beinahe die Finger aneinander und in der anderen Minute können wir uns nicht in die Augen schauen und wissen nicht, was wir sagen sollen. Es ist eine Berg- und Talfahrt, die zumindest mich alle Kraft kostet, die ich irgendwo noch übrighabe.

»Sowohl als auch«, sagt Nathalie und rückt ihre Brille zurecht.

»Wir arbeiten zusammen.«

»Als Partner?«, hakt Nathalie nach.

»Wir haben es nicht genau definiert, aber ja, unser aktueller Fall hat uns wohl zu Partnern gemacht«, gebe ich schließlich zu.

»Und wie finden Sie das, Eric?«

Ich zucke mit den Schultern und Nicks Gesicht taucht vor meinem geistigen Auge auf.

»Es ist … anders«, zögere ich und weiß, dass ich mich mal wieder dämlich anstelle. Ich kann nicht sagen, warum ich so empfinde und es macht mir ein wenig Angst.

»Eric«, sagt Nathalie und schaut mich an. »Sie sollten wissen, dass es völlig okay ist, dass Sie ihren Partner nicht so einfach ersetzen möchten. Sie haben eine ziemlich lange Zeit zusammen gearbeitet.«

»Mehr als zehn Jahre, mit kleineren Unterbrechungen«, murmele ich vor mich hin.

»Sehen Sie. Er war ein wichtiger Teil Ihres Lebens. Jemand, dem Sie blind vertraut haben. Der Ihnen blind vertraut hat. Sie haben sich

tagtäglich ihr Leben anvertraut. Und jetzt ist er weg und Sie spüren Leere in sich, dort wo er gewesen ist. Das ist ganz normal.«

»Aber ich könnte die Leere doch mit Joselyn füllen, oder?«, frage ich zaghaft.

»Das ist nicht so einfach. Sie ist ganz anders als Nicklas. Das, was sie mit Nicklas hatten, kann sie nicht wiederbringen. Sie kann ihn nicht ersetzen. Sie kann lediglich etwas Neues mit Ihnen aufbauen. Das sollten Sie erkennen und dann wird es auch leichter, es zu akzeptieren.«

»Warum wehrt sich mein Herz so dagegen? Ich will ihr nicht wehtun. Ich mag sie wirklich sehr. Und sie ist gut in dem, was sie tut.«

»Das Wort heißt Vertrauen, Eric. Sie müssen erst lernen, ihr zu vertrauen, genauso wie sie lernen muss, Ihnen zu vertrauen. Sie haben es im Moment doppelt schwer. Schon allein deswegen, weil Sie Gefühle füreinander haben, die normalerweise unter Arbeitspartnern nicht vorhanden sind. Doch das muss nicht unbedingt schlecht sein, Eric. Es kann sogar ziemlich produktiv sein.«

»Ich habe Angst, sie auch noch zu verlieren«, gestehe ich.

»Das ist nachvollziehbar, aber Sie sollten sich nicht von Ihrer Angst beherrschen lassen. Sie sollten mit ihr darüber reden. Über ihre Ängste und über Nicklas. Sie beide können sich gegenseitig so viel geben. Sie hat Ähnliches durchgemacht und sie kann Ihnen mehr helfen, als ich es wahrscheinlich kann. Sie müssen es nur zulassen.«

»Dafür müsste sie mich aber an sich heranlassen, Nathalie. Und genau das ist das Problem bei Joselyn Davis. Sie lässt sich sehr ungern in die Karten schauen. Sie macht mich noch wahnsinnig. In der einen Minute ist sie total offen und man kann mit ihr reden und dann macht sie plötzlich wieder dicht und ich erfahre gar nichts. Sie verheimlicht mir etwas und ich komme einfach nicht dahinter.«

»Eine Beziehung aufzubauen ist nie einfach. Vor allem, wenn man eine Vergangenheit hat. Diese sollte man auch niemals vergessen.«

»Aber sie steht oft zwischen uns.«

»Sie müssen sie überwinden. Das habe ich auch Joselyn gesagt. Sie ist auf einem guten Weg und das werden Sie auch noch schaffen.«

Sie schaut mich wieder über den Rand ihrer Brille hinweg an und ich nicke ihr langsam zu.

Kapitel 16

Eric zappte durch die Fernsehkanäle, konnte sich jedoch für kein Programm entscheiden. Er wartete auf Joselyns Anruf, den sie ihm am Strand versprochen hatte. Er wollte sie nicht bedrängen, aber er war auch ungeduldig. Es war mittlerweile nach neun und er wusste, dass sie Matthew eigentlich bereits ins Bett gebracht haben müsste.

›Was hält sie auf?‹, fragte er sich. ›Oder hat sie es sich wieder einmal anders überlegt?‹

Er gähnte und überlegte, ob er nicht doch lieber ins Bett gehen sollte. Doch irgendwie fürchtete er sich davor. Er wusste, dass er wahrscheinlich wieder von diesen Albträumen heimgesucht werden würde, unter denen er seit Nicklas' Tod litt. Er hatte seitdem keine Nacht wirklich richtig geschlafen und das stetig wachsende Schlafdefizit machte sich langsam bemerkbar. Wieder betätigte er die Fernbedienung, als es an der Tür klopfte. Er erwartete eigentlich niemanden, aber er war neugierig, also erhob er sich und lief zur Tür. Er öffnete sie und begann zu lächeln.

»Hi«, sagte sie und lehnte sich gegen den Rahmen.

»Hi«, sagte er und hielt sich an der Tür fest.

»Mein Telefon ist kaputt«, sagte sie und er grinste.

»Gute Ausrede«, meinte er. Es war verrückt. Jedes Mal, wenn sie sich sahen, konnte man die Luft förmlich zerschneiden und sie hatten immer das Gefühl, dass es um sie herum knisterte. So auch dieses Mal. Sie bewegten sich kein Stück, sondern starrten sich einfach nur an. Er in der Wohnung, sie im Hausflur. Die Sekunden verstrichen und das Licht im Haus erlosch, so dass Joselyn jetzt im Dunkeln stand und lediglich von dem schwachen Lichtschein, der aus seiner Wohnung kam, beleuchtet wurde.

»Hab dich vermisst«, flüsterte er und meinte es absolut ehrlich. Ja, er vermisste sie die ganze Zeit schon. Und er hasste es, dass sie immer wieder unterbrochen wurden, von der Realität oder diversen Zwischenfällen. Am liebsten wäre er mit ihr davongelaufen, nur um sie einmal ganz für sich allein zu haben.

»Hab dich ebenfalls vermisst«, entgegnete sie. Dabei hatten sie sich erst vor ein paar Stunden gesehen. Ihre Augen waren ein Meer aus Dunkelheit und starrten ihn verführerisch an. Und mit einem Mal war ihm egal, was sie dachte und was vielleicht noch unausgesprochen zwischen ihnen stand. Er wollte sie einfach nur spüren.

»Komm her!«, sagte er und griff nach ihrer Hand, zog sie in die Wohnung und schloss die Tür. Joselyn fand sich in seinen Armen wieder und hob den Kopf, so dass sie ihn küssen konnte. Er griff in ihre Haare und hielt dann ihren Kopf in den Händen, drückte sie rücklings gegen die Tür und setzte seine Küsse fort. Sie schob ihre Hände unter sein T-Shirt und fuhr dann langsam über seinen nackten Oberkörper nach oben, spürte seine Muskeln, die sich unter ihren Händen bewegten und presste sich gegen ihn. Sie fühlte sich mit einem Mal so stark zu ihm hingezogen, dass es ihr egal war, dass sie noch im Flur standen und sich noch nicht einmal richtig begrüßt hatten. Sie streifte ihre Schuhe von den Füßen und legte den Kopf schräg, so dass er mit seinen Lippen an ihrem Hals entlangfahren konnte. Sie zog ihm das Shirt über den Kopf und küsste nun ihrerseits seinen Hals. Er stöhnte leise auf und drückte sich enger an sie heran, begann ihr das Oberteil auszuziehen und streichelte ihr sanft über den Bauch und den Rücken.

Joselyn bekam eine Gänsehaut und flüsterte ihm zu, dass er sich beeilen sollte. Sie schafften es nicht bis ins Schlafzimmer, sondern landeten im Wohnzimmer auf dem Teppich, der sich erstaunlich weich anfühlte. Er legte Joselyn auf den Boden und zog ihr dann ganz langsam die Hose und die Strümpfe aus. Dann strich er mit der Hand über ihren Hals, zwischen ihren Brüsten hindurch, über den Bauch, bis hinab zu ihrer empfindlichsten Stelle. Er zog ihr das Höschen aus und beugte sich zu ihr hinab, um sie auf den Bauch zu küssen. Joselyn wand sich unter seiner Berührung und wünschte sich, ihn zu spüren. Ihre Empfindungen fuhren Achterbahn, ihr war heiß und kalt zugleich und ihr Atem ging schnell.

Eric zog sich nun ebenfalls aus und legte sich neben sie, streichelte sie weiter und genoss ihre Berührungen. Sie zog seinen Kopf zu sich herab und küsste ihn auf den Mund. Er konnte sich nicht wehren. Sie war fordernd und ließ ihm keine Chance mehr zum Denken. Sie schob ihn zur Seite, so dass er auf dem Boden zu liegen kam. Dann kletterte sie auf ihn und übernahm die Führung. Sie beugte sich über ihn und ihre Brüste berührten seinen Oberkörper, ihre Beine drückten sich gegen seine Hüfte und er spürte, wie sie sich ganz langsam auf ihn hinabließ, um ihn zu empfangen. Sie schmiegte sich an ihn und streichelte seine Arme, hielt ihn fest. Er fand ihre Brüste, um sie ganz sanft zu liebkosen. Währenddessen küssten sie sich, bis ihre Lippen wund waren und der Höhepunkt sie beide aufschreien ließ. Er griff nach ihren Händen und hielt sie fest. Sie schauten sich in die Augen und mit einem Mal spürten sie plötzlich den leisen Windhauch, der durch das geöffnete Fenster in die Wohnung drang. Es fühlte sich gut an auf ihrer erhitzten Haut. Joselyn legte ihren Kopf auf seine Brust und strich ihm langsam über die Seite. Er küsste ihren Kopf und lächelte in sich hinein.

»Nette Begrüßung«, meinte er nach einer Weile.

»Nett?«, fragte sie empört, richtete sich auf, schaute ihn an und stupste ihn schließlich in die Seite.

»Bleibst du heute Nacht bei mir?«, fragte er und hob sie von sich herunter, so dass sie nun nebeneinander lagen.

»War das eine Einladung?«

»Willst du es schriftlich haben?« In seinen blauen Augen lag ein fast schon genervter Ausdruck. Er stützte den Kopf in seine Hand und schaute sie an. Sie lag vor ihm, die Haare auf dem Teppich ausgebreitet wie ein schwarzer See, ihre Augen leuchteten und ihre Haut glänzte feucht. Sie lächelte ihn an und gab ihm dann einen Kuss, bevor sie sagte:

»Ich bleibe gern. Mein Flug geht erst morgen Abend.«

»Und wann ist dein Auftritt vor Gericht?«, fragte er.

»Montag. Dienstag früh kommen wir zurück. So haben Matthew und ich zwei Tage Zeit, um ein paar Besuche zu machen und ein paar Dinge zu erledigen. Und ich falle auf der Arbeit nicht allzu lange aus.«

»Klingt doch gut. Ich werde dich vermissen«, sagte er und zog sie wieder an sich heran. Sie schmiegte sich in seine Arme und meinte:

»Werde ich auch. Vor allem, das hier.« Sie zwinkerte ihm zu und er grinste.

»Was hältst du von einer Dusche?«, fragte er plötzlich und stand auf, zog an ihrer Hand und sie kam perplex auf die Beine. Er lief mit ihr ins Badezimmer und drehte die Dusche auf. Dann zog er sie mit sich unter den Strahl und hielt sie fest, küsste sie wieder und Joselyn genoss es. Sie konnte nichts dagegen tun, aber die

Lust kehrte augenblicklich zurück und sie drückte ihn gegen die Wand. Er zwinkerte ihr zu und zog dann den Duschvorhang zu.

***

Ein Scheppern weckte sie und sie öffnete die Augen. Es war noch dunkel und sie brauchte eine Weile, um sich zu orientieren. Sie lag in Erics Bett, nur mit einem T-Shirt aus seinem Kleiderschrank bekleidet. Sie griff neben sich und stellte fest, dass seine Seite des Bettes leer war. Sie schlug die Bettdecke zurück und stand auf, lief durch den Flur in Richtung Wohnzimmer.

»Cole?«, fragte sie leise und dann sah sie einen Lichtschein, der aus der Küche kam. Sie lief hinüber.

»Cole?« Er stand mit dem Rücken zu ihr an den Küchentresen gelehnt und bewegte sich nicht. Sie lief um den Tresen herum und registrierte die Scherben auf dem Boden, sah die Pfütze, die das Wasser hinterlassen hatte, als das Glas auf dem Boden aufgeschlagen war. Langsam trat sie auf ihn zu und legte eine Hand auf seinen Arm. Er zuckte zusammen und schaute sie überrascht an.

»Was ist passiert?«, fragte sie ihn und er versuchte die Fassade der Gelassenheit wieder herzustellen, indem er seinen Körper straffte.

»Nichts, Jo. Ich habe nicht aufgepasst. Mir ist das Glas aus der Hand gefallen.«

»Du siehst ganz blass aus«, meinte sie und hob ihre Hand, um ihm eine Locke aus der Stirn zu streichen. Doch er zuckte vor ihr zurück.

»Es ist nichts. Ehrlich. Ich wollte nur was trinken und dann ...«

»Lüg mich nicht an. Ich sehe doch, dass mit dir was nicht stimmt. Hast du überhaupt geschlafen?« Jetzt schaute er sie wieder an und in seinen Augen schimmerten Tränen.

»Ich kann nicht schlafen, Jo. Immer wenn ich die Augen schließe, dann sehe ich ihn vor mir liegen. Das Blut in diesem verdammten Schnee. Es verfolgt mich.«

Wortlos zog sie ihn zu sich heran und drückte ihn an sich, strich ihm über den Rücken und hielt ihn fest.

»Ich weiß, was du meinst. Ich kenne das Gefühl, die Panik und die Angst, dass es nie wieder besser werden könnte. Was meinst du, wie oft ich Curt gesehen habe, wie er mich anstarrt. Ich habe Monate gebraucht. Gib dir ein bisschen Zeit.«

»Zeit, in der ich langsam zum Wrack werde, weil ich nicht genügend Schlaf bekomme.«

»Ich bin bei dir«, versprach Joselyn und strich ihm wieder mit den Händen den Rücken hinauf und hinunter.

»Danke«, flüsterte er an ihrem Ohr.

»Nicht dafür, Cole. Komm wieder mit mir ins Bett.«

Sie löste sich von ihm und schaute ihn an.

»Gib mir noch ein paar Minuten«, bat er sie und suchte dann nach Handfeger und Kehrschaufel, um die Scherben zu beseitigen. Joselyn nickte und machte sich auf den Weg zurück ins Schlafzimmer. Eric bückte sich und begann sauber zu machen. Dabei liefen ihm die Tränen über die Wangen. Er hatte nicht gewollt, dass sie ihn so sah, so verletzlich, so schwach. Aber genau das war er, immer noch. Tagsüber konnte er sich inzwischen zusammenreißen und die Arbeit lenkte ihn tatsächlich ab. Aber nachts kamen all diese Erinnerungen, die bohrenden Fragen und brachten ihn um den Schlaf. Er fühlte sich verwundet und selbst Joselyns Fürsorge und ihr Verständnis für seine Situation konnten daran nichts ändern.

Wütend schmiss er die Scherben in den Mülleimer und ging ins Schlafzimmer. Joselyn lag im Bett und hatte die Augen geschlossen. Er kletterte langsam zu ihr und drehte sich auf die Seite, doch seine Augen blieben offen. Ein paar Sekunden später spürte er ihren Körper ganz nah an seinem. Sie hatte sich von hinten an ihn gekuschelt und legte die Arme um ihn herum. Er rückte näher an sie heran und sie umfing ihn mit ihrer Wärme. Es fühlte sich gut an, sie so nah bei sich zu spüren. Und in gewisser Weise spielte sie in dieser Nacht sein Schutzschild, indem sie ihn einfach nur fest umklammert hielt.

Er brauchte lange, bis er endlich loslassen konnte, doch schließlich war er tatsächlich eingeschlafen und traumlos überstand er den Rest der Nacht.

Claire

Ich betrete meine Wohnung und werfe den Schlüssel auf den Tisch im Esszimmer. Dann ziehe ich mir die Schuhe von den Füßen und dehne meinen Nacken. Ich bin wieder frei. Zwei Tage in Untersuchungshaft kommen mir vor wie eine halbe Ewigkeit und ich freue mich darauf, endlich wieder in meinem eigenen Bett schlafen zu können. Mein Aufenthalt im Untersuchungsgefängnis war zwar nicht angenehm, aber auch nicht so schrecklich, wie ich mir das vorgestellt hatte. Dennoch hat es an meinen Nerven gezerrt.

Kingston hatte es irgendwie geschafft, mich in einer Einzelzelle unterzubringen, so dass ich mit niemandem in Berührung gekommen bin, aber trotzdem war es mehr als unheimlich. Und ich hatte plötzlich erstaunlich viel Zeit. Zeit zum Nachdenken, die ich so noch nie gehabt habe. Ich frage mich immer noch, wann genau ich den Überblick verloren hatte. Wann ich vom eigentlichen Ziel meines Auftrages abgewichen war. Und gleichzeitig ahne ich es doch ganz genau. In dem Moment, als ich ihm das erste Mal in die Augen geblickt habe, war es um mich geschehen gewesen.

Ich gehe in die Küche und nehme mir einen Müsliriegel aus dem Schrank. Dann stelle ich den Wasserkessel auf den Herd und mache mir einen Tee, den ich lange ziehen lasse. Ich stehe geschlagene zehn Minuten vor der Tasse und starre auf den badenden Beutel, ohne mich zu rühren. Es macht mich wahnsinnig, nicht zu wissen, was genau passiert ist. Ich möchte etwas tun. Ich kann nicht hier herumsitzen und meinen Tee anstarren. So bin ich nicht. Ich bin immer aktiv gewesen, habe mein Leben in die Hand genommen und bin zu dem geworden, was ich heute bin. Nur, was bin ich jetzt noch? Was wird die Untersuchung bringen? Werde ich meinen Job verlieren? Was werde ich dann tun?

Schließlich nehme ich den Teebeutel aus der Tasse und werfe ihn in den Müll. Dann gehe ich ins Schlafzimmer und hole mir neue Sachen, laufe ins Bad und stelle mich unter die Dusche. Als ich fertig bin, ziehe ich mich an und nehme die Schlüssel vom Tisch. Dann verlasse ich meine Wohnung und laufe zum Auto. Es ist nicht weit, aber ich drehe mich mehrfach um, habe das Gefühl, beobachtet zu werden, doch ich kann niemanden sehen. Ich steige ein und kontrolliere, ob meine Waffe an ihrem Platz ist. Dann fahre ich los, drehe ein paar extra Runden durch die Stadt und werde das Gefühl nicht los, dass ich nicht allein bin.

Kapitel 17

Sie trat aus dem Fahrstuhl und lief direkt zu ihrem Büro, als sie plötzlich mit jemandem zusammenstieß.

»Au, verdammt«, fluchte sie und es schepperte, als ihre Tasche auf den Boden flog und sich ihr Inhalt überall verstreute.

»Claire?«, fragte Eric und starrte sein Gegenüber verwirrt an.

»Eric, was machst du hier?«, rief Claire und bückte sich, um ihre Sachen wieder einzusammeln.

»Dasselbe könnte ich dich fragen. Seit wann bist du denn wieder draußen?« Er bückte sich, um ihr zu helfen, doch sie schob ihn beiseite.

»Ich schaffe das schon.«

»Claire.« Er wollte ihre Hand greifen, doch sie wich ihm aus.

»Seit zwei Stunden«, sagte sie.

»Was?«

»Ich bin seit zirka zwei Stunden wieder auf freiem Fuß, wie man so schön sagt.«

Eric erhob sich und schaute dabei zu, wie sie ihre Tasche schloss und sich dann ebenfalls aufrichtete.

»Aber du solltest nicht hier sein«, protestierte er.

»Hast du etwa geglaubt, dass ich einfach so zu Hause herumsitze und Däumchen drehe?«

»Nein, nicht wirklich. Aber du weißt auch, dass du dich nicht einmischen darfst.«

»Sicher weiß ich das.« Sie setzte sich wieder in Bewegung und lief zu ihrem Büro. Er folgte ihr.

»Willst du wissen, wo wir stehen?«, fragte er sie und sie drehte sich um. In ihren Augen las er von allem etwas, aber am meisten Unsicherheit und Angst. Das war nicht die Claire, die er kannte.

»Das wäre wirklich gut«, sagte sie schnell.

»Okay, dann komm mit!«, forderte er sie auf und sie folgte ihm nun zum Flipchart und den Computern, die immer noch die Bilder vom vergangenen Tag zeigten. Es war zwar Wochenende, aber dennoch ruhte die Arbeit nicht und Eric war dabei gewesen, die Liste der Verdächtigen zu aktualisieren. Marco und David waren unterwegs und sprachen mit jedem Einzelnen aus Samiras Umfeld, sammelten Informationen und spielten sie dann an Eric, der zusammen mit Caroline alles ordnete und versuchte, einen Sinn hinter dem Ganzen zu finden. Sie kamen sehr langsam vorwärts, aber sie standen auch nicht mehr vor dem Nichts. Claire trat dichter an das Flipchart heran und schaute sich alles genauestens an.

»Ihr seid fleißig gewesen«, stellte sie fest.

»Was glaubst du denn?«

»Ich habe nichts Anderes erwartet«, meinte sie und schaute ihm kurz in die Augen. Eric musste blinzeln. Er machte sich ernsthaft Sorgen um Claire.

»Also, Claire, wir haben den Zeitplan rekonstruiert. Du hast mit Samira um halb zwölf telefoniert. Ihr habt euch für zwanzig Uhr verabredet.«

»Ja, wir wollten zusammen essen und er sagte, er wolle mit mir reden.«

»Warum seid ihr nicht in ein Restaurant gegangen?«, fragte Eric.

»Es war seine Idee. Er wollte, dass ich zu ihm komme. Er meinte noch, dort sind wir sicher.«

»Weißt du, was er mit dir besprechen wollte?«

»Das ist … privat«, sagte sie und wich seinem Blick aus.

»Claire, es geht hier um eine Mordermittlung. Du musst ehrlich sein. Sonst können wir dir nicht helfen.«

»Ich weiß.«

»Wie privat war eure Beziehung eigentlich?«, wollte er schließlich von ihr wissen und wusste es doch bereits. Eigentlich war es eine überflüssige Frage gewesen, die zu stellen ihm wahrscheinlich gar nicht zugestanden hatte.

»'tschuldige«, murmelte er deshalb und wandte sich wieder dem Bildschirm zu. Sie strich sich die Haare aus der Stirn und sagte:

»Schon okay. Ich habe mich da in was hineingeritten.«

»Wohl wahr. Also, wo waren wir stehen geblieben?«, versuchte Eric das Gespräch wieder auf das eigentliche Thema zu lenken.

»Er hat gewusst, wer ich wirklich bin und was mein Auftrag war«, platzte Claire plötzlich heraus und Eric hielt mitten in seiner gerade getanen Bewegung inne.

»Das ist jetzt nicht dein Ernst, Claire, oder?«, rief Eric und atmete einmal tief ein und wieder aus.

»Glaub mir, darüber würde ich keine Scherze machen.« Ihre Stimme hatte einen sarkastischen Unterton angenommen.

»Ist dir eigentlich klar, in welcher Gefahr du die ganze Zeit geschwebt hast? Wieso hast du dich darauf eingelassen, ihn noch mal zu treffen?« Seine Stimme war lauter geworden.

»Ja, er hätte mich töten können, aber er hat es nicht getan.«

»Er vielleicht nicht, aber was ist mit den anderen aus seinem Umfeld? Was ist mit seiner Familie?«

»Samira hat gesagt, er möchte mir helfen.«

»Was meinst du damit?«

»Er hat gesagt, ich bin es wert, dass er sein Leben überdenkt und seine Geschäfte legalisiert.«

»Das glaube ich jetzt alles nicht.«

»Glaub es oder glaub es nicht. Er wollte mir helfen, die Stadt von seinen illegalen Machenschaften zu befreien. Ich habe ihm im Gegenzug Straffreiheit angeboten.«

»Er wollte seine Geschäftspartner und einen großen Teil seiner Familie einfach ans Messer liefern?« Eric konnte es noch immer nicht ganz begreifen.

»Ja«, sagte sie knapp.

»Warum sollte er das tun?«

»Weil er mich geliebt hat.«

Eric schnaufte.

»Das kannst du dir nicht vorstellen oder?«, fragte sie ihn nun direkt.

»Ist dir mal in den Sinn gekommen, dass er dich nur benutzt hat? Er ist ein korrupter, skrupelloser Mensch gewesen. Glaubst du ernsthaft, er hätte sich einfach so geändert?«

»Ganz ehrlich, Eric, ich weiß es nicht, aber es war einen Versuch wert.«

»Okay, was ist schiefgegangen?«

»Ich bin zu spät gekommen.«

»Wie meinst du das?«

»Ich bin nicht pünktlich zu unserer Verabredung erschienen. Ich wollte mir erst noch Rückendeckung von Kingston abholen. Und das hat etwas länger gedauert als geplant. Ich bin erst gegen halb zehn bei Samira angekommen. Da war es schon zu spät.«

Ihre Stimme zitterte leicht, doch das fiel wahrscheinlich nur Eric auf.

»Du warst bei Kingston und er wusste, was du vorhast?«

»Ja, er wusste es, aber er hatte abgelehnt.«

»Und du bist trotzdem hin?«, fragte er ungläubig.

»Ja.«

»Meine Güte, Claire.«

»Geschenkt, Eric. Ich weiß selbst, dass das nicht meine beste Idee war. Aber ich kann es nicht mehr ändern. Und jetzt, wo Samira tot ist, wird es keine Hilfe mehr von innen geben. Sein Bruder und all die anderen werden genauso weitermachen wie bisher. Doch die sind mir, ehrlich gesagt, scheißegal. Ich will herausfinden, wer Theodor umgebracht hat«, fauchte sie. Eric seufzte und setzte sich dann auf die Kante seines Schreibtisches. Ihm schwirrte der Kopf von diesem Gespräch und er wünschte sich, Joselyn wäre jetzt hier, aber die war auf dem Weg nach New York und hatte wahrscheinlich soeben den Flieger bestiegen.

»Okay, Claire«, sagte er schließlich, nachdem er sich so einigermaßen wieder gefangen hatte. »Die vorläufige Autopsie hat ergeben, dass Samira gegen zwanzig Uhr erschossen worden ist. Aus nächster Nähe und ohne sich großartig zu wehren. Die einzig weitere sichtbare Verletzung ist eine Platzwunde an der rechten Wange. Mal sehen, was der vollständige Bericht noch ergibt. Wir gehen aber erst mal davon aus, dass er den Täter gekannt haben muss.«

»Ich denke auch, dass es so war. Er ist niemals ein Risiko eingegangen, wenn es um seine Sicherheit ging und deswegen glaube ich auch nicht, dass es ein Zufall war.«

»Da bin ich ganz deiner Meinung, Claire.«

»Allerdings ist mir nicht klar, was Theodors Exfrau mit der Sache zu tun hat.«

»Mir auch nicht, aber es fällt auf, dass sie dir ziemlich ähnlich sieht.« Eric hob die Fernbedienung zum Computerbildschirm und drückte auf ein paar Tasten, um Claire die Bilder von ihr und Charlotta zu zeigen.

»Du meinst, jemand könnte uns verwechselt haben?«, fragte sie ungläubig.

»Und Samira war gar nicht das Ziel.«

»Mmmm«, machte sie.

»Charlotta und ihr Sohn sind kurz nach siebzehn Uhr bei Samira aufgetaucht. Warum wissen wir noch nicht. Der Kleine kann sich an nichts erinnern, lediglich, dass er ferngesehen hat, als es plötzlich lauter wurde. Und dann hat er sich versteckt und wir haben ihn erst am nächsten Tag gefunden.«

»Der arme Kleine. Was ist mit der Mutter?«

»Noch im Koma.«

»Wie machen wir jetzt weiter?«

»Du, Claire, machst erstmal gar nichts. Wir müssen uns überlegen, wie wir dich schützen können, falls du das Ziel warst.«

»Ich kann auf mich selbst aufpassen.«

»Das sieht man«, murrte er und sie warf ihm einen giftigen Blick zu.

»Ich würde vorschlagen, du gehst nach Hause und wir stellen eine Wache vor deine Tür.«

»Eric, ich kann nicht einfach nach Hause gehen.«

»Doch.«

»Nein, ich …« In diesem Moment klingelte Claires Telefon. Sie nahm es aus der Tasche und schaute aufs Display. Dann runzelte sie die Stirn.

»Es ist eine New Yorker Nummer.«

»Geh ran«, forderte Eric sie auf und schaute sie mit aufgerissenen Augen an. Sie drückte die grüne Taste und sagte:

»Hallo, Claire Brown hier.«

Joselyn

Ich lächle meinen ehemaligen Kollegen an, als er uns vom Flughafen abholt.

»Hi Ralf, danke, dass du gekommen bist.«

Detective Ralf Newman drückt mir links und rechts jeweils ein Küsschen auf die Wange und hält Matthew seine Hand hin. Matthews Reaktion besteht darin, sich hinter meinem Bein zu verstecken.

»Sorry«, sage ich und schiebe Matthew wieder nach vorne, doch er krallt sich in meine Hosenbeine.

»Kein Problem. Meine Kleinen sind auch gerade in so einer ähnlichen Phase.«

»Ach ja, wie geht es Maria und Karl denn?«, erkundige ich mich und muss an die aufgeweckten Zwillinge denken, die ungefähr in Matthews Alter sind.

»Sie drehen zu allen möglichen und unmöglichen Gelegenheiten durch. Du kennst das ja.« Ralf grinst mich an und nimmt mir dann die Tasche ab.

»Danke«, sage ich erneut und Ralf verdreht die Augen. Er ist schon immer ein hilfsbereiter Mann mit dem Herzen am rechten Fleck und er scheint froh zu sein, mich zu sehen.

»Bist du schon nervös?«, will er wissen. Ich schaue ihn an und nicke.

»Irgendwie schon. Ich meine, keiner von uns hat doch damit gerechnet, dass Miller so etwas machen würde, oder?«

»Nein. Alle waren geschockt. Du müsstest mal hören, was für ein Getuschel es bei uns gibt, seit wir ihn verhaftet haben. Die Mannschaft ist regelrecht desorientiert.«

»Oh, gibt es denn noch keinen Nachfolger?«

»Nächsten Monat soll angeblich ein Neuer kommen. Aber ob dem tatsächlich so ist, keine Ahnung. Die Personalabteilung arbeitet mit Hochdruck, aber es ist schwer, geeignete Leute zu finden.«

»Ich drücke euch die Daumen, Ralf. Bist du auch am Montag vorgeladen?«

»Ja, ich bin um zehn Uhr dran.«

»Ich um halb elf.«

»Dann können wir gemeinsam hingehen. Und jetzt kommt erst mal. Meine Frau wartet mit dem Frühstück und danach bringe ich euch in euer Hotel.«

Wir waren über Nacht geflogen und hatten die meiste Zeit schlafen können, aber trotzdem freue ich mich auf ein wenig Ruhe. Doch ein Frühstück hört sich auch nicht schlecht an.

»Das ist lieb«, sage ich und greife nach Matthews Hand.

»Kein Ding, Josi. Du gehörst doch praktisch zur Familie.«

Ich merke, wie mir plötzlich ein kleiner Stich Heimweh durchs Herz fährt. Obwohl ich nicht in New York geboren und aufgewachsen bin, habe ich doch eine ziemlich lange Zeit meines Lebens hier verbracht. Matthew ist hier geboren worden und ich habe hier meine bis dato größte Liebe gefunden und wieder verloren. Ich kann es nicht beschreiben, aber in mir wächst ein nostalgisches Gefühl empor, wenn ich diese hektische und laute Stadt so betrachte und für einen kurzen Augenblick denke ich tatsächlich darüber nach, zurück zu kommen.

Doch dies währt nur Sekunden, denn sofort habe ich ein ganz bestimmtes Gesicht vor meinem geistigen Auge, welches mich seit geraumer Zeit nicht mehr loslässt.

Kapitel 18

Sonntag, 29. Januar

Es klopfte und Joselyn hob verwundert den Kopf. Sie hatte auf dem Bett ihres Hotelzimmers, welches sie für ihren Aufenthalt in New York gemietet hatte, gelegen und gelesen. Matthew schlief im Zimmer nebenan, die Tür war angelehnt und sie konnte seinen leisen gleichmäßigen Atem hören. Es war Sonntagabend und sie hatte keinen Zimmerservice bestellt. Dennoch stand sie auf und ging zur Tür.

»Wer ist da?«, fragte sie leise. Sie hatte keine Lust irgendwelchen wildfremden Menschen, die sich vielleicht in der Zimmertür geirrt hatten, zu begegnen. Erst recht nicht im Schlafanzug, aber sie konnte das Klopfen auch nicht ignorieren.

»Ich bin's«, antwortete ihr eine vertraute Stimme und ihr Herz begann einen Purzelbaum zu schlagen. Wie war das möglich? Sie hatten doch gerade noch Nachrichten ausgetauscht und Joselyn hätte schwören können, dass er in San Diego in seinem Bett war. Sie öffnete lächelnd die Tür und ließ ihn herein.

»Was machst du denn hier, Cole?«, fragte sie und fiel ihm dann um den Hals.

»Ich weiß auch nicht so genau. Ich wollte dich sehen«, antwortete Eric und erwiderte die Umarmung, drückte sie an sich und atmete ihren inzwischen so vertrauten Duft ein.

»Ich freue mich, dass du hier bist«, sagte sie und ließ ihn los, schaute ihn an und lächelte.

»Hat dein Zimmer zufällig ein Doppelbett?«, fragte er und um seine Lippen lag ein schiefes Grinsen.

»Zufällig ja«, antwortete sie und nahm seine Hand, führte ihn zum Bett und deutete darauf.

»Sieht bequem aus«, meinte er und stellte seine kleine Reisetasche daneben.

»Ist es auch«, sagte sie und musterte ihn von der Seite.

»Ich hoffe, ich störe nicht«, meinte er dann und sie bedeutete ihm, sich aufs Bett zu setzen.

»Ich habe nur gelesen.«

»Was liest du da?« Er griff nach dem Buch und drehte es herum. Joselyn wollte es ihm wegschnappen, doch er war schneller.

»*After Passion*«, las er vor. »Ist das was Versautes?«

Joselyn lief rot an und griff nach dem Buch.

»Nicht das, was du jetzt denkst«, meinte sie und er fasste ihre Hand, zog sie zu sich heran und drückte seine Lippen auf die ihren. Joselyn merkte sofort, wie ihr Puls sich beschleunigte und sich dieses schöne Ziehen in ihrem Bauch einstellte, was sie stets mit ihm verband. Er drückte sie nach hinten und küsste sie weiter. Sie nahm sein Gesicht zwischen ihre Hände und erwiderte seine Küsse. Nach einer Weile löste er sich von ihr und fragte:

»Was genau passiert denn in dem Buch?« Joselyn schaute ihn ein paar Sekunden an und ihre Augen leuchteten. Dann zog sie ihn wieder zu sich heran und flüsterte ihm ins Ohr:

»Am besten ich zeige dir das.« Damit schlang sie ihre Beine um ihn herum und er ließ sich sanft auf sie fallen.

***

Eine Stunde später lagen sie aneinander gekuschelt im Bett und hielten sich an den Händen.

»Schön, dass du hergekommen bist«, meinte Joselyn und drückte seine Hand.

»Ich hatte Sehnsucht und ich wollte dich nicht alleine zu dieser Verhandlung gehen lassen.«

»Das ist total lieb von dir, aber nicht nötig.«

»Doch, das ist es. Ich will für dich da sein und dazu gehört auch, dass ich dir beistehe, wenn es um die Bewältigung deiner Vergangenheit geht. Genauso wie du zu mir stehst. Danke übrigens, dass du nicht weiter nachgefragt hast, als es mir letztens nicht so gut ging.«

»Ich wollte dich nicht bedrängen. Ich weiß, wie es ist, wenn man mit Albträumen kämpfen muss und wenn dann alles verrücktspielt und man Angst hat, wieder einzuschlafen.«

»Ich hoffe, dass sich das bald legt. Weil ich nämlich dringend ein wenig mehr Schlaf brauche.«

»Das wird es, Eric. Vielleicht hilft es ja schon, wenn du nicht alleine bist.«

Er schaute sie an und auf seinem Gesicht erschien ein Leuchten.

Das machte Joselyn unheimlich froh. Offenbar wollte auch er, genau wie sie, diese Beziehung endlich intensivieren.

»Deswegen bin ich hier«, meinte er und küsste sie auf die Wange.

»Wie konntest du dich denn abseilen? Ich meine, der Fall?«, fragte Joselyn plötzlich.

»Na ja, Claire ist aus dem Gefängnis entlassen worden. Sie ist wieder da.«

»Ach.«

»Sie darf natürlich nicht offiziell an dem Fall arbeiten, aber du kennst sie doch. Sie mischt sich natürlich ein.«

»Wir wussten ja, dass sie es nicht gewesen sein kann.«

»Ja und Caroline hat es gestern auch bewiesen. Samira war schon tot, bevor Claire dort überhaupt aufgetaucht ist. Die Überwachungskameras haben alles genau aufgezeichnet und die Obduktion der Leiche hat es ebenfalls bestätigt.«

»Lass mich raten, vom eigentlichen Täter fehlt jede Spur?«, fragte Joselyn.

»Ja, der ist natürlich nicht auf den Kameras zu sehen. Er muss von dem Überwachungssystem gewusst haben. Wahrscheinlich ist er über die Terrasse rein. Wir sind uns noch nicht sicher. Wir sind immer noch dabei, alle in Samiras Umfeld zu überprüfen und das dauert, ehrlich gesagt, länger als gedacht. David und Marco haben alle Hände voll zu tun.«

»Und trotzdem bist du hier.«

»Ich muss gestehen, dass ich nicht ganz ohne dienstlichen Auftrag hier bin.«

Joselyn hob eine Braue.

»Ach, nicht?«

»Claire hat mich geschickt, damit ich Miller noch einmal auf den Zahn fühle.«

»Und warum hat sie mich nicht darum gebeten?«, wunderte sich Joselyn.

»Du bist befangen, Jo. Erinnerst du dich, du sollst eine Aussage gegen ihn machen. Da werden sie dich wohl kaum zu ihm lassen, damit du ihn befragst.«

»Du hast ja recht«, murmelte sie. »Was ist mit Charlotta und Timothy?«

»Unverändert. Und, bevor du fragst: Claire steht unter Polizeischutz, bis wir wissen, wie das alles zusammenhängt und ob sie vielleicht in Gefahr ist. Sicher ist sicher.«

»Na gut.« Joselyn kuschelte sich wieder in seine Arme, doch sie spürte, dass da noch etwas Anderes war.

»Was ist noch los, Cole?«, fragte sie daher.

»Es ist etwas passiert.« Eric musste an den Anruf denken, den Claire am vergangenen Abend aus New York erhalten hatte.

»Nun sag schon!«, forderte Joselyn ihn auf und merkte, dass ihre Nackenhaare sich aufrichteten. Er hatte einen Tonfall an sich, der sie in Habachtstellung gehen ließ.

»Harper ist tot.«

Sie richtete sich auf und starrte ihn an.

»Ich weiß nicht, was ich sagen soll«, gestand sie und nahm seine Hand. Er drückte sie und schaute ihr dann in die Augen.

»Genauso fühle ich mich auch.«

»Ich habe mir die ganze Zeit versucht zu überlegen, was mir lieber wäre …«

»… ob du ihn lieber tot sehen willst oder in einer Gefängniszelle«, ergänzte er ihren Satz.

»Ganz genau.«

»Und?«

»Ich konnte mich nicht entscheiden.«

»Ich mich auch nicht. Aber die Entscheidung ist uns beiden wohl nun abgenommen worden.«

»Ja, ist sie wohl.«

»Trotzdem würde ich gerne mit dem Thema abschließen wollen.«

»Was genau meinst du?«, fragte sie.

»Ich muss ihn noch einmal sehen.«

»Du willst Harpers Leiche sehen?«, fragte sie entsetzt.

»Ja, ich muss ihm noch ein paar Dinge sagen. Keine Ahnung, ob du das verstehst, aber ich glaube, ich muss damit Nicks Tod verarbeiten.«

Sie schaute ihn eine Weile nachdenklich an, bevor sie antwortete:

»Ich verstehe das. Ich werde dich begleiten.«

»Das musst du nicht.«

»Ich will es aber. Und danach habe auch ich noch etwas vor.«

»Was meinst du?«

»Sage ich dir morgen. Ist auch so eine Art Verarbeitung der Vergangenheit. Wo ist Harpers Leiche, schon in der Autopsie?«

»Ich denke schon.«

»Ich kann morgen früh ein paar Leute anrufen, die uns die notwendigen Freigaben erteilen. Dann können wir nach meiner Aussage vor Gericht vielleicht dorthin gehen. Ich denke, Matthew würde sicherlich eine Weile bei Victor bleiben und mit Tiger spielen wollen.«

»Du bist ein Schatz.«

Eric küsste sie auf die Stirn.

»Ich will auch, dass es endlich ein Ende hat, glaub mir. Und jetzt lass uns erst mal ein bisschen schlafen. Ich bin hundemüde.«

Sie gähnte und legte ihren Kopf auf seine Schulter. Er legte den Arm um sie herum und schloss die Augen. Es war ein wunderbares Gefühl, so mit ihr hier zu liegen und sie im Arm zu halten, sie zu berühren und ihre Wärme zu spüren. Es machte ihn glücklich und so kamen die drei Worte, die er ihr jetzt zuflüsterte aus seinem tiefsten Inneren.

»Ich liebe dich.«

Eric

Ich erwache durch einen Tritt in die Seite und öffne verwundert die Augen. Es ist noch dunkel und ich brauche eine Weile, bis ich begreife, wo ich eigentlich bin. Neben mir liegt Joselyn, das Gesicht in die Kissen vergraben und schläft. Ein erneuter Tritt lässt mich beinahe aufschreien, aber ich kann mich gerade noch beherrschen. Ich drehe mich herum und schaue in ein kleines Jungengesicht.

»Matthew?«, flüstere ich und strecke meine Hand nach ihm aus.

»Kann ich bei euch schlafen?«, fragt der kleine Mann und robbt auf mich zu. Ich weiß nicht genau, was ich tun soll, denn ich bin mir nicht sicher, ob es eine gute Idee ist, das Kind zu uns ins Bett zu holen. Außerdem bin ich mir nicht mal sicher, ob Matthew tatsächlich wirklich wach ist. Er starrt mich mit großen Augen an und ich bin mal wieder völlig überfordert.

»Ich habe Angst«, sagt er und greift nach meiner Hand. Ich ziehe ihn zu mir hoch und setze mich auf. Er klettert auf meinen Schoß und drückt sich an mich. Ich spüre seinen kleinen Körper und instinktiv streichele ich ihm über die Haare, versuche ihn zu beruhigen und dabei gleichzeitig seine Mutter nicht aufzuwecken.

»Warum hast du Angst?«, frage ich ihn.

»Da ist ein Monster unter meinem Bett.«

Ich überlege, was wohl die angemessenste Reaktion auf seine Aussage ist, doch mir fällt nichts Schlaues ein.

»Es gibt doch gar keine Monster«, flüstere ich ihm ins Ohr.

»Doch, ganz große. Mit großen Augen und großen Ohren.«

»Sehen die zufällig aus wie dein Stoffhase hier?«, frage ich weiter und er nickt, hält das Stofftier aber fest in seinem Arm.

»Aber sie sind viel größer.«

»Weißt du was?«, frage ich ihn und streiche ihm eine Locke aus der Stirn. »Ich gehe jetzt mal rüber in dein Zimmer und schaue nach, ob ich irgendwas finde. Und dann kannst du bestimmt gleich wieder einschlafen.«

»Nein.«

Er hält mich fest.

»Ich will nicht wieder rüber. Ich will bei euch bleiben.«

Ich seufze und jetzt beginnt Joselyn sich zu bewegen und die Hand nach Matthew auszustrecken.

»Matti?«, murmelt sie.

»Okay, Matthew. Quetsch dich zwischen uns! Wir wollen doch deine Mum nicht unnötig wachmachen, oder?«, sage ich schnell und schiebe den Jungen in die Besucherritze. Er kuschelt sich zwischen mich und seine Mutter und keine zwei Sekunden später ist er auch schon wieder eingeschlafen.

Ich rutsche nach unten und lege mich hin, decke Matthew mit einem Teil meiner Bettdecke zu und versuche wieder einzuschlafen. Ich bin noch leicht verwirrt. In so einer Situation bin ich noch nie gewesen, aber es fühlt sich nicht falsch an. Es ist gemütlich, wenn auch ein wenig eng und ich finde nicht auf Anhieb eine geeignete Schlafposition.

Meine Gedanken beginnen zu kreisen und drehen sich automatisch um den morgigen Tag, um Harper und um Nicklas. Es macht mich noch wacher, als ich ohnehin schon bin und ich überlege, was ich tun kann, um endlich einzuschlafen. Ich beobachte Joselyn und Matthew, wie sie friedlich neben mir liegen und schlafen. Ich habe keine Ahnung, wie spät es ist und wieviel Zeit inzwischen vergangen ist.

Irgendwann spüre ich eine Hand, die nach meiner sucht und greife nach ihr. Joselyn drückt meine Hand und hält sie fest. Und so liegen wir da, in einem Hotelzimmer im Herzen New Yorks, zu dritt in einem Bett und endlich schlafe ich ein.

Kapitel 19

Montag, 30. Januar

»Ich lasse Sie beide dann kurz alleine«, sagte die Pathologin und verließ den Raum, der sich ziemlich kühl anfühlte. Sie hatte sie begleitet und das Fach, in dem Harpers Leiche aufbewahrt wurde, für sie geöffnet. Nun lag er da, mit einem dünnen, weißen Tuch bedeckt und Eric war sich plötzlich gar nicht mehr so sicher, ob das, was er hier tat, das Richtige war. Er spürte Joselyns Hand, die nach seiner fasste und drückte sie instinktiv ganz fest.

»Dann wollen wir mal«, seufzte Eric und trat näher an den Leichnam heran. Er ließ Joselyns Hand los und hielt die Luft an, ließ sie dann wieder entweichen und griff schließlich nach dem Tuch. Dann hob er es an und schlug es nach unten, so dass sie Harpers Gesicht sehen konnten. Es war fahl und man konnte an seinem Brustkorb noch die Male der Autopsie sehen. Ansonsten wirkte er eher, als würde er schlafen. Eric merkte, wie Joselyn ebenfalls die Luft anhielt und blickte kurz zu ihr hinüber.

»Alles in Ordnung?«, fragte er sie. Sie nickte, sagte aber nichts. Sie presste die Lippen aufeinander und schwieg, heftete ihre Augen auf Harper und schien im Stillen mit ihm zu sprechen. Erics Blick ging wieder zu Harper und er überlegte, was er sagen sollte. Alle Worte, die er sich vorher zurechtgelegt hatte, waren mit einem Mal verschwunden und ihm fiel nichts mehr davon ein. Hilflos stand er da und versuchte alle Wut und allen Hass, den er für diesen Mann empfand, der seinen Partner getötet hatte, zu bündeln, aber es gelang ihm nicht. Er war wie leer.

»Soll ich dich vielleicht kurz alleine lassen?«, fragte Joselyn plötzlich und Eric schaute sie an. Sie wirkte blass im Schein der Neonröhren.

»Wenn es dir nichts ausmacht«, antwortete er und war ihr unheimlich dankbar. Er hatte das Gefühl, dass das, was er zu sagen hatte, nur ihn und Harper etwas anging. Und er liebte sie in diesem Augenblick unheimlich für ihren siebten Sinn.

»Kein Ding, Cole. Mir geht es sowieso nicht so besonders gut. Die Luft hier drin ist etwas ... stickig. Ich warte dann draußen auf dich.« Damit griff sie kurz nach seinem Arm, strich ihm sanft darüber und verließ den Raum. Eric schaute ihr nach und als die Tür ins Schloss gefallen war, drehte er sich wieder zu dem Mann auf dem Leichentisch herum. Er starrte ihn an und hinter seinem geistigen Auge sah er Nicklas, wie er auf dem Boden lag und das Blut den weißen Schnee tränkte. Eric musste blinzeln, denn seine Tränen versperrten ihm die Sicht.

»Weißt du, was du mir angetan hast?«, flüsterte er und wischte sich die Tränen von den Wangen. Natürlich erhielt er keine Antwort und die hatte er auch nicht erwartet. Was er erwartet hatte, war der Schmerz, der sich nun noch einmal in seiner Kehle emporwand und ihm fast den Atem nahm. Er hatte ihn verdrängt. In den letzten Tagen war er abgelenkt gewesen und hatte weniger häufig an Nicklas gedacht. Dafür schämte er sich, doch er wusste auch, dass es so sein musste. Nicklas war tot und er, Eric, lebte. Er konnte weiterhin in Selbstmitleid versinken oder er konnte sein Leben leben und die Vergangenheit ruhen lassen. Und, genau wie Joselyn, hatte er sich schließlich für das Leben entschieden.

Eine Weile blieb er noch stehen und formte im Geiste all die wütenden Sätze, die er Harper die letzten Wochen hinterher hatte schreien wollen. Er wünschte diesem Mann die ewige Verdammnis für das, was er getan hatte und tatsächlich, als er ein paar Minuten später nach oben blickte, fühlte er sich leichter. Er zog Harper das weiße Laken wieder über den Kopf und holte noch einmal tief Luft. Dann fuhr er sich kurz durch die Haare und machte sich schließlich auf den Weg, um Joselyn zu suchen.

***

Er fand sie vor dem Gebäude. Sie hatte sich auf die Lehne einer Parkbank gesetzt und die Beine auf die Sitzfläche gestellt. Langsam lief er zu ihr hinüber und kletterte neben sie auf die Bank. Sie hatte die Augen geschlossen und hielt ihr Gesicht in die Sonne, die am wolkenlosen New Yorker Himmel hing.

»Hey«, sagte er und stupste mit seiner Schulter leicht gegen die ihre. Sie öffnete die Augen und schaute ihn an. Sie sah noch immer etwas blass um die Nase aus, aber Eric schob es auf den Anblick des toten Harper, den sie offenbar noch nicht ganz verwunden hatte.

»Alles klar?«, fragte er sie.

»Ja. Und bei dir? Wie geht's dir?«, fragte sie ihn und deutete auf das Gebäude.

»Mir geht's gut, denke ich. Besser als die letzten Tage. Ich glaube, es war gut und richtig, herzukommen und mit der Sache abzuschließen. Alles Weitere wird sich zeigen.«

»Das ist gut.«

»Wie war es übrigens heute früh bei der Verhandlung?«, wollte Eric wissen. Sie hatten noch gar keine Gelegenheit gehabt, darüber zu sprechen, weil sie Matthew noch bei Victor hatten abgeben müssen, bevor sie zur Pathologie gefahren waren.

»Gut. Es war merkwürdig, Miller gegenüber zu treten. Aber ich denke, er bereut, was er getan hat.«

»Meinst du?«

»Ja, das denke ich. Er ist kein schlechter Mensch, Eric. Er ist nur einfach auf die schiefe Bahn geraten, weil er etwas brauchte, was er sonst nie bekommen hätte.«

»Es klingt fast, als würdest du ihn verteidigen.«

»Tue ich nicht, aber ich kann es nachvollziehen.« Sie erzählte ihm von Millers Motiven, von seinem Sohn und wie er in die Sache immer tiefer hineingeraten war.

»Verstehe«, sagte er, als sie geendet hatte.

»Er wird für eine ziemliche Weile hinter Schloss und Riegel sitzen. Und Curt kann endlich in Frieden ruhen«, sagte sie schließlich, nachdem sie sich eine Zeit lang angeschwiegen hatten.

»Kannst du ihn denn ruhen lassen?«, fragte er und blickte sie von der Seite her an.

»Ich denke, ich muss, genau wie du, noch eine Sache abschließen«, sagte sie und stand auf, hielt ihm ihre Hand hin und wartete, bis auch er sich erhoben hatte.

»Was hast du vor?«, fragte er verwirrt.

»Komm einfach mit!«, forderte sie ihn auf und zog ihn dann zum Auto, welches sie sich gemietet hatten, um schneller durch die Stadt zu kommen.

***

Langsam betraten sie die parkähnliche Anlage. Die Sonne hatte sich hinter ein paar Schäfchenwolken versteckt, aber es war dennoch ein wunderschöner Wintertag. Ein wenig Schnee lag hier und da und es war knackig kalt. Genauso liebte sie diese Jahreszeit, der sie manchmal schon ein paar Tränen nachweinte, jetzt wo sie wieder im warmen San Diego lebte. Es sah alles noch genauso aus wie immer und Joselyn musste sich erst einmal sammeln, bevor sie weitergehen konnte. Eric hatte sehr schnell bemerkt, wohin Joselyn ihn brachte und er beobachtete sie ganz genau. Er konnte sich vorstellen, was sie vorhatte und er bewunderte sie dafür. Als sie durch das große, runde Steintor hindurchgegangen waren, sagte Eric:

»Ich warte hier.«

»Danke«, flüsterte sie ihm zu und drückte seine Hand. Dann machte sie sich ohne ihn auf den Weg. Sie war seit einer gefühlten Ewigkeit nicht mehr hier gewesen. Genau genommen nicht, seit ihrem Entschluss nach San Diego zurück zu gehen und das war sechs Monate her. Danach hatte sie sich nicht mehr dazu in der Lage gefühlt, diesen Ort zu betreten. Und doch konnte sie sich an jeden einzelnen Baum erinnern. Sie wusste genau, wie der Pfad sich zwischen den Gräbern hindurchschlängelte, wusste noch genau, dass vorne an der Weggabelung Mrs. Olsen lag, die genau neunundneunzig Jahre alt geworden war. Sie konnte sich erinnern, dass es Gräber gab, die viel zu junge Leute aufgenommen hatten. Genau wie seins.

Es schmerzte sie, wieder hierher zu kommen und es schmerzte sie genauso, dass sie es nicht mehr jede Woche tun konnte. Tapfer ging sie den Kiesweg entlang und blieb schließlich vor seinem Grab stehen.

Curt Williams – 1978-2015

Sie kniete sich vor das Grab und strich sanft über die Inschrift auf dem Stein. Es war ein schlichter, rötlicher Stein mit einer weißen Schrift. Curt hätte ihn gemocht, das wusste sie. Rot war seine Lieblingsfarbe gewesen und sie hatte ihn ständig damit aufgezogen. Wie banal. Er hatte sich immer darüber geärgert, wenn sie das getan hatte. Jetzt wünschte sie sich manchmal, sie hätte ihn ernster genommen.

Eine ganze Weile stand sie so da und redete im Geiste mit ihm, legte Blumen auf die Erde und schaute dann zu, wie sich ein paar

Spatzen in der halb zugefrorenen Pfütze nebenan versuchten zu baden. Dann stand sie auf und trat einen Schritt zurück.

»Mach's gut Curt«, flüsterte sie und wischte sich die Tränen aus den Augen. Sie bildete sich ein, er würde ihr seinen Segen geben. Und das machte sie froh.

Eine Weile wartete sie noch, doch dann drehte sie sich langsam um und ging erhobenen Hauptes in Richtung Ausgang. Sie wusste, dass sie nicht mehr hierher zurückkehren würde. Sie hatte soeben ein Kapitel ihres Lebens abgeschlossen. Es tat weh, aber es war auch befreiend. Sie ging weiter und drehte sich nicht um, sondern lief auf die eine Person zu, die sie die letzten Wochen stark beschäftigt und die sie hierher begleitet hatte. Er lehnte an einem Mauervorsprung, einen Fuß nach hinten angewinkelt und gegen die Mauer gestellt. Seine Hände hatte er in den Hosentaschen vergraben, so wie er es immer tat, wenn er verlegen war. Er trug eine schwarze Lederjacke und Jeans, dazu Stiefel. Um seinen Hals hatte er sich, etwas ungeschickt, einen dicken Schal gebunden. Seine Haare waren zerzaust und er hatte sich seine Sonnenbrille auf den Kopf gesteckt.

Joselyn ging schnell, aber nicht zu schnell und als er sie sah, erschien ein Lächeln auf seinem Gesicht. Sie blieb direkt vor ihm stehen und schaute ihn an. Er wirkte sehr jung in diesem Moment und unheimlich anziehend. Sie merkte, dass sie ihn zu lieben begonnen hatte und dass dieses Gefühl mit jeder Minute intensiver wurde. Sie hatten die Vergangenheit abgeschlossen und nun mussten sie die Zukunft planen.

»Alles in Ordnung?«, fragte er und sie nickte.

»Lass uns gehen« sagte sie und zog seine Hände aus seinen Hosentaschen.

»Wohin?«, fragt er und drückte ihre Finger.

»Was hältst du von einem Hotdog? Ich kenne da einen guten Imbiss.«

»Klingt gut.«

»Okay, dann lass uns Matthew abholen und losziehen.«

Er nickte, drückte sich von der Wand ab und richtete sich zu seiner vollen Größe auf. In dem Moment überkam sie ein Gefühl von Wärme und Liebe und spontan drückte sie ihm ihre Lippen auf den Mund.

Joselyn

Er streicht mir mit den Fingerkuppen über die Schultern, die Schlüsselbeine und dann hinab über meine Brüste, meinen Bauch und meine Beine. Er hört nicht auf und ich genieße die Berührungen in vollen Zügen. Wir können einfach nicht aufhören, uns zu lieben, uns festzuhalten und zu küssen. Es ist wie ein Rausch. Wir sind wie auf Drogen und brauchen den jeweils anderen mit jeder Faser unseres Seins. Wenn wir getrennt sind, haben wir Sehnsucht und können den Moment bis zu einem Wiedersehen kaum abwarten. Und sind wir zusammen, explodieren wir fast.

Seit zwei Tagen sind wir zurück in San Diego und eigentlich hat uns die Realität wieder eingeholt. Die Arbeit hat uns in Beschlag genommen, kaum, dass wir aus dem Flieger gestiegen sind. Wir arbeiten den ganzen Tag, reden dabei fast kein privates Wort miteinander, weil wir einfach keine ruhige Minute mehr haben. Aber die Blicke sind so intensiv, die zufälligen Berührungen bringen uns um den Verstand und wir warten sehnsüchtig auf den Feierabend. Die Tage sind verplant, aber die Nächte, die gehören uns.

Matthew ist mit seiner Kindergartengruppe drei Tage in einem Feriencamp und so habe ich kinderfrei und verfüge plötzlich über viel Zeit, die ich mit Eric verbringen kann. Ich lehne mich zurück und schließe die Augen. Er folgt mir und sein warmer Körper legt sich über den meinen. Er hält mich fest und seine Lippen berühren meine. Er duftet so gut. Nach Meer, nach Wind und nach Eric. Wir waren schwimmen und sind nun in seiner Wohnung.

Wir haben es wieder einmal nicht geschafft, zu essen oder zu reden, bevor wir zusammen im Schlafzimmer gelandet sind. Doch es ist gut so wie es ist. Ich habe lange nicht mehr solche intensiven Gefühle erlebt, solche Leidenschaft und solches Verlangen. Ich drücke mich gegen ihn, spüre sein Gewicht, höre seinen Atem, der immer schneller wird und ich grabe meine Finger in seinen Rücken.

Er flüstert mir etwas ins Ohr, das ich nicht verstehen kann, da in meinen Ohren das Blut rauscht und ich nur noch will, dass wir weiter-

machen. Wir bäumen uns auf, streicheln uns gegenseitig und finden schließlich Erlösung, die uns eine tiefe Befriedigung verschafft.

Kapitel 20

Mittwoch, 1. Februar

»Schläfst du?«, fragte sie und rutschte enger an ihn heran.

»Mmmmm«, brummte er und strich weiter sanft mit den Fingerspitzen ihren Arm hinauf und wieder hinunter.

»Wir müssen reden, Cole«, fuhr Joselyn fort.

»Nicht jetzt, Jo«, murrte er, ohne dabei die Augen zu öffnen.

»Es ist aber wichtig.«

»Mein Kopf ist leer. Hat das nicht Zeit bis morgen?«, murmelte er und gähnte.

»Nein, eigentlich nicht.«

»Na gut«, sagte er schließlich und versuchte ein Auge zu öffnen, um sie anzusehen. Doch es gelang ihm nur mittelmäßig. Sie hatte ihn geschafft. Er wollte eigentlich nur die Schwere genießen und schlafen.

»Warte«, sagte sie und sprang auf.

»Was?«, fragte er und hob langsam den Kopf, versuchte herauszufinden, wohin sie ging und ließ sich dann wieder nach hinten fallen. Joselyn lief in den Flur und holte ihre Tasche. Während sie zurückkam, kramte sie darin herum und sagte:

»Also, ich weiß eigentlich gar nicht, wie ich dir das alles beibringen soll, Cole. Es ist so verrückt und ich habe nie im Leben damit gerechnet. Ich wollte es dir schon die ganze Zeit sagen, aber es kam irgendwie noch nicht der richtige Augenblick … puh, ist das schwer.« Sie setzte sich neben ihn aufs Bett und legte die Tasche auf ihren Schoß.

»Ich denke, ach ich weiß auch nicht, wie ich anfangen soll, aber vielleicht solltest du dir das hier … einfach mal ansehen.« Damit nahm sie das Ultraschallbild, welches sie vor ein paar Tagen bekommen hatte aus ihrer Tasche und hielt es ihm hin. Doch Eric reagierte nicht. Tief entspannt lag er in die Bettdecke gehüllt und schlief.

»Cole?«, fragte sie und stupste ihn leicht in die Seite, doch er bewegte sich nicht.

»Na toll«, meinte sie und legte dann das Bild auf den Nachttisch, schob es leicht unter den Fuß der Stehlampe, damit es nicht herunterrutschen konnte und drehte sich dann wieder zu ihm herum.

»Da will man dir sagen, dass du Vater wirst und du verschläfst die ganze Überraschung.« Lächelnd beugte sie sich über ihn und gab ihm einen Kuss auf die Stirn. Dann schnappte sie sich sein T-Shirt und zog es sich über. Sie nahm ihre Tasche und tapste zurück ins Wohnzimmer, stellte diese auf die Couch und ging in die Küche. Sie öffnete den Kühlschrank und suchte nach etwas Essbarem. Sie fand eine Dose mit Käse und ein paar Weintrauben, schnitt sich ein großes Stück vom Käse ab und wusch die Trauben, legte alles auf einen Teller und holte sich noch ein Stück Brot dazu. Dann ging sie zur Couch und machte es sich bequem. Sie griff nach der Fallakte Samira, die sie heute von der Arbeit mitgenommen hatte und begann darin herumzublättern. Sie waren ein ganzes Stück weitergekommen. Charlotta war aus dem Koma erwacht und sollte sobald wie möglich vernommen werden. Joselyn war schon sehr gespannt darauf, was sie zu sagen hatte. Ob sie überhaupt etwas sagen würde, war noch unklar, aber vielleicht hatten sie ja Glück. Samiras Bruder war untergetaucht. Als man ihn befragen wollte, war er weg. Sein Safe war leer, sein Pass fehlte und keiner konnte genau sagen, wo er hin war. Es war gut möglich, dass er unter falschem Namen außer Landes gekommen war, aber genauso möglich war es, dass er nur eine falsche Fährte hatte legen wollen. Insgeheim vermutete Joselyn, dass er hinter der ganzen Sache steckte, aber Claire war da anderer Meinung. Sie hatte Miko Nguyen, Samiras Schatzmeister, im Verdacht.

Joselyn aß den letzten Rest ihrer Mahlzeit und stellte dann den Teller auf den Tisch. Ihr Blick fiel auf die Uhr. Es war kurz nach zehn und sie beschloss wieder ins Bett zu gehen. Sie räumte die Akte zusammen und brachte den Teller in die Küche. Dann schlich sie zum Bett zurück und legte sich vorsichtig neben Eric, der noch immer wie erstarrt dalag und sich nicht rührte. Sie gönnte ihm seinen Schlaf. Sie wusste, dass er in den letzten Wochen seine Probleme damit gehabt hatte. Oft genug wachte er mitten in der Nacht schweißgebadet auf und wälzte sich dann nur noch hin und her. Joselyn wusste, sie konnte nichts tun, um ihm zu helfen, außer ihm ihre Ohren zum Zuhören anzubieten.

Doch meist wollte er nicht darüber reden, was ihn genau quälte. Joselyn hatte eine ungefähre Ahnung, aber sie wollte ihn nicht bedrängen. Das, so kannte sie es aus eigener Erfahrung, ging oftmals eher nach hinten los. Also legte sie sich hin und kuschelte sich an ihn. Wenig später war sie eingeschlafen.

***

Irgendwo klingelte ein Telefon, doch er konnte es nicht zuordnen. Schlaftrunken drehte er sich auf die andere Seite und versuchte sich zu orientieren. Der Radiowecker zeigte 22:46 Uhr an und er fühlte sich, als hätte er gerade einmal zwei Minuten geschlafen. Er beschloss das Klingeln zu ignorieren und tatsächlich war es nach ein paar Sekunden wieder weg. Er drehte sich um und stieß dabei mit dem Arm gegen Joselyn, die neben ihm lag und schlief. Sie begann sich zu bewegen und drehte sich zu ihm.

»Was ist los?«, fragte sie.

»Nichts, schlaf weiter«, flüsterte er und strich ihr die Haare aus dem Gesicht. Plötzlich war das Klingeln wieder zu hören und Eric fragte sich, wo er sein Handy hingelegt hatte. Es klingelte vier-, fünf-, sechs-, siebenmal und schließlich stand er genervt auf und lief in die Küche. Sein Handy leuchtete grün und klingelte unentwegt. Er schnappte sich das Teil und wollte gerade abheben, als der Anrufer auflegte. Er konnte die Nummer nicht erkennen, da sie unterdrückt wurde.

»Meine Güte«, brummte er genervt, nahm das Telefon mit ins Schlafzimmer und legte es auf den Boden.

»Wo bist du gewesen?«, fragte Joselyn, die nun ebenfalls hellwach war.

»Irgend so ein Idiot ruft mich mit einer unterdrückten Nummer an«, schimpfte er und legte sich wieder zu ihr.

»Vielleicht nur falsch verbunden«, meinte sie.

»Ja, vielleicht. Nur bin ich jetzt hellwach.« Er klopfte missmutig auf sein Kopfkissen und versuchte es so zu positionieren, dass es bequem war.

»Ich weiß etwas, das dich ganz bestimmt wieder bis zur Erschöpfung bringen wird«, meinte Joselyn und strich dann mit dem Finger leicht über seine Brust. Eric drehte sich zu ihr um und grinste.

»Ach ja?«, fragte er unschuldig und hielt ihre Hand fest.

»Ja, das hat schon oft geholfen.« Sie küsste ihn auf die Stirn und dann auf die Wange und er ließ sich auf sein Kissen fallen. Sie kletterte auf ihn und lehnte sich dann über ihn. In diesem Moment klingelte das Telefon erneut.

»Verdammt noch mal«, knurrte Eric und richtete sich auf, schob Joselyn auf seinem Schoß ein wenig nach unten und angelte nach dem Telefon. Er drückte die grüne Taste und rief:

»Ja?« Er spürte, wie Joselyn sich gegen ihn drückte und ihn einfach weiter streichelte.

»Eric?«, fragte die Frau am anderen Ende.

Joselyn küsste seinen Hals.

»Claire?«, fragte er in sein Telefon und wand sich aus Joselyns Umarmung.

»Ein weißer SUV steht seit Stunden vor meinem Fenster und rührt sich nicht vom Fleck«, sagte Claire und Eric versuchte zu begreifen, was sie von ihm wollte.

»Es ist mitten in der Nacht«, stellte er dann fest. Joselyn war zur Seite gerutscht und umarmte ihn nun von hinten. Sie machte ihn verrückt und er hatte Mühe sich auf das Telefonat zu konzentrieren.

»Tut mir leid, aber ich musste dich einfach anrufen.«

»Warum rufst du mit einer unterdrückten Nummer an?«, fragte er weiter und versuchte nicht aufzustöhnen, als Joselyn jetzt anfing an seinem Ohrläppchen zu knabbern.

»Ignorier sie«, flüsterte Joselyn ihm ins Ohr, doch Claire ließ sich nicht so einfach ignorieren.

»Ich benutze ein Wegwerfhandy, weil ich glaube, dass ich abgehört werde. Ich weiß nicht genau, was da los ist, aber ich werde schon seit ein paar Tagen verfolgt. Und ich kann den Wachposten, der eigentlich vor meinem Haus Streife gehen sollte, schon seit zwei Stunden nicht mehr erreichen.«

Jetzt konnte Eric sie nicht mehr ignorieren. Er griff Joselyns Hand und hielt sie fest, brachte sie auf Abstand und beugte sich dann zum Nachttisch, um das Licht einzuschalten. Joselyn fiel das Ultraschallbild ein, aber er hatte es offensichtlich nicht gesehen. Er drehte sich zu Joselyn herum und formte mit den Lippen ein ›Sorry‹.

Auf ihrem Gesicht zeigte sich Enttäuschung und sie warf sich demonstrativ in ihre Kissen.

»Ich bin auf dem Weg«, sagte Eric schnell zu Claire und sprang aus dem Bett, um sich seine Sachen anzuziehen. Joselyn stand ebenfalls auf und stellte sich kopfschüttelnd zu Eric.

»Danke, Eric. Aber bitte sei vorsichtig«, hörten sie Claires Stimme.

»Ja, bin ich. Rühr dich nicht vom Fleck, hast du verstanden!« Damit legte er auf und schlüpfte in Unterhosen und Jeans.

»Das ist jetzt nicht dein Ernst«, sagte Joselyn und er schaute sie entschuldigend an.

»Ich muss da hin. Claire wird verfolgt.«

»Ruf die Polizei«, sagte sie.

»Mach ich von unterwegs, aber ich glaube, es wäre besser, wenn wir so wenig wie möglich Aufsehen erregen und vielleicht können wir dann die Typen erwischen.«

»Und das willst du mal eben so machen?«

»Ja, das ist der Plan.«

»Herrgott noch mal, Eric, das ist schon das zweite Mal, dass du mich mitten in der Nacht wegen ihr verlässt«, rief Joselyn aufgebracht.

»Bist du etwa eifersüchtig?«, fragte er sie und zog sich ein Sweatshirt über.

»Nein, aber ich finde, du tust zu viel.«

»Was soll das denn heißen?«

»Claire kann auch auf sich alleine aufpassen. Ich will nicht, dass du dich ständig um sie kümmerst.«

»Du bist eifersüchtig.«

»Nein … ja«, sagte sie und versuchte seinem Blick auszuweichen.

»Musst du nicht, ehrlich.« Er küsste sie auf den Mund.

»Okay … aber ich komme mit«, bestimmte Joselyn.

»Auf keinen Fall«, rief er erschrocken.

»Hast du schon vergessen, dass ich diesen Fall leite? Ich will wissen, was da los ist und ich lasse dich ganz bestimmt nicht alleine zu ihr.« Damit stapfte sie ins Wohnzimmer und suchte ihre Sachen zusammen, zog sich an und holte ihre Waffe und ihre Jacke.

»Du kannst ja richtig böse werden, wenn dir was nicht passt«, meinte er und steckte nun ebenfalls seine Waffe ein.

»Ich verteidige nur mein Revier«, entgegnete sie und ging an ihm vorbei in den Flur.

»Irgendwie gefällt mir das«, meinte er und folgte ihr nach draußen.

»Was meinst du damit?«

»Ich liebe es, wenn du wütend bist und ich liebe dich.«

Sie blieb stehen und schaute ihn an. Ihre Wut war mit einem Mal verraucht. Er konnte so süß sein. Sie unterdrückte ein Lächeln und sah, wie er es ebenfalls tat. Der Moment war unglaublich prickelnd und ein paar Sekunden rührten sie sich nicht vom Fleck, bis er sich schließlich räusperte.

»Nun komm schon!«, forderte er sie auf und sie griff nach seiner Hand, verschränkte ihre Finger mit den seinen und gemeinsam verließen sie das Haus.

Claire

Langsam schiebe ich die Vorhänge ein wenig beiseite und spähe hinaus auf die Straße. In der letzten Stunde habe ich dies gefühlte einhundert Mal gemacht. Das Bild, was sich mir zeigt, ist immer dasselbe. Der weiße SUV parkt am Ende der Straße. Er hat getönte Scheiben und Kennzeichen, die nicht hierher passen. Ich bin mir ziemlich sicher, dass sie gefälscht sind. Ich warte nur noch auf die Bestätigung aus der Überprüfungsstelle. Ich werde ganz kribbelig, während ich auf Eric warte und wandere unruhig auf und ab. Meine Wohnung kommt mir plötzlich unheimlich groß vor und ich habe das Gefühl überall knackt und knistert es.

Ich bin eigentlich nicht besonders schreckhaft, aber ich kann nicht verhindern, dass ich zusammenzucke, als plötzlich draußen ein Motor gestartet wird. Ich schaue wieder aus dem Fenster. Der SUV setzt sich in Bewegung und fährt weg.

Vielleicht werde ich ja langsam verrückt.

Ich greife nach meiner Jacke und meiner Waffe und gehe zur Tür, laufe die drei Stockwerke hinab und trete auf die Straße. Ich schaue mich vorsichtig um, doch ich kann den Wachschutz nicht finden. Langsam drücke ich mich an der Mauer entlang und umrunde das Haus, laufe in den Hinterhof und bleibe in Deckung. Am Ende des Weges sehe ich etwas liegen. Mein Herz fängt an, wie wild zu schlagen und ich trete vorsichtig aus dem Schatten, laufe auf das am Boden liegende Etwas zu und sehe, dass es ein Mensch ist.

Aufmerksam schaue ich mich um, doch da ist niemand. Ich laufe zu ihm und beuge mich über ihn. Es ist der Wachposten, der eigentlich hätte vor meiner Tür stehen sollen. Ich drehe ihn herum und sehe, dass er an der Schläfe blutet. Schnell fühle ich seinen Puls. Er lebt, stelle ich erleichtert fest und lasse meinen angehaltenen Atem entweichen. Ich krame in meiner Tasche nach dem Telefon und rufe einen Krankenwagen. In diesem Moment ruft jemand hinter mir meinen Namen und ich richte mich hastig auf, um mich umzudrehen.

Kapitel 21

»Claire«, rief er und sie kam auf ihn zu.

»Eric, gut, dass du da bist«, sagte sie und stürzte sich in seine Arme. Eric ließ es geschehen, ging aber deutlich auf Abstand und Claire konnte schließlich auch sehen warum. Hinter ihm stand Joselyn Davis und sah nicht besonders glücklich aus.

»Was ist mit ihm?«, fragte Eric und deutete auf den bewusstlosen Wachmann.

»Ist wohl niedergeschlagen worden«, meinte Claire.

»Haben Sie gesehen, wer es war?«, fragte Joselyn dazwischen. Claire schüttelte mit dem Kopf.

»Was zum Teufel machst du überhaupt hier draußen?«, fragte Eric jetzt. »Hatte ich nicht gesagt, du sollst bleiben, wo du bist?«

»Ich konnte nicht einfach tatenlos da oben herumsitzen. Der SUV ist übrigens weg.«

»Woher willst du wissen, dass er dich beschattet hat?«, fragte Eric.

»Weil die Kennzeichen zu einem Wagen gehören, der vor zwei Tagen als gestohlen gemeldet wurde.«

»Woher weißt du das?«

»Deswegen.« Sie zückte ihr Telefon und zeigte Eric eine Nachricht, die sie soeben von der KFZ-Behörde erhalten hatte. Er nickte. In diesem Moment trafen sowohl die Polizei als auch der Krankenwagen ein und sie konnten den Wachmann in betreuende Hände übergeben.

»Wir sollten nach oben gehen«, sagte jetzt Joselyn und Claire nickte. Sie machten sich auf den Weg und liefen die Treppen wieder nach oben in Claires Wohnung.

»Wollt ihr einen Kaffee?«, fragte Claire, doch sowohl Eric als auch Joselyn schüttelten den Kopf.

»Wir müssen überlegen, was wir jetzt machen«, meinte Eric und setzte sich auf die Couch. »Du bist offensichtlich nicht mehr sicher in deiner Wohnung. Irgendwer hat es auf dich abgesehen, was uns immer mehr zu der Annahme bringt, dass der Anschlag auf Samira vielleicht dir gelten sollte.« Er sprach langsam und leise, aber für Claire klangen seine Worte wie Pistolenschüsse.

Darüber hatte sie auch schon nachgedacht, aber es nicht wirklich wahrhaben wollen.

»Ich weigere mich zu glauben, dass ich in meinen eigenen vier Wänden nicht mehr sicher bin«, rief sie verzweifelt.

»Es ist aber so.« Eric hatte das Gefühl, Claire schütteln zu müssen. Sie war stur, so wie immer. Sie waren zwar kein Paar mehr, aber er würde sie beschützen, daran bestand kein Zweifel.

»Vielleicht sollten Sie ein paar Sachen packen«, mischte sich nun Joselyn in das Gespräch ein.

»Um wohin zu gehen?«, fragte Claire. Eric öffnete den Mund, um etwas zu sagen, aber Joselyn kam ihm zuvor.

»Sie können mit zu mir kommen. Meine Eltern haben ein großes Haus und ein Gästezimmer. Da können Sie erst mal unterkommen, bis die Sache geklärt ist.«

Eric schaute Joselyn an, doch sie ignorierte ihn. Er wusste genau, was sie hier tat und irgendwie fand er es süß, wie sie versuchte, ihn von Claire möglichst fern zu halten. Dass dazu überhaupt keine Notwendigkeit bestand, das war ihr offensichtlich immer noch nicht ganz klar.

»Sind Sie sicher?«, fragte Claire noch einmal nach, der die ganze Situation mehr als unangenehm war.

»Ich hätte es nicht angeboten, wenn ich nicht sicher wäre«, bestätigte Joselyn. Sie war davon überzeugt, dass ihre Eltern nichts dagegen haben würden. Ihr Vater war selbst einmal Polizist gewesen und seit die Sache mit Samira passiert war, verfolgte er alles ganz genau.

»Okay, ich bin gleich wieder da«, sagte Claire schließlich und verschwand im Schlafzimmer. Eric drehte sich zu Joselyn herum und sie zuckte mit den Schultern.

»Was?«, fragte sie unschuldig.

»War das wirklich nötig?«, fragte er zurück.

»Keine Ahnung, Cole. Ich hatte das Gefühl, ich müsste das machen.«

Er trat auf sie zu und blieb dann ganz dicht vor ihr stehen, so dass sie seinen warmen Atem auf ihrem Gesicht spüren konnte.

»Und es hat ganz sicher nichts damit zu tun, dass du eventuell ein ganz klein wenig eifersüchtig bist?«, flüsterte er ihr zu. Sie versuchte seinem Blick Stand zu halten.

»Habe ich denn einen Grund?«

»Nein, hast du nicht.«

»Okay, dann ist doch alles gut, oder?« Sie küsste ihn auf die Lippen und er hielt sie fest, küsste sie zurück und Joselyn merkte, wie ihr schwindlig vor Glück wurde.

»Wir können dann los.«

Es war Claire, die das Zimmer soeben wieder betreten hatte. Eric und Joselyn fuhren auseinander und starrten Claire an. Sie lächelte ihnen zu und meinte:

»Meinen Segen habt ihr.«

Dann lief sie an Eric vorbei und ging in den Flur. Er wechselte einen Blick mit Joselyn und sie zuckte nur mit den Schultern.

***

Auf dem Weg zu Joselyns Haus sprachen sie kurz über den Fall. Es gab einige neue Entwicklungen. Nicht nur, dass Charlotta inzwischen aus dem Koma aufgewacht war und sich auf dem Wege der Besserung befand, auch hatten sie die Befragung des Umfeldes von Samira abgeschlossen.

»Wir müssen morgen unbedingt mit Charlotta Samira sprechen«, sagte Joselyn und drehte sich zu Claire, die auf der Rückbank saß, herum.

»Ist sie denn schon vernehmungsfähig?«, fragte Eric. »Immerhin ist sie erst seit gestern wieder ansprechbar.«

Die Ärzte hatten Charlotta langsam aus ihrem Koma erweckt und es grenzte beinahe an ein Wunder, dass sie wahrscheinlich keinerlei bleibende Schäden davontragen würde.

»Soweit ich weiß, ja. Wir wollten ihr eigentlich noch ein paar Tage Zeit zur Regeneration geben, aber angesichts der neuen Umstände möchte ich das nicht aufschieben. Sie muss da jetzt durch.«

»Ich bin gespannt, was sie uns zu ihrem Auftauchen in San Diego zu sagen hat«, murmelte Claire vor sich hin.

»Sie passt irgendwie nicht ins Bild«, meinte Eric.

»Vielleicht doch«, warf Joselyn ein, die kurz ihre Mails gecheckt und eine interessante von Caroline herausgefischt hatte. Die Mail war schon vor ein paar Stunden geschickt worden, aber da Joselyn ihr Telefon auf lautlos gestellt hatte, war sie ihr bis jetzt nicht aufgefallen.

»Was meinst du?«

»Wir haben uns doch gefragt, wer Charlotta Samiras neuer Partner ist, nicht wahr?«

»Ja, bis jetzt konnten wir den Herrn, der mit ihr zusammen in L.A. lebt, nicht identifizieren«, bestätigte Eric.

»Das lag wohl daran, dass er nicht unter seinem richtigen Namen bei ihr wohnt. Gemeldet ist ein gewisser Carlos Cruz, aber wenn ihr mich fragt, dann hat er verdammte Ähnlichkeit mit Claudio Samira.« Joselyn drehte ihr Handy herum, auf dem nun ein Bild von Theodor Samiras Bruder prangte. Sie drehte es so, dass zunächst Claire und dann Eric einen Blick darauf werfen konnten.

»Das ist interessant«, murmelte Eric und schaute wieder auf die Straße. Er hatte Mühe sich auf den Straßenverkehr zu konzentrieren.

»Wir sollten erst einmal mit Charlotta reden. Vielleicht weiß sie ja auch, wo Claudio sich versteckt halten könnte«, meinte Claire.

»Okay, Claire und ich fahren morgen früh um neun ins Krankenhaus und befragen Charlotta«, bestimmte Joselyn nun und schlüpfte wieder in die Rolle der leitenden Ermittlerin.

»Ich komme dazu und werde in der Zwischenzeit den Wachmann befragen. Ich hoffe, er hat etwas gesehen«, sagte Eric.

»Okay, so machen wir es.« Joselyn lehnte sich in ihrem Sitz zurück und versuchte, sich den Rest der Fahrt so gut es ging zu entspannen, auch wenn sie ihr ungutes Gefühl, welches sie spürte, nicht so ganz loswurde.

Eric

Ich betrete das Krankenhaus und erkundige mich am Empfang, wo der Wachmann liegt, der zu Claires Schutz abgestellt und dann verletzt worden war. Die freundliche Schwester nennt mir eine Zimmernummer und ich mache mich auf den Weg. Die ganze Zeit über muss ich daran denken, dass meine Exfrau heute Nacht bei meiner Freundin übernachtet hat und ich werde das mulmige Gefühl, welches in mir drin brodelt, einfach nicht los. Mein Telefon klingelt und ich schaue kurz aufs Display, bevor ich die grüne Taste drücke und ein Lächeln auf meinem Gesicht erscheint.

»Guten Morgen«, sage ich und bleibe stehen.

»Guten Morgen«, antwortet sie mir.

»Gut geschlafen?«, frage ich und beiße mir auf die Zunge. Ich will sie nach Claire fragen, traue mich aber nicht.

»Ja und du?«

»Es war so einsam ohne dich«, gestehe ich und muss an unsere letzte Nacht denken. Ein wohliger Schauer fährt mir über den Rücken und ich beginne sie schon wieder zu vermissen.

»Ich habe dich auch vermisst«, sagt sie an meinem Ohr und ich grinse vor mich hin. Verliebt sein ist etwas Tolles. Dieses Gefühl macht mich glücklich und wahnsinnig zu gleich, aber ich liebe es.

»Wir sehen uns ja gleich. Wo seid ihr?«

»Gleich auf dem Weg. Claire holt nur noch ihre Tasche«, sagt sie und dann höre ich Stimmen. Ich weiß, dass Claire zu ihr getreten ist und dass dieses Gespräch nun zu Ende sein wird. Ich seufze.

»Bis später«, sage ich.

»Ja bis später«, antwortet sie mir. Dann ist die Leitung tot. Ich stecke das Telefon wieder in meine Tasche und gehe weiter in Richtung Krankenzimmer. Als ich um die Ecke biege, steht mir plötzlich ein Mann gegenüber, der mir sehr bekannt vorkommt. Ich kann sein Gesicht bloß nicht gleich einordnen. Eine Sekunde lang bleibt er stehen und wir schauen uns an. Dann tritt er schnell zur Seite und stößt die Tür zum Treppenhaus auf, huscht hindurch und ist aus meinem Blickfeld verschwunden. Jetzt erwache ich aus meiner Starre und der Mechanismus meiner Ausbildung beginnt anzulaufen. Ich ziehe meine Waffe und im gleichen Augenblick bin ich auch schon durch diese Tür und renne ihm nach. Ich spähe übers Geländer und kann ein Stück seiner Jacke sehen, die ihm hinterherweht, als er nach unten rennt. Ich nehme immer zwei Stufen auf einmal und muss aufpassen, dass ich nicht stolpere. Ich schnaufe und versuche ihn einzuholen, doch es gelingt mir nicht. Als ich auf die Straße trete, ist er verschwunden. Ich drehe mich hin und her und habe keine Ahnung, wohin er sein könnte.

Kapitel 22

Donnerstag, 02. Februar

Sie hatten wenig gesprochen auf der Fahrt ins Krankenhaus und die Stille zwischen den beiden so unterschiedlichen Frauen drückte die Stimmung. Joselyn parkte den Wagen auf der Straße vor dem Krankenhaus und stieg aus. Claire stieg ebenfalls aus und als sie schon beinahe am Eingang waren, hielt Claire Joselyn plötzlich am Arm fest und sagte:

»Danke.«

»Wofür?«, fragte Joselyn irritiert.

»Dafür, dass Sie mir Unterschlupf gewähren und dafür, dass Sie mich nicht verurteilen.«

»Wer sagt, dass es mir gefällt, was Sie getan haben?«, fragte Joselyn.

»Ich habe einen Fehler gemacht. Ich habe mich zu weit in die ganze Sache hineinziehen lassen.«

»Sie haben ihn geliebt?!« Es war eher eine Feststellung denn eine Frage und Joselyn brauchte die Antwort nicht abzuwarten. Sie konnte es an Claires Augen sehen.

»Hören Sie, Joselyn, ich bin Ihnen wirklich dankbar dafür, dass Sie diese Ermittlung in die Hand nehmen. Ich weiß, ich sollte mich nicht einmischen, aber ich kann nun mal nicht anders.«

»Ich weiß.« Joselyn hielt einen Moment inne, um sich zu sammeln. Dann sprach sie weiter:

»Sie haben einen entscheidenden Vorteil, Claire, wissen Sie das eigentlich?«

Sie schaute ihr Gegenüber nun offen an.

»Ach ja? Welchen?«, fragte Claire verwundert.

»Sie sind in der Lage, Ihre Gefühle zu kontrollieren. Sie auszuschalten und das macht Sie sehr professionell. Ich konnte das damals nicht, als Curt erschossen wurde. Wenn ich ein wenig mehr wie Sie gewesen wäre, dann wäre wahrscheinlich einiges anders gekommen.«

»Und wenn ich ein wenig mehr wie Sie wäre, Joselyn, dann wäre ich heute nicht hier.«

Claires Stimme war leise und Joselyn wusste genau, worauf sie ansprach. Doch sie wollte sich darauf nicht einlassen. Sie wollte nicht mit Claire über Eric reden. Das wäre nicht angemessen und ging Claire auch gar nichts an.

»Wir sollten jetzt reingehen und mit Charlotta reden«, wich Joselyn ihr aus und drehte sich in Richtung Tür.

»Ja sollten wir«, bestätigte Claire und öffnete diese.

»Warten Sie, Claire«, hielt Joselyn sie noch einmal auf.

»Ja?«

»Wenn es da noch etwas gibt, das ich wissen sollte. Irgendetwas, was diesen Fall betrifft, dann wäre jetzt der geeignete Zeitpunkt, es mir zu sagen.«

Claire schaute sie eine Weile an. Dann sagte sie:

»Ich habe alles gesagt.«

»Okay.«

Joselyn nickte und dann machten sie sich auf den Weg. Im Eingangsbereich kam ihnen Eric entgegen. Er wirkte aufgeregt und sah aus, als wäre er gerannt.

»Was ist los?«, fragte Joselyn und umarmte ihn spontan. Er drückte sie kurz an sich, nur um gleich darauf seinen Blick über den Parkplatz zu leiten. Claire schaute sich um und versuchte herauszufinden, was Eric suchte.

»Ich bin mir nicht ganz sicher, aber ich glaube, ich habe gerade Claudio Samira gesehen.«

»Was? Wo?«, riefen Claire und Joselyn beinahe gleichzeitig und drehten sich nun ebenfalls in Richtung Parkplatz.

»Als ich gerade im Begriff war, den Wachmann zu besuchen, stand er plötzlich im Flur vor mir. Ich habe nicht gleich reagieren können, weil ich zuerst dieses Gesicht nicht einordnen konnte und dann hatte er schon einen Vorsprung.«

»Wahrscheinlich wollte er zu Charlotta«, mutmaßte Joselyn.

»Ja, wahrscheinlich«, bestätigte Eric.

»Was willst du jetzt tun?«, fragte Claire an Eric gewandt.

»Erst einmal gar nichts. Er ist weg. Aber dass er da gewesen ist, zeigt, dass er sich wahrscheinlich Sorgen um Charlotta macht und früher oder später wiederkommen wird.«

»Oder aber, er will sie beseitigen«, murmelte Claire und die anderen beiden schauten sie fragend an.

»Was?«

Claire hob die Arme.

»So ganz abwegig ist das doch nun auch wieder nicht, oder? Immerhin wissen wir noch nicht, wo genau Claudio war, als Samira angegriffen wurde, nicht wahr?«

»Sie hat recht«, sagte Joselyn. »Im Moment müssen wir mit allem rechnen.«

»Okay, ich schlage vor, ihr beiden geht, wie geplant, zu Charlotta und verhört sie. Ich sehe mich hier inzwischen mal etwas genauer um. Ich komme dann nach und bringe eure kugelsicheren Westen mit, falls das hier doch noch zu einem Einsatz der anderen Art werden sollte«, sagte Eric.

»Meinst du wirklich, dass das notwendig ist?«, fragte Claire.

»Ich will kein Risiko eingehen«, entgegnete Eric und schaute seine Exfrau bestimmt an.

»Wie du willst. Wir warten dann oben auf dich.«

Eric warf noch einen Blick auf Joselyn und diese nickte ihm sachte zu. Dann trennten sich ihre Wege und Claire und Joselyn liefen zum Empfang. Während Claire nach der Zimmernummer fragte, schaute sich Joselyn im Foyer um. Sie fühlte sich beobachtet, konnte aber nicht genau sagen, aus welcher Richtung dieses ungute Gefühl kam.

»Dritter Stock«, sagte Claire zu Joselyn und schreckte diese damit aus ihren Gedanken hoch.

»Okay«, sagte sie leise und ging voraus zum Fahrstuhl.

Das Zimmer war nicht schwer zu finden. Vor der Tür war ein Wachposten aufgestellt und Joselyn lief auf ihn zu, zeigte ihm ihren Ausweis und er ließ die beiden Frauen durch. Charlotta lag im Bett und starrte an die Decke. Sie war an Schläuche und Monitore angeschlossen und hatte einen dicken Verband um den Kopf. Ihr Gesicht war rot und geschwollen, ihre Lippen aufgeplatzt und ihre rechte Hand verbunden.

»Guten Morgen«, sagte Joselyn leise und lief auf das Bett zu. Charlotta drehte leicht den Kopf und starrte die beiden Frauen an. Joselyn zeigte auch ihr ihren Ausweis.

»Ich bin Joselyn Davis und das hier ist Claire Brown. Wir untersuchen den Tod Ihres Exmannes.« Joselyn hoffte, Charlotta würde sie verstehen. Im Moment sah sie so aus als wäre sie in tiefer Trance, was wahrscheinlich durch die Medikamente verursacht wurde.

»Wir wollen uns nur ganz kurz mit Ihnen unterhalten, wenn das okay ist. Sie könnten uns eine Menge Fragen beantworten«, sagte Claire und trat nun ebenfalls näher. Die Ähnlichkeit zwischen ihr selbst und Charlotta erschreckte sie.

»Können Sie uns sagen, was Sie hier in San Diego wollten?«, fragte Joselyn.

»Wo ist Tim?«, fragte Charlotta plötzlich und Joselyn konnte Tränen in ihren Augen schimmern sehen.

»Keine Sorge, er ist bei Ihrer Schwester. Sie wird auf ihn aufpassen. Aber wenn Sie wollen, können wir ihn gerne nachher anrufen«, sagte Joselyn sanft. Sie konnte sich vorstellen, wie schwer es Charlotta fiel, dass Timothy nicht bei ihr sein konnte.

»Geht es ihm gut?«, fragte Charlotta weiter und ihre Stimme klang kratzig. Man sah, dass ihr jegliche Bewegung noch sehr schwer fiel.

»Ja, ihm geht es gut. Er hat nichts von alledem, was im Haus passiert ist, mitbekommen. Er hatte sich im Garten versteckt.« Jetzt begannen die Tränen zu fließen und Charlotta blinzelte.

»Warum waren Sie im Haus?«, fragte Claire nun dazwischen.

»Ich hatte etwas mit Theodor zu besprechen.«

»Und um was hat es sich dabei gehandelt?« Claire ließ nicht locker.

»Das ist privat.«

»Hören Sie, Mrs. Samira. Wir versuchen herauszufinden, wer Theodor erschossen hat, und da sind alle Informationen von größter Wichtigkeit. Egal was Sie uns sagen können, alles trägt dazu bei, den Mörder zu finden.« Claires Stimme zitterte ein wenig, doch wahrscheinlich fiel das nur Joselyn auf.

»Ich …«, stammelte Charlotta und schniefte.

»Denken Sie doch mal an Ihren Sohn. Wollen Sie nicht, dass er in Sicherheit ist? Im Moment können wir ihn nicht wirklich schützen, wenn wir nicht wissen, aus welcher Ecke die Gefahr droht.« Joselyn hatte langsam und ruhig gesprochen. Sie hoffte, Charlotta mit ihrem Sohn einfangen zu können.

»Er wollte mir das Sorgerecht entziehen lassen«, stammelte Charlotta nun und wischte sich dann die Tränen mit ihrer gesunden Hand ab. Joselyn hob überrascht die Brauen und auch Claire schaute verwundert drein.

»Warum?«, fragte Claire.

»Das weiß ich nicht. Bei Theodor weiß man nie, warum er bestimmte Dinge tut. Er tut sie einfach.«

»Sind Sie deswegen nach San Diego gekommen?«, fragte Joselyn sanft.

Charlotta nickte kaum merklich und Joselyn reichte ihr ein Taschentuch vom Nachttisch.

»Er hat mir einfach diese Papiere geschickt, in denen stand, dass Tim ab sofort bei ihm wohnen wird. Er hat nicht mal gefragt, was Tim will oder was ich will. Er hat mich einfach vor vollendete Tatsachen gestellt.«

Charlotta schluchzte auf.

»Wann haben Sie die Papiere bekommen?«, fragte Joselyn.

»An dem Tag, bevor wir los sind.«

»Wusste Theodor, dass Sie kommen?«

»Nein, ich habe es ihm nicht gesagt. Ich habe ihm vom Flughafen aus eine Nachricht geschickt, dass ich mit ihm reden will, aber er hat mir nicht geantwortet.«

»Kommen wir mal zu Claudio Samira«, sagte Claire nun. Charlottas Augen weiteten sich. Man konnte deutlich sehen, wie überrascht sie war, dass die Sprache auf Theodors Bruder kam.

»Was ist mit ihm?«, wollte sie wissen.

»Haben Sie eine Liebesbeziehung mit ihm?«, fragte Claire ohne Umschweife. Charlotta drehte sich kurz zu Joselyn herum, wie um zu fragen, was sie darauf antworten sollte. Joselyn nickte ihr leicht zu und nach kurzem Zögern antwortete Charlotta:

»Das geht Sie nichts an.«

»Oh doch, alles was Sie und die Samiras betrifft, geht uns sehr wohl etwas an«, fauchte Claire. Joselyn hoffte, sie würde sich beherrschen können.

»Und wenn es so wäre?«, fragte Charlotta. Damit hatte sie indirekt die Frage beantwortet und das schien ihr selbst gerade auch klar zu werden.

»Er ist unter falschem Namen bei Ihnen gemeldet, Mrs. Samira. Warum?«

»Ich wollte nicht, dass mein Vermieter mitbekommt, wer er wirklich ist. Es gab schon genug Schwierigkeiten wegen der Familie Samira, glauben Sie mir.«

Claire hob eine Braue und schaute kurz zu Joselyn herüber, bevor sie weitersprach.

»Was hat Theodor zu Ihrer Beziehung gesagt?«

»Ich habe keine Ahnung.«

»Ist Claudio Samira an diesem Tag mit Ihnen nach San Diego gekommen?«

»Claudio lebt zum größten Teil in San Diego. Er kommt so oft wie möglich zu mir nach L.A., aber er arbeitet hier bei seinem Bruder. Tim und ich sind allein geflogen.«

»Wussten Sie, welcher Art von Geschäften Ihr Exmann nachging?«, mischte sich nun Joselyn wieder in das Gespräch ein.

»Was genau meinen Sie? Er hat viele Geschäfte gemacht. Er ist reich und hat unendlich viele Firmen. Ich habe keinen Überblick über alles. Mir war nur wichtig, dass er den Unterhalt pünktlich zahlte und dass er mich und Tim ansonsten in Ruhe ließ.«

»Okay, ich denke, fürs Erste reicht uns das«, meinte Joselyn und wandte sich zur Tür.

»Ich hätte da noch eine Frage«, sagte Claire und Charlotta schaute sie unsicher an.

»Wer hat Ihnen das angetan?«

Charlotta blinzelte wieder und eine dicke Träne rollte ihre Wange hinab.

»Es war Theodor«, schluchzte sie. »Wir haben uns ganz fürchterlich gestritten und dann … er hat mich geschlagen und ich habe mich gewehrt. Doch er war so wütend und hat nicht aufgehört. Er war schon immer ein Choleriker, aber so habe ich ihn noch nie erlebt. Er war wie von Sinnen und dann bin ich gefallen und habe das Bewusstsein verloren. Ich bin erst hier in diesem Krankenhaus wieder aufgewacht, zumindest glaube ich das. Meine Erinnerung ist ziemlich vage.« Charlotta hielt sich das Taschentuch vors Gesicht und weinte. Joselyn richtete sich auf und ihr Blick fiel auf Claire, die mit einem Mal ganz bleich geworden war.

***

»Ich kann das nicht glauben«, rief Claire und schleuderte ihre Tasche auf einen der Stühle im Flur des Krankenhauses.

»Claire, du solltest vielleicht endlich mal die Augen aufmachen«, sagte Eric, der inzwischen wieder zu den beiden Frauen gestoßen war und dem sie soeben von dem Gespräch mit Charlotta berichtet hatten.

176

»Sag du mir nicht, was ich tun soll«, zischte Claire und kramte in ihrer Tasche nach einer Packung Zigaretten. Sie zog sie heraus und wollte sich eben eine zwischen die Lippen stecken, als ihr offenbar gerade noch rechtzeitig einfiel, dass sie sich in einem Krankenhaus befand. Seufzend ließ sie die Hand sinken.

»Claire, Theodor war nie gut und er wollte es vermutlich auch niemals werden«, mutmaßte Joselyn und versuchte Claire nun ihrerseits wieder aus ihrer Verblendung zu holen.

»Wahrscheinlich habt ihr recht und ich habe mir das alles nur eingebildet. Vielleicht … ich … entschuldigt mich«, murmelte sie und stürmte dann davon in Richtung Toiletten. Joselyn wollte ihr nachlaufen, doch Eric hielt sie am Arm fest.

»Nicht … lass sie gehen!«, sagte er und Joselyn sah ihn fragend an.

»Aber …«

»Sie wird sich wieder fangen, Jo. Sie ist ein Stehaufmännchen. Gib ihr ein paar Minuten und sie ist wieder ganz die Alte, du wirst sehen.«

Er schaute ihr in die Augen und Joselyn nickte.

»Du kennst sie besser als ich«, murmelte sie.

»Komm mal her«, sagte er und zog sie am Arm zu sich heran. Sie ließ es geschehen und lehnte sich gegen seine Brust.

»Ich weiß einfach nicht, was ich von der ganzen Sache halten soll. Wie passt das alles zusammen? Ist es eine Beziehungstat? Ein Racheakt? Oder irgendwas ganz Anderes? Ich weiß es einfach nicht.«

Joselyn seufzte. Eric strich ihr über den Rücken und küsste sie dann auf die Stirn.

»Wir sollten ins Büro fahren und noch einmal alle Fakten zusammen durchgehen. Unterwegs spendiere ich dir einen großen Kaffee und ein paar Cremetörtchen, wenn du magst.«

»Das klingt echt gut. Ich bin am Verhungern.« Sie löste sich von ihm und lächelte ihn an. In dem Moment tauchte Claire wieder von der Toilette auf und kam auf Eric und Joselyn zu.

»Alles klar?«, fragte Eric und sie nickte. Sie hatte sich die Lippen nachgezogen und die Haare gekämmt. Sie sah erfrischt aus und Joselyn bewunderte sie wieder einmal für ihre vermeintliche Stärke. Sie beneidete Claire aber ganz und gar nicht dafür, dass diese sich im Moment wohl ziemlich einsam fühlen musste.

»Ja, wir können los«, antwortete Claire und lief dann voran in Richtung Aufzüge.

»Was habe ich dir gesagt?«, flüsterte Eric Joselyn ins Ohr.

»Es ist erschreckend«, flüsterte Joselyn zurück und dann folgten sie ihrer Chefin nach draußen.

Joselyn

Ich höre die Schüsse und merke, wie mich etwas mit voller Wucht nach hinten reißt. Ich spüre den Schmerz in meiner Brust und in meinem Bauch und falle. Ich knalle auf den Asphalt und sehe, wie Eric auf mich zugesprungen kommt. Ich halte ihm meine Hand hin, doch ich kann ihn nicht greifen. Mein Kopf berührt den Boden und ich sehe plötzlich Blitze vor meinen Augen.

Ich brauche ein paar Sekunden, um zu begreifen, dass es die Sonne ist, die mich blendet. Es ist plötzlich viel zu hell. Ich will schreien, doch ich kann nicht. Mir ist ganz komisch zumute. Ich kann kaum atmen und alles in mir brennt. Ich habe einen furchtbaren Druck auf der Brust und greife mit der Hand dorthin, wo es am meisten weh tut.

Jetzt beugt sich Eric über mich und nimmt meine Hand, reißt mir die Weste vom Leib und begutachtet mich. Dabei redet er die ganze Zeit auf mich ein, aber ich verstehe ihn nicht. Ich bin wie paralysiert, kann nicht denken und weiß nicht genau, was mit mir passiert ist. Er wirft die Weste auf den Boden und fährt mir mit den Händen über den Oberkörper, dann greift er mir in den Nacken und schaut mir in die Augen. Ich blinzele und versuche, ihm zu verstehen zu geben, dass es mir gut geht. Doch mein Mund reagiert nicht auf meine Befehle.

Er nimmt wieder meine Hand, streichelt sie und ich merke, wie mir die Tränen kommen. In seinen blauen Augen kann ich die Angst stehen sehen. Er blickt sich um und scheint jemanden zu suchen. Doch ich kann mich nicht bewegen. Alles tut mir weh und mir kommt das Baby in den Sinn.

Mein Baby. Ihm darf nichts passieren!

Ich will mich erheben, doch Eric drückt mich zurück. Ich bekomme Panik, denn ich weiß nicht, was los ist, versuche mich wieder hoch zu stemmen, doch ich bin zu schwach.

Ich versuche in mich hineinzuhören, etwas aus meinem Bauch zu fühlen, aber da ist nichts. Ich kann nichts spüren, außer diesen furchtbaren Druck auf meiner Brust. Ich fühle mich wie in einer Wolke. Nur ganz entfernt höre ich Stimmen und dann sehe ich Leute in weißen Kitteln, die mir einen Tropf anlegen und mir mit ihren Lampen in die Augen leuchten. Ich will das nicht und wehre mich, doch ich werde hochgehoben und weggetragen. Eric läuft neben mir und hält voller Sorge meine Hand. Mein Kopf tut weh und mir wird schwindlig. Und dann ist da plötzlich gar nichts mehr.

Kapitel 23

Langsam öffnete sie die Augen und versuchte sich zu orientieren. Eric, der neben ihr am Bett gesessen hatte, schaute auf und lächelte sie erfreut an.

»Jo«, rief er und beugte sich über sie, gab ihr einen Kuss auf die Stirn und nahm ihre Hand.

»Was ist passiert?«, flüsterte sie und versuchte sich aufzurichten.

»Liegen bleiben«, befahl er sanft und drückte sie zurück in die Kissen.

»Aber …«

»Du bist getroffen worden. Zwei Kugeln in die Brust und eine in den Bauch. Die da …« Er hob die kugelsichere Weste an, die am Bettende über dem Geländer hing und zeigte sie ihr. »… hat dir das Leben gerettet.«

Joselyn blickte auf das Teil und schloss kurz die Augen. Jetzt erinnerte sie sich wieder. Sie griff sich an die Brust und stöhnte.

»Tut trotzdem verdammt weh«, meinte sie.

Eric schmunzelte.

»Ich weiß. Die Druckwelle hat dir ein paar schlimme Prellungen beschert und du bist mit dem Kopf aufgeschlagen, als du nach hinten gefallen bist.«

»Deswegen die Kopfschmerzen.« Joselyn rieb sich über die Stirn.

»Ja, aber sonst ist zum Glück nicht viel passiert.«

»Wie lange war ich weggetreten?«

»Nicht lange. Aber sie haben dir irgendwas gegeben, damit du dich ausruhen kannst. Du hast mehr als sechs Stunden geschlafen.«

»Oh«, machte Joselyn. »Wie spät ist es?« Sie versuchte die Uhr über der Tür zu entziffern, doch es gelang ihr nicht.

»Kurz nach sechs.«

»Matthew«, rief sie und setzte sich auf.

»Keine Sorge. Deine Eltern haben ihn abgeholt und kümmern sich um ihn. Es ist alles in Ordnung. Sie wissen, dass es dir gut geht und dass du dich nur ein wenig ausruhen musst.« Er merkte, wie sich ihre Gesichtszüge wieder entspannten und schenkte ihr ein Lächeln.

»Danke, Cole«, flüsterte sie und küsste ihn. Er nahm sie in die Arme und raunte an ihrem Ohr.

»Tu mir das bitte nie wieder an, ja! Ich bin fast gestorben, als ich dich habe fallen sehen.«

»Ich versprech's.« Sie drückte ihn an sich und verzog dann das Gesicht vor Schmerz. Er ließ sie los und sie sank zurück in die Kissen.

»Dank deiner waghalsigen Aktion haben wir Claudio Samira verhaften können.«

»Das ist gut«, meinte Joselyn und erinnerte sich, wie sie zusammen mit Eric und Claire aus dem Krankenhaus gekommen und zum Parkplatz gelaufen war.

Claire lief schnell und Joselyn und Eric hatten Mühe ihr zu folgen. Sie hatten kein Wort gesagt, seit sie zusammen in den Fahrstuhl gestiegen und nach unten gefahren waren. Eric hatte darauf bestanden, dass sie ihre Westen anzogen, nur um sicher zu gehen, und Joselyn hatte das Gefühl, in einem Korsett eingeschnürt zu sein. Claire schulterte ihre Handtasche und trat als erste in die helle Sonne, die so typisch für San Diego war. Joselyn folgte als nächstes und zum Schluss verließ Eric das Gebäude.

»Wo kann ich mitfahren?«, unterbrach schließlich Claire die Stille, die sie alle drei bis zum Parkplatz begleitet hatte und drehte sich herum.

»Ich nehme dich mit«, bot Eric an und deutete in die hintere Ecke des Parkplatzes, in der er seinen Wagen abgestellt hatte.

»Okay«, sagte Claire nur kurz und stöckelte los. Joselyn fragte sich wieder einmal, wie sie auf diesen hohen Absätzen nur so schnell laufen konnte, als sie plötzlich aus dem Augenwinkel eine Bewegung wahrnahm. Sie drehte sich herum und sah einen Mann, der auf den Eingang des Krankenhauses zulief. Dies allein wäre sicherlich nicht ungewöhnlich gewesen, schließlich betraten täglich hunderte von Menschen diesen Eingang, aber etwas an der Art, wie er lief, erweckte ihre Aufmerksamkeit. Schnell rannte sie los und tatsächlich, als sie näherkam, konnte sie eindeutig Claudio Samira erkennen, der schnellen Schrittes an ihnen vorbeigeeilt war.

»Mr. Samira«, sprach Joselyn ihn an und zog ihren Ausweis aus der Tasche. Sie konnte sehen, dass er zusammenzuckte und sie anstarrte. »Ich muss Sie bitten, mich und meine Kollegen zu begleiten.« Sie hatte absichtlich lauter gesprochen, um Erics und Claires Aufmerksamkeit zu erhalten. Und sie hatte sich nicht getäuscht. Beide drehten sich um und kamen auf sie zu. Claudio sah sich zögernd um, versuchte auszuloten, was hier gerade geschah und Joselyn sah Erkennen in seinem Gesicht, als nun Eric neben ihn trat und ganz ruhig eine Hand auf Claudios Schulter legte.

»Folgen Sie uns bitte, Mr. Samira!«, forderte Eric ihn auf und schob ihn leicht in Richtung Parkplatz. In diesem Moment griff Claudio in seine Tasche und zog zu aller Erschrecken einen metallischen Gegenstand heraus.

»Waffe«, rief Joselyn und zog ihre eigene. Sie trat einen Schritt zurück, um Claudio ins Visier zu nehmen und Eric hatte sich reflexartig umgedreht, um zu sehen, ob Zivilisten in Gefahr geraten konnten. Doch zum Glück war der Platz vor dem Krankenhaus gerade menschenleer. Claire hatte sie inzwischen erreicht und stand nun direkt im Sichtfeld von Claudio Samira. Dieser starrte sie ein paar Sekunden lang an und Joselyn konnte das Erstaunen in seinem Gesicht sehen, als er Claire betrachtete.

»Legen Sie Ihre Waffe weg, Mr. Samira!«, rief Joselyn ihm zu und zielte auf seine Brust. Samira erwachte aus seiner Starre, drehte sich um und schoss. Joselyn konnte noch sehen, wie Claire sich zu Boden warf und Eric auf Claudio zusprang und ihn von den Füßen riss. Sie wusste, sie hatte ihre Waffe abgedrückt und konnte doch nicht mehr genau sagen, ob sie getroffen hatte. Das nächste, was sie spürte, war die Wucht des Aufpralls auf dem Asphalt.

Joselyn richtete ihre Aufmerksamkeit wieder auf Eric und dieser nahm ihre Hand.

»Alles okay?«, fragte er und seine Sorge machte sie ganz verlegen.

»Ja, ich werde schon wieder werden.« Sie versuchte zu lächeln, doch es tat einfach zu weh.

In dem Moment ging die Tür auf und eine Schwester kam herein.

»Oh sie sind wach, Miss Davis«, sagte sie freundlich und kam auf sie zu. »Das ist gut, ich muss Sie noch auf die Gynäkologie bringen. Es sind noch ein paar Untersuchungen fällig.«

Joselyn merkte, wie ihr der Schreck in alle Glieder fuhr und ihr wurde augenblicklich übel.

»Was? Was ist denn los? Stimmt irgendwas nicht?«, fragte sie panisch und legte ihre Hände schützend über ihren Bauch. Was war passiert? Was hatten die Ärzte während ihrer Ohnmacht festgestellt? Ihr Blick fiel auf Eric, der sie verständnislos anschaute.

»Was meint sie damit? Gynäkologie? Ich verstehe nicht. Sie ist doch auf den Kopf gefallen, oder nicht?«, fragte er langsam und erhob sich, wich zurück und überließ der Schwester das Feld, die sich sofort an Joselyns Bett zu schaffen machte und die Bremsen löste.

»Eric«, rief Joselyn. Die Schwester begann das Bett in Richtung Tür zu rollen.

»Jo? Was meint sie damit?«, fragte er noch einmal und es klang panisch. Er musste langsam atmen, versuchte zu begreifen, was hier gerade ablief, doch sein Gehirn wollte einfach nicht schnell genug arbeiten.

»Keine Angst, Detective, die Untersuchung wird nicht lange dauern. Wir schauen nur, ob es dem Baby auch wirklich gut geht und dann können Sie ihre Partnerin wieder mit nach Hause nehmen.«

Jetzt riss er die Augen auf und starrte Joselyn an. Diese schüttelte nur mit dem Kopf und flüsterte:

»Ich erklär's dir später.«

»Dauert wirklich nicht lange«, sagte die Schwester, öffnete die Tür und schob das Bett in den Flur. Joselyn drehte sich um und suchte nach Eric, der wie angewurzelt mitten im Raum stand und ihr nachschaute.

Eric

Ich stehe am Fenster und starre hinaus auf die Straße, als sie zurück in ihr Zimmer gebracht wird. Ich drehe mich herum und schaue Joselyn und die Schwester an.

»Haben Sie jemanden, der heute Nacht auf Sie aufpassen kann, Miss Davis?«, fragt die Schwester, während sie Joselyn ihre Entlassungspapiere aushändigt. »Nur für den Fall, dass irgendetwas ist.« Joselyn schaut mich an, aber ich kann nicht das sagen, was sie jetzt gerne von mir hören möchte. Ich bin immer noch wie erstarrt.

»Ich bringe sie zu ihren Eltern. Da ist sie in guten Händen.« Ich sehe in ihren braunen Augen die Enttäuschung darüber aufflammen, dass nicht ich auf sie aufpassen werde. Ich habe das Gefühl, weglaufen zu müssen. Irgendwohin, vielleicht an den Strand, nur um meinem plötzlichen Gefühlschaos zu entrinnen.

»Okay, lassen Sie sich Zeit beim Anziehen. Wenn Sie fertig sind, sagen Sie unten am Empfang Bescheid, damit wir Sie austragen können.«

»Danke«, murmelt Joselyn nur und die Schwester nickt ihr noch einmal aufmunternd zu, bevor sie den Raum verlässt und mich mit ihr allein lässt. Joselyn sitzt auf ihrem Bett und starrt auf ihre Hände.

»Ist alles in Ordnung mit … mit … ?«, entschließe ich mich schließlich zu fragen, doch ich bringe es einfach nicht über die Lippen. Ich mache einen Schritt auf sie zu. Ich fühle mich eigenartig. Das habe ich am allerwenigsten erwartet. Ich weiß nicht genau, ob ich mich freuen oder stinksauer sein soll. Ich bin völlig durcheinander.

»Ja«, sagt sie. »Mit dem Baby ist soweit alles in Ordnung.«

»Okay … gut«, entgegne ich und meine innere Unruhe wächst. Ich beginne auf und ab zu laufen, aber es hilft nicht.

»Cole«, ruft sie mir zu und hält mir ihre Hand entgegen. Ich ignoriere sie.

»Wie konnte das passieren?«, frage ich immer noch verwirrt. Ich habe die letzte halbe Stunde damit zugebracht, zu rechnen. Doch ich bin immer wieder darauf gekommen, dass es nicht sein kann. Dazu wäre es

viel zu früh und meine einzige Erklärung ist, dass es nicht mein Kind sein kann.

»Das fragst du jetzt nicht ernsthaft, oder?«, entgegnet sie und ich schüttele mit dem Kopf.

»Wer ist der Vater?«, frage ich und sie reißt die Augen auf.

»Du, Cole. Es kommt nur einer in Frage oder glaubst du, ich schlafe einfach so mit jedem.« Jetzt klingt ihre Stimme leicht angeschlagen. Ich merke, dass sie wütend wird.

»Nein, aber es kann doch nicht sein. Ich meine, wie kannst du es jetzt schon wissen. Wir schlafen erst ein paar Tage miteinander. Es sei denn ...« Und jetzt kommt mir ein Gedanke, der so noch gar nicht in meinem Bewusstsein aufgetaucht war.

»New York«, sagen wir beide gleichzeitig und plötzlich ergibt es doch wieder einen Sinn.

»Ich ...« Meine Stimme überschlägt sich fast und ich habe das Gefühl, den Boden unter den Füßen zu verlieren.

»Eric«, fleht sie und steht mühsam auf.

»Und seit wann weißt du es schon?«, bemühe ich mich zu fragen, denn ich komme mir gerade ein wenig betrogen vor.

»Den ersten Test habe ich Mitte Januar gemacht.«

Ich hole tief Luft und streiche mir dann durch die Haare. Sie starrt mich an.

»Du hast mich drei Wochen lang belogen, Jo«, sage ich nach einer Weile und schlucke.

»Ich habe dich nicht direkt angelogen, ich habe lediglich etwas verschwiegen«, sagt sie leise und senkt den Blick vor mir. Ein merkwürdiger Laut dringt mir aus der Kehle.

»Warum?«, frage ich leise. »Vertraust du mir nicht?«

»Doch, aber ...«

»Aber?«

»Ich war überfordert und ... selbst genauso geschockt, wie du es jetzt bist. Als ich es gemerkt habe, da war ich verzweifelt. Ich habe gehofft, es geht wieder weg.«

»Eine Grippe geht wieder weg, ein blauer Fleck oder ein gebrochenes Bein, aber ein Baby, Jo. Verdammt noch mal ... ich kann es nicht glauben.«

186

Ich schlage mit der flachen Hand auf das Bettgestell. Sie zuckt zusammen und meine Heftigkeit tut mir schon wieder leid.

»Außerdem wollte ich es dir ja sagen, Cole, nachdem ich beim Arzt war. Doch es hat sich keine passende Gelegenheit ergeben und gestern Nacht, da bist du erst eingeschlafen und dann waren wir leider anderweitig beschäftigt«, faucht sie mich jetzt an.

»Jetzt lass mal Claire aus dem Spiel«, gebe ich zurück.

»Nein, kann ich nicht. Sie funkt uns dazwischen und das ärgert mich.«

»Sie hat sich nicht mit Absicht da hineinmanövriert.«

»Doch ich finde schon und ich finde auch, du solltest sie nicht immer decken. Aber das ist jetzt nicht das Thema, Eric. Das Thema ist, es ist etwas passiert zwischen uns und damit müssen wir jetzt umgehen, ob es dir nun gefällt oder nicht.«

»Wer sagt denn, dass es mir nicht gefällt?«, falle ich ihr ins Wort.

»Du bist aufgebracht. Du schreist mich an.«

»Ja, weil ich wütend bin, dass du es mir nicht gleich gesagt hast und weil ich nicht verstehe, wie das überhaupt passieren konnte. Ich meine, wir haben ein Kondom benutzt oder leide ich jetzt schon an Gedächtnisschwund?«

»Wie das passieren konnte? Das sollte ich dich vielleicht fragen. Es waren deine Kondome, Eric«, giftet sie mich jetzt ihrerseits an. Ich fühle mich, als hätte ich einen Schlag in die Magengrube erhalten. Ich muss mich hinsetzen. Fieberhaft versuche ich mich zu erinnern, wann ich die Kondome gekauft habe. Bei Claire habe ich nie eines gebraucht, da bestand keine Gefahr und sonst war da lange niemand mehr. Mein Geist arbeitet, aber mein Kopf ist wie leergefegt. Ich lege das Gesicht in meine Hände und versuche wieder ruhig zu atmen.

»Wie soll es jetzt weitergehen?«, fragt Joselyn nach einer Weile. Ich hebe den Kopf und sehe sie an.

»Ich ... ich weiß nicht ...«, stammele ich. »Ich glaube, ich bringe dich erst mal zu deinen Eltern und dann ...« Ich spreche nicht weiter, weiß nicht, was ich sagen soll. Sie nickt und beginnt dann, ihre Sachen zusammenzusuchen und sich anzuziehen. In ihrem Gesicht steht nichts als Schmerz. Doch ich kann ihr im Moment nicht helfen.

»Ich warte draußen«, sage ich und verlasse den Raum.

Kapitel 24

Er parkte den Wagen in der Einfahrt zum Haus ihrer Eltern und zog den Schlüssel ab. Er ließ die Hände im Schoß liegen und starrte durch die Windschutzscheibe nach draußen. Es war schon relativ spät, weit nach zwanzig Uhr und es war bereits dunkel. Am Himmel glitzerten Sterne und der Vollmond machte die Stimmung unheimlich.

»Kommst du noch mit rein?«, fragte Joselyn und schaute zu ihm hinüber. Er schüttelte den Kopf.

»Nein, ich … ich brauche ein wenig … Abstand«, sagte er schließlich und drehte ihr den Kopf zu. Ihre Lippen begannen zu beben und sie schloss kurz die Augen. Dann öffnete sie sie wieder und nickte ihm zu.

»Okay«, sagte sie dann und griff neben sich, um die Tür zu öffnen. Sie konnte ihn sogar irgendwie verstehen. Er hatte das mit dem Baby auf die denkbar ungünstigste Art und Weise erfahren, die es geben konnte. Sie hätte sich gewünscht, es ihm bei einem gemütlichen Essen oder einem Spaziergang sagen zu können. Sie hatte ihm das Ultraschallbild zeigen wollen. Sie war gespannt auf sein Gesicht gewesen, aber so, wie es gelaufen war, hatte sie es sich definitiv nicht vorgestellt.

»Warte«, rief er ihr zu und stieg schnell aus, lief um das Auto herum und half ihr dann beim Aussteigen, was ihr nicht leicht fiel, da sie immer noch ziemliche Schmerzen hatte. Einen Moment zu lange berührte er ihre Hand und sie zuckte zusammen, als ein Stromstoß zwischen ihnen hin und her funkte.

»Au«, sagte sie und zog ihre Hand zurück.

»Tut mir leid«, murmelte er und senkte den Blick vor ihr. Dann begleitete er sie zur Tür. Dort angekommen, blieben sie stehen, sahen sich an und sagten nichts. Joselyn fühlte sich nicht in der Lage, mit ihm zu sprechen und er ebenso wenig. Und obwohl die Anziehung zwischen ihnen immer noch da war, war plötzlich eine kleine Lücke entstanden. Es fühlte sich alles ziemlich unwirklich an. Der Schock darüber, dass da etwas war, was sie beide betraf, war noch nicht verdaut und es brauchte vermutlich Zeit, um darüber nachzudenken und zu entscheiden, wie es nun weitergehen sollte. Sie schauten sich noch immer an, als plötzlich die Tür geöffnet wurde und Mira Davis, Joselyns Mutter, den Kopf heraus steckte. Eric hatte sie vom Krankenhaus aus angerufen und ihr mitgeteilt, was passiert war, damit sie sich um Matthew kümmern konnte.

»Hey ihr zwei, kommt doch rein«, sagte sie und deutete nach drinnen. Aus dem Haus wehte ihnen der verführerische Duft von Kuchen entgegen und Eric stellte fest, dass er das letzte Mal am Morgen etwas gegessen hatte. Sein Magen begann augenblicklich zu knurren, doch er ignorierte es.

»Danke Mira, aber ich muss los«, sagte er entschuldigend und versuchte ihrem Blick auszuweichen.

»Danke fürs Fahren«, sagte Joselyn und drängte sich an ihrer Mutter vorbei. Eric verabschiedete sich von Mira und ging dann zu seinem Wagen, ließ den Motor an und fuhr davon. Mira drehte sich verblüfft um und folgte Joselyn nach drinnen.

»Was ist denn los mit ihm?«, fragte sie und Joselyn blickte ihre Mutter mit Tränen in den Augen an. Mira zog ihre Tochter in die Arme und strich ihr über den Rücken, während Joselyn unter Tränen sagte:

»Mum, alles ist schiefgelaufen.«

***

Er fuhr schneller als er das hätte gedurft. In seinem Inneren tobte ein Sturm an Gefühlen und er wusste nicht genau, wie er sie alle einordnen sollte. In solchen Momenten wäre er früher zu Nicklas gefahren und hätte mit ihm an seinem Oldtimer herumgeschraubt. Sie hätten Bier getrunken und Musik gehört oder aber sie wären eine Runde surfen gegangen. Jedenfalls hätte Nicklas sofort die richtigen Worte gefunden oder aber er wäre der perfekte Partner zum Schweigen gewesen. Schmerzlich wurde Eric bewusst, dass da nun niemand mehr war, zu dem er fahren konnte. Sein Kumpel war tot und der Verlust hämmerte einmal mehr in seiner Brust.

»Verdammt.« Er schlug mit der flachen Hand aufs Lenkrad und merkte, wie ihm der Schmerz den Arm hinaufschoss. Er ignorierte ihn, drehte stattdessen das Radio lauter und fuhr nach Hause. Dort angekommen, stellte er das Auto am Straßenrand ab. Dann rannte er die Treppen nach oben und schloss die Tür auf. Den Schlüssel warf er achtlos auf die Kommode an der Wand und trat dann wütend mit dem Fuß gegen die Eingangstür. Sie fiel krachend ins Schloss und Eric erschrak ein wenig über seine eigene Heftigkeit. Erschöpft lehnte er sich gegen die Wand und schloss für einen Moment die Augen.

›Was hast du denn erwartet?‹, fragte er sich und wusste, dass er ganz bestimmt nicht das erwartet hatte. Er und Joselyn waren auf einem guten Weg gewesen und nun wurde es kompliziert.

›Viel zu früh.‹ Diese Worte gingen ihm im Kopf herum, als er nun in die Küche lief und sich eine Flasche Bier aus dem Kühlschrank nahm. Er öffnete den Verschluss und trank hastig ein paar Züge. Dann stellte er die Flasche krachend auf dem Küchentresen ab und stützte die Hände auf die Arbeitsplatte. Er wusste, er benahm sich gerade wie ein Idiot, aber er konnte nicht anders. Er fühlte sich überfordert und er konnte nicht mehr klar denken.

Seufzend griff er nach der Flasche, stapfte ins Schlafzimmer und setzte sich aufs Bett. Es war noch zerwühlt, denn er hatte am Morgen keine Zeit und Lust gehabt, aufzuräumen und das Bett zu machen. Er stellte das Bier auf den Nachttisch und ließ sich nach hinten fallen, streckte die Arme über seinen Kopf und krallte die Hände ins Laken. Seine Brust hob und senkte sich mit seinem Atem und er merkte, wie er langsam wieder zur Ruhe kam.

Lange starrte er an die Decke und dachte an Joselyn. Er sah die Enttäuschung auf ihrem Gesicht, als er sie bei ihren Eltern allein gelassen hatte. Er sah den Schmerz, den er verursacht hatte, als er sie so angemotzt hatte. Er wusste, sie hatte ihre Gründe gehabt, so zu handeln, wie sie es getan hatte. Er konnte sich nicht einmal ansatzweise vorstellen, wie sie sich gefühlt haben musste, als sie merkte, dass sie schwanger war.

›Ob sie Angst gehabt hatte?‹

Er wünschte sich, er hätte ihr eher beistehen können. Er war kein Mann, der sich um seine Verantwortung drückte. Er war loyal, treu und er liebte sie, das wurde ihm in diesem Moment noch einmal so richtig bewusst. Seine abweisende Reaktion begann ihm leidzutun. Er musste an ihren Ausflug nach New York denken, daran, dass sie einige Kapitel in ihrem Leben abgeschlossen hatten, für den jeweils anderen, und dass es sich gut und richtig angefühlt hatte. Er merkte, wie ihm eine Träne über die Schläfe rollte und erhob sich mühsam. Er wischte sich über die Augen und kramte dann in seiner Hosentasche nach dem Telefon. Er musste mit ihr reden. Als sein Blick jetzt wieder auf die Flasche Bier und den Nachttisch fiel, sah er plötzlich ein weißes Stück Papier liegen, halb unter der Nachttischlampe versteckt. Er griff danach und zog dann das Ultraschallbild hervor, welches Joselyn am vergangenen Tag dorthin gelegt hatte.

»Oh mein Gott«, flüsterte er und seufzte. Er strich sanft mit dem Finger darüber und hielt es dann näher an sein Gesicht. Er versuchte, irgendetwas darauf zu erkennen, aber er sah nur verwischtes Grau, dass sich mit leichten Konturen abwechselte. Wo er glaubte, so etwas wie einen Kopf zu erkennen, waren wahrscheinlich der Po oder die Arme, denn es war noch ziemlich früh, wie er am Datum in der Ecke erkennen konnte. Und mit einem Mal fühlte er sich gar nicht mehr so verwirrt wie noch vor ein paar Minuten. Er hatte einen ziemlich sicheren Plan.

Schnell wählte er Joselyns Nummer, doch sie nahm nicht ab. Wahrscheinlich schlief sie schon. Er legte auf, denn er wollte sie nicht wecken. Sie hatte einen anstrengenden Tag gehabt und sie brauchte ihren Schlaf. Er setzte die Flasche wieder an den Mund und trank noch ein paar Schlucke, dachte wieder an Nicklas, dem er jetzt wirklich gerne von dem Baby erzählt hätte. Wahrscheinlich hätte er sich wie verrückt für ihn gefreut. Sein Telefon vibrierte und er erkannte Joselyns Nummer.

»Jo?«, fragte er schnell.

»Nein, hier ist Mira. Ich habe gesehen, dass Sie angerufen haben, Eric.«

»Tut mir leid, geht es Jo gut?«

»Sie schläft.«

»Sie wissen Bescheid, nicht wahr?«, fragte er zaghaft und am kurzen Schweigen am anderen Ende der Leitung, erkannte er, dass er richtig lag.

»Hören Sie, Eric …«

»Mira, bitte sagen Sie ihr, dass es mir leidtut.«

»Das sollten Sie ihr selbst sagen.«

»Das werde ich. Ich bin ein Idiot gewesen.«

»Na ja, ganz so krass hätte ich es zwar nicht ausgedrückt, aber es trifft es schon ziemlich«, meinte Mira und Eric musste schmunzeln.

»Ich komme morgen früh vorbei, wenn das okay ist.«

»Ja, ist es. Gute Nacht, Eric.«

»Gute Nacht Mira.« Sie legte auf und Eric ließ das Telefon in seinen Schoß sinken. Eine Weile saß er so da und dachte darüber nach, was er Joselyn sagen wollte, als sein Telefon erneut klingelte. Es war eine unbekannte Nummer und Eric runzelte die Stirn.

»Ja?«, fragte er ziemlich ungehalten.

»Eric?« Verwirrt erhob er sich, als er jetzt die Stimme erkannte.

»Claire?«, fragte er sicherheitshalber noch einmal nach, denn sie klang ziemlich gedämpft.

»Eric, du musst mich hier rausholen.«

»Wo ist hier, Claire?«, fragte er und merkte, wie sein Adrenalinpegel nach oben schnellte.

»Sie haben mich entführt.«

»Was? Wann?«

»Vor ein paar Stunden, nachdem wir Claudio verhaftet hatten und du mit Joselyn ins Krankenhaus bist.«

»Weißt du, wo du bist?«

»Nicht genau. Es ist dunkel und ich kann nicht lange sprechen. Sie kommen bestimmt gleich zurück. Dass ich das Handy habe, ist ihnen noch nicht aufgefallen.«

»Wer sind die, Claire?« Ein Rauschen verschluckte die Antwort. Eric warf einen Blick auf sein Telefon, doch sein Empfang war ausgezeichnet.

»Claire«, rief er in das Mikrofon.

»Ich … Eric … es …«

»Claire, bleib ruhig. Ich kümmere mich darum.« Er sprintete ins Wohnzimmer und suchte nach seiner Jacke und seinen Schuhen.

»Beeil dich«, flüsterte sie und er erkannte die Panik in ihrer Stimme. Jetzt hörte er Stimmen und es polterte.

»Halt durch«, rief er noch. Dann war die Leitung tot. Hastig wählte er die für solche Notfälle geschaltete Nummer. Er wusste, wenn er dort anrief, würde man sich innerhalb von ein paar Minuten mit dem restlichen Team in Verbindung setzen und sie alle ins Hauptquartier beordern. Er griff sich seine Autoschlüssel und stürmte zur Tür.

Claire

Es ist dunkel und es ist kalt. Es riecht modrig und ich frage mich, wo ich hingebracht worden bin. Meine Hände fühlen sich taub an, aber wenigstens haben sie mir die Fesseln abgenommen. Und als ich mich umdrehe und mir die Augenbinde vom Gesicht schiebe, erkenne ich auch, wo ich gelandet bin.

Es ist ein Kellerraum, gesichert mit Metallstreben und einem Schloss an der Tür. Ich rüttele daran, aber natürlich gibt sie keinen Millimeter nach. Ich komme mir vor wie in einer Gefängniszelle, obwohl ich weiß, dass es keine ist. An der Wand stehen ein paar Regale. Sie sind gefüllt mit Konserven und allerlei Krimskrams, den ich nicht weiter identifizieren kann. Gegenüber, an der anderen Wand, ist eine Pritsche eingelassen. Darauf liegt eine Decke, die mir sehr schmutzig vorkommt. Ich muss schlucken, als ich die Flecken sehe und drehe mich schnell wieder um. Über mir sehe ich ein Fenster, welches allerdings ebenfalls vergittert ist. Aber es dringt ein wenig Licht durch die davor stehende Straßenlaterne herein.

›Ich bin also noch in der Stadt‹, schießt es mir durch den Kopf. Doch wo genau, das kann ich nicht sagen. Ich muss ohnmächtig gewesen sein, als man mich hierhergebracht hat, denn ich erinnere mich nicht, wie viel Zeit vergangen ist.

Ich beginne meinen Körper auf Verletzungen zu untersuchen, doch bis auf ein paar blaue Flecke und eine zerstörte Frisur scheint erst einmal alles in Ordnung zu sein. Meine hohen Schuhe drücken, aber ich will sie nicht ausziehen, denn ich ekele mich vor dem Boden, auf dem es nur so vor Dreck und allerlei Getier wimmelt. Ich habe Durst, aber natürlich gibt es hier kein Wasser.

Ich überlege, was nun zu tun ist. Schreien wird vermutlich nicht viel bringen, zumal das Fenster geschlossen ist. Ich versuche mich zu stre-

cken und nach oben zu greifen, um das Fenster zu öffnen, aber ich bin zu klein. Ich rutsche ab und lande auf dem Boden.

Plötzlich fällt mir etwas ein. Ich greife in meinen Ausschnitt und hole das kleine Telefon, welches ich in meinem BH versteckt habe, heraus. Seit ich das Gefühl habe, verfolgt zu werden, ist es mein ständiger Begleiter. Ein Hoch auf die moderne Technik. Es ist sehr klein und man kann damit nur telefonieren, aber mehr brauche ich nicht.

Außer ein Netz.

Hastig schalte ich es an und warte, gebe meinen Pin ein und hoffe, dass ich Empfang habe. Mir bricht der Schweiß aus allen Poren, als ich darauf warte, dass es sich einwählt. Nach einer gefühlten Ewigkeit klappt es schließlich und ich wähle die Nummer des einzigen Menschen auf dieser Welt, dem ich gerade noch vertraue. Er geht sofort ran und ich mache fast einen Luftsprung, als ich seine Stimme höre.

Kapitel 25

Freitag, 3. Februar

»Hier, vielleicht hebt das deine Stimmung.« Eric hob den Kopf und sah in das freundliche Gesicht von Caroline Wilkes. Sie hielt ihm eine Tüte und einen Becher entgegen. Er hob eine Braue und fragte:

»Was ist das?«

»Ein ziemlich starker Espresso und ein Schinkensandwich. Du siehst irgendwie scheiße aus, Cole«, meinte sie und rollte sich den Bürostuhl von Joselyn heran, setzte sich ihm gegenüber und schlug die Beine übereinander.

»Danke«, murmelte Eric und griff nach der Tüte, schaute hinein und augenblicklich meldete sich sein Magen durch ein lautes Knurren zurück. Er war seit Stunden hier und versuchte Claire zu finden. Er war sofort, nachdem sie ihn angerufen hatte, ins Revier gefahren und hatte begonnen einen Plan auszuarbeiten. Er hatte versucht sie zu finden, aber bislang ohne Erfolg. Nun war es beinahe acht Uhr morgens und er brauchte dringend eine Pause.

»Gern geschehen. Dafür sind Freunde doch da«, sagte Caroline und wickelte ihr eigenes Frühstück aus. Sie biss in ihr Sandwich und trank dann einen Schluck Kaffee. Eric begann ebenfalls zu essen und schaute sie schließlich an.

»Ich bin kein besonders guter Freund gewesen in den letzten Wochen, oder?«, fragte er.

»Geschenkt. Wir wissen alle, dass es dir nicht besonders gut ging.«

»Noch lange kein Grund euch alle immer wieder abzuweisen«, meinte Eric und kostete von seinem Espresso. Er war extrem gut und Eric merkte, wie das warme Getränk sich langsam in seinem Magen verteilte.

»Vielleicht kommst du einfach mal wieder mit ins JUCE und wir quatschen ein wenig.«

»Gern.«

Eric lächelte.

»Hör mal, Cole. Wir alle vermissen Nick immer noch ziemlich stark. Und ich will gar nicht wissen, wie sehr du ihn vermisst. Es ist nicht mehr dasselbe ohne ihn.«

»Nein, ist es nicht. Aber das Leben geht weiter.«

»Ja, was mich auf den nächsten Punkt meines Erscheinens hier oben bringt.«

»Hast du was gefunden?«, fragte Eric hoffnungsvoll und war sogleich wieder hellwach.

»Ich glaube, ich weiß, wer Claire entführt hat.«

»Ach ja?«

»Ja, ich bin die Überwachungskameras durchgegangen, die auf dem Weg, den Claire vom Krankenhaus zu sich nach Hause genommen hat, liegen.«

Eric schaute Caroline gespannt an.

»Es gibt nicht viele, aber die, die ich finden konnte, haben mir einen weißen SUV gezeigt, der ihr beständig folgt.« Caroline nahm sich eine Fernbedienung vom Tisch und schaltete den großen Monitor ein. Jetzt konnte Eric die Bilder der Kameras sehen, die Caroline extrahiert hatte.

»Claire hat gesagt, ein weißer SUV stand auch vor ihrer Tür.«

»Ja genau. Ich vermute, es ist derselbe.«

»Lass mich raten, auch dieses Mal gestohlene Kennzeichen?«, fragte Eric.

»Ja, aber dieses Mal stehen wir nicht ganz ohne was da.«

Sie tippte auf ein paar Tasten und ein Bild vergrößerte sich.

»Ich habe eine ziemlich gute Aufnahme vom Fahrer. Und das ist kein geringerer als Carlo Monero.«

»Samiras Anwalt.« Eric hob erstaunt eine Braue.

»Ich hätte nicht gedacht, dass er sich die Hände schmutzig machen würde, aber ich fürchte, Claire hat ihn ganz schön verärgert.«

»Womit du recht haben könntest.«

»Das Kuriose an der Geschichte ist, dass Claire nicht direkt nach Hause gefahren ist, sondern sich im Balboa Park mit jemandem getroffen hat.«

»Was? Mit wem denn?«

»Ich konnte ihn nicht richtig sehen. Er hat die Kameras gemieden. Wenn du mich fragst, dann kann es nur jemand gewesen sein, der sich mit so etwas auskennt.« Eric seufzte und lehnte sich nach hinten. Er hatte das Gefühl, ihm schwirrte der Kopf. Alle Fakten fuhren Achterbahn und er saß mittendrin, befand sich auf dem Weg zum freien Fall und konnte absolut nichts dagegen tun.

»Ich habe langsam das ungute Gefühl, dass Claire uns nicht die ganze Wahrheit erzählt hat«, meinte er und Caroline nickte.

»Ich gehe seit Stunden die Fakten durch, Caro. Ich habe versucht Claires Handy, mit dem sie angerufen hat, zu orten, aber ohne Erfolg. Es ist aus oder sie hat keinen Empfang. Ich habe Claudio Samira verhört, aber er schweigt beharrlich und ich stehe wieder am Anfang. Ich weiß langsam nicht mehr, was ich noch denken soll. Und so allmählich läuft mir die Zeit davon.«

Er seufzte und strich sich über die Augen.

»Du bist nicht allein damit«, sagte seine Kollegin und legte ihm eine Hand auf den Arm. Er nickte.

»Ich weiß, aber im Moment fühlt es sich irgendwie so an.«

»Wo ist eigentlich Jo?«, fragte Caroline weiter.

»Du hast es noch nicht gehört?«

»Nein, was denn? Ich bin mitten in der Nacht geweckt worden und man sagte mir, ich solle schleunigst herkommen. Seitdem bin ich in meinem Raum und analysiere Spuren. Na ja mit Ausnahme, dass ich dieses Frühstück hier besorgt habe. Ist was passiert?«

»Sie ist angeschossen worden.«

»Was? Und das sagst du mir erst jetzt?« Caroline riss die Augen auf.

»Keine Panik. Ihr geht es soweit gut. Sie hat eine Weste getragen. Sie hat nur ein paar geprellte Rippen und eine Platzwunde. Aber sie muss sich schonen. Sie ist zu Hause und ruht sich aus.«

»Verstehe. Ich werde sie gleich mal anrufen.« Caroline lehnte sich zurück und holte ihr Handy heraus.

»Warte!« Eric hielt sie auf.

»Was ist?« Caroline hob fragend eine Braue und Eric war geneigt, ihr von dem Baby zu erzählen, aber er konnte es nicht. Er hatte keine Ahnung, ob es Joselyn recht gewesen wäre und er selbst fühlte sich immer noch damit überfordert, also schwieg er lieber und schüttelte den Kopf.

»Ach nichts.«

»Okay, dann werde ich mal wieder loslegen, vielleicht kriege ich das Handy ja doch noch zu fassen.« Caroline stand auf und klopfte Eric noch einmal aufmunternd auf die Schulter. Er lächelte ihr zu und blickte ihr dann hinterher, als sie das Büro verließ und ihn allein ließ. Er kramte nach seinem Telefon und öffnete die Anrufliste. Er scrollte durch die Eintragungen und wählte dann die ihm bis dato unbekannte Nummer. Er erwartete nicht, dass er dieses Mal ein Freizeichen bekommen würde. Umso überraschter war er, dass es tatsächlich am anderen Ende der Leitung klingelte.

**

Claire erschrak, als plötzlich ihre Brust vibrierte. Sie spürte das Telefon, welches sie immer noch bei sich trug und wünschte, sie hätte es komplett ausgeschaltet. Der Mann vor ihr, schaute sie überrascht an.

»Na wer hat denn da gegen die Regeln verstoßen«, sagte er und seiner Stimme fehlte jegliche Emotion. Er hatte Claire auf einen Stuhl mitten in ihre Gefängniszelle gesetzt und mit den Händen an die Stuhlbeine gefesselt, so dass sie sich nicht mehr bewegen konnte. Claire hatte das Telefon nicht ausgeschaltet, in der Hoffnung ihre Kollegen könnten es orten, obwohl der Empfang mehr als schlecht war. Sie hatte nicht damit gerechnet, angerufen zu werden. Der Mann trat näher an sie heran und fuhr ihr dann mit der Hand über den Hals und weiter hinunter in ihren Ausschnitt. Sie versuchte sich wegzudrehen, aber sie konnte sich nicht bewegen. Sie spürte seine Hände an ihrer Brust und schloss die Augen. Doch Miko Nguyen war kein Mann, der sich einfach so einer Frau in erotischen Absichten näherte. Er war skrupellos und ohne Emotionen. Er hatte lediglich vor, das Telefon aus ihrem BH zu befreien, was er auch mühelos schaffte.

»Bitte …«, flehte Claire, doch Nguyen legte ihr einen Finger auf den Mund. Dann drückte er auf die grüne Taste und legte sich das Telefon ans Ohr.

»Claire?«, fragte eine überraschte männliche Stimme am anderen Ende und Claire rief:

»Eric, es ist Nguyen. Er hat mich entführt. Macht schnell …« Sie spürte einen Schlag gegen ihre Schläfe und merkte wie ihr schwindelig wurde. Sie konnte die Augen kaum noch offenhalten und bekam nur am Rande mit, dass Nguyen mit Eric redete. Das nächste, an das sie sich erinnern konnte, war die harte Pritsche, auf die man sie gefesselt warf.

Joselyn

Ich sitze in der Küche und habe die Hände um eine dampfende Tasse Tee geschlungen. Meine Gedanken sind bei Eric und unserer Beziehung. Ich kann noch immer nicht ganz glauben, was da gestern passiert ist. Ich bin traurig und ich bin wütend zugleich. Er ist einfach davongelaufen, hat mich allein gelassen und das, nachdem er mir erst seine Liebe gestanden hatte. Ich bin mir nicht sicher, inwieweit mein Traum von einer Beziehung geplatzt ist. Ich bin mir nicht sicher, ob wir eine Chance haben werden und das schmerzt. Ich versuche, die Tränen zurück zu halten, aber es gelingt mir nicht. Der Schmerz steckt in mir, viel tiefer als der körperliche. Doch ich kann ihn nicht abschütteln. Vielleicht sollte ich einen Termin mit Nathalie Moers machen. Ich überlege gerade, wo ich mein Handy gelassen habe, als meine Mutter das Zimmer betritt.

»Hi Mum«, sage ich und schaue sie an.

»Hi meine Kleine«, entgegnet sie und ich bringe heute einfach nicht die Kraft auf, sie darauf hinzuweisen, dass ich schon lange nicht mehr ihre Kleine bin.

»Weißt du, wo mein Handy ist?«, frage ich weiter und sie sieht mich skeptisch an.

»Keine Sorge, ich will nur Nathalie anrufen, um ein wenig zu reden. Ich mache bestimmt keine Dummheiten«, versuche ich sie zu beruhigen.

»Ich habe es gestern ins Gästezimmer gelegt. Ich wollte nicht, dass du gestört wirst.«

»Okay«, sage ich und erhebe mich.

»Eric hat angerufen«, sagt sie plötzlich und ich erstarre in meiner Bewegung.

»Wann?«

»Gestern am späten Abend. Du hast schon geschlafen und ich wollte dich nicht wecken. Nicht sauer sein.«

Ich zögere kurz, weiß nicht, ob ich es sein sollte oder nicht. Doch sie ist meine Mum und sie macht sich Sorgen um mich. Und das kann ich ihr nicht übelnehmen.

»Nein«, beruhige ich sie deshalb und trete auf sie zu, ziehe sie in eine feste Umarmung und sie drückt mich an sich.

»Was hat er gesagt?«, will ich schließlich wissen.

»Dass er ein Idiot ist.«

Ich muss trotz meiner miesen Stimmung lachen.

»Womit er nicht unrecht hat.«

»Ich glaube, es tut ihm ehrlich leid und er liebt dich, meine Kleine. Das spüre ich einfach.«

»Ich weiß, Mum.«

Ich schaue meine Mutter an und möchte plötzlich ganz schnell mein Telefon suchen, um Eric anzurufen. Ich halte es keine Sekunde länger aus. Ich drücke ihr einen Kuss auf die Wange und laufe ins Gästezimmer, wo ich mein Telefon auf dem Regal finde. Ich nehme es und aktiviere den Bildschirm. Zehn verpasste Anrufe. Zwei von Caroline, jeweils einer von David und Marco, fünf von Eric und einer von der Spezialnummer, von der aus man angerufen wird, wenn irgendetwas passiert ist.

Kapitel 26

Sie betrat das Büro und schaute sich suchend um. Sie fühlte sich noch immer etwas unsicher auf den Beinen, doch sie hatte es keine Sekunde länger zu Hause ausgehalten. Sie fand ihn, zusammen mit den anderen, vor dem großen Flatscreen. Eric stand in der Mitte, mit ernstem Gesicht und zerzaustem Haar. Er sah ziemlich mitgenommen aus. Fast so wie sie sich fühlte. Sie waren so in ihre Diskussion vertieft, dass sie sie zunächst nicht wahrnahmen, und erst als Joselyn sich räusperte, schauten sie sie an.

»Josi«, rief Caroline und stürmte auf sie zu, zog sie zu sich heran und drückte sie an ihre Brust. Joselyn zuckte zusammen und gab einen zischenden Laut von sich.

»Oh, sorry«, sagte Caroline und ließ sie los.

»Schon okay. Es tut auch nur noch ein ganz kleines bisschen weh«, log Joselyn und nickte dann Marco und David zu. Eric starrte sie mit weit aufgerissenen Augen an und sie konnte sehen, dass er sehr mit sich ringen musste, sie nicht augenblicklich zu packen und wieder nach Hause zu verfrachten.

»Komm, setz dich!«, forderte David sie jetzt auf und schob ihr einen der Bürostühle heran. Joselyn nahm diesen dankbar an und ließ sich mühsam darauf nieder. Eric trat auf sie zu und wollte sie am Arm berühren, ließ es aber bleiben. Sein Blick ruhte weiterhin auf ihr und in seinem Gesicht spiegelten sich unendlich viele Gefühle gleichzeitig, dass Joselyn einen Kloß im Hals bekam.

»Also, Leute, wo genau stehen wir?«, fragte Joselyn schließlich und brach somit das plötzlich aufkommende Schweigen. Sie hatte von unterwegs mit Kingston telefoniert und sich auf den aktuellen Stand bringen lassen. Das, was sie erfahren hatte, beunruhigte sie ungemein und sie war froh, endlich im Büro zu sein. Sie hatte eine kurze Diskussion mit ihrer Mutter darüber gehabt, dass es keine gute Idee wäre, in ihrem Zustand ins Büro zu fahren, aber sie wollte bei ihren Kollegen und vor allem bei Eric sein. Also war sie schließlich losgefahren, wohl wissend, dass sie dabei ihre und die Gesundheit des Babys gefährdete.

»Wir haben Claires Handy, mit dem sie Eric angerufen hat, lokalisiert«, begann Caroline.

»Das ist doch gut, oder?«, fragte Joselyn.

»Im Prinzip schon«, antwortete die blonde Frau.

»Wo ist dann das Problem?«

»Der oder die Entführer haben es entdeckt und nun ist sie praktisch schutzlos.«

»Die Frage ist, ist sie noch dort, wo wir sie geortet haben oder haben sie sie schon woanders hingebracht«, sagte Eric und runzelte die Stirn. Joselyn richtete sich auf und versuchte dabei ruhig zu atmen. Ihre schmerzende Brust ignorierte sie fürs Erste.

»Das werden wir wohl nur herausfinden, wenn wir dort hinfahren und nachschauen«, sagte Joselyn.

»Ja«, bestätigte Eric. »Wir haben schon ein Team zusammengestellt. Wir bekommen Hilfe von unseren Kollegen aus dem ersten Stock.«

Joselyn wusste, dass dort eine Spezialeinheit für Geiselnahmen untergebracht war und war sich sicher, dass sie Erfolg haben würden.

»Wann müsst ihr los?«, fragte sie und suchte Erics Blick.

»In fünfzehn Minuten«, sagte er und strich sich eine Strähne aus der Stirn. Joselyn blickte ihn besorgt an. Unter seinen Augen hatten sich dunkle Ränder gebildet, die davon zeugten, dass er die letzte Nacht nicht geschlafen hatte. Die Stoppeln in seinem Gesicht bewiesen, dass er keine Zeit gehabt hatte, seinen Bart in Form zu bringen. Außerdem trug er noch die Sachen vom vergangenen Tag. Ihr Herz zog sich bei seinem Anblick schmerzvoll zusammen, aber sie durfte sich jetzt keine Schwäche leisten.

»Okay, ich würde ja mitkommen, aber im Moment bin ich etwas indisponiert«, sagte Joselyn grinsend und alle, außer Eric, stimmten in ihr Lachen mit ein.

»Kann ich dich kurz mal sprechen, Jo?«, fragte Eric nun und deutete in Richtung Pausenecke.

»Klar«, sagte sie und stand auf.

»Ihr bereitet euch so gut es geht vor«, sagte Eric zu Marco und David. »Wir brechen in zehn Minuten auf.«

»Geht klar«, riefen die beiden Männer und machten sich auf den Weg, ihre Sachen zusammen zu suchen.

»Ich bin dann mal wieder unten«, sagte Caroline, umarmte Joselyn noch einmal flüchtig und klopfte Eric auf die Schulter. Und plötzlich waren sie allein. Eric lief langsam in die Kaffeeküche und sie folgte ihm. Schließlich blieb er stehen und drehte sich zu ihr herum. In seinen Augen standen Angst, Müdigkeit und Trauer, aber auch Wut und Joselyn wäre am liebsten zu ihm gelaufen und hätte ihm gesagt, dass alles wieder gut werden würde. Aber das konnte sie nicht, denn sie hatte keine Ahnung, ob es das tatsächlich werden würde. Eine Weile standen sie unentschlossen herum, bis Eric schließlich das Schweigen brach:

»Was zum Teufel machst du eigentlich hier, Jo?«

»Du hast mich fünfmal angerufen, erinnerst du dich?«

»Ja, aber nur, um dir zu sagen, dass du dich ausruhen sollst. Und wenn du mal an dein verdammtes Telefon gegangen wärst, dann hätte ich dir das auch sagen können.«

Er versuchte, wütend zu klingen, scheiterte aber kläglich. Im Grunde war seine Wut schon längst verraucht und zurück geblieben war einfach nur Sorge um Joselyn und das Kind.

»Cole, ich konnte nicht einfach zu Hause herumsitzen und nichts tun.«

»Du bist verletzt, dir geht es alles andere als gut und du bist ...«

Er blickte sich vorsichtig um, ob sie auch keine Zuhörer hatten.

»Schwanger, ja ...«, flüsterte sie und jetzt schaute er sie endlich richtig an. Und in diesem Moment geschah etwas zwischen ihnen, etwas, was sie näher zusammenbrachte, als dies jemals der Fall gewesen war. Sie wussten nicht genau, was es war, aber es fühlte sich an wie Magie, wie ein Band, welches sie miteinander verband. Die Gewissheit, dass sie zusammengehörten und dass sie sich alles bedeuteten. Joselyn schluckte, als Tränen in ihrem Hals aufstiegen. Sie versuchte sie zurück zu halten, aber es gelang ihr nicht.

»Komm her«, sagte Eric plötzlich und breitete die Arme aus. Sie trat einen Schritt auf ihn zu und er zog sie an sich, umschlang sie mit seinen Armen und bettete ihren Kopf an seiner Brust. Diese Geste und seine Wärme brachten sie noch mehr aus der Fassung und sie schluchzte leise.

»Es tut mir so leid«, flüsterte er und strich ihr über den Kopf.

»Ist schon okay«, schniefte sie und er zog sie noch näher an sich heran.

»Ich bin ein Idiot gewesen. Anstelle, dass ich mich um dich gekümmert habe, bin ich wütend davongelaufen und habe dich allein gelassen.«

»Nicht, Cole, bitte tu das nicht«, meinte sie und entzog sich seinen Armen, um ihn anzuschauen.

»Doch, es war nicht fair von mir. Ich … ich liebe dich, weißt du und ich liebe dieses Wesen in dir. Ich war nur so geschockt, dass ich nicht klar denken konnte.«

»Du weißt, dass das alles ändern wird, nicht wahr?«, fragte sie zaghaft.

»Ich weiß, aber ich bin bereit dazu. Das Leben ist ein Wunder, du bist ein Wunder, dieses Kind ist ein Wunder und ich möchte das mit dir erleben.« Er legte seine Hände auf ihre Wangen und strich ganz sacht die Tränen weg.

»Wir müssen vieles bereden, auch wie es mit uns und unseren Jobs weitergehen soll.«

»Ich weiß, aber nicht heute und nicht jetzt.«

»Ja, nicht jetzt. Du musst dich vorbereiten für den Einsatz.«

»Schau mich bitte nicht so traurig an«, flehte er und küsste sie mitten auf den Mund.

»Ich mache mir Sorgen«, gestand sie.

»Musst du nicht«, beschwichtigte er sie und streichelte mit dem Daumen über ihr Gesicht.

»Tue ich aber, ich kann nichts tun. Ich bin schwach und kann nicht bei dir sein, wenn du da hinausgehst. Das macht mich ganz wahnsinnig.«

»Ich habe David und Marco an meiner Seite.«

»Ich weiß. Mir wäre nur wohler, wenn du dir helfen könnte.«

»Du hilfst mir am meisten, wenn du nach Hause gehst und dich ausruhst. Ich komme zu dir, sobald alles vorbei ist, versprochen.«

»Ich liebe dich, Cole«, sagte sie auf einmal und griff nach seiner Hand, hielt sie fest.

»Ich liebe dich auch, Jo. Mehr als du dir vorstellen kannst. Du bist für mich zur wichtigsten Person in meinem Leben geworden. Du bedeutest mir alles.«

»Du mir auch«, sagte sie und lehnte sich wieder gegen seine Brust. Er umschlang sie erneut und drückte sie an sich. Sie gestatteten sich, für einen Augenblick inne zu halten und dem Atem des jeweils anderen zu lauschen.

»Pass auf dich auf«, sagte Joselyn schließlich und er flüsterte zurück:

»Ich versprech's.«

Dann küsste er sie auf die Stirn und lächelte ihr noch einmal zu.

Claire

Mein Kopf dröhnt und ich habe das Gefühl, meinen Augen nicht trauen zu können. Nguyen ist verschwunden und ich bin wieder in meinem Verlies.

›Wie lange war ich bewusstlos?‹, frage ich mich, doch es ist unmöglich für mich, das herauszufinden. Im Moment ist die Zeit eine Unbekannte für mich. Ich kann nicht einschätzen, wie spät es ist. Ich hoffe, dass Eric und die anderen mich bald finden werden. Mit Hilfe des Handys sollten sie mich doch orten können. Doch ich glaube eigentlich nicht daran, dass Nguyen so dumm ist, sie mich einfach finden zu lassen. Er hat einen Plan, da bin ich mir ziemlich sicher. Ich wünschte, ich hätte mitbekommen, was Nguyen mit Eric zu besprechen hatte. Doch ich tappe im Dunkeln. Mein Kopf ist genauso leer wie dieser verdammte Kellerraum dunkel ist. Ich fluche innerlich und dehne meine steifen Glieder. In dem Moment klappert es draußen und die Tür wird geöffnet. Ich starre in den Lauf einer Waffe und merke, wie mein Puls sich beschleunigt.

»Herkommen!«, befiehlt Nguyen und ich gehe langsam auf ihn zu, starre ihn hasserfüllt an und er wirft mir einen ebensolchen Blick zu. Die Höflichkeiten haben wir schon lange abgelegt.

»Wohin bringen Sie mich?«, fühle ich mich dann doch bemüßigt zu fragen. Er greift nach meinem Oberarm und drückt zu. Es ist ein unangenehmer Schmerz, der mich durchzuckt, aber ich schaffe es, nicht aufzuschreien.

»Nicht … reden«, knurrt er an meinem Ohr und stößt mir die Waffe in den Rücken. Ich atme tief ein und versuche das schreckliche Gefühl der Angst hinunter zu schlucken. Er schiebt mich vorwärts, einen langen, dunklen Gang entlang. Dann öffnet er eine Tür und wir erreichen einen weiteren Gang. Ich habe längst den Überblick verloren. Meine Füße schmerzen von meinen hohen Schuhen und ich empfinde es als sehr unangenehm, dass Nguyen mir so nahe ist. Plötzlich reißt er mir die Arme nach hinten und bindet mir die Handgelenke auf dem Rücken zusammen. Er ist brutal und ich spüre den Ekel, der in mir emporklettert, als er mich nun in den nächsten dunklen Gang schiebt.

Kapitel 27

Er betrat das Abrisshaus unweit entfernt vom Hafen, in dessen Keller man Claire angeblich gefangen hielt und lief, wie ihn Miko Nguyen instruiert hatte, nach unten. Es roch modrig und es war kühl. Er konnte niemanden sehen. Er hob seine Waffe und seine Taschenlampe und arbeitete sich Schritt für Schritt hinab. Die Treppe schien endlos zu sein und er fragte sich, ob er überhaupt auf dem richtigen Weg war.

»Wie ist die Lage?«, hörte Eric die Stimme von David über seinen Ohrknopf. Sein Team war in sicherer Entfernung in Bereitschaft und würde, wenn nötig, schnell bei ihm sein. Doch zunächst musste er alleine gehen. Das Risiko, dass Nguyen Claire sofort töten würde, wenn er nicht alleine kam, war einfach zu groß.

»Alles ist ruhig. Hier ist niemand«, antwortete Eric und ging weiter, erreichte die unterste Stufe und bog dann nach rechts ab. Er kam in einen langen Gang, an dessen Ende er eine Tür sah. Er schob sich an der Wand entlang, immer darauf bedacht, den Rückweg im Blick zu haben, doch die Dunkelheit machte es ihm sehr schwer.

»Ich kann niemanden sehen, Dave, und hier unten ist es dunkel wie in einem Grab. Habt ihr mein Signal?«, flüsterte Eric nach einer Weile.

»Ja, aber es ist schwach. Du solltest nicht allzu tief runter.«

»Sehr witzig. Ich kann nicht erkennen, ob hier in letzter Zeit jemand gewesen ist. Es sieht aus wie ein harmloser Kellergang, aber ich bin mir nicht sicher, ob da nicht noch mehr ist.«

»Meinst du Nguyen hat uns verarscht?«

»Keine Ahnung. Aber wenn, dann wird er definitiv nicht das erhalten, was er will.« Eric erreichte die Tür und rüttelte daran. Sie war verschlossen. Er steckte seine Waffe ein und klemmte sich die Taschenlampe zwischen die Zähne. Dann versuchte er es erneut, aber auch dieses Mal ohne Erfolg.

»Verdammt«, fluchte er, drehte sich um und erstarrte, als er plötzlich Nguyen vor sich sah, der Claire im Schwitzkasten hatte. Die Taschenlampe flog zu Boden und warf nun ihren Schein auf Höhe ihrer Beine. Eric brauchte ein paar Sekunden, bis sich seine

Augen an die neue Situation gewöhnt hatten und er verfluchte sich dafür, dass er seine Waffe eingesteckt hatte. So hatte er keine Chance.

»Wo ist Claudio Samira?«, war die erste Frage, die Miko Nguyen stellte, während er seine Waffe an Claires Schläfe hielt.

»Er ist an einem sicheren Ort.«

»Willst du mich wütend machen?«, fragte Nguyen und drückte Claires Kopf nach hinten, so dass diese gezwungen war, in die Knie zu gehen.

»Okay, okay …«, beschwichtigte Eric den Mann gegenüber.

»Lassen Sie mich kurz telefonieren.« Eric hob die Hände und Nguyen nickte ihm zu. Er holte sein Telefon aus der Tasche und rief David an. Er wusste, dass dieser bereits alles über den Ohrknopf mitgehört hatte, aber er hatte nicht vor, seinem Gegenüber zu verraten, dass er dieses Teil trug. Man wusste nie, wozu man diesen Vorteil noch gebrauchen konnte.

»Schickt Claudio runter« sagte Eric und legte dann gleich wieder auf.

»Wirf mir dein Telefon rüber!«, sagte Nguyen und Eric tat wie ihm geheißen. Er wechselte einen kurzen Blick mit Claire und diese flehte ihn mit ihren Augen an, ja bloß keine Dummheiten zu machen. Sie beide wussten, dass Nguyen zu allem fähig war. Sie durften ihn nicht verärgern. Es dauerte nicht lange und Claudio trat zu ihnen.

»Nimm ihm die Waffe ab« forderte Nguyen ihn ohne ein Begrüßungswort auf und Claudio ging zu Eric, griff an seinen Hosenbund und zog die Waffe heraus. Dann drückte er sie ihm in den Rücken und schaute Nguyen an.

»Wir sollten los« meinte Claudio und Nguyen nickte. Dann nahm er Erics Telefon und drückte die Wahlwiederholung. Als David abnahm, sagte er:

»Wenn ihr uns verfolgt, sind beide tot, haben Sie mich verstanden?« Er knallte das Telefon auf den Boden, so dass das Display zersprang und schob Claire vorwärts. Claudio zog Eric mit sich, der versuchte sich zu wehren, aber wenig Chancen hatte. Nguyen trat zu der eisernen Tür und hob seine Hand. Jetzt erst registrierte Eric, dass an der Seite eine Art Scanner angebracht war. Nguyen legte seine Hand darauf und diese wurde gescannt. Eine grüne Lampe begann zu leuchten und die Tür sprang auf. Sie wurden hindurchgeschoben und fanden sich in einem weiteren Gang wieder. Ein Bewegungsmelder ging an und der Raum wurde erhellt. Eric verschlug es beinahe die Sprache, als er nun das riesige Tunnelsystem sah, in welches sie hineingeführt wurden. Hinter ihnen schloss sich die Tür und verriegelte sich automatisch.

»Wo bringt ihr uns hin?«, fragte Eric.

»Klappe halten«, sagte Claudio und stieß ihm die Waffe brutal in die Seite, so dass ihn ein derber Schmerz durchzuckte. Eric atmete heftig ein und versuchte ihn auszublenden.

»Weit werdet ihr nicht kommen«, versuchte er es noch einmal.

»Das müssen wir auch nicht. Wir sind nämlich schon da.«

Und jetzt sah Eric, dass sie irgendwie zum Wasser gelangt waren. Die unterirdischen Gänge hatten sie direkt zu einer kleinen Anlegestelle geführt, an deren Ende ein Boot lag. Es war ein Motorboot, nicht besonders groß und unauffällig genug.

»Rein da!«, befahl Nguyen und fuchtelte Claire mit der Waffe vorm Gesicht herum. Sie zögerte nicht, sondern kletterte in das Boot. Claudio schob Eric hinterher und dann kletterten die beiden Männer ebenfalls hinein. Nguyen holte Kabelbinder aus seiner Tasche und fesselte damit nun auch Erics Handgelenke, während Claudio das Boot steuerte und sie zu einem anderen Anleger brachte, der in einem Lagerhaus mündete. Wieder wurden sie aufgescheucht und dieses Mal landeten sie in einem Lieferwagen. Während Eric und Claire im hinteren Teil saßen, stiegen Claudio und Nguyen vorne ein und fuhren los.

»Wie geht es dir?«, waren Erics erste Worte an Claire, als sie endlich allein waren.

»Es geht mir gut. Mal davon abgesehen, dass diese blöden Fesseln mir ins Fleisch schneiden«, antwortete Claire und ruckelte hin und her, mit dem Ergebnis, dass die Kabelbinder sich nur noch fester schnürten.

»Nicht bewegen, Claire, du machst es nur schlimmer«, warnte Eric sie.

»Und was ist deine glorreiche Idee?«

»Weiß ich noch nicht, ich denke nach.«

»Dann denk schneller!«, forderte sie ihn auf.

»In meinem Ohrknopf höre ich nur noch Rauschen. Entweder sind wir außer Reichweite oder aber irgendetwas stört ihn.«

»Verdammt«, fluchte Claire leise vor sich hin.

»Was meinst du, was die von uns wollen? Immerhin haben sie uns nicht gleich erschossen, nachdem Claudio wieder frei war.«

»Informationen, nehme ich an.«

»Aber warum ich?«

»Keine Ahnung, Eric.«

Der Lieferwagen kam zum Stehen und es dauerte nicht lange, bis man Eric und Claire herausholte. Sie waren in einer Garage. Es gab keine Fenster und somit konnte Eric nicht ausmachen, wo sie genau waren.

»Los«, rief Nguyen und stieß Eric wieder unsanft die Waffe in die Seite. Er stolperte vorwärts.

»Wo sind wir?«, fragte er, erhielt jedoch, wie erwartet, keine Antwort. Nguyen nickte Claudio zu und dieser griff in eine Schublade, holte zwei Augenbinden heraus und verband damit Eric und Claire die Augen. Er öffnete die Tür und sie traten nach draußen. Es wurde kurz hell, bevor es wieder dunkel wurde und sie das Quietschen einer weiteren Tür wahrnahmen. Dann ging es nach unten und es wurde kühl.

Eric

Ich erwache und mir tun sämtliche Knochen weh. Als ich versuche die Augen aufzuschlagen, schießt ein Schmerz durch meinen Kopf, der mich sofort an meinen schlimmen Unfall von vor gut zwei Jahren erinnert. Ich habe das Gefühl, wieder diesen Abhang hinunter gerast zu sein, habe ein Déjà-vu eines sich überschlagenden Autos und den Druck auf meiner Brust, der mir den Atem nimmt.

Ich weiß nicht genau, wo ich bin und was mit mir passiert ist, aber ich gerate in Panik. Ich will atmen, aber ich kriege keine Luft. Ich will die Augen öffnen, aber da ist dieser Schmerz. Ich will mich aufsetzen, aber etwas hält mich am Boden. Ich will schreien, aber ich bekomme keinen Ton heraus. Ich sehe Bäume, doch eigentlich sind da keine. Ich sehe meinen Wagen, doch ich fahre nicht. Ich drehe mich hin und her, aber ich komme nicht von der Stelle. Ich will weg von hier, aber ich weiß, dass ich das nicht kann. Ich spüre meine Beine nicht und dann fühle ich meine Tränen.

Ganz weit weg höre ich Stimmen, aber ich kann sie nicht zuordnen. Ich will weg, ich will mich in Sicherheit bringen. Doch ich kann nicht. Ich öffne den Mund und schließe ihn wieder. Die Stimmen kommen näher und dann registriere ich, dass es nur eine einzige ist. Sie wird langsam klarer und dringt zu mir durch. Und dann merke ich auch, dass der Druck auf meiner Brust nicht von etwas Fremdem, sondern von einer Hand kommt, die sie mir darauf gelegt hat.

Wie in Zeitlupe kommt mein Verstand zur Ruhe und ich fokussiere die Person, die neben mir steht und sich über mich beugt, die mir ihre Hand auf die Brust gelegt hat und mir sacht die Haare aus der Stirn streicht.

Ich blinzele und sie wird klarer. Erleichterung durchflutet mich und ich sinke zurück auf den kalten Steinboden, auf dem ich liege.

»Ganz ruhig«, flüstert mir die Stimme zu und ich versuche gleichmäßig weiter zu atmen. Der Schmerz in meinem Kopf ebbt langsam ab, doch in meiner Schulter brennt es.

»Ruhig atmen, Eric!«, fordert mich die Stimme wieder auf und ich greife nach der Hand, die immer noch auf meiner Brust liegt und ziehe

sie weg. Der Schmerz wird stärker und ich muss ein Stöhnen unterdrücken.

»Nicht bewegen«, ruft die Stimme wieder. »Du hast eine Schusswunde«, erklärt sie mir und jetzt sehe ich den blutgetränkten Lappen, den sie in der Hand hält.

»Was?«

»Schscht«, sagt sie erneut und legt mir einen Finger auf die Lippen. Dann drückt sie mir das Tuch wieder auf die Schulter und jetzt kann ich sie sehen.

»Claire?«, frage ich, als meine Augen sich endlich an die Dunkelheit um uns herum gewöhnt haben.

»Gut, du bist wach«, sagt sie und lächelt mich zaghaft an.

»Was ist passiert?«, frage ich weiter und merke erst jetzt, wie trocken meine Zunge ist. Ich brauche dringend etwas zu trinken.

»Du erinnerst dich nicht mehr?«, fragt sie mich und schaut mich entsetzt an.

›Erinnern?‹, überlege ich.

›Woran sollte ich mich erinnern?‹

Ich forsche in meinem umnebelten Hirn, aber ich merke schnell, dass da nichts ist.

»Wo sind wir?«

»Ich weiß es nicht. Sie haben uns weggebracht.«

»Wer?«

»Nguyen und Claudio. Sie haben uns woanders hingebracht.«

»Ich verstehe nicht«, stammele ich, weil ich es wirklich gerade nicht zusammenbringe.

»Sie haben dich mehrfach geschlagen und dann ...«, erklärt sie mir und ich sehe das feuchte Glitzern in ihren grünen Augen. Ich blicke auf ihre Hand, die mit dem Tuch fest gegen meine Schulter drückt und jetzt fällt mir wieder ein, dass sie auf mich geschossen haben. Ein Knall durchfährt meinen Kopf und mit einem Mal ist alles wieder da.

»Wieso sind wir noch am Leben?«, frage ich sie und richte mich auf, was mir noch mehr Schmerzen verursacht. Doch es ist mir egal. Ich muss es wissen.

»Weil ...«

»Ja?«

»Weil ich ihnen alles gesagt habe, was sie wissen wollten«, flüstert sie mir zu und ich sehe, wie Tränen über ihre Wangen rinnen.

Kapitel 28

Joselyn stand am Fenster in Claires Büro und hielt eine Kaffeetasse zwischen ihren Händen. Diese waren eiskalt und selbst das heiße Getränk konnte sie nicht wärmen. Sie stand unter einer enormen Anspannung und das war ganz und gar nicht gut, das wusste sie. Aber sie konnte es nicht ändern. Die Tür ging auf und eine freundliche Stimme fragte:

»Josi, alles in Ordnung?«

Joselyn drehte sich herum und schaute David an, der etwas unsicher in der Tür stehen geblieben war.

»Nicht wirklich«, sagte sie und winkte ihn herein.

»Du solltest nach Hause gehen«, meinte der ältere Mann und kam auf sie zu. Joselyn schüttelte den Kopf.

»Nein, das kann ich nicht. Ich muss hierbleiben und alles koordinieren.«

Der Einsatz war nicht wie geplant gelaufen. Sie hatten Claire nicht befreien können und zu allem Überfluss war nun auch noch Eric in der Gewalt von Miko Nguyen.

»Wir haben das im Griff«, entgegnete David.

»So wie ihr diesen verdammten Einsatz im Griff hattet?«, fuhr sie ihn an und schlug sich dann die Hand vor den Mund. David war zusammengezuckt, wich aber nicht zurück.

»Josi, das konnte niemand vorhersehen.«

»Ihr hättet mir sagen müssen, wie der Plan aussieht. Ihr hättet Eric damit niemals durchkommen lassen sollen. Ihr hättet ihn aufhalten müssen.«

»Wenn wir dir erzählt hätten, was er vorhat, dann ...«

»Dann hätte ich dem niemals zugestimmt. Das weißt du ganz genau.«

»Eben.«

»David, ich hätte mir etwas Anderes einfallen lassen. Nie im Leben hätte ich noch einen Kollegen geopfert.«

»Du weißt so gut wie ich, dass das die einzige Möglichkeit war.«

Joselyn schüttelte den Kopf. Sie hatten ihr erzählt, dass Eric mit

Nguyen einen Deal ausgehandelt hatte, als beide zufällig über das Handy, welches Claire bei sich führte, telefoniert hatten. Eric sollte allein kommen und er sollte Claudio Samira mitbringen. Sie wollten sozusagen einen Austausch vornehmen. Geisel gegen Geisel. Doch so einfach wie der Plan sich angehört hatte, war die Umsetzung dann doch nicht gewesen. Etwas war schiefgelaufen und nun waren sowohl Eric als auch Claire verschwunden.

»Es gibt immer eine Alternative«, zischte sie.

»Und wie hätte die ausgesehen?«

»Wir kannten die Adresse. Wir hätten da einfach reinstürmen können.«

»In dem Moment hätte man Claire getötet. Hättest du das verantworten können?«

Joselyn biss sich auf die Lippen.

»Nein, sicher nicht. Aber …«

»Siehst du … und nun müssen wir überlegen, wie wir weitermachen. Eric trägt einen Peilsender. Er muss ihn nur aktivieren, dann finden wir ihn.«

»Und was ist, wenn er das nicht kann?«, rief Joselyn aufgeregt. »Was ist, wenn er verletzt ist und ihn nicht einschalten kann? Was wenn sie ihm alles abgenommen haben? Sein Ohrknopf ist schon eine Weile ohne Empfang. Oder noch schlimmer, wenn …«

David zog sie am Arm zu sich heran und hielt sie dann mit beiden Händen fest, so dass sie gezwungen war, ihn anzuschauen.

»Das darfst du nicht einmal denken, Josi.«

Und in diesem Moment konnte sie ihre Gefühle nicht mehr zurückhalten. Sie schluchzte auf und die Tränen rannen ihr übers Gesicht. David schaute sie kurz an, bevor er sie in seine Arme schloss, um ihr ein wenig Trost zu spenden.

***

»Was hast du ihnen erzählt, Claire?«, fragte Eric und richtete sich mühevoll auf. Er nahm ihr den Lappen aus der Hand und presste ihn nun selbst auf seine blutende Schulter. Der Schmerz fuhr ihm durch alle Glieder und er stöhnte auf. In seinem Kopf drehte sich alles und er hatte Mühe, gerade sitzen zu bleiben.

»Das, was sie wissen wollten.«

»Claire, verdammt«, rief er und merkte, wie ihm der Schweiß aus allen Poren brach.

»Nun gerate mal nicht gleich in Panik. Ich habe ihnen natürlich nur einen Teil der Wahrheit erzählt.«

»Das ist so typisch für dich. Ich habe das Gefühl, du erzählst die ganze Zeit über schon nur einen Teil der Wahrheit. Und zwar nicht nur Samiras Leuten, sondern auch uns.« Er verzog das Gesicht und sie wich wütend zurück. Sie lief ein paar Schritte hin und her und drehte sich dann wieder zu ihm herum.

»Ich wollte nur, dass du noch eine Weile lebendig bist, Eric. Wenn dir das nicht passt, dann kann ich dich auch gerne sofort selbst umbringen.«

»Danke für deinen Sarkasmus, Claire«, entgegnete er. »Aber mir ist gerade echt nicht nach Lachen zumute.«

»Das sollte auch kein Witz sein«, rief sie bissig und kam wieder auf ihn zu.

»Okay, wenn wir jetzt fertig sind, uns gegenseitig Nettigkeiten zu sagen, dann würde ich gerne wissen, was genau du ihnen nun erzählt hast.«

Sie ließ sich neben ihn sinken und lehnte ihren Kopf gegen die Wand.

»Sie wollten wissen, was genau Theodor uns erzählt hat. Inwieweit die Polizei weiß, welche Geschäfte wie abgewickelt werden.«

»Damit sie alles so schnell wie möglich zur Seite schaffen können, ist ja klar.«

»Ihnen geht es vor allem ums Geld, um ihre Ehre und ihre Macht. Claudio fühlte sich von seinem Bruder verraten und Nguyen fürchtete um seinen Job und seinen Stand im Kartell, als ich aufgetaucht bin.«

»Samira hat sie quasi beide betrogen, als er einen Deal mit dir eingegangen ist.«

»Bei Nguyen bin ich mir ziemlich sicher, dass es nur ums Geld geht, aber bei Claudio … Ich glaube, da steckt noch viel mehr dahinter. Da geht es um die Familienehre.«

»Wie meinst du das?«, fragte er.

»Er ist Samiras Bruder. Sie stecken schon ziemlich lange gemeinsam in diesem ganzen Geschäft drin. Wenn Theo ausgesagt hätte, dann hätte Claudio nicht nur sein ganzes Geld und seine Freiheit verloren, sondern auch die Frau, die er liebt.«

»Du meinst Charlotta?«

»Ja.«

»Meinst du, sie hängt da mit drin?«

»Ich weiß es ehrlich gesagt nicht. Sie ist nicht zu durchschauen. Sie hat uns im Krankenhaus erfolgreich die trauernde Mutter vorgespielt, aber wenn du mich fragst, dann ist sie bei weitem nicht so unschuldig, wie sie vorgibt zu sein. Ich denke, sie weiß ganz genau, was für Geschäfte ihr Mann gemacht hat und hat da ordentlich mitgemischt.«

»Mmmm«, machte Eric und biss die Zähne zusammen, als ein neuerlicher Schmerz seine Schulter durchstach.

»Alles okay?«, fragte Claire und er nickte. »Bevor ich entführt wurde, habe ich mich mit jemandem getroffen.«

»Im Balboa Park«, sagte Eric.

»Du weißt davon?«, fragte sie überrascht.

»Caroline hat sämtliche Kameras durchleuchtet, die auf deinem Weg vom Krankenhaus zu wo auch immer lagen.«

»Dann weißt du auch, wer es war?«

»Nicht ganz. Wir haben denjenigen nicht sehen können. Offenbar wusste er genau, wo die Kameras sind. Aber wir haben Samiras Anwalt, Monero, in genau dem weißen SUV, den du vor deiner Tür gesehen hast, nicht weit vom Park entdeckt. Was mich nur die ganze Zeit wundert, ist, dass er danach nirgendwo mehr aufgetaucht ist. Ich meine, wenn er dich entführt hat, dann hätte er doch bei Nguyen sein müssen.«

»Er hat mich nicht entführt. Er war es, mit dem ich mich getroffen habe.«

»Jetzt bin ich wirklich verwirrt.« Eric schluckte und rutschte dann wieder nach unten auf den Boden, um seinem Kreislauf ein wenig zu schonen. Die Wunde blutete zwar nicht mehr ganz so stark, aber der pochende Schmerz machte ihn ganz wahnsinnig.

»Du glaubst doch nicht wirklich, dass ich mich als Frau mal eben in eine Organisation wie der von Theodor Samira hineinschleichen kann, ohne einen Insider zu haben?«, erklärte sie ganz sachlich und Eric wurde auf einmal so einiges klar.

»Monero gehört zu uns?«

»Ja, im wirklichen Leben Thomas Summer. Er ist undercover gewesen, schon seit fast einem Jahr. Kingston hatte mir zuerst nichts von ihm gesagt, damit es authentischer wirkt. Summer hat seine Sache echt gut gemacht. Ich habe es ihm wirklich abgekauft, dass er sich betrogen fühlte, als Theodor ihn wegen mir gefeuert hat.«

»Verstehe. Wann hat Kingston dich eingeweiht?«

»Erst nachdem ich aufgeflogen war.«

»Warum ist Summer dir aber gefolgt? Und warum hast du nicht gewusst, dass er es war, der da vor deiner Tür in dem weißen SUV gestanden hat? Hat er sich nicht zu erkennen gegeben?«

»Er musste seine Tarnung aufrechterhalten. Keiner hat gewusst, dass es bei ihm auch schon zu spät war. Er hat nur versucht, mich zu beschützen. Er wollte mich warnen, deswegen das Treffen. Und dort hat er mir gesagt, dass er eigentlich Nguyen beschattet hat, der vor meiner Haustüre herumgelungert ist. Dass ich Nguyen nicht dort schon in die Arme gelaufen bin, verdanke ich wohl letztendlich Tom, alias Monero. Er war ein guter, aber ...«
Sie stockte.

»Ist er tot?«, fragte Eric und Claire senkte den Kopf. Eric schloss die Augen. Er wollte sich nicht vorstellen, was Nguyen mit ihm gemacht hatte, aber sein Hirn malte ihm einige Schreckensszenarien aus, die er lieber ausgeblendet hätte.

»Es ging alles so schnell«, sagte sie und strich sich die Haare aus der Stirn. »Wir haben den Park verlassen und sind zu den Wagen gelaufen. Ich konnte nichts tun. Er hat ihn einfach mit einem Messer in den Rücken gestochen und dann die Leiche die Böschung hinabgestoßen. Mich hat er mitgenommen.«

»Was meinst du, warum du noch am Leben bist?«

»Weil sich die Vorzeichen durch die Verhaftung von Claudio geändert haben. Glaub mir, der ursprüngliche Plan war mein Tod. Aber dann wollte Nguyen Claudio zurück und außerdem wollte er unbedingt wissen, was wir herausgefunden haben. Nur aus diesem Grund lebe ich noch. Er wusste genau, was er tut. Er wusste, dass ich dich anrufen würde. Er wusste, dass du kommen würdest und er wusste auch, dass ich es nicht mit ansehen können würde, wenn er dir etwas antut.«

»Ich weiß, ahhh.«

»Schlimm?«, fragte sie ihn und er nickte.

»Lass mich mal sehen?« Sie beugte sich zu ihm und begutachtete die Wunde. Sie sah nicht gut aus. Konnte es sein, dass sie sich bereits entzündet hatte? Claire war sich nicht sicher. Eric schaute sie mit schmerzverzerrtem Gesicht an und musste daran denken, wie der Schuss in seiner Schulter gebrannt hatte.

Sie saßen sich gegenüber, jeweils mit den Händen an die Lehnen ihrer Stühle gefesselt und schauten sich an. Claudio Samira lehnte an der Wand und verzog keine Miene, während Nguyen zwischen Eric und Claire hin- und herlief und seine Fragen stellte. Claire hatte bis jetzt erfolgreich schweigen können, doch es war ziemlich sicher, dass dies jetzt vorbei sein würde. Sie würden Eric als Druckmittel einsetzen, so viel stand fest.

»Also, fangen wir noch mal von vorne an«, sagte Nguyen und wandte sich an Claire.

»Was genau hat Theodor mit Ihnen ausgehandelt?«

»Wir haben nichts ausgehandelt«, antwortete sie bissig und reckte den Kopf.

»Na gut«, sagte Nguyen und drehte sich blitzartig zu Eric herum, holte aus und schlug ihm seine Faust in den Magen. Eric spürte den Schlag und sein Magen zog sich zusammen. Er krümmte sich und ein Schrei entfuhr seiner Kehle. Er hatte nicht damit gerechnet und nun hatte er Mühe, sich nicht übergeben zu müssen. Der Schmerz ebbte nur langsam ab und er konnte sich wieder aufrichten. Claire hatte die Lippen aufeinandergepresst und starrte entsetzt zu Nguyen hinüber.

»Fällt Ihnen vielleicht noch was ein? Wo ist das Geld?«, fragte Nguyen nun erneut. Eric schüttelte kaum merklich den Kopf und Claire sagte:

»Ich kann Ihnen nicht helfen. Das habe ich Ihnen schon mehrfach gesagt. Ich habe mich bei Samira eingeschmuggelt, aber ich war noch nicht so weit. Ich habe keine Ahnung, wo er sein Geld hingeschafft hat. Er hat Ihnen nicht getraut, das sollte Ihnen doch inzwischen klar sein.«

Der nächste Schlag traf Eric an der Schläfe und sein Kopf zuckte zurück. Er biss sich auf die Lippen, um nicht schon wieder zu schreien und schmeckte Blut. Er zwang sich langsam ein- und auszuatmen und ja nicht das Bewusstsein zu verlieren. Er hörte Claires Stimme, die irgendetwas sagte, aber er verstand sie nicht.

»Ich stelle diese Frage jetzt zum letzten Mal, Miss Brown. Was genau hat Theodor Ihnen erzählt? Wo hat er die Gelder hingebracht?«

»Ich weiß es nicht«, rief Claire und schaute Eric wieder an. Und dann ging alles ziemlich schnell. Claudio trat in ihr Blickfeld, zog die Waffe, die er Eric abgenommen hatte, richtete sie auf Eric und schoss.

»Nein«, schrie Claire. Eric spürte, wie die Kugel in seine Schulter eindrang und wie der Schmerz darin zu explodieren begann. Er wurde zurückgeschleudert und stürzte mit dem Stuhl nach hinten, schlug auf dem Boden auf und schnappte nach Luft.

»Noch einmal frage ich nicht«, hörte er Nguyen sagen, während Claudio die Waffe an Erics Kopf hielt. Sein Herzschlag beschleunigte sich, sein Puls raste und er spürte Panik und den Schmerz. Verzweifelt versuchte er der Ohnmacht zu entkommen, aber es gelang ihm nicht. Weit entfernt und wie aus einem dichten Nebel hörte er noch, wie Claire schließlich mit zitternder Stimme sagte:

»Okay, okay ... Ich rede.«

»Eric?« Er schreckte aus seinen Gedanken hoch und schaute sie an.

»Was?«

»Du bist kurz weg gewesen.«

»Oh«, machte er nur und strich sich über die Stirn. Ein leichter Schweißfilm hatte sich darauf gebildet. Claire schaute ihn besorgt an.

»Du siehst aus, als hättest du Fieber«, meinte sie.

»So fühle ich mich auch gerade«, murmelte er.

»Nicht gut.«

»Ja, aber lass mal. Es geht schon. Viel wichtiger ist doch, was hast du den beiden denn nun erzählt? Mir fehlt da irgendwie ein Stück Film.«

»Ich habe ihnen gesagt, dass wir doch wissen, wo das Geld ist.«

»Und? Ist das so? Wissen wir es?«

»Teilweise. Wir sind ja noch nicht wirklich weit gewesen. Dieses Treffen mit Theodor an seinem Todestag. Es sollte alle weiteren Wege ebnen.«

»Also wissen wir eigentlich nichts.«

»Aber das wissen die nicht. Sie wissen nicht, dass ich mit Theo noch lange nicht so weit war, dass er mir alles erzählt hätte. Sie sind jetzt erst mal beschäftigt, zu prüfen, ob ich die Wahrheit gesagt habe und wir können uns überlegen, wie wir hier wieder rauskommen.«

»Ich habe einen Peilsender dabei.«

Claire sprang auf.

»Und das sagst du erst jetzt?«

»Entschuldige, ich war ohnmächtig. Schon vergessen?«

»Wo hast du ihn?« Claire hob die Arme und trat näher an ihn heran.

»In meinem linken Absatz«, sagte er.

Sie erstarrte und ließ die Arme sinken. Dann seufzte sie.

»Was ist?«, fragte er verwirrt. »Was ist los?«

Ihr Blick ging nach unten und er folgte ihr mit den Augen. Erst jetzt registrierte er, dass seine Füße nackt waren.

Joselyn

Mir ist elend zumute. Die Angst schnürt mir die Kehle zu und die Erinnerungen triggern mich die ganze Zeit. Ich habe das Gefühl, zurück in die Vergangenheit geschleudert worden zu sein. Ich sehe Curt wieder tot vor mir liegen, erlebe die gleiche Angst und Hoffnungslosigkeit wie vor gut fünfzehn Monaten. Damals konnte ich nichts tun, habe die falschen Entscheidungen getroffen und war einfach nur hilflos. Das möchte ich heute auf jeden Fall vermeiden.

Ich sitze seit Stunden vor meinem Computer und starre auf den Monitor. Es ist bereits später Abend und die Sonne ist untergegangen. Matthew ist bei meinen Eltern und schläft längst. Wenigstens um ihn muss ich mir keine Sorgen machen. Von Eric und Claire fehlt allerdings weiter jegliche Spur. Wir haben sie in diesem verdammten Abrisshaus verloren. Alles, was das Team gefunden hat, waren sein Telefon und seine Taschenlampe, die er mitgenommen hatte.

Ich seufze und lasse den Kopf in meine geöffneten Handflächen sinken. Ich spüre die Tränen, die aus meinen Augen quellen und zucke zusammen, als plötzlich jemand meine Schulter berührt. Ich drehe mich um und schaue Caroline an, die mich freundlich anlächelt.

»Alles okay?«, fragt sie mich und ich bringe nicht mal ein Nicken zustande. Sie fackelt nicht lange, sondern nimmt mich in den Arm und ist einfach nur da. Ich weine an ihrer Schulter und als ich keine Tränen mehr habe, setzt sie sich neben mich und sagt:

»Ich glaube, ich habe da etwas.«

Nun hat sie meine gesamte Aufmerksamkeit.

»Gibt es eine Spur?«

»Nicht ganz, aber ich habe mir soeben noch mal den Autopsiebericht angesehen. Samira ist nicht einfach nur erschossen worden. Sicherlich, das war die, auf den ersten Blick, offensichtlichste Todesursache, aber eigentlich ist er an einem Genickbruch gestorben. Die Schusswunden hat man ihm dann zusätzlich und post mortem noch beigefügt.«

»Da wollte wohl jemand auf Nummer sicher gehen«, sage ich nachdenklich und merke, wie mein Kopf anfängt über das Gesagte nachzudenken.

»*Ganz genau.*«

»*Wieso ist das erst jetzt rausgekommen?*« *Ich runzele die Stirn.*

»*Im ersten Bericht stand das mit dem Genickbruch nicht drin. Offenbar ist dem Gerichtsmediziner aber beim Verpacken der Leiche noch was aufgefallen und er hat alles noch mal gemacht. Es war ihm sichtlich peinlich.*«

»*Sollte es auch*«, *schimpfe ich.*

»*Wie dem auch sei. Ich habe darüber nachgedacht und ich glaube, ich kenne da jemanden, der uns vielleicht noch ein wenig Licht ins Dunkel bringen kann.*«

Caroline schaut mich begeistert an. Ich denke kurz darüber nach und dann kommt mir ebenfalls ein Gedanke.

»*Ich bin schon auf dem Weg.*« *Schnell suche ich meine Sachen zusammen und greife nach meiner Jacke. Als ich schon fast am Fahrstuhl bin, tritt sie neben mich und drückt den Knopf.*

»*Was machst du?*«, *frage ich irritiert.*

»*Du glaubst doch nicht, dass ich dich da alleine hingehen lasse, meine Liebe?*«

»*Aber ...*«

Sie hat recht. Ich wäre wirklich allein. David und Marco sind nach Hause gegangen, um sich auszuschlafen und sonst ist gerade niemand anderes greifbar.

»*Kein Aber, Jo, ich bin zwar keine Polizistin, aber ich kann dir durchaus ein wenig Rückendeckung geben, und wenn es nur dafür ist, die echte Polizei zu holen, wenn es nötig wird.*«

Sie grinst mich an und ich kann nicht anders, als zurück zu grinsen.

»*Na dann komm!*«, *fordere ich sie auf und gemeinsam betreten wir den gerade angekommenen Fahrstuhl.*

Kapitel 29

»Wo genau wollen Sie hin?«, fragte Joselyn und baute sich in der Tür auf, um Charlotta den Fluchtweg abzuschneiden. Die blonde Frau, die gerade dabei war, ihre Schuhe anzuziehen, hielt mitten in der Bewegung inne und starrte Joselyn verdutzt an.

»Ich …«, setzte sie zögernd an, schloss aber den Mund sofort wieder. Ihr war wohl bewusst, dass sie lieber schweigen sollte.

»Setzen Sie sich, Mrs. Samira! Wir müssen reden«, forderte Joselyn sie auf und trat ins Zimmer. Caroline folgte ihr und schloss die Tür. Charlotta schaute die beiden Frauen misstrauisch an, ließ dann aber ihre Schuhe fallen und setzte sich aufs Bett, wobei sie den Mund verzog. Offenbar hatte sie noch ziemlich starke Schmerzen, was ja auch kein Wunder war. Immerhin war es noch nicht lange her, dass man sie zusammengeschlagen hatte. Ihr Gesicht leuchtete in den schönsten Farben. Sie hatte sich den Verband vom Kopf entfernt und nun konnte man die Platzwunden deutlich sehen. Ihre blonden Haare hingen ihr wirr um den Kopf, aber sie machte einen entschlossenen Eindruck.

»Also … Mrs. Samira«, sagte Joselyn und rückte sich einen Stuhl ans Bett, so dass sie auf Augenhöhe mit ihrem Gegenüber war. Caroline blieb stehen.

»Reden wir doch mal darüber, warum sie wirklich nach San Diego gekommen sind. Und ich meine, den wahren Grund, ohne irgendwelche Schnörkel und Ausschweifungen.«

Charlotta starrte sie nur an und schwieg. Joselyn wartete ein paar Sekunden ab, bevor sie weitersprach:

»Wie wichtig ist Ihnen eigentlich Ihr Sohn, Charlotta?«

Ein leichtes Zucken ging durch sie hindurch und Joselyn wusste, sie hatte gewonnen. Timothy war ihr wichtig und für ihn würde sie höchstwahrscheinlich alles tun.

»Drohen Sie mir?«, flüsterte Charlotta und musterte Joselyn, die sich allerdings betont kühl gab.

»Wenn Sie es so nennen wollen, ja, dann drohe ich Ihnen wohl. Also, noch mal von vorn. Warum sind Sie in San Diego?«

Charlotta holte tief Luft und verschlang die Finger ineinander. Man konnte sehen, wie sie mit sich rang. Doch schließlich gab sie auf.

»Claudio und ich wollten Theodor zur Rede stellen.«

»Was genau soll das bedeuten?«, hakte Joselyn nach.

»Er hätte sich niemals auf die blonde Zicke einlassen dürfen. Sie hat nur Ärger gebracht. Ich habe gleich gesagt, dass da was faul ist.«

»Sie meinen Claire. Ist Ihnen klar, dass Theodor freiwillig eine Aussage machen wollte?«

»Das hätte er niemals getan. Er hätte niemals alles aufgegeben, was wir uns einst aufgebaut haben, was seine Familie aufgebaut hat. Sie hat ihn vergiftet, hat ihm den Kopf und andere Körperteile verdreht, so dass er nicht mehr klar denken konnte. Irgendjemand musste ihn aufhalten.«

»Und da dachten Sie sich, Sie fahren mal eben nach San Diego und stellen ihn zur Rede?«

»Ganz so war es nicht, aber so ungefähr. Claudio und ich wollten mit ihm in Ruhe reden. Wir wollten ihn daran erinnern, was wichtig ist, wofür wir gearbeitet haben.«

»Was ist schiefgelaufen?«

»Er hat sich nicht darauf eingelassen. Er hat alles abgelehnt. Er war so fest davon überzeugt, dass nur dieser Weg jetzt für ihn richtig ist und es war ihm scheißegal, wen er alles mit in den Abgrund reißen würde. Wir haben uns fürchterlich gestritten und er wurde handgreiflich …«

Joselyn schaute sie skeptisch an.

»Das ist die Wahrheit. Theo war schon immer wild und unbeherrscht. Er war ein Choleriker. Das ist auch der Grund, warum ich ihn verlassen habe. Er hat mich nicht das erste Mal geschlagen, aber es war das erste Mal, dass ich mich dagegen gewehrt habe. Allerdings mit wenig Erfolg, wie man sieht.« Sie deutete auf ihren Kopf und Joselyn begutachtete noch einmal die blauen Flecken und die Platzwunde, die ihr hübsches Gesicht zierten.

»Wo war Claudio?«

»Er hat nach Tim gesehen. Der Junge ist weggelaufen, als es laut wurde. Und ich habe ihn gebeten, sich um den Kleinen zu kümmern.«

Charlotta standen die Tränen in den Augen, als sie nun weitersprach.

»Theodor war wie von Sinnen. Er hat mich verprügelt, er ist einfach ausgeflippt. Ich bin auf dem Boden aufgeschlagen und habe dabei ein Regal mitgezogen. Es ist auf mich draufgeknallt und ich habe mir wahrscheinlich damit die Rippen gebrochen. Das Glas von den Einlegeböden ist natürlich zerbrochen und hat mich überall geschnitten. Ich lag da und konnte kaum atmen, doch Theodor stand einfach nur da und hat nichts getan. Er schaute mich mit diesem seltsamen Ausdruck in den Augen an, den er schon immer hatte, wenn er wütend war. Ich hatte Angst vor ihm – richtige Angst – und dann ist Claudio dazwischen gegangen. Die beiden haben miteinander gerungen. Claudio hat Theo geschlagen und er ist etwas zu nahe an die Treppe gekommen. Er konnte sich nicht halten und ist hinuntergestürzt.«

»Und hat sich das Genick gebrochen«, ergänzte Joselyn Charlottas Satz und drehte sich zu Caroline um. Diese nickte ihr kurz zu. Bis hierhin ergab es alles noch einen Sinn. Aber es erklärte noch nicht, wie Samira erschossen auf dem Teppich seines Wohnzimmers landen konnte.

»Claudio war dermaßen geschockt, dass er die Nerven verloren hat und einfach abgehauen ist. Ich habe nur noch geschrien, aber er hat mich gar nicht mehr wahrgenommen. Er ist wie ein angestochenes Tier einfach raus gerannt.«

»Das ist bitter«, murmelte Joselyn und konnte in Charlottas Gesicht sehen, wie wütend diese darüber war, dass ihr Freund sie einfach zurückgelassen hatte.

»Was ist dann passiert?«

»Ich weiß es nicht. Ich habe die Besinnung verloren. Jedenfalls bin ich erst wieder wach geworden, als man mir eine Kanüle in die Vene gestochen hat.«

Joselyn holte einmal tief Luft. Ein winziges Teil des Puzzles hatte sich zusammengefügt, aber es brachte sie nicht weiter. Sie mussten unbedingt herausfinden, wo Eric und Claire gefangen gehalten wurden, aber dazu hatte Charlotta ihnen keinerlei Anhaltspunkte geliefert. Doch Joselyn hatte eine Idee.

»Wenn Ihre Geschichte stimmt, Charlotta, wovon ich im Moment erst einmal ausgehen muss, dann kann ich Sie aktuell wegen keines Verbrechens verhaften. Ich könnte jedoch weiter nachforschen und früher oder später würde ich darauf stoßen, wie tief Sie tatsächlich in die Geschäfte Ihres Exmannes involviert waren und dann wäre es ziemlich schwierig, das Sorgerecht für Tim nicht zu entziehen. Außerdem bin ich mir ziemlich sicher, dass Sie noch ein Hühnchen mit einem ganz bestimmten Mann zu rupfen haben ...«

»Was wollen Sie?«, fragte Charlotta dazwischen und starrte Joselyn missmutig an.

»Ich möchte wissen, wo man meine Freunde hingebracht haben könnte? Wo haben Miko und Claudio ein Versteck, was sie für solche Zwecke nutzen.«

»Für welche Zwecke?«

»Um Leute verschwinden zu lassen.«

Charlotta blinzelte, schaute kurz zur Tür und dann wieder zurück. Schließlich sagte sie:

»Haben Sie einen Stadtplan?«

Claire

Ich döse vor mich hin. In unserem Verlies ist es kalt und dunkel. Es gibt keine Fenster, lediglich das Schild über der Tür mit der Aufschrift ›Notausgang‹, leuchtet neonfarben, so dass wir wenigstens schemenhaft sehen können. Ich muss fast lachen über die Ironie, denn der Ausgang ist natürlich versperrt. Wie sollte es auch anders sein. Claudio und Nguyen haben uns einfach hier zurückgelassen, nachdem sie Eric so übel zugerichtet hatten und ich habe wenig Hoffnung, dass sie wieder hier auftauchen werden. Wahrscheinlich sind sie längst außer Landes und wir werden sie nie wiedersehen.

Wir haben keine Uhren dabei, doch vom Gefühl her würde ich sagen, dass mindestens zehn Stunden vergangen sein müssen, seit wir hier eingetroffen sind. Es muss bereits weit nach Mitternacht sein. Ich habe fürchterlichen Hunger und Durst, aber es gibt nichts hier unten. Immerhin hat der Entzug der Nahrung den Vorteil, dass wir nicht auf die Toilette müssen, sonst wäre es ziemlich unangenehm geworden. Ich weiß, dass man es ungefähr drei Tage ohne Wasser aushalten kann, ohne Essen eine gute Woche, aber ich weiß nicht, ob ich das so lange aushalten werde. Vor meinem geistigen Auge fliegen Brathähnchen umher, ich rieche Pizza und ich schmecke Tomatensoße. Was würde ich jetzt alles für ein schönes Steak geben oder einen Gurkensalat.

Ich stöhne auf und reibe mir über die Augen. Ich glaube, ich werde langsam verrückt. Mein Geist schickt mir Halluzinationen, um mich bei Laune zu halten. Mein Blick geht zu Eric. Er liegt da und hat die Augen geschlossen. Seine Stirn glänzt fiebrig. Ich habe nicht gewusst, dass sich eine Infektion so rasend schnell ausbreiten kann. Ich bin froh, dass er im Moment weggetreten ist. Dann spürt er den Schmerz nicht ganz so stark. Ich möchte ihm helfen, weiß aber nicht wie. Ich habe kein Wasser und kein Verbandszeug, keine Medikamente und keine Möglichkeit, Hilfe zu holen.

Ich springe auf und rüttele zum wiederholten Male an dieser vermaledeiten Tür, aber natürlich geht sie nicht auf. Ich will nicht in diesem stickigen Loch hier sterben. Ich weigere mich, das zu tun. Mir muss eine Lösung einfallen, doch wie die aussehen soll, ist mir noch nicht so ganz klar. Eric hat den Peilsender verloren und der Ohrknopf, den er noch bei sich getragen hat, hat keinen Empfang. Offenbar sind wir zu weit weg oder aber etwas stört ihn. Die Wände scheinen ziemlich dick zu sein, was den Empfangsverlust natürlich erklären würde. Jetzt beginnt Eric sich zu bewegen. Er stöhnt auf und greift sich an den Kopf. Ich eile zu ihm und versuche ihn zu beruhigen.

»Jo?«, flüstert er und mir fährt ein kleiner Stich durchs Herz. Ich sollte das nicht fühlen, aber ich tue es. Ich kann mich nicht dagegen wehren. Wir sind getrennt. Doch aus irgendeinem unerfindlichen Grund keimt Eifersucht in mir auf, als er jetzt wiederholt ihren Namen ruft und seine Hand wie ein Ertrinkender nach ihr ausstreckt.

Kapitel 30

Sonntag, 5. Februar

»Eric, wach auf«, sagte Claire und rüttelte ihn sanft am Arm. Er griff nach ihren Händen und versuchte, sie zu sich heran zu ziehen. Dabei flüsterte er immer wieder Joselyns Namen, bis Claire ihm schließlich eine sanfte Ohrfeige versetzte, die ihn in die Realität zurückbrachte.

»Was?«, fragte er und schaute sich erstaunt um.

»Gut, du bist endlich wach« Claire setzte sich neben ihn auf den Boden.

»Ich …« Sein Mund fühlte sich staubtrocken an und er wünschte sich, besser atmen zu können, aber das war ihm nicht vergönnt. Er wollte zurück in seinen Traum, in dem er mit Joselyn am Meer gewesen war. Sie hatten sich geküsst und waren spazieren gegangen. Die Sonne hatte geschienen und sie waren glücklich gewesen. Er wollte nicht hier sein, in diesem kalten Raum, ohne Tageslicht, der lediglich durch das Notausgangsschild beleuchtet wurde. Es gab zwar noch eine alte Neonröhre, die jedoch aller paar Minuten ausging. Sie war mit einem Bewegungssensor ausgestattet und man musste den Arm ausstrecken, um sie zu aktivieren. Claire hatte es schon vor ein paar Stunden aufgegeben und so saßen sie wieder einmal mehr oder weniger im Dunkeln.

»Wie geht es dir?«, fragte Claire, um irgendetwas zu sagen.

»Ich fühle mich benommen, ich habe Durst und ich habe Schmerzen. Irgendwie keine gute Kombination.«

»Ich weiß. Während du geschlafen hast, habe ich versucht den Ohrknopf zu aktivieren, aber ich kriege kein Signal.«

»Okay«, sagte er nur. Zu mehr Reaktion war er im Moment nicht fähig. Er schloss die Augen und erschrak, als Claire jetzt aufsprang, mit dem Fuß aufstampfte und dabei laut schrie.

»Du wirst nicht aufgeben, Eric Coleman, hast du verstanden! Das werde ich nicht zulassen.«

»Wer sagt denn, dass ich aufgeben werde?«, fragte er zurück und drehte den Kopf in ihre Richtung.

»Sorry … aber du wirktest gerade so apathisch. Ich will hier raus. Bitte sag mir, dass die da draußen einen Plan haben.«

»Das haben sie. Jo wird sich was einfallen lassen«, versprach er und wusste nicht so recht, ob er gerade selbst daran glauben konnte. Joselyn war verletzt und sie war schwanger und er war sich nicht sicher, wie sie sein Verschwinden aufnehmen würde. Er machte sich Sorgen.

»Du und sie«, fing Claire plötzlich an. »Was ist das?«

»Was meinst du?«

»Ist es die wahre Liebe?«

»Oh Claire, bitte nicht. Fang jetzt nicht so eine Diskussion mit mir an.«

»Doch, ich muss es wissen.«

»Ich liebe sie. Sie ist inzwischen alles für mich.«

»Du hast von ihr gesprochen, im Schlaf.« Claire seufzte.

»Ehrlich? Was habe ich gesagt?«

»Nur ihren Namen, mehr nicht.«

»Claire.« Er richtete sich auf und strich ihr eine Strähne hinters Ohr. »Ich habe nie gewollt, dass das passiert. Ich habe immer daran geglaubt, dass wir beide es schaffen können. Aber irgendwann war es so. Irgendwann haben wir nicht mehr zusammengepasst. Du hattest dein Leben und ich meins. Und wir sollten es irgendwann einmal akzeptieren. Ich liebe Jo, das tue ich wirklich und es fühlt sich richtig an.«

»Ich weiß, Eric. Ich sollte so nicht denken. Aber weißt du, seit Theo … tot ist, da fühle ich mich einsam. Ja, er hat es geschafft, dass ich mich lebendig gefühlt habe. Es hätte ewig so weitergehen können, aber das ist es nicht. Jetzt muss ich nach vorne sehen.«

»Das tust du doch immer, Claire«, sagte er und schaute sie an. Sie nickte sacht.

»Aber manchmal ist es so verdammt schwer. Ich bin nicht immer so taff wie alle annehmen. Es gibt Zeiten, in denen fühle ich mich auch einfach nur schwach.«

Er konnte die Tränen sehen, die in ihren Augen schwammen und er fühlte Mitleid mit ihr. Langsam hob er den Arm und zog sie an sich heran, so dass sie ihren Kopf an seiner gesunden Schulter ablegen konnte. Sie zitterte und auch er fröstelte. Sich ein bisschen Wärme und Trost zu spenden, war deshalb ganz angenehm.

»Wir schaffen es hier raus, Claire. Ich bin mir sicher. Du wirst sehen, bald kannst du wieder diesen teuren Wein trinken, den du so sehr liebst.«

Sie schaute ihm ins Gesicht und grinste.

»Gib's zu, du liebst ihn auch.«

»Okay, ich bin nicht abgeneigt, aber 200 Dollar für eine Flasche Wein, das ist mir dann doch etwas zu fett.«

»Man gönnt sich ja sonst nix.« Sie legte ihm einen Finger auf die Lippen und er zuckte zurück. Es war nicht das, was er erwartet hatte. Sie waren sich plötzlich wieder viel zu nahe.

»Claire …«, sagte er und schob sie von sich weg, so dass er sie ansehen konnte.

»Tut mir leid«, murmelte sie. »Ich dachte nur, dass … ich … also …«

»Ich muss dir noch was sagen«, unterbrach er sie schnell, bevor sie irgendetwas sagen konnte, was sie hinterher vielleicht bereute. Die leicht nostalgische Stimmung zwischen ihnen war verschwunden. Sie rückte von ihm weg und setzte sich ihm gegenüber nach hinten auf ihre Füße.

»Also …« Er schloss kurz die Augen, um sich zu sammeln, bevor er weitersprach:

»Was ist denn nun, Eric?«, fragte sie ungeduldig.

»Wie fange ich an … Also, es ist so. Ich habe nicht nur Jo, zu der ich zurückmuss, da ist noch was Anderes.«

»Was meinst du?« Claire runzelte die Stirn.

»Sie ist schwanger.« Er atmete schnell aus und sein Herz klopfte ihm bis zum Halse. Er wusste nicht warum, aber ihr das zu sagen, war ihm sehr schwer gefallen.

»Was?« Jetzt war Claire wirklich verblüfft. Damit hätte sie nie im Leben gerechnet. Sie fühlte plötzlich diesen Schmerz, als etwas in ihr zerbrach. Ja, sie hatte ihn verloren, schon vor langer Zeit und sie war nicht unschuldig daran. Doch bis jetzt hatte es immer eine Option gegeben, etwas was sie insgeheim noch hoffen ließ. Doch diese Option war nun vorbei.

»Jetzt guck nicht so. Das war ganz bestimmt nicht geplant.«

Er versuchte in ihrem Gesicht einen Anflug von Freude zu sehen, aber da war nichts außer Schmerz. Er hatte damit gerechnet, dass es sie verletzen könnte, aber er hatte nicht damit gerechnet, dass es sie so treffen würde. Was sollte er sagen? Es gab nichts, was er hätte tun können.

»Claire«, setzte er an und griff nach ihrer Hand. Doch sie schüttelte ihn ab.

»Nicht«, sagte sie und stand auf, drehte sich von ihm weg und schluckte ihre Tränen hinunter.

»Was soll ich dir sagen, Claire?«, rief er.

»Nichts, Eric.« Sie drehte sich wieder zu ihm um und schaute ihn an.

»Kannst du dich vielleicht ein klein wenig für mich und Jo freuen?«, fragte er zaghaft.

»Das tue ich«, antwortete sie und schaffte es sogar, ein Lächeln auf ihre Lippen zu zaubern. Eric runzelte die Stirn und sagte:

»Danke.« Sie nickte ihm zu und holte dann einmal tief Luft, strich sich die Haare aus dem Gesicht und meinte:

»Also, Eric. Da wir uns ja nun einig sind, dass es viel gibt, wofür es sich lohnt, aus diesem Loch hier herauszukommen. Vielleicht kannst du mir ja bei dem verdammten Ohrknopf helfen.«
Sie griff in ihre Rocktasche und holte den kleinen Sender heraus.

»Gib mal her!«, forderte er sie auf und sie legte ihn ihm in die geöffnete Hand. Er hievte seinen Körper in eine aufrechtere Position und begann dann, den Ohrknopf zu untersuchen. Claire beobachtete ihn dabei, als er nun versuchte, das Ding zu aktivieren. Sie setzte sich zurück auf den Boden, lehnte sich gegen die Wand und schaute ihm mit gemischten Gefühlen zu.

Joselyn

Mir ist furchtbar übel, als wir jetzt zu der Adresse fahren, die Charlotta uns genannt hat. Ich kann nicht sagen, ob es von der Aufregung oder der Schwangerschaft kommt, aber ich würde mich am liebsten übergeben. Doch mit mir sitzen noch fünf andere im Wagen. Fünf Kollegen, die allesamt dazu bereit sind, Eric und Claire zu finden und nach Hause zu holen. David schaut mich forschend an, doch ich ignoriere ihn. Marco starrt aus dem Fenster und hängt seinen Gedanken nach und die anderen unterhalten sich leise.

Wir haben eine Weile darüber diskutiert, ob Charlotta tatsächlich die Wahrheit gesagt haben könnte, denn die Adresse, zu der wir gerade unterwegs sind, liegt weit entfernt von der Stelle, an der wir Eric verloren haben. Auf der anderen Seite des Hafens. Es ist eines von Samiras Lagerhäusern, die er früher, laut Charlotta, zum Umschlagen seiner Schmuggelware benutzt hat und die jetzt zum größten Teil leer stehen, weil er anderweitig tätig wurde. Sie konnte uns nicht genau sagen, welches Claudio und Nguyen wohl nutzen würden, um Claire und Eric zu verstecken, aber sie war sich sicher, dass nur dieser Ort in Frage kommen könnte. Sie erzählte mir, dass die Lagerhäuser über eine Art Tunnelsystem miteinander verbunden sind und es einen Bunker gibt, der einmal geschlossen, sicherlich zur Todesfalle werden konnte. Ich möchte mir nicht ausmalen, wie es den beiden in solch einem Ding wohl gehen wird. Ich weigere mich darüber nachzudenken, was wohl inzwischen passiert sein könnte. Ich weiß nur eins, uns läuft die Zeit davon. Es ist fast vierundzwanzig Stunden her, seit Eric verschwunden ist und ohne Wasser werden sie nicht mehr lange auskommen.

»Alles okay?«, fragt mich Marco, der neben mir sitzt und berührt mich sanft an der Schulter. Ich schaue ihn an und schüttele dann langsam mit dem Kopf. In dem Moment hält der Wagen an und wir werden durchgerüttelt.

»Wir finden sie«, verspricht Marco mir und hilft mir dann aus dem Polizeiauto zu klettern. Die anderen springen ebenfalls ins Freie und schauen sich um. David gibt ihnen Anweisungen. Ich fühle, wie mein Kreislauf versagt und wie mir plötzlich schwarz vor Augen wird.

»Josi«, ruft eine Stimme in meinem Unterbewusstsein und ich versuche, sie zu mir durchdringen zu lassen. Wenig später komme ich wieder zu mir und finde mich auf dem Boden neben dem Auto wieder. Marco beugt sich über mich und hält meine Hand.

»Was machst du?«, fragt er mich.

»Tut mir leid, ich ...« Ich versuche mich aufzurichten, aber mir wird sofort wieder schwindlig und so lasse ich es lieber bleiben. David kommt zu uns herüber und runzelt besorgt die Stirn.

»Wir sind soweit. Was ist mit dir?«, fragt er mich. Ich merke, wie mir die Tränen in die Augen schießen. Ich bin schwach, genau in dem Moment, in dem ich eigentlich stark sein müsste — für Eric, meinen Freund und Vater meines Kindes. Ein zweites Polizeiauto hält neben uns und noch mehr Kollegen steigen aus. Ebenso Caroline, die nun rasch zu uns tritt.

»Josi«, ruft sie und kniet sich neben mich. Marco lässt meine Hand los und ich rufe ihm zu:

»Bitte, du musst ihn mir wieder zurückbringen.«

Er blickt mich an und nickt.

»Ich versprech's«, sagt er und folgt schließlich David und den anderen zu den Lagerhäusern. Ich schaue zu Caroline und sie hilft mir beim Aufstehen. Als ich sicher bin, nicht gleich wieder ohnmächtig zu werden, lehne ich mich gegen die Autotür und versuche ein Lächeln.

»Du siehst echt ziemlich blass aus, Jo, willst du mir nicht endlich mal sagen, was los ist?«, fragt sie mich und forscht in meinem Gesicht nach Antworten.

»Ist wohl die Aufregung und die Angst um Eric«, weiche ich meiner Freundin aus, doch sie schaut mich tadelnd an.

»Ich habe mitbekommen, dass du dich vorhin in der Toilette übergeben hast, Jo. Ich bin nicht blöd ...«

»Ich bin schwanger«, falle ich ihr ins Wort und sie nickt. Und dann beginnen die Tränen über meine Wangen zu fließen und ich schluchze auf.

Kapitel 31

Sie hatten ihn zwischen sich genommen und schleppten ihn nach draußen. Die Sonne stach ihm in die Augen und er musste blinzeln. Seine Füße gehorchten ihm nicht wirklich und immer wieder knickten ihm die Beine weg. Zum Glück hielten David und Marco ihn gut fest und wussten genau, was sie taten. Hinter ihm lief Claire und hatte eine Hand auf seinen Rücken gelegt, versuchte ihn zu stützen, aber sie war selbst schwach auf den Beinen. Sie ging, genau wie Eric, barfuß, hatte aber ihre Schuhe in der Hand. Sie hatte es nicht übers Herz gebracht, diese in dem Bunker zurück zu lassen. Schon aus Trotz.

Die kleine Gruppe wurde von mehreren Sanitätern empfangen, die mit Tragen und Sanitätskoffern auf sie zugelaufen kamen. Joselyn, die zusammen mit Caroline bei den beiden Krankenwagen gewartet hatte, stand auf und schlug sich eine Hand vor den Mund. Ihr schossen die Tränen in die Augen, vor Erleichterung und vor Glück und sie hatte mit einem Mal alles um sich herum vergessen. Sie sah nur ihn. Und in diesem Moment stand die Zeit, bewegte sich zeitlupenartig und ihre Tränen nahmen ihr die Sicht. Ihre Gefühle fuhren Achterbahn und paarten sich mit Angst. Sie konnte noch nicht genau sagen, was mit ihm geschehen war. Sie sah lediglich das Blut, was an seiner Schulter klebte und sie sah sein Gesicht, welches ein paar blaue Flecken und Platzwunden erhalten hatte.

»Cole«, flüsterte sie nur, als sie nun direkt vor ihm stand und berührte ihn sanft im Gesicht, strich über die Beule an seiner Stirn und berührte seine Lippen. Er schaute sie an und in seiner Miene spiegelten sich tausend Emotionen gleichzeitig wider. Seine Lippen bebten und sie konnte seine Erleichterung, wieder hier zu sein, ganz deutlich erkennen.

»Jo«, sagte er und seine Stimme war nur ein Krächzen. Seine Kehle fühlte sich so trocken an, als hätte er monatelang nichts getrunken.

»Oh mein Gott«, stammelte Joselyn und zog ihn dann in ihre Arme. Er bettete seinen Kopf an ihrer Schulter und zog sie zu sich heran. Sie umfing ihn und hielt ihn fest. Er spürte keine

Schmerzen in diesem Moment, denn die Freude, Joselyn endlich wieder zu sehen, ließ alles andere in den Hintergrund treten.

»Geht's dir gut?«, fragte er und sie schluchzte auf.

»Sowas kannst auch nur du fragen, Eric Coleman«, flüsterte sie und schob ihn ein Stück von sich, so dass sie ihm in die Augen schauen konnte. Er hob einen Mundwinkel und Joselyn glaubte, ein leichtes Grinsen wahrzunehmen. Sie lächelte ihn an und nickte schließlich. Sie fing den Blick von Claire ein, die hinter Eric stand, überlegte kurz und sagte dann:

»Ja, mir geht's gut. Uns geht's gut ... mir ist zwar kotzübel, aber uns geht's gut.« Ihr war es im Moment egal, dass David, Claire und Marco direkt neben ihnen standen und ihr Gespräch mitbekamen. Ihr war es egal, dass ihr kleines Geheimnis nicht mehr länger ein Geheimnis war. Sie war einfach nur glücklich und froh, dass sie ihren Freund wiederhatte. Eric holte tief Luft und nahm dann ihr Gesicht zwischen seine Hände, drückte ihr einen Kuss auf die Lippen und hielt sich an ihr fest. Joselyn nahm aus dem Augenwinkel wahr, wie Claire sich, zusammen mit einem der Sanitäter, entfernte. Sie wirkte geknickt, doch Joselyn schob es auf die Gesamtsituation. Im Moment wollte und konnte sie sich nicht mit Claire beschäftigen, sie war voll und ganz auf Eric konzentriert, der leicht zitterte, sich ansonsten aber recht warm anfühlte.

»Was ist denn nur mit dir passiert?«, fragte Joselyn und strich ihm über den Rücken. Ein Sanitäter trat zu ihnen und sagte:

»Wir müssen Sie untersuchen, Mr. Coleman.«

»Ja«, sagte Eric ergeben. Er fühlte sich tatsächlich nicht gut, hatte immer das Gefühl sein Kreislauf würde jeden Moment versagen. Einzig die Tatsache, dass Joselyn ihn festhielt und dass er ihre weichen Lippen endlich wieder spüren konnte, ließ ihn nicht zusammenklappen.

»Kommen Sie, Eric, setzen Sie sich bitte hier hin.«

Der Sanitäter deutete auf den Krankenwagen.

»Wir sind dann mal am Tatort«, meinte David und klopfte Eric leicht auf die Schulter. Dieser nickte und schaute Marco und David kurz nach, wie sie sich entfernten. Der Sanitäter, den Eric anhand seines Namensschildes als Norman Kline, identifizierte, half ihm in den Krankenwagen. Bereitwillig legte er sich auf die Trage. Kline begann mit seiner Untersuchung und legte Eric zunächst einen Tropf an. Dann folgte eine Blutdruckmanschette und diverse EKG-Pads. Joselyn, die sich hinter Eric an dessen Kopf-ende gesetzt hatte, beobachtete alles ganz genau und hoffte, die Diagnose würde nicht allzu ernst ausfallen.

»Die Kugel steckt noch in Ihrer Schulter«, sagte der Sanitäter schließlich und schaute Eric an.

»Okay«, sagte Eric, ohne irgendwie zu erkennen zu geben, ob ihn diese Diagnose schockte oder nicht.

»Ihr Blutdruck ist sehr niedrig. Ein Wunder, dass Sie sich noch auf den Beinen halten konnten. Ich habe Ihnen erst einmal einen Tropf angelegt mit Kochsalzlösung. Das sollte den Wasserverlust auffangen.«

»Kann ich trotzdem was trinken?«, krächzte Eric.

»Hier.« Kline griff neben sich und holte eine Flasche Wasser aus einem der Regale, die im Krankenwagen angebracht waren. Er schraubte sie auf und reichte sie Joselyn, die sich nun neben Eric setzte und ihm half, etwas zu trinken. Er verschluckte sich beina-he, aber die paar Schlucke, die er nehmen konnte, erleichterten ihn ungemein.

»Ihre Wunde scheint sich entzündet zu haben«, fuhr Kline fort, nachdem er die Untersuchung abgeschlossen hatte. »Wir müssen Sie sofort ins Krankenhaus bringen, um eine Blutvergiftung zu vermeiden.«

»Was?«, rief Joselyn und griff nach Erics Hand. Dieser schaute nicht weniger entsetzt, aber es war auch nicht so ganz neu für ihn. Immerhin hatte er selbst bemerkt, dass irgendetwas mit ihm nicht stimmte. Er fühlte sich schwach und fiebrig und das lag nicht allein daran, dass er seit mehreren Stunden nichts getrunken oder gegessen hatte.

»Na dann mal los«, murmelte Eric und Kline nickte.

»Wollen Sie mitfahren?«, fragte er an Joselyn gewandt.

»Ja, sicher.« Sie nickte heftig und klammerte sich dabei an Erics Hand. Sie würde ihn auf keinen Fall allein lassen.

»Harry, wir fahren«, rief Kline seinem Kollegen zu und dieser nickte, sprang aus dem Wagen, schloss die Türen und lief zur Fahrertür, stieg ein und drehte sich dann wartend um. Kline fixier-te Eric auf seiner Trage, setzte sich schließlich neben ihn und schnallte sich ebenfalls an. Dann kontrollierte er seine Geräte und bedeutete Joselyn, sich nun auch den Sicherheitsgurt umzulegen. Der Krankenwagen war kleiner, als sie erwartet hatte und sie hatte ein leichtes Gefühl von Panik, welches sie aber schnell hinunterschluckte. Sie durfte jetzt nicht schlappmachen. Sie wollte für Eric da sein. In diesem Moment wurde die Seitentür noch einmal aufgeschoben und David steckte den Kopf herein:

»Alles in Ordnung bei euch?«

»Wie man es nimmt«, antwortete Eric und verzog das Gesicht.

»Er muss so schnell wie möglich in den OP. Die Kugel steckt noch drin und er hat eine Infektion«, erklärte Joselyn, nicht ohne eine gewisse Panik in der Stimme.

»Oh, verdammt«, fluchte David vor sich hin.

»Habt ihr was von Nguyen oder Claudio gesehen?«, fragte sie dann schnell.

»Von denen fehlt jegliche Spur. Ein Einsatzteam durchkämmt gerade die Gegend und ein zweites durchsucht den Bunker. Wenn es Hinweise gibt, dann finden wir sie«, versprach David.

»Ihr solltet der Spur des Geldes folgen«, mischte sich nun Eric wieder ein. David runzelte die Stirn.

»Frag am besten Claire«, sagte Eric und ließ sich wieder zurück auf seine Trage fallen. Er fühlte wie sein Blutdruck immer weiter absackte und ihm dadurch schwindelig wurde.

»Mach ich. Sie ist gerade im anderen Krankenwagen und wird untersucht. Aber ihr scheint nichts weiter passiert zu sein«, sagte David.

»Wir müssen jetzt los«, meldete sich nun der Sanitäter wieder zu Wort. David nickte, warf seinen beiden Kollegen noch einen kurzen Blick zu und sagte:

»Wir kommen später ins Krankenhaus und sehen nach dir, versprochen.«

Eric lächelte schwach. David schloss die Wagentür und der Krankenwagen machte sich mit Blaulicht und Martinshorn auf den Weg ins nächstgelegene Krankenhaus.

***

»Mir geht's gut«, sagte Claire und schüttelte die Hand des Sanitäters ab, der ihr soeben eine Blutdruckmanschette anlegen wollte.

»Ich wollte nur …«, stammelte der junge Mann und schaute sich hilfesuchend nach seinem Kollegen um. Doch der war gerade nicht zu sehen. Caroline, David und Marco standen neben Claire und schauten diese besorgt an. Sie war zwar nicht weiter verletzt, aber sie sah ramponiert aus. Ihre Bluse war zerrissen und ihr Rock verdreckt. Ihre Haare hatten sich aus ihrem Knoten gelöst und hingen in wilden Strähnen um ihren Kopf herum. Ihr Make-up war verschmiert und sie trug keine Schuhe. Dennoch hatte sie nichts von ihrer aristokratischen Würde, die ihr stets und ständig anhaftete, verloren.

»Ich brauche nur etwas zu trinken und zu essen und dann bin ich wieder einsatzbereit«, setzte Claire noch nach und Caroline musste schmunzeln. Das war so typisch Claire. Sie ließ sich nicht beirren. Nicht einmal durch eine Entführung.

»Eine Dusche wäre vielleicht auch nicht so schlecht«, sagte Caroline und erntete einen genervten Blick ihrer Chefin.

»Okay, eine Dusche wäre nicht verkehrt. Kannst du mich nach Hause fahren, Caro, damit ich mich umziehen kann?«

»Klar.«

»Und ihr anderen, ihr koordiniert das Ganze hier vor Ort. Wir treffen uns dann in zwei Stunden im Büro.«

Claires Stimme klang fest, als sie nun von der Wagenkante sprang und ihre Schuhe ergriff. Sie schwankte leicht, doch David hielt sie fest. Er ignorierte ihren eisigen Blick und warf stattdessen ein:

»Eric hat gesagt, wir sollen der Spur des Geldes folgen.«

Claire richtete sich auf und nickte. Daran hatte sie gar nicht mehr gedacht. Wahrscheinlich war der Schlaf- und Nahrungsmangel daran schuld, dass sie nicht mehr ganz so klar denken konnte.

»Stimmt. Nguyen und Claudio haben nur eins im Kopf. Das Vermögen von Samira. Wenn wir das finden, dann finden wir auch sie.«

»Ich hatte mich damit schon einmal befasst und einige Konten aufgespürt. Die, die wir einfrieren konnten, haben wir auch schon gesperrt«, mischte sich nun Caroline wieder ein. »Ich vermute aber, er hatte nicht alles auf Konten geparkt, oder?«

Caroline schaute Claire erwartungsvoll an und diese nickte wieder. Sie hasste es, dass ihr Gehirn im Moment so langsam arbeitete. Nur bruchstückhaft kehrten die Erinnerungen an ihren Aufenthalt zuerst im Keller und dann in dem Bunker zurück.

›Was ist das nur?‹, fragte sie sich. ›Wurde sie langsam verrückt oder war sie einfach nur übermüdet?‹

Sie durchforstete ihren Kopf und tatsächlich, da war es wieder.

»Theodor hat mir mal erzählt, es gibt einen Tresor, der ziemlich reich bestückt ist ... Diamanten, Bargeld, Gold, Wertpapiere ... Er traute den Banken nicht.« Sie fühlte sich schwindelig und trank schnell noch etwas aus der Wasserflasche, die man ihr gegeben hatte, um den größten Durst zu stillen.

»Wow«, machte David und Caroline schaute Claire weiterhin erwartungsvoll an.

»Okay, Claire, wo ist dieser Tresor?«, fragte sie. Claire schaute die andere Frau an und schüttelte dann mit dem Kopf.

»Das ist ja das Problem. Ich weiß es nicht genau. Er ist niemals so konkret geworden, dass ich es hätte erraten können.«

»Und Nguyen und Claudio? Wissen die, wo er sich befindet?«

»Nein, denn das war der Grund, dass sie uns gefangen gehalten haben. Sie haben Eric angeschossen, weil sie von mir wissen wollten, wo Samira das Geld versteckt hat.«

»Was hast du ihnen gesagt?«

»Ich habe ihnen eine Adresse genannt, von der ich glaube, dass es dort sein könnte, wohlwissend, dass sie das überprüfen würden. Aber das ist schon ein paar Stunden her.«

»Also, worauf warten wir dann noch?«, fragte David und schaute zu Marco hinüber, der sich schon in Richtung Auto gedreht hatte, bereit loszufahren.

»Ich hoffe, ihr erwischt sie dort noch. Ich habe irgendwie mein Zeitgefühl verloren, als ich eingesperrt war.«

Claire hob die Hand und bedeutete David, ihr sein Telefon zu geben. Dann speicherte sie die Adresse in das Navigationssystem ein, damit sie genau wussten, wo sie hinfahren mussten.

»Okay, wir sehen uns später im Büro.«

David nahm sein Telefon wieder an sich und dann machten sich die beiden Männer auf den Weg.

»Na los, Claire. Wir sollten dann auch mal los«, forderte Caroline sie nun auf und Claire nickte. Sie war froh, vorerst sitzen zu können und ließ sich von Caroline bereitwillig zu deren Wagen begleiten und nach Hause fahren.

Claire

Mir laufen die Tränen über die Wangen, als ich das Tuch, mit dem sein Körper bedeckt wird, beiseite schlage. Caroline hat mir erzählt, wie er tatsächlich gestorben ist und was Charlotta, Claudio und Nguyen damit zu tun gehabt haben. Es kommt mir so unwirklich vor, so unfair, aber es ist nun einmal geschehen.

Ich blinzele und langsam nimmt sein Gesicht Gestalt an. Ich muss zugeben, dass ich mich bedingungslos in ihn verliebt hatte, dass ich blind gewesen bin vor Lust und Leidenschaft, dass ich ihm alles geglaubt hatte, was er mir jemals erzählt und versprochen hat. Ich wollte daran glauben, aber letzten Endes ist er doch das geblieben, was er immer gewesen war – ein Verbrecher. Ein Mann, der vor Nichts zurückgeschreckt ist, der seine Familie, seine Freunde, Geschäftspartner und auch mich zu seinem eigenen finanziellen Vorteil ausgenutzt und der es sich immer so bequem wie möglich gemacht hat.

In jeder Hinsicht. Sein Tod war nur der Gipfel in einer Reihe von Intrigen und Unwahrheiten. Und wahrscheinlich ist es besser so, dass er gestorben ist und ich mich nicht mehr mit ihm befassen muss. Wer weiß, was aus mir geworden wäre, wenn der Deal tatsächlich stattgefunden hätte. Hätte ich ihm jemals vertrauen können? Ich weiß es nicht. Ich blicke noch eine Weile auf seine Leiche hinab und schlage dann das Tuch wieder zurück, bedecke damit sein Gesicht und verbanne ihn aus meinem Leben.

Ich muss die letzten Puzzleteilchen zusammensetzen und dann Nguyen und Claudio hinter Schloss und Riegel bringen, bevor sie sich mit dem Geld auf und davon machen können. Ich wische mir die Tränen von den Wangen und putze mir die Nase. Niemand soll mich so sehen. Ich bin stark, ich bin Claire. Ich kann damit umgehen und ich werde nicht schwach sein. Die ›Spur des Geldes‹ schießt es mir wieder durch den Kopf. Die beiden hatten nur ein Ziel. Sie wollten Theodors Geld haben und dann verschwinden.

›Wie viel ist es?‹ Ich kann nur spekulieren, aber ich vermute es liegt im mehrstelligen Millionenbereich. Ein guter Grund, um zu töten.

Kapitel 32

»Claire.«

Sie hörte ihren Namen und drehte sich langsam herum. Sie war gerade auf dem Weg in den Fahrstuhl gewesen, als sie ein Mann aufhielt.

»Samuel«, sagte sie und wartete, bis er sie erreicht hatte.

»Wie geht es dir?«, fragte Samuel Kingston, der Polizeichef. Er trug einen dunklen Anzug und eine rote Krawatte und hatte sich seine Aktentasche unter den Arm geklemmt.

»Ich spendiere dir einen Kaffee und dann erzähle ich dir alles«, antwortete Claire und deutete in Richtung Aufzug. Kingston nickte und sie stiegen ein. Caroline hatte Claire nach Hause gebracht, wo sie sich eine schnelle Dusche und eine Pizza gegönnt hatte. Dann hatte sie versucht, eine Weile zu schlafen, aber sie war einfach zu aufgekratzt gewesen, um ein Auge zuzubekommen. Also war sie ziemlich schnell zurück zur Arbeit gefahren, um die Leitung der Ermittlungen wieder selbst in die Hand zu nehmen. Sie verließen den Fahrstuhl und Claire steuerte zuallererst die Kaffeeküche an, um für sich und ihren Chef einen Kaffee zu besorgen. Samuel Kingston nahm auf einem der Sofas in der Pausenecke Platz und wartete, bis Claire mit dem Kaffee fertig war. Der ältere Mann schlug die Beine übereinander und nahm dann einen großen Schluck aus seiner Tasse.

»Also?«, fragte er schließlich.

Claire hob eine Braue.

»Also was?«

»Wie geht es dir?«

»Gut, Sam. Mir geht es gut.«

Jetzt war es an ihm, die Stirn zu runzeln.

»Wirklich? Du bist zwei Tage in Gefangenschaft gewesen, hast gehungert und kaum Schlaf gekriegt. Ich würde sagen, da wäre es okay, wenn es einem nicht ganz so gut gehen würde.«

»Es ist aber so. Mir geht es gut. Im Gegensatz zu Thomas Summer.« Kingstons Blick verdunkelte sich.

»Es ist eine Tragödie«, murmelte er und Claire schaute auf ihren Kaffee. Sie hatte den Mann kaum gekannt und dennoch verspürte sie eine gewisse Trauer, war er doch einer von ihnen gewesen.

»Das ist es«, bestätigte sie.

»Du hättest es nicht verhindern können, Claire«, sagte Kingston plötzlich und Claire blickte auf. »Er wusste genau, worauf er sich eingelassen hat. Er kannte die Gefahr.«

»Ja, so wie ich. Nur hatte er nicht so viel Glück.« Es klang ein wenig resigniert, aber schon sehr schnell war dieses Gefühl der Melancholie wieder verflogen. Kingston schaute sie noch einmal eindringlich an, dann wechselte er das Thema.

»Was ist mit Mr. Coleman?«

»Er ist noch im Krankenhaus. Sie mussten ihn operieren. Ich habe noch nichts gehört, aber es ist ja auch erst ein paar Stunden her, seit sie uns gefunden haben.«

»Gibt es schon Neuigkeiten von Miko Nguyen und Claudio Samira?«

»Nein. Smith und Rodriguez haben sie nicht gefunden. Offensichtlich war die Adresse, die ich meinte mit Samiras Geld in Verbindung zu bringen, doch nicht die Richtige. Miss Wilkes prüft gerade noch einmal Samiras Laptop. Irgendwo muss es Hinweise darauf geben, wo Theodor diesen Tresor hat. Ich meine, er war zwar vorsichtig, aber so vorsichtig, dass er nirgendwo etwas aufgeschrieben hatte, das glaube ich dann doch nicht.«

»Habt ihr schon mal daran gedacht, die Ehefrau danach zu fragen?«

Claire schaute Kingston überrascht an.

»Du meinst, Charlotta könnte eventuell wissen, wo das Geld zu finden ist?«

Kingston zuckte mit den Schultern.

»Es könnte zumindest einen Versuch wert sein. Ehefrauen wissen oft viel mehr als sie zugeben.«

»*Ex*-Ehefrauen«, korrigierte sie ihn und biss sich dann auf die Zunge. Es war eigentlich völlig egal, welchen Status Charlotta Samira hatte. Für die Ermittlungen war es irrelevant. Aber für sie selbst, stellte sie wieder einmal fest, hatte es durchaus eine Relevanz. Sie schauderte innerlich. Sie musste sich schleunigst von Theodors Einfluss befreien, sonst würde sie noch durchdrehen.

»Ist sie in Untersuchungshaft?«, fragte Kingston weiter, ohne zu erkennen zu geben, ob ihn Claires Worte irgendwie beeindruckt hatten. Wenn er sich darüber im Klaren war, welche ›Beziehung‹ Claire zu Samira wirklich unterhalten hatte, so schien er sich entschieden zu haben, es auf sich beruhen zu lassen und nichts weiter dazu zu sagen. Das rechnete Claire ihm hoch an.

»Soweit ich weiß, ist sie noch im Krankenhaus und steht unter Polizeischutz.«

»Schick Smith und Rodriguez hin. Sie sollen sie noch einmal befragen.«

»Klar.«

Claire suchte nach ihrem Telefon und wählte Davids Nummer. Sie instruierte ihn und legte dann wieder auf. Sie ärgerte sich, dass sie nicht selbst auf diese Idee gekommen war. Sonst war sie immer diejenige, die alle Fäden zusammenhielt, die den Überblick hatte und der auch ungewöhnliche Sachen ein- und auffielen. Aber dieses Mal hatte sie versagt. Sie hatte die wahrscheinlichsten Sachen nicht bedacht und ausgerechnet ihr Chef musste sie darauf hinweisen. Das würde sich sicherlich in ihrer nächsten Beurteilung nicht gerade positiv auswirken.

***

»Verdammt«, rief David und kniete sich auf den Boden, um den Puls des Wachmannes zu fühlen, der eigentlich auf Charlotta Samira hatte aufpassen sollen. Er lag auf dem Rücken und an seiner Schläfe prangte eine große Platzwunde. Marco stürmte ins Krankenzimmer und die Tür schlug mit einem lauten Knall gegen die Wand. Das Bett war leer, von Charlotta fehlte jegliche Spur.

»Wie konnten Sie nur hier reinkommen?«, fragte er und drehte sich dann um, um den Gang hinunter zu blicken. Es stand außer Frage, dass Charlotta jetzt bei Nguyen und Samira war. Wer sonst hätte ein Interesse daran haben können, sie mitzunehmen?

»Wieso ist hier eigentlich niemand?«, rief David den Flur entlang. Keine Sekunde später ging die Tür zum Nachtdienstzimmer auf und eine Krankenschwester eilte auf sie zu. Sie drückte im Laufen auf einen Pieper, um einen Arzt zu rufen und beugte sich dann ebenfalls über den am Boden liegenden Wachmann.

»Ich bin nur ein paar Minuten weggewesen«, stammelte die junge Frau und man konnte deutlich erkennen, dass sie sich schwere Vorwürfe machte.

»Ganz ruhig«, sagte David und stand auf. »Sie können ja nicht weit sein. Marco, ruf Verstärkung und schau dich dann im Zimmer um. Vielleicht findest du ja ihr Handy oder irgendwas Anderes, das uns vielleicht hilft herauszufinden, wo Nguyen und Samira sie hingebracht haben könnten.«

»Geht klar.« Der junge Mann ging zurück ins Zimmer, während David losstürmte und begann, das Krankenhaus langsam zu durchsuchen. Er brauchte nicht lange für den ersten Flur und ging gerade ins Treppenhaus, als sein Telefon klingelte. Er griff in seine Hosentasche und holte das Gerät heraus.

»Marco, was ist?«, fragte er.

»Würden Entführer sich die Zeit nehmen und ihr Opfer sich erst anziehen und schminken lassen, bevor sie es mitnehmen?«

»Was meinst du?«

»Sämtliche Klamotten sind verschwunden. Im Waschbecken habe ich Reste von Puder und Make-up gefunden und ihre Handtasche ist auch nicht da.«

»Willst du damit sagen, dass sie gar nicht entführt worden ist, sondern selbst an das Geld will?«

»Wäre doch eine Möglichkeit, oder? Immerhin ist sie die Einzige, die wahrscheinlich weiß, wo es ist und sie hat einen guten Grund abzuhauen und mit ihrem Sohn irgendwo neu anzufangen.«

»Ruf Caroline an!«, bestimmte David. »Sie soll versuchen, Charlottas Handy zu orten. Ich rufe Claire an und erzähle ihr, was passiert ist. Wir brauchen einen Streifenwagen bei Charlottas Schwester. Ich bin mir sicher, sie wird nicht ohne Timothy abhauen.«

»Geht klar.« Marco legte auf und wandte sich wieder zu dem Wachmann um, der mittlerweile von einem Arzt betreut wurde und das Bewusstsein wiedererlangt hatte. Marco beugte sich zu dem Polizisten hinab und fragte:

»Können Sie mich verstehen?«

Der Wachmann nickte benommen.

»Was ist passiert?«, fragte er weiter.

»Ich ... sie hat mich nach einem Stift gefragt. Und dann ... ich weiß nicht mehr genau, aber ich glaube, sie hat mir dieses Tablett über den Schädel gezogen. An mehr erinnere ich mich nicht.«

Er deutete auf das am Boden liegende Frühstückstablett und Marco nickte verstehend. Seine Theorie begann sich gerade zu bestätigen.

»Okay, danke.«

Marco klopfte dem Mann auf die Schulter und richtete sich wieder auf, um Caroline anzurufen.

Eric

Ich spüre Hände auf mir, die mich zärtlich streicheln und merke, wie mein Bewusstsein langsam ins Hier und Jetzt zurückfindet. Es ist nicht ganz einfach, aber schließlich schaffe ich es, meine Augen zu öffnen und auch offen zu halten.

»Jo«, flüstere ich und sie schenkt mir ein Lächeln, welches mir engelsgleich vorkommt. Ihre dunklen Haare hat sie zu einem Knoten aufgesteckt und einzelne Strähnen fallen ihr über die Schultern. Sie sieht fantastisch aus und ich möchte sie am liebsten in eine innige Umarmung ziehen.

»Hi du«, sagt sie ganz sanft und streicht mir wieder über die Wange. Ich versuche ein Lächeln und es gelingt mir tatsächlich. Ich habe keine Schmerzen mehr, fühle mich lediglich unendlich müde.

»Wo bin ich?«, frage ich und versuche meinen Kopf zu drehen, aber es geht nicht. Mein Körper gehorcht mir noch nicht.

»Im Krankenhaus«, sagt sie. »Du bist vor zwei Stunden aus dem OP gekommen und nun warten wir hier, bis du auf die normale Station verlegt werden kannst.«

Jetzt registriere ich, dass sie einen grünen Kittel trägt und wir uns einen Raum mit anderen, wahrscheinlich gerade frisch operierten Patienten, teilen.

»Was ist passiert?«, frage ich sie, doch sie legt mir einen Finger auf den Mund.

»Du musst dich ausruhen. Ich erzähle dir alles später.«

»Okay.«

Ich schließe die Augen und gebe mich wieder der Schwere hin, die mir gerade sehr gelegen kommt. Ich drifte weg und gelange an den Strand. Ich blinzele in die Sonne und auf einmal sehe ich jemanden, mit dem ich schon nicht mehr gerechnet habe. Er kommt auf mich zu und sein Grinsen ist so typisch, dass mir das Herz vor Freude in der Brust zerspringen will.

Ich ziehe ihn in eine freundschaftliche Umarmung und er klopft mir auf die Schulter. Wir schauen uns an und ich beginne, ihm von meinen aktuellen Erlebnissen zu berichten.

Kapitel 33

Montag, 6. Februar

Sie erwachte durch den Schein der Morgensonne, der durch die halb geöffneten Jalousien ins Zimmer drang. Sie blinzelte und streckte sich. Für einen Moment glaubte sie, das Rauschen des Meeres zu hören, was sie stets beim Aufwachen begleitete, seit sie wieder in San Diego war, aber sie wurde ziemlich schnell eines Besseren belehrt. Ein gleichmäßiges Piepen sowie der Lärm von Autos und Sirenen drangen an ihr Ohr und holten sie in die Realität zurück. Sie war im Krankenhaus, bei Eric. Sie lag in einem Zustellbett, welches man ihr freundlicherweise am Abend gebracht hatte, damit sie bei ihm bleiben konnte, während er sich nach der Operation erholte.

Sie drehte den Kopf und sah ihn an. Er schlief friedlich und seine Brust, mit allerlei Klebepads bedeckt, hob und senkte sich mit seinen gleichmäßigen Atemzügen. Ein Nasenschlauch führte ihm noch Sauerstoff zu und auf dem Monitor neben dem Bett wurden seine Vitalwerte aufgezeichnet. Die Sonne schien ihm auf den Bauch und Joselyn begutachtete den Verband, den man ihm um die Schulter und den Arm gelegt hatte. Es sah alles sauber und ordentlich aus und Joselyn wusste, dass er Schmerzmittel und Antibiotika bekam, damit die Infektion zurückging und er bald wieder gesund wurde. Die OP war gut verlaufen, die Kugel entfernt worden, aber er hatte ziemlich viel Blut verloren, und das musste er erst einmal wieder kompensieren.

Sie drehte sich auf die Seite und betrachtete sein Gesicht, welches sich in den letzten Monaten so sehr in ihr Bewusstsein eingebrannt hatte. Sie schaute sich die feinen Linien auf seiner Stirn und die kleinen Fältchen um seine Augen an, sah den Schatten seines Bartes, der im Moment zwar kein gepflegter Dreitagebart war, aber dennoch irgendwie süß aussah. Seine Haare waren zerzaust und klebten ihm an der Stirn, aber er wirkte friedlich.

Sie atmete erleichtert aus und stützte dann den Kopf in ihre rechte Hand, so dass sie etwas erhöht liegen konnte. In diesem Moment erwachte auch er und drehte ganz langsam den Kopf in ihre Richtung. Seine Lippen verzogen sich zu einem Lächeln, als er sie erkannte und sie lächelte zurück.

»Guten Morgen«, flüsterte er.

»Morgen«, flüsterte sie zurück.

»Gut geschlafen?«, fragte er und sie nickte.

»Und selbst?«

»Ich hatte einen merkwürdigen Traum.«

»Ach ja?«

»Ich habe geträumt, jemand hat mich geküsst und gestreichelt.« Sie stand auf und setzte sich dann an sein Bett, nahm seine Hand.

»Das war kein Traum«, flüsterte sie wieder und beugte sich zu ihm hinab. Ihre Lippen verweilten kurz über den seinen und sie schaute ihm in die Augen. Er blinzelte und der Moment dehnte sich aus. Das Prickeln zwischen ihnen war wieder da und verursachte ihnen Herzklopfen.

In diesem Moment wurde die Tür geöffnet und eine Schwester betrat den Raum.

»Ah Sie sind wach, Mr. Coleman.«

Joselyn richtete sich schnell auf und drehte sich zur Tür.

»Oh«, sagte die Schwester. »Tut mir leid. Ich … wollte nicht stören. Ich muss nur kurz Fieber messen und nachschauen, ob mit der Wunde alles in Ordnung ist.«

»Kein Problem. Ich wollte sowieso gerade ins Bad«, beruhigte Joselyn die Frau und erhob sich. »Bin gleich wieder da.«

Die Schwester schaute Joselyn nach, wie diese den Raum verließ und ins angrenzende Bad verschwand. Dann wandte sie sich an Eric.

»Ich bin übrigens Helene«, sagte sie, während sie ihm den Nasenschlauch entfernte und den Monitor kontrollierte. Sämtliche Werte notierte sie auf ihrem Klemmbrett. Schließlich steckte sie ein Fieberthermometer in Erics Ohr und wartete, bis ein langer Piepton erklang. Während sie arbeitete, redete sie unaufhörlich, doch Eric hörte nur mit halbem Ohr hin. Er fühlte sich noch benommen und nicht aufnahmefähig.

»Ich denke, morgen können wir den Katheder ziehen und dann können Sie auch schon mal ein paar Minuten aufstehen.«

Eric runzelte die Stirn. Das Thermometer piepte dreimal. Helene nahm es und notierte sich dann wieder etwas auf ihrem Brett.

»Das Fieber ist gesunken. Ich würde sagen, Sie haben alles soweit ganz gut überstanden. Sie sollten sich natürlich schonen. Keine aufregenden Besuche.« Wie zur Mahnung hob sie einen Zeigefinger. Sie war vielleicht Anfang sechzig, resolut und streng, aber wirkte gleichzeitig ziemlich charmant.

»Ich denke, das war Aufregung genug für heute«, sagte Eric und ließ diesen eindeutig zweideutigen Satz zwischen ihnen schweben, während er ihr zuzwinkerte. Schwester Helene lächelte und begann sein Bett nach oben zu stellen, so dass Eric sich in eine aufrechtere Position begeben konnte. Dann begann sie die Laken und das Kissen zurecht zu zupfen und seinen Infusionsschlauch zu kontrollieren.

»Wie lange werde ich hierbleiben müssen?«, erkundigte er sich.

»Oh, das dauert sicherlich noch eine Weile. Wollen Sie Frühstück?«

»Ähm.« Und während er noch darüber nachdachte, ob er etwas essen wollte, begann sein Magen zu knurren.

»Ich höre schon, ein Brötchen und ein wenig Rührei wäre nicht die schlechteste Idee.« Helene schnappte sich ihr Klemmbrett und lief Richtung Tür.

»Und Kaffee«, rief Eric ihr nach.

»Wir probieren es erst mal mit Tee«, meinte Helene und Eric verzog angewidert das Gesicht. Nach Tee war ihm ganz und gar nicht. In diesem Moment erschien Joselyn wieder im Zimmer. Sie hatte sich angezogen und die Haare gekämmt.

»Wie geht es ihm?«, fragte sie an Schwester Helene gewandt.

»Er verlangt nach Kaffee. Ich glaube, es geht ihm schon wieder ganz gut.« Helene lachte.

»Das glaube ich auch.« Joselyn setzte sich an Erics Bett und nahm seine Hand. Helene öffnete die Tür und kam dann mit einem Wagen herein, auf dem eine Waschschüssel stand sowie Handtücher und Rasierzeug lagen. Eric schaute Joselyn irritiert an und diese zuckte nur mit den Schultern. Helene blickte zwischen den beiden hin und her und meinte dann zu Joselyn:

»Wenn Sie wollen, können Sie die Rasur übernehmen, während ich weiter meine Runde drehe. Frühstück gibt es in einer halben Stunde.«

»Ja klar, warum nicht«, sagte Joselyn und schnappte sich Schüssel, Handtuch sowie die Rasierutensilien.

»Na dann, bis später.«

Schwester Helene verschwand und Joselyn setzte sich Eric gegenüber ans Bett. Die Wasserschüssel stellte sie auf den Nachttisch und breitete dann das Handtuch über seine Brust.

»Du bist dir sicher?«, fragte er und runzelte die Stirn.

»Was kann schon passieren?«, antwortete sie mit einer Gegenfrage und öffnete die Dose mit dem Rasierschaum, sprühte ein wenig davon auf ihre Hand und strich ihm damit das Gesicht ein.

»Ähm, ich meine ja nur«, stammelte er und schluckte. Joselyn nahm den Rasierer und näherte sich seinem Gesicht.

»Still halten!«, warnte sie ihn.

»Hast du das schon mal gemacht?«, fragte er zaghaft.

»Nicht in einem Gesicht«, sagte sie wahrheitsgemäß und setzte den Rasierer an seiner rechten Wange an.

»Ähm … könntest du vielleicht nur die Konturen machen?«, fragte er vorsichtig.

»Dein Ernst, Cole? Mit diesem Ding?« Sie begutachtete den Einmalrasierer skeptisch. Er hob eine Braue.

»Vielleicht lassen wir den Bart dann doch lieber etwas buschiger«, meinte er.

»Hast du etwa Schiss?«, fragte sie leicht amüsiert, ignorierte seine Einwände und zog den Rasierer einmal hinunter zum Kinn. Er zuckte zusammen. Sie grinste.

»Nein, ganz sicher nicht«, sagte er fest und schluckte.

»Dann halt still!« Sie fasste sein Kinn und drehte seinen Kopf zur Seite, um die andere Wange zu erreichen. Er schwieg und starrte sie an. Diese ganze Szene hatte ein gewisses erotisches Flair und erzeugte eine Nähe zwischen ihnen, die sie zuvor noch nicht gekannt hatten. Sie hatte ihn in der Hand und das war aufregend. Gleichzeitig fand er es angenehm, dass sie sich um ihn kümmerte. Und sein Bart würde nachwachsen. In drei Tagen war er ohnehin wieder wie früher. Also entspannte er sich und ließ sie machen.

Als sie fertig war, nahm sie das Tuch und trocknete ihn ab. Dann hielt sie ihm einen Spiegel vor die Nase und er prüfte, ob sie auch alle Stellen erwischt hatte.

»Respekt«, sagte er und grinste.

»Das nächste Mal befinden wir uns dabei definitiv in einer schönen heißen Badewanne und genießen mit Champagner und Kaviar eine schöne Zeit«, sagte Joselyn.

»Ist das ein Versprechen?«, fragte er und sie beugte sich zu ihm hinab, um ihm einen Kuss zu geben.

»Definitiv.« Sie stupste ihm an die Nase und richtete sich wieder auf, räumte das Wasser und das Rasierzeug weg und blieb dann am Fußende seines Bettes stehen.

»Was ist?«, fragte er und schaute sie an.

»Ich muss dich das fragen, Eric.«

»Was? Du klingst ernst.«

»Das ist es ja auch. Ich würde dir lieber noch ein wenig mehr Zeit zum Ausruhen geben, aber du weißt, die haben wir nicht …«

»Schon gut«, unterbrach er sie.

»Wir müssen alle Fakten und Ereignisse zusammenführen, um Samira und Nguyen zu finden. David und Claire wollen mich nachher im Büro treffen und brauchen meinen Bericht und Infos von dir.«

»Klar, kein Problem. Was willst du wissen?«

»Kannst du mir sagen, was passiert ist, als ihr aufgebrochen seid, um Claire zu retten? Was ist schiefgelaufen? Aus deiner Sicht.«

Er schloss kurz die Augen und öffnete sie wieder. Dann deutete er auf den Stuhl neben seinem Bett und Joselyn nahm wieder Platz. Sie schaute ihn aufmerksam an und er holte einmal tief Luft.

»Ich hätte Nguyen niemals trauen sollen, das weiß ich, aber ich hatte keine große Wahl. Und ich dachte, ich hätte ihn im Griff.« Seine Gedanken schweiften zwei Tage in die Vergangenheit und er schauderte, als er nun wieder an die Zeit seiner Gefangenschaft dachte.

»Es war zu riskant. Warum hast du nicht mit mir geredet?«, fragte sie leise.

»Weil du niemals zugestimmt hättest, Jo.« Er suchte ihren Blick und sie nickte.

»Du hast recht. Ich hätte versucht, einen anderen Weg zu gehen.«

»Aber das hätte zu lange gedauert. Ja, vielleicht hätten wir noch andere Vorkehrungen treffen sollen. Ich war unaufmerksam. Ich übernehme die volle Verantwortung.«

»Es ist okay, Eric«, sagte sie. »Niemand macht dich verantwortlich. Dieser ganze Fall ist in sich schon verkorkst genug.«

»Ich weiß.«

»Es muss schlimm gewesen sein, in diesem Bunker eingesperrt zu sein.«

»Ja, es war ziemlich unheimlich.«

Joselyn nickte. Auch wenn sie liebend gern gewusst hätte, was Claire und Eric dort unten besprochen oder wie sie ihre Zeit verbracht hatten, sie hütete sich davor, ihn zu fragen. Sie musste ihre latente Eifersucht endlich in den Griff kriegen. Sie musste endlich beginnen, ihm voll und ganz zu vertrauen. Daher wechselte sie das Thema und fragte:

»Wer hat dich angeschossen?«

»Das war Claudio. Nguyen beschränkte sich aufs Schlagen.«

Sie seufzte und berührte sanft das Veilchen, welches sich um sein linkes Auge gebildet hatte.

»Hat einer von Ihnen erwähnt, was mit Theodor passiert ist?«

»Was meinst du damit?« Eric runzelte die Stirn. »Er ist erschossen worden, oder etwa nicht?«

»Nicht ganz. Er starb eigentlich an einem Genickbruch. Die Schusswunden sind ihm dann hinterher noch zugefügt worden, um es wie einen Mord aussehen zu lassen.«

»Und das vorher war keiner?«

»Wenn wir Charlotta Samira Glauben schenken können, dann war es ein Unfall.« Joselyn berichtete Eric kurz von dem Gespräch mit Charlotta und erklärte ihm, dass sie diejenige war, die sie schließlich zu dem Bunker und dann zu ihm und Claire geführt hatte. Eric war eine ganze Weile still und dachte über das Gesagte nach. Schließlich meinte er:

»Sie wollten Theodor also ursprünglich einfach nur umstimmen? Und dann ist es eskaliert.«

»Ja, Claudio ist einfach davongelaufen und hat Charlotta zurückgelassen. Wir vermuten, er hat Nguyen angerufen und der hat die Chance gewittert, Claire beiseite zu schaffen, indem er es so aussehen ließ, als hätte sie Theodor erschossen. Er hat offenbar gewusst, dass sie sich mit ihm treffen wollte.«

»Ihr Telefon wurde angezapft und wahrscheinlich wurde sie schon länger beschattet«, meinte Eric. Die Tür ging auf und Helene kam mit dem Frühstück herein.

»Ich habe Ihnen ebenfalls etwas mitgebracht, Miss Davis. Sie sehen aus, als könnten Sie ein ordentliches Frühstück gebrauchen.«

Sie stellte ein Tablett mit zwei Tellern voller Rührei und Brot sowie zwei dampfenden Tassen auf Erics Schoß, nahm dann die Waschschüssel und die anderen Utensilien mit und verschwand genauso schnell wie sie gekommen war.

»Danke«, rief ihr Joselyn noch hinterher, aber Helene war schon beim nächsten Patienten.

»Warum bekommst du Kaffee und ich nicht?«, fragte Eric leicht empört, als er in die Tassen geschaut hatte.

»Weil du gerade eine Operation hinter dir hast und ich nachher noch arbeiten muss.«

»Das ist nicht fair«, knurrte er.

»Du solltest einmal im Leben das machen, was man dir sagt, mein Freund.« Joselyn hob zum Spaß ihren Zeigefinger und fuchtelte ihm damit vorm Gesicht herum.

»Jetzt klingst du wie meine Mutter«, witzelte er und sie schnappte sich ihre Tasse und trank genüsslich einen Schluck. Eric holte angewidert den Teebeutel aus seiner Tasse und legte ihn unter den Rand seines Tellers. Dann nahm er die Gabel und versuchte vorsichtig etwas von dem Ei zu essen.

»Das ist gar nicht mal so übel«, meinte er kauend und Joselyn nahm sich ebenfalls etwas.

»Na ja, ich weiß ja nicht«, meinte sie und legte ihre Gabel beiseite.

»Wenn du, wie ich, so lange nichts gegessen hättest, dann würde dir das hier auch wie das Paradies auf Erden vorkommen«, sagte er und sie nickte.

»Da bin ich mir ziemlich sicher.« Jetzt wurde sie wieder ernst und schaute ihn an.

»Was ist?«, fragte er.

»Ich hatte wirklich Angst um dich«, gestand sie. Er legte seine Gabel beiseite und griff nach ihrer Hand.

»Ich weiß. Und es tut mir ehrlich leid, dass du das durchmachen musstest.«

»Nach Ende dieses Falles werde ich Claire bitten, dass sie mich wieder als Assistentin beschäftigt. Ich möchte nicht, dass meine Kinder ständig Angst haben müssen, dass mir was passiert.«

»Aber du liebst doch die Ermittlungsarbeit, oder?«

»Schon, aber nicht jetzt. Vielleicht mache ich das irgendwann mal wieder, aber meine Prioritäten haben sich gerade ein wenig geändert.«

»Dann stehe ich also wieder ohne Partner da«, stellte er fest und schaute ihr in die Augen.

»Das wolltest du doch?«, meinte sie und erinnerte sich daran, wie sehr er sich dagegen gewehrt hatte, jemanden anderen als Nicklas als seinen Partner zuzulassen.

»Nick ist nicht mehr da und ich werde weiterhin ein Cop sein. Ohne Partner geht das nun mal nicht, das war mir schon von Anfang an klar. Und um ganz ehrlich zu sein, du bist mir immer noch die liebste Partnerin, die ich mir vorstellen kann.«

Sie grinste ihn an.

»Das hast du süß gesagt. Lass uns ein anderes Mal darüber sprechen. Ich muss jetzt los. David und Marco wollten später noch vorbeischauen und ich habe deine Mutter angerufen.«

»Du hast was?«, fragte er und starrte sie mit weit aufgerissenen Augen an.

»Wieso? War das nicht okay? Ich dachte mir, du würdest vielleicht mit jemandem aus deiner Familie sprechen wollen. Außerdem ist sie als deine Kontaktperson im Notfall in deiner Personalakte eingetragen. Cole, ist irgendwas nicht in Ordnung?«

Er schüttelte mit dem Kopf.

»Nein, alles gut. Ich danke dir.« Er beugte sich ein wenig nach vorn, gerade so weit, wie seine Verletzung es zuließ und hielt ihr seine Lippen entgegen. Joselyn drückte ihm einen Kuss darauf und stand dann auf.

»Bis später«, sagte sie und lächelte ihm noch einmal zu.

»Ja, bis später.«

An der Tür drehte sie sich noch einmal um und meinte:

»Ich glaube, es wird nicht auffallen, wenn du den Rest meines Kaffees einfach austrinkst.«

Damit verließ sie schnell den Raum und ließ einen grinsenden Eric zurück, der sich sogleich über Joselyns Tasse hermachte.

Joselyn

Ich betrete das Büro und bin überrascht, niemanden vorzufinden. Ich stelle meine Tasche auf meinen Schreibtisch und schaue mich suchend um. Im mittleren Büro sehe ich schließlich Claire und Caroline, die sich offensichtlich über einen Laptop beugen und irgendetwas beobachten. Ich gehe hinüber und klopfe an. Ein kurzes ›Herein‹ lässt mich eintreten und ich begrüße meine Chefin und Caroline freundlich.

»Setzen Sie sich, Joselyn. Wir haben interessante Neuigkeiten.« Claire winkt mich zu sich heran und ich kann einen Blick auf den Bildschirm werfen, den die beiden so angestrengt betrachten. Ich sehe eine Karte von San Diego und einen roten Punkt, der sich auf dieser Karte bewegt. Es scheint ein Handysignal zu sein.

»Was ist los?«, frage ich schnell und ziehe mir einen Stuhl heran. Caroline deutet auf den roten Punkt und sagt:

»Das ist Charlottas Handysignal. Sie hat es endlich wieder eingeschaltet.«

Ich bin verwirrt. Was zum Teufel macht Charlotta mitten in der Stadt. Sie sollte doch eigentlich in einem Krankenhausbett liegen, gut bewacht und in Sicherheit.

»Ich verstehe nicht ganz«, sage ich langsam.

»Charlotta ist gestern aus dem Krankenhaus geflohen und untergetaucht. Wir vermuten, dass sie sich Samiras Gelder unter den Nagel reißen will, bevor es Nguyen und Claudio tun können, und dass sie dann mit ihrem Sohn das Land verlässt.«

»Die Spur des Geldes«, flüstere ich und schlage mir gegen die Stirn. Warum bin ich da nicht selbst drauf gekommen? Mir fallen sofort tausend Sachen ein, die dies begründen. Ich bin abgelenkt gewesen. Ich war krank vor Sorge um Eric und deswegen sind wir auch noch nicht weiter in diesem Fall. Es ist nie gut, persönlich zu sehr involviert zu sein. Es lässt einen die Objektivität verlieren.

»Na klar, Charlotta ist wahrscheinlich die Einzige, die genau weiß, wo Theodor sein Vermögen versteckt hat. Immerhin ist sie mit ihm verheiratet gewesen und wahrscheinlich haben sie sich auch irgendwann mal ziemlich gut verstanden. Und sie hat noch ein Hühnchen mit

Claudio zu rupfen, nachdem er sie so schmählich im Stich gelassen hatte.«

»Vermutlich, aber wenn WIR das wissen, dann wissen es Claudio und Nguyen vermutlich auch und werden hinter ihr her sein«, meint Caroline.

»Das ist unsere Chance, sie zu kriegen«, sagt Claire und schaut mich an. Ich nicke verstehend.

»Wie geht es Eric?«, fragt Claire mich jetzt und ich sehe echte Sorge auf ihrem Gesicht.

»Es geht ihm besser«, antworte ich und sie atmet erleichtert aus. Ich kann nicht umhin, aber dieser kleine Stachel der Eifersucht, der immer noch in mir steckt, meldet sich wieder zu Wort. Ich nehme mir vor, ihn endgültig aus meinem Inneren zu verbannen. Eric und ich sind zusammen. Wir sind glücklich und wir bekommen ein Kind. Claire hat keine Bedeutung mehr.

»Na schaut euch das mal an«, ruft da plötzlich Caroline aus und zwingt meine Aufmerksamkeit wieder auf den Bildschirm.

»Was ist denn?«, frage ich verwirrt. Sie deutet auf den roten Punkt und sagt:

»Es ist so einfach. Warum ist mir das nicht eingefallen?«

»Was meinst du?« Ich verstehe immer noch nicht.

»Charlotta ist zu Samiras Haus gefahren. Wenn ihr ein wenig paranoid wärt und niemandem trauen würdet, wo würdet ihr euer Geld und eure Diamanten verstecken, vorausgesetzt, ihr hättet welche?«

»Wahrscheinlich dort, wo ich sie immer im Blick haben würde«, sagt Claire und steht auf. »Der Tresor ist im Keller seines Privathauses.«

»Dann sollten wir da schleunigst hin, bevor sie alles mitnehmen kann.« Ich stehe ebenfalls auf und gehe zur Tür.

»Behalte das Signal im Auge, Caroline und informiere die anderen, wo sie hinmüssen. Kommen Sie, Joselyn, ich fahre.«

Ich folge Claire hinaus und hoffe, dass wir dieses Mal Erfolg haben werden.

Kapitel 34

Sie hielten in einigen Metern Entfernung auf der anderen Straßenseite und schalteten den Motor ab. Sie konnten einen Mietwagen vor dem Haus stehen sehen, welcher vermutlich Charlotta gehörte, doch von ihr war nichts zu sehen. Das Haus war immer noch als Tatort gekennzeichnet. Ein gelbes Absperrband flatterte im Wind.

»Worauf warten wir?«, fragte Joselyn und wollte soeben aussteigen, doch Claire hielt sie noch einmal zurück. Sie nahm das Funkgerät aus seiner Halterung und drückte auf den Knopf.

»Ich möchte, dass das Haus unauffällig umstellt wird. Wir dürfen keine Aufmerksamkeit erregen. Wir warten solange, bis Charlotta wieder rauskommt oder bis Nguyen oder Claudio Samira sich hier blicken lassen.«

Von der anderen Seite ertönte ein kurzes Rauschen und dann ein ›Okay‹. Wenig später konnten sie mehrere Polizisten erkennen, die sich von allen Seiten anschlichen und ihre Positionen bezogen. Wenn man genau hinschaute, dann konnte man sie sehen, aber für einen flüchtigen Blick blieben sie völlig unauffällig. Sie warteten eine ganze Weile, doch nichts tat sich.

»Sind wir sicher, dass sie im Haus ist?«, fragte Joselyn und erhielt sogleich die Bestätigung von Caroline über die Ohrknöpfe, die sie mit der Zentrale verbanden. Die Technikerin hatte das Handysignal weiter beobachtet.

»Sie telefoniert jetzt«, sagte Caroline plötzlich und Claire nickte.

»Kriegst du raus mit wem?«

»Sicher.« Sie hörten wie Caroline auf ihrer Tastatur tippte und wenig später war sie wieder da.

»Es ist Claudio Samira.«

»Haben wir eventuell auch sein Signal? Wo ist er?«, fragte Claire weiter und schaute Joselyn an.

»Er kommt auf euch zu«, sagte Caroline und Joselyn blickte sich instinktiv um, konnte aber nichts entdecken.

»Okay, wir gehen rein. Ich will Charlotta in die Finger kriegen, bevor die beiden Herren hier auftauchen.« Claire nahm ihre Waffe und nickte Joselyn zu. Diese nickte zurück und stieg dann ebenfalls aus. Die beiden Frauen liefen zum Haus und in den Garten, um zur Hintertür zu gelangen. Claire kannte sich aus. Sie wusste, dass die Terrassentür nicht abschließbar war, sondern lediglich mit einer Alarmanlage gesichert, zu der Theodor ihr vor ihrem Treffen die Kombination genannt hatte. Sie drückte die entsprechenden Tasten und bedeutete Joselyn, ihr zu folgen. Die anderen Polizisten blieben auf ihren Positionen. Sie schlichen ins Wohnzimmer und Claire ignorierte den Fleck auf dem Boden, der noch immer deutlich sichtbar war und Theodor Samiras Blut zeigte. Sie liefen weiter in den Flur und sicherten sich gegenseitig ab.

»Ja, Claudio. Ich habe das verdammte Geld. Lass mich jetzt mit meinem Sohn sprechen«, hörten sie eine Frauenstimme, die näherkam. Claire drückte sich gegen die Wand und legte einen Finger auf ihren Mund. Joselyn stellte sich hinter die Wohnzimmertür und wartete, was weiter passieren würde.

»Nein, ich mache den Tresor erst wieder auf, wenn ich Timothy bei mir habe, verstanden!«

Charlottas Stimme wurde immer lauter. Sie kam die Treppe aus dem Keller nach oben, eine Tasche über der Schulter, die ziemlich schwer zu sein schien. Sie hielt ihr Handy ans Ohr und schien offenbar ziemlich aufgebracht zu sein.

»Haltet euch an die Abmachung, dann halte ich mich an meine. Ich komme jetzt raus.« Sie hatte die Tür erreicht, drehte den Knauf und öffnete sie ganz langsam. In diesem Moment kam ein Auto um die Ecke gebogen und hielt am Straßenrand. Zwei Männer stiegen aus und liefen eilig zur Tür.

»Los!«, rief Claire in diesem Moment und Joselyn sprang nach vorne, zog Charlotta am Kragen und riss sie zurück, so dass diese aus der Tür verschwand und nach hinten fiel. Claire hatte der Tür gleichzeitig einen Schubs gegeben und diese fiel krachend ins Schloss. Ein Schuss ertönte und die Tür splitterte.

»Runter«, rief Claire und zog Joselyn mit sich. Sie fielen auf den Boden und bedeckten ihre Köpfe mit den Händen. Noch mehr Schüsse krachten und es wurde immer lauter.

»Nein«, schrie Charlotta und wollte sich wieder aufrichten, um zum Haus hinaus zu rennen.

»Unten bleiben!«, brüllte Claire und zog die blonde Frau zurück.

»Nein, Tim … sie haben meinen Sohn«, schrie sie immer wieder und Joselyn musste Charlotta schütteln, damit sie sich wieder beruhigte.

»Tim geht es gut, Charlotta. Er ist in Sicherheit. Wir haben ihn. Es ist alles in Ordnung«, sagte sie und schließlich schaute Charlotta sie aus tränennassen Augen an.

»Ist das wahr?«, fragte sie zaghaft. Joselyn nickte. Der Lärm draußen ebbte ab und dann knackten ihre Ohrknöpfe, als sich der Anführer der Spezialeinheit meldete und mitteilte, dass Claudio Samira und Miko Nguyen verhaftet waren. Claire erhob sich und reichte dann nacheinander erst Joselyn und schließlich Charlotta die Hand. Charlotta schluchzte noch immer.

»Sie haben mich angerufen und mir gesagt, ich solle den Tresor öffnen, sonst würden sie Tim etwas antun. Wie konnten sie nur? Ich habe gedacht, Claudio liebt mich. Dabei ging es ihm immer nur ums Geld.« Sie wischte sich über die Augen. »Er hat mit mir geschlafen, nur um das zu bekommen, was sein Bruder ihm immer verwehrt hat.«

»Sie wollten also nicht das Geld für sich selbst haben, um mit ihrem Sohn irgendwo ein neues Leben anzufangen?«, fragte Joselyn noch einmal nach und half Charlotta, sich auf die Couch zu setzen. Sie schüttelte den Kopf.

»Ich wollte nur meinen Sohn beschützen.«

»Sind Sie die Einzige, die Zugriff zu diesem Safe hat?«, fragte Claire dazwischen. Die Tür ging auf und ein paar Einsatzkräfte betraten das Haus.

»Alles in Ordnung?«, fragte der erste.

»Ja, uns geht's gut. Sichern Sie den Tresor und dann bringen Sie die beiden Herren aufs Revier. Wir verhören sie später noch«, bestimmte Claire. Jetzt wandte sich Claire wieder an Charlotta.

»Ich weiß es nicht genau. Ich war bislang die Einzige, die Theodor da rangelassen hat. Der Tresor ist mit einem Fingerabdruckscanner versehen. Und man muss einen Code eingeben. Es war mein Hochzeitsgeschenk und bislang hatte er es nicht geändert. Er sagte mir, dass er es tun wollte, aber ich war damit nicht einverstanden. Deswegen der Streit.«

»015847309«, sagte Claire plötzlich und Joselyn schaute ihre Chefin irritiert an.

»Das ist der Code.«

Charlotta war sichtlich überrascht.

»Woher …?«, fragte Claire.

Und dann schien ihr auf einmal alles klar zu sein.

»Er hat es wirklich ernst gemeint«, stellte sie fest und man konnte sehen, wie Tränen in ihren Augen aufstiegen.

»Theo hatte mir ein Handy gegeben, damit wir uns erreichen konnten, auf … inoffiziellem Wege«, sagte Claire leise und Joselyn schaute sie entsetzt an.

»Ja, es war entgegen der Vorschriften«, bestätigte Claire, hob aber ihre Hände und wehrte damit alle Vorwürfe ab. »Die Nummer ist 015847309. Er wollte mir den Zugang zu seinem Vermögen ermöglichen«, sprach Claire nachdenklich weiter. »Nur ich habe es nicht begriffen und er war tot, bevor er mir davon erzählen konnte.«

Joselyn sah die Veränderung in den Augen ihrer Chefin. Sie konnte die Erleichterung von Claire sogar verstehen. Theodor hatte sie nicht vollständig belogen. Er hatte sie offensichtlich wirklich geliebt.

»Er wollte Ihnen den Zugang geben, so wie er ihn mir einmal ermöglicht hatte, weil er mich geliebt hat. Offenbar hatte er meinen aber noch nicht gesperrt. Und es heißt noch lange nicht, dass er auch der Polizei helfen wollte«, sagte Charlotta und traf damit wieder einen Nerv.

»Nein, das heißt es nicht. Es ist aber auch egal. Wir haben Claudio und wir haben Nguyen und mit Ihnen, Mrs. Samira, müssen wir uns auch noch einmal unterhalten.«

Claire war zur Tür gelaufen, um eine Weile alleine zu sein und Joselyn konnte dies verstehen. Sie wandte sich wieder an Charlotta, die noch immer zitterte.

»Sie werden sich für den Wachmann verantworten müssen«, sagte sie.

»Ich weiß. Kann ich zu meinem Sohn?«, fragte sie zaghaft und Joselyn nickte.

»Kommen Sie. Ein Streifenwagen wird Sie hinbringen.«

»Danke«, flüsterte Charlotta und berührte Joselyn kurz am Arm.

»Danken Sie mir noch nicht. Ich habe keine Ahnung, wie die Richter auf Ihre Rolle in dem ganzen Fall reagieren werden.«

Damit übergab sie Charlotta an einen der Polizeibeamten und ging dann nach draußen, um Claire zu suchen.

Claire

Das Verhör ist anstrengend und ich habe schon langsam keine Lust mehr, mir immer wieder Ausreden anzuhören. Ich sitze Claudio Samira gegenüber und muss wieder einmal feststellen, dass er das genaue Gegenteil von seinem Bruder ist. Er wirkt weich auf mich, wenig charismatisch und ihm fehlt komplett diese Aura von Macht, die Theodor immer umgeben hatte. Er schaut sich immer wieder nervös um und ich frage mich, ob er eigentlich einen eigenen Willen hat oder ob er zeitlebens von anderen gelenkt worden ist.

»Warum sind Sie nicht zur Polizei gegangen, als Theodor die Treppe heruntergestürzt ist?«, frage ich ihn.

»Ich war in Panik. Ich kann nicht ins Gefängnis gehen.«

»Das werden Sie nun aber. Vielleicht nicht für diesen Unfall, aber es gibt bestimmt noch andere Sachen, die Sie im Namen der Organisation getan haben, habe ich recht? Außerdem werden Sie sich für den Schuss auf einen, nein sogar auf zwei, Polizisten verantworten müssen. Das wird ein etwas längerer Aufenthalt.«

»Ich will einen Deal«, ruft Claudio und schaut wieder zur Tür.

»Warten Sie auf jemanden?«, erkundige ich mich.

Er schüttelt den Kopf.

»Wo haben Sie Charlotta hingebracht?«

»Sie ist in Sicherheit. Eine Frage, Claudio, haben Sie sie eigentlich geliebt oder war sie nur ein Mittel zum Zweck? Haben Sie versucht, Ihrem Bruder eins auszuwischen?«

»So ist das nicht. Charlotta und ich wollten neu anfangen. Und sie sollte das Geld besorgen.«

Ich richte mich auf.

»Darum ging es also bei Ihrem Streit mit Theo. Es ging immer nur ums Geld.«

»Natürlich. Worum denn sonst? Wir konnten doch nicht zulassen, dass mein geliebter Bruder sein ganzes Vermögen einfach so der Polizei und Ihnen in den Rachen wirft.«

»Woher wussten Sie, dass er das tun wollte?«

»Weil er es uns gesagt hat, der Idiot.«

»Wie meinen Sie das?«, erkundige ich mich. War Theodor so skru-pellos gewesen, dass es ihn einfach nicht interessiert hatte, was sein Um-feld dazu sagte oder war er tatsächlich total verblendet gewesen? Verblendet durch mich?

»Der arrogante Mistkerl hat sich vor uns hingestellt und gesagt, dass er es tun wird und dass wir ab sofort bleiben sollten, wo der Pfeffer wächst.«

Er schaut mich an und mir läuft es eiskalt den Rücken hinunter.

»Und Sie und Charlotta sind also zu ihm gefahren, bevor er mir den Zugriff geben konnte und haben ihn ausgeschaltet?«

»Wir wollten uns eigentlich das Geld schnappen, bevor er es tun konnte und abhauen. Aber Charlotta hat darauf bestanden, noch mal mit ihm zu sprechen. Und sie hat Tim mitgeschleppt. Sie glaubte wohl, sie müsste Theo an seine Vaterpflichten erinnern. Dabei war der Kleine ihm immer scheißegal.«

»Er wollte also nicht das Sorgerecht für sich beanspruchen?«

»Davon weiß ich nichts.«

Ich frage mich, ob Charlotta dahingehend die Wahrheit gesagt hatte. Das ließe sich leicht herausfinden, aber eigentlich ist es jetzt auch nicht mehr relevant.

»Also hat sie sich nicht an den Plan gehalten?«, frage ich schließlich weiter.

»Nein.« Claudio schnauft.

»Und da wurden Sie wütend?«

»Sicher, aber noch wütender war Theo.«

»Und hat Charlotta fast zu Tode geprügelt.«

»Ja.«

Ich versuche vergeblich in Claudios Gesicht einen Funken Bedauern zu finden, doch dort, wo ich vor ein paar Sekunden noch herzliche Gefühle gegenüber Charlotta zu sehen geglaubt hatte, ist nichts weiter als kalte Wut.

»Was haben Sie gemacht, nachdem Sie geflohen sind?«, wechsele ich schließlich das Thema.

»Ich habe Nguyen über alles informiert.«

»Und was hat er gemacht?«

»Er hat den Schaden behoben.«

»Indem er Theodor noch einmal umgebracht hat?«, gifte ich ihn an.

»Er meinte, wir sollten Ihnen das Ganze in die Schuhe schieben und einfach abhauen. Ihre Fingerabdrücke waren leicht auf der Waffe zu deponieren. Das hatte er schon arrangiert, bevor das alles überhaupt passiert ist. Nur für den Fall …«

Er schaut mich höhnisch an. Ich erinnere mich an ein Gespräch mit Nguyen. Damals hatte er mir seine Waffe vor die Nase gehalten und ich habe sie beiseitegeschoben. Meine Fingerabdrücke waren definitiv auf der Waffe gelandet. Das Ganze war also coole Berechnung, gepaart mit ein wenig Zufall gewesen. Ich bin geschockt, aber nicht wirklich überrascht.

»Warum haben Sie Charlotta im Badezimmer liegen lassen?«, frage ich noch, aber mir ist es schon von vornherein klar. Ich brauche ihn nur anzusehen.

»Weil es mir egal war, was aus ihr wird«, sagt er und ich habe genug gehört. Ich stehe auf und nicke dem Wachmann, der in der Ecke steht, zu. Er öffnet mir die Tür und ich trete nach draußen. Ich muss mich kurz sammeln und gehe dazu in mein Büro. Ich lasse die Jalousien herunter und setze mich an meinen Schreibtisch. Eine ganze Weile bleibe ich so sitzen und starre vor mich hin. Vor meinem geistigen Auge ziehen die letzten Wochen vorüber und ich gerate ins Grübeln. Der Fall ist gelöst, ich müsste glücklich sein, aber das bin ich nicht. Es kommt mir vor, als wäre das alles nicht mehr richtig. Als würde ich nicht mehr hierhergehören. Ich schaue auf meine wenigen persönlichen Sachen, die dieses Büro zieren und dann fasse ich einen Entschluss. Ich drehe mich zu meinem Computer um und schalte ihn ein. Dann öffne ich das Textprogramm und beginne zu tippen.

Kapitel 35

Donnerstag, 9. Februar

Sie schloss die Tür auf und betrat die Diele. Sie legte ihre Tasche auf die Kommode und hängte ihre Jacke auf. Sie war müde, aber glücklich. Es hatte sich alles zum Guten gewendet. Sie hatten Claudio und Nguyen verhaftet und Charlotta hatte Hausarrest. Sie musste jederzeit zur Verfügung stehen, um noch diverse Aussagen zu tätigen. Claire und Eric waren am Leben und zumindest Claire war unverletzt aus der Sache herausgekommen. Eric war operiert worden und erholte sich nun von seiner Schusswunde. Sie waren in Sicherheit. Und dennoch, Joselyn konnte sich noch nicht wirklich entspannen. Sie ging in die Küche und holte sich eine Banane, lief weiter ins Wohnzimmer und öffnete die Terrassentür. Sie wusste, Matthew war noch im Kindergarten und ihre Eltern beim Einkaufen. Sie hatte also das Haus für sich.

Seufzend setzte sie sich auf die Hollywoodschaukel und legte die Beine hoch. Dann schälte sie ihre Banane und biss genüsslich hinein. Und während sie sich die Sonne auf den Bauch scheinen ließ, dachte sie an die Ereignisse der letzten Tage zurück, an die Entführung, die Rettung ihrer Freunde und an die Erleichterung, Eric wieder in die Arme schließen zu können. Sie hoffte, nun endlich die Zukunft planen zu können. Sie griff nach ihrem Handy, welches sie in der Hosentasche hatte und öffnete ihr Mailprogramm. Die Maklerin hatte ihr den Mietvertragsentwurf für ihre neue Wohnung gemailt und sie öffnete das Dokument, um es sich ein wenig genauer anzusehen. Die Miete war nach einigen Verhandlungen nun einigermaßen akzeptabel und Joselyn konnte beim besten Willen keine Haken oder Fallstricke erkennen.

Sie lächelte in sich hinein, während sie den Vertrag via WLAN an den Drucker schickte, der im Arbeitszimmer ihres Vaters stand. Sie wartete einen Augenblick, dann lief sie nach oben und griff sich die Seiten, holte einen Stift und unterzeichnete das Schriftstück. Sie steckte alles in einen Briefumschlag, klebte eine Marke darauf und legte den Brief in den Flur. Sie würde ihn morgen vor der Arbeit noch einwerfen. Schließlich holte sie sich eine

Limonade aus dem Kühlschrank und machte sich dann wieder auf den Weg nach draußen. Als sie sich gerade wieder hingesetzt hatte, sah sie, wie jemand den Garten vom Strandweg aus betrat und auf sie zukam. Sie blinzelte und schirmte ihre Augen gegen die Sonne ab.

»Sorry, ich wollte Sie nicht erschrecken, Joselyn.«

»Claire«, rief Joselyn und richtete sich auf.

»Bleiben Sie sitzen«, sagte Claire und hob ihre rechte Hand. Sie wirkte noch ein wenig müde, aber ansonsten sah sie schon wieder aus wie Claire, gepflegt und adrett gekleidet, obwohl sie Turnschuhe und Joggingsachen trug.

»Was machen Sie denn hier?«, fragte Joselyn und bot Claire einen Stuhl an. Diese setzte sich und schaute Joselyn an.

»Ich bin ein wenig gelaufen und da dachte ich, ich schaue mal vorbei«, antwortete Claire und packte ihren MP3- Player in die Tasche ihrer Jacke.

»Aha.« Joselyn runzelte die Stirn und schaute Claire fragend an. Claire hatte das Team nach Hause geschickt, nachdem sie Claudio Samira und Miko Nguyen endlich verhaftet hatten und Charlotta bei ihrem Sohn unter Hausarrest stand. Claire hatte darauf bestanden, die Verhöre zusammen mit Kingston durchzuführen und Joselyn war dies nur recht gewesen. Sie konnte ein wenig Ruhe gut gebrauchen. Die Schwangerschaft forderte ihrem Körper im Moment einiges ab und sie war auch froh, Zeit bei Eric im Krankenhaus verbringen zu können. Nicht zuletzt musste sie sich auch mehr um Matthew kümmern, der in den letzten Tagen wirklich viel zu kurz gekommen war. Und so hatte sie die letzten drei Tage gut genutzt und fühlte sich um einiges besser.

»Wie liefen die Verhöre?«, erkundigte sich Joselyn schließlich.

»Gut, würde ich sagen. Ziemlich gut.«

»Und? Was haben sie zum Tathergang gesagt?«

»Es hat lange gedauert, bis einer von den beiden sich geäußert hat, aber letztendlich war es wohl so, dass Claudio nach seiner Flucht aus Theodors Haus Nguyen angerufen hat. Dieser hat versprochen, sich um die Angelegenheit zu kümmern. Was dann wohl darin bestand, es wie einen Mord aussehen zu lassen, den man mir in die Schuhe hätte schieben sollen. Er wusste genau, was er tun musste. Die Waffe und die Fingerabdrücke, die Videoaufnahmen, mein Telefonat mit Samira. Es hätte alles gepasst. Aber er hat nicht damit gerechnet, dass man mir glauben und dass Charlotta schließlich reden würde.«

»Warum hat ihr keiner der beiden geholfen?«

»Ich würde mal sagen, dass die Gier nach Geld und Macht am Ende über Mitgefühl und Familie gesiegt hat.«

»Diese Mistkerle«, rief Joselyn und schnaubte. Sie konnte nicht gutheißen, dass Charlotta immer die Augen zugedrückt hatte, was die Geschäfte ihrer Familie betraf, um weiterhin Geld zu haben, aber das hatte die junge Frau sicherlich nicht verdient.

»Es wird wohl noch eine Weile dauern, bis alles vollständig aufgedeckt ist. Und im Moment liefern sich Claudio und Nguyen gegenseitig ans Messer, um möglichst unbeschadet aus der Nummer wieder raus zu kommen.«

»Wie praktisch«, witzelte Joselyn.

»Ja, manchmal hat man einfach Glück.«

Claires Lippen umspielte ein Lächeln.

»Was wird jetzt aus Timothy?«

»Er wird wohl erst einmal bei seiner Tante bleiben, bis seine Mutter wieder frei ist. Wahrscheinlich wird sie eine Bewährungsstrafe bekommen.«

»Und die anderen wandern hoffentlich für lange Zeit in den Knast.«

»So sieht es aus.«

Sie lehnten sich zurück und schauten eine Weile in die Ferne, ohne zu sprechen.

»Wie geht es eigentlich Eric?«, fragte Claire schließlich und schaute betreten zur Seite. Sie war noch nicht ein einziges Mal bei ihm gewesen, seit sie befreit worden waren. Sie hatte sich einfach nicht getraut. Sie konnte ihm irgendwie nicht unter die Augen treten. Sie war eifersüchtig auf sein Leben, nicht zuletzt darauf, dass er eine eigene Familie haben würde und sie nicht. Doch das konnte sie ihm schlecht vorwerfen. Das Leben war weitergegangen, auch ohne sie und das musste so sein. Tief in ihrem Inneren war sie sich dessen bewusst, konnte es aber noch nicht zugeben.

»Besser. Er hat die OP gut überstanden, muss sich aber noch ausruhen. Er schläft viel. Die Ärzte sagen, er wird wieder vollständig gesund. Wir wechseln uns alle bei ihm ab. Nur um sicher zu gehen, dass alles okay ist und er nichts braucht.«

»Das ist gut.«

»Er würde sich bestimmt auch über Besuch von Ihnen freuen, Claire.« Joselyn versuchte in Claires Miene zu lesen, schaffte es aber nicht.

»Ich werde ihn sicherlich in den nächsten Tagen besuchen. Es war viel los …«

»Ja, das war es wohl. Wie geht es Ihnen eigentlich, Claire?«, erkundigte sich Joselyn, weil sie das Gefühl hatte, einfach fragen zu müssen. Claire war zu ihr gekommen, weil sie wahrscheinlich reden wollte. Also wollte sie ihr eine Brücke bauen. Die blonde Frau lachte kurz auf und meinte dann:

»Mal davon abgesehen, dass mein Ego einen mächtigen Knacks erhalten hat, ganz gut, glaube ich.«

»Es war nicht Ihre Schuld.«

»Doch, das war es. Ich habe mich in den falschen Mann verliebt.«

»Mag sein, aber es hätte auch gut gehen können.«

»Hätte es, ist es aber nicht. Und ich will darüber nicht mehr nachdenken. Ich habe ein paar Sachen über Theodor erfahren, die ich nicht ganz glauben kann, die aber wahr sind.«

»Sie meinen, dass er Charlotta geschlagen hat?«

»Ja. Ich habe alles Mögliche von ihm erwartet, aber das nicht.«

»Manchmal täuscht man sich in den Menschen. Und erst recht, wenn man verliebt ist.«

»Ich weiß. Es ist passiert und Theo ist tot. Machen wir einen Strich drunter.«

»Okay.« Joselyn musterte Claire. Sie konnte nicht genau erkennen, ob Claire wirklich so taff war oder ob sie nur so tat. Bei ihr wusste man das nie.

»Sie haben doch noch was Anderes auf dem Herzen, Claire, habe ich recht? Sie kommen doch nicht einfach mal so bei mir vorbei, oder?«

Claire schaute sie an.

»Das haben Sie. Da ist noch was.«

»Ich bin ganz Ohr«, sagte Joselyn.

»Wie ist eigentlich das Wetter in New York?«, fragte Claire und Joselyn runzelte die Stirn.

»Sie sind hier, um mit mir über das New Yorker Wetter zu sprechen?«

»Na ja, nicht wirklich … also eigentlich interessiert mich vielmehr, ob Sie mir etwas über Ihre alte Dienststelle erzählen könnten.«

»Oh …«, machte Joselyn und schaute Claire überrascht an. Diese hielt ihrem Blick stand.

»Sie werden uns verlassen.« Es war keine Frage, sondern eine Tatsache und Joselyn konnte es verstehen. Sie musste zugeben, sie war nicht überrascht und sie war auch nicht böse darüber, dass Claire gehen wollte. Aber sie hatte nicht damit gerechnet, dass es so schnell passieren würde. Sie musste zugeben, dass das Schicksal ihr hier ziemlich in die Hände spielte. Vielleicht war es das, was sie und Eric brauchten, um glücklich werden zu können. Abstand zur Vergangenheit. Joselyn erhob sich und sagte:

»Haben Sie Lust auf einen Kaffee, Claire? Ich kenne da einige Leute, die kann ich Ihnen wärmstens empfehlen. Und das Wetter in New York ist eigentlich viel besser, als man annehmen würde.«
Claire schaute zu Joselyn auf und lächelte zustimmend.

Eric

Wir beugen uns über den himmelblauen Oldtimer und ich reiche Nick einen Schraubenschlüssel. Er bedankt sich bei mir und ich grinse ihn an. Er beginnt den Motor zu zerlegen und ich schaue ihm dabei zu. Jedes einzelne Teil legt er akkurat auf die Werkbank, die neben dem Auto steht. Wir reden nicht, so wie es oftmals bei uns vorkommt. Wir sind einfach nur da und genießen die Stille, trinken ab und zu einen Schluck Bier und freuen uns über unsere Freundschaft. Eine Träne kullert mir über die Wange, doch ich wische sie nicht weg. Nick schlägt mir auf die Schulter und sagt:

»Hey du Heulsuse, es ist alles in Ordnung.«

»Ist es nicht, denn du bist tot«, entgegne ich.

»Und wenn schon. Ich bin einen Heldentot gestorben.«

»Du Mistkerl«, rufe ich und drehe mich um. Er kommt mir nach und nimmt meinen Arm.

»Du bist nicht allein.«

»Ich weiß, aber es tut trotzdem weh.« Jetzt sehe ich wieder das Loch in seinem Hals und starre ihn an. Doch er grinst nur und legt mir die Hände auf die Schultern.

»Mir geht es gut, Cole. Du lebst weiter und es ist völlig okay, wenn du dir neue Freunde und neue Partner zulegst.«

»Ich weiß«, flüstere ich und greife nach seiner Hand, doch er entwischt mir und schwebt ganz langsam von mir weg.

»Mach's gut, Cole«, sagt er, doch seine Stimme ist nur noch ein Hauch.

»Mach's gut, Nick«, rufe ich ihm nach, doch da ist er schon verschwunden. Ich drehe mich zu dem Auto um und sehe, dass der Motor wieder vollständig intakt und korrekt eingebaut ist. Ich schüttele mit dem Kopf und spüre plötzlich ein Kribbeln in meiner Hand.

Ich öffne die Augen und merke, dass mir der Arm eingeschlafen ist. Neben meinem Bett sitzt Joselyn und liest in einem Buch. Ich beobachte sie eine Weile, bis sie schließlich aufsieht und feststellt, dass ich wach bin.

»Was liest du da?«, frage ich sie. Sie dreht mir das Buch zu und ich lese den Titel. Es ist die Fortsetzung von dem Roman, den sie in New York gelesen hat und ich muss grinsen.

»Wie geht es dir?«, fragt sie mich.

»Besser«, sage ich.

»Du wirkst ein wenig benommen.«

»Ich hatte einen merkwürdigen Traum.«

»Willst du mir davon erzählen?«, fragt sie mich und ich nicke, nehme ihre Hand und berichte ihr von Nick.

Kapitel 36

Donnerstag, 16. Februar

»Ich wollte mich nur verabschieden«, sagte Claire und trat näher an das Bett heran. Eric und Joselyn, die gerade zusammen mit Matthew ein Buch angeschaut hatten, blickten die Besucherin vor sich an.

»Was meinst du?«, fragte Eric und richtete sich auf. Seine Schulter schmerzte noch immer ein wenig, aber er befand sich auf dem Wege der Besserung. Joselyn stand auf und reichte Matthew die Hand.

»Ich glaube, wir lassen euch mal kurz alleine«, meinte sie dann und gab Eric einen Kuss auf die Wange. Dieser schaute ziemlich verwirrt.

»Kommst du, Matti!«, forderte Joselyn ihren Sohn auf. Der Junge schaute von Eric zu Joselyn und wieder zurück. Er hatte überhaupt keine Lust, jetzt dieses Zimmer zu verlassen, aber der strenge Blick seiner Mutter ließ ihn schließlich doch sein Buch schnappen und auf den Boden springen.

»Danke«, flüsterte Claire, als Joselyn jetzt an ihr vorbei in Richtung Tür ging.

»Wir sehen uns nachher«, sagte Joselyn zu Eric und warf ihm eine Kusshand zu, bevor sie mit Matthew an der Hand das Zimmer verließ.

Claire schaute ihr nach und drehte sich dann wieder zu Eric herum, der versuchte, eine einigermaßen bequeme Position einzunehmen. Es waren zehn Tage vergangen, seit man ihn angeschossen hatte und es würde sicherlich noch eine ganze Weile dauern, bis er sich wieder bewegen konnte, ohne Schmerzen zu haben. Doch ansonsten fühlte er sich gut. Er war froh, dass sie alles heil überstanden hatten und dass der Samira-Clan nun endgültig der Vergangenheit angehörte. Claire betrachtete ihn und sie wirkte beinahe schüchtern, als sie nun auf ihn zukam und sich einen Stuhl an sein Bett schob.

»Wie geht's dir?«, fragte sie und stellte ihre Handtasche auf den Boden.

»Wenn man mal davon absieht, dass dieses Bett eine Katastrophe und das Essen hier drin eine Zumutung ist, dann eigentlich ganz gut. Ich bin echt froh, noch am Leben zu sein.«

Er zwinkerte ihr zu und sie musste lachen.

»Das bin ich auch«, meinte sie und griff nach seiner Hand. »Ich habe dir noch gar nicht richtig gedankt, Eric.«

»Doch, das hast du«, entgegnete er.

»Aber so richtig, richtig.«

»So wie früher?«, fragte er und schmunzelte.

»Ich spendiere dir die größte Thunfischpizza von ganz San Diego, wenn du hier raus bist.«

Das war früher immer ein Ritual zwischen ihnen gewesen. Wann immer Claire sich bei ihm bedanken wollte, waren sie Pizza essen gegangen und hatten sich mit Chianti betrunken.

»Ich bestehe darauf. Immerhin habe ich dir den Arsch gerettet.«

»Und ich deinen«, konterte sie.

»Schätze wir sind quitt«, sagte er und sie nickte. Eine Weile schwiegen sie und schauten sich nur an. Sie wussten, das hier war definitiv ein Ende. Ein weiteres auf einer langen Liste ihrer Beziehung. Doch es fühlte sich erstaunlicherweise gar nicht schlimm an. Es wirkte befreiend.

»Du wolltest dich verabschieden, hast du gesagt?«, fragte Eric schließlich, um das Schweigen zwischen ihnen endlich zu brechen.

»Ja, mein Flieger geht heute Abend.«

»Wohin?«

»New York.«

»Habe ich irgendwas nicht mitbekommen, während ich unter Schmerzmitteln stand?«, fragte er und runzelte die Stirn.

»Ich habe gekündigt.«

»Was?«

»Keine Panik, Eric. Es ist alles richtig so, glaub mir. Es musste so sein. Ich kann, nach allem was passiert ist, nicht länger in dieser Stadt sein und auch meinen alten Job kann ich nicht länger machen.«

»Aber du hast deinen Job doch immer geliebt«, murmelte er, weil er sich eigentlich das Büro ohne sie nicht vorstellen konnte. Auch wenn er es am Anfang alles andere als toll gefunden hatte, dass sie seine Chefin wurde, so hatte er sich irgendwann daran gewöhnt und es sogar schön gefunden.

Bei ihr hatte er gewusst, womit er zu rechnen hatte. Er hatte sie gekannt.

»Und ich liebe meinen Job noch immer, aber alles hat irgendwann mal ein Ende. Und meines ist jetzt gekommen. Ich ziehe nach New York.«

»Um was genau zu tun?«, fragte er und klang besorgt.

»Es gibt da einen Posten, der seit einiger Zeit unbesetzt ist. Man hat mir eine Gehaltserhöhung angeboten und ich habe mehr Verantwortung.«

»Klingt doch nicht schlecht.«

»Das ist es auch nicht.«

»Und wo genau ist deine neue Stelle?«

Claire blickte kurz nach unten und sah ihn dann wieder offen an.

»Ich habe die ehemalige Stelle von Richard Miller übernommen. Mit ein paar kleinen Änderungen und Umstrukturierungen, aber im Großen und Ganzen ist es das.«

Jetzt blieb Eric der Mund offen stehen. Damit hätte er im Leben nicht gerechnet.

»Nun guck nicht so, Eric. Im Endeffekt ist es die einzige vernünftige Entscheidung. Ich kann nicht hier in San Diego bleiben und euch bei eurem Familiending zuschauen. Ich kann nicht hierbleiben, wo alle Welt weiß, dass ich mich in einen verbrecherischen Typen verliebt und beinahe mein Leben für ihn gelassen habe.«

»Ich weiß«, sagte er nur und drückte kurz ihre Hand.

»Ich wünsche dir und Joselyn wirklich alles Glück der Welt. Mit ihr hast du endlich das, was du dir immer gewünscht hast.«

»Und du?«

»Mir geht's gut, Eric. Wirklich. Ich bin Claire, ich schaffe alles.«

»Das klingt nach dir«, meinte er und versuchte ein Lächeln, was ihm aber nicht so recht gelingen wollte. Er wusste genau, dass sie nicht weiter befreundet sein konnten, geschweige denn zusammen arbeiten, wenn er und Joselyn eine Familie gründeten. Das würde nicht funktionieren. Aber dennoch würde er Claire vermissen.

»So, und nun werde ich mal meine Sachen packen und noch ein bisschen Papierkram erledigen.«

Sie stand auf, strich sich den Rock glatt und griff nach ihrer Tasche.

»Wer wird dich hier ersetzen?«, fragte er schnell, bevor sie sich umdrehen konnte.

»Vielleicht solltest du dich bewerben«, meinte sie.

»Ja, vielleicht mache ich das sogar«, überlegte er laut, obwohl er ganz genau wusste, dass er das niemals tun würde. Er war nicht zum Chef geboren. Er gehörte auf die Straße und das wusste Claire auch ganz genau. Aber er war dankbar für ihr Taktgefühl und ihr Vertrauen.

»Also, Eric. Ich geh dann mal. Ich wünsch dir alles Gute.«

Sie beugte sich über ihn und strich ihm eine Strähne aus der Stirn.

»Ich dir auch. Melde dich mal!«

»Mach ich bestimmt. Und wenn es nur ist, um dir vorzujammern, wie kalt es in New York ist.«

Ein Grinsen legte sich auf sein Gesicht und sie gab ihm einen flüchtigen Kuss auf den Mund, bevor sie sich wieder aufrichtete und zurück trat.

»Bye Claire«, sagte er.

»Bye Eric«, sagte sie und verließ das Zimmer. Sie drehte sich nicht noch einmal um. Sie konnte es nicht. Es tat weh, ihn und diese Stadt zu verlassen, aber sie benötigte einen Neuanfang. Also straffte sie die Schultern und schritt hinaus aus dem Krankenhaus in ihr neues Leben.

Joselyn und Eric

»Wie fühlen Sie sich, Joselyn?«, fragt Nathalie Moers und schaut mich über den Rand ihrer Brille hinweg kritisch an. Es ist ihr Standardspruch, immer, wenn ich einmal wieder bei ihr bin. Mittlerweile habe ich mich daran gewöhnt. Die letzten Male musste ich ihr immer wieder sagen, dass es mir nicht gut geht. Dass noch lange nicht alles wieder in Ordnung ist und dass es Probleme gibt. Doch heute ist es anders. Heute fühle ich mich tatsächlich das erste Mal seit sehr langer Zeit richtig gut. Ich fühle mich wieder wie ich selbst. Ich bin wieder ich und das ist eine Erkenntnis, die mich schlagartig glücklich macht.

»Mir geht es gut, Nathalie«, antworte ich ihr also und sehe ihr direkt in die Augen. Ein Lächeln erscheint auf ihrem Gesicht und sie legt ihren Block beiseite. Heute scheint sie nichts aufschreiben zu wollen.

»Das ist wirklich schön zu hören.«

»Es hat sich alles irgendwie gefügt. Eric und ich sind zusammen. Wir bekommen ein Baby. Und ich habe vor, ihn bei mir einziehen zu lassen, wenn ich die neue Wohnung übernehme.«

»Das ging jetzt aber schnell.«

»Na ja, worauf sollen wir warten. Das mit dem Kind war nicht geplant, aber es ist nun einmal passiert und wir müssen Zukunftspläne machen. Und wenn wir uns die Verantwortung teilen wollen, dann macht sich ein gemeinsamer Standort ganz gut.«

Sie nickt.

»Weiß Eric es schon?«

»Nein, die Idee kam mir gerade ziemlich spontan.«

»Die spontanen Ideen sind meistens die besten, Joselyn.«

»Ich weiß.« Ich lächle sie an und sie schaut zur Tür, die sich soeben geöffnet hat. Mein Blick fällt auf den Mann, der diesen Raum betritt und sofort schlägt mein Herz ein paar Takte schneller. Es ist eine Weile her, seit wir gemeinsam hier gewesen sind. Damals wollten wir uns nicht sehen, aber heute schon. Er kommt auf uns zu und Nathalie bietet ihm einen Stuhl an.

»Hi«, sagt er und lächelt mich an.

»Hi«, gebe ich zurück und nehme seine Hand.

Nathalie beobachtet uns. Dann wendet sie sich an Eric.

***

»*Wie geht es Ihnen?*«, *fragt sie mich und ich schiele kurz zu Joselyn herüber, bevor ich antworte.*

»*Mir geht es viel besser.*«

»*Körperlich und psychisch?*«, *hakt sie noch einmal nach. Sie kann wohl einfach nicht anders.*

»*Körperlich bin ich noch nicht ganz fit. Aber das wird alles. Ich befinde mich sozusagen in einem Zwischenstadium. Ich habe schon Schlimmeres überstanden. Und das hier …*« *Ich deute auf meine Schulter.* »*… wird mich ganz sicher nicht umbringen.*« *Ich grinse sie an und merke sofort, dass sie eigentlich etwas ganz Anderes wissen will. Ich seufze und strecke meine Beine aus.*

»*Ich denke immer noch an Nick*«, *gestehe ich schließlich.*

»*An ihn zu denken ist nicht schlimm. Die Frage ist nur, schmerzt es noch so sehr? Und können Sie inzwischen damit leben, dass er nicht mehr ihr Partner ist?*«

»*Es schmerzt noch sehr. Ich habe das Gefühl, es ist nicht wirklich weniger geworden, aber ich muss nicht mehr permanent daran denken und ich glaube, ich kann mich auch auf einen neuen Partner einlassen.*«

»*Ein neuer Partner oder Joselyn als Partner?*«, *hakt Nathalie nach und schaut erst mich und dann Jo an.*

»*Eric wird einen anderen neuen Partner bekommen*«, *sagt Joselyn schnell, bevor ich den Mund aufmachen kann. Nathalie scheint überrascht zu sein, doch sie sagt nichts dazu, wartet lediglich ab, dass wir weitersprechen.*

»*Es ist nicht das, was Sie jetzt denken*«, *füge ich hinzu.* »*Ich hätte mir gewünscht, sie als meine Partnerin behalten zu können. Ich hatte mich an sie gewöhnt.*«

Ich schiele zu Jo hinüber und sie lacht. Dann fahre ich fort:

»*Jo wird Claires Job übernehmen. Jetzt wo sie schwanger ist, kann sie nicht mehr raus auf die Straße und wenn das Kind auf der Welt ist, sollte einer von uns für das Kleine da sein und nicht sein Leben da* draußen riskieren. Ein Schreibtischjob ist genau das Richtige im Moment.«

»Und Sie, Jo? Was denken Sie darüber?«

»Ich denke, wir kriegen das hin und ich freue mich auf meine neue Herausforderung.«

Ich sehe Joselyn an und bin wieder einmal überrascht, wie sehr ich diese Frau liebe. Sie ist unglaublich. Sie nimmt es auf sich, ihr Leben zu verändern, und das nur für uns.

»Okay«, sagte Nathalie und nimmt ihre Brille ab. »Sie wissen, dass Ihre Sitzungen hiermit nicht beendet sind. Wir werden uns weiterhin regelmäßig sehen.«

Wir beide nicken. Nathalie steht auf und läuft zur Tür, steckt ihren Kopf hinaus und redet kurz mit ihrer Assistentin. Dann kommt sie zurück und setzte sich vor uns auf den Schreibtisch, streckt die Beine aus und schaut uns an. Wenig später kommt ihre Assistentin herein und bringt ein Tablett mit drei Tassen darauf mit. Sie beugt sich zu uns hinab und ich kann ein Grinsen nicht unterdrücken. Joselyn scheint es ähnlich zu gehen, denn ich höre sie kichern. Nathalie wartet, bis wir uns unsere Tassen genommen haben, dann sagt sie:

»Ich finde, es ist Zeit für einen Kaffee.«

Sie hebt die Tasse und wir prosten einander zu.

Kapitel 37

Donnerstag, 2. März

»Er ist endlich eingeschlafen«, sagte Joselyn und ließ sich seufzend auf die Couch fallen. Eric, der auf sie gewartet hatte, während sie Matthew ins Bett gebracht hatte, nahm die Füße vom Couchtisch und legte die Fernbedienung neben sich.

»Das klingt wunderbar«, meinte er und zog sie zu sich heran. Sie legte ihren Kopf gegen seine Schulter und schloss die Augen. Sie liebte dieses Gefühl bei ihm ganz sicher zu sein. Diese Geborgenheit, die sie lange vermisst hatte, zu spüren und sich völlig gehen lassen zu können.

»Ich habe mir was überlegt«, sagte sie nach ein paar Minuten, in denen sie dagesessen und dem Wetterbericht im Fernsehen gelauscht hatten.

»Oh oh, wenn DU eine Idee hast, dann ist das meist mit Arbeit verbunden«, zog er sie auf und sie griff nach einem Sofakissen und schleuderte es ihm entgegen.

»Hey, du weißt ja noch gar nicht, was ich sagen wollte.«

»Ich höre.« Er griff nach seinem Glas, welches auf dem Tisch stand und trank einen Schluck.

»Was hältst du davon, wenn du mit mir und Matthew gemeinsam in die neue Wohnung ziehst.«

Er hielt mitten in seiner gerade getanen Bewegung inne und starrte sie an.

»Ist das dein Ernst?«, fragte er. Sie nickte.

»Sonst hätte ich es dir nicht angeboten.« Sie hatte zwar den Mietvertrag allein unterschrieben, aber das war eine Tatsache, die man leicht ändern konnte. Außerdem waren sie in letzter Zeit ohnehin ständig zusammen und sie bekamen ein Kind. Sie mussten sich früher oder später für einen gemeinsamen Wohnsitz entscheiden.

»Das wäre wirklich toll«, sagte er. »Ich hätte mich nie getraut, dich zu fragen.«

»Wieso nicht?«

»Na ja, bei dir weiß man manchmal nicht so genau, woran man ist, Joselyn Davis.«

»Immer noch nicht? Dabei habe ich wirklich alles getan, damit endlich Frieden herrscht.«

»Was genau meinst du damit?«, fragte er sie und sie begann zu grinsen.

»Jo, was hast du getan?«

Sie hob die Hände und zeigte ihm ihre Handflächen.

»Also, ähm, vielleicht habe ich ein klein wenig nachgeholfen. Aber nur ein ganz klein wenig.«

»Bei was?«

»Vielleicht habe ich Kingston gegenüber mal erwähnt, dass da in New York eine wirklich tolle Stelle frei ist«, sagte sie ganz langsam und er riss die Augen auf.

»Jetzt ist mir alles klar.«

»Bist du sauer?«

»Nein, ganz und gar nicht. Ich glaube, es ist die beste Lösung für uns alle.«

»Ganz genau. Nenn mich eifersüchtig oder besitzergreifend. Ich glaube ganz einfach, Claire ist für diesen Job hervorragend geeignet und sie kann ihren Frieden mit San Diego machen.«

»Dafür liebe ich dich, weißt du das?«

»Nein, weiß ich nicht«, flüsterte sie und beugte sich ihm entgegen.

»Ach nein? Dann muss ich dir das wohl noch mal beweisen«, murmelte er und rückte an sie heran. Er nahm ihr Gesicht zwischen seine Hände und drehte ihren Kopf so, dass sie nun ganz nah bei ihm war. Sie spürte seinen Atem und genoss seine Wärme. Langsam beugte er seinen Kopf nach unten und sagte:

»Ich liebe dich wirklich. Und ich würde mich freuen, wenn wir diese Wohnung zusammen beziehen.«

»Ich liebe dich auch und ich wünsche es mir. Ich wünsche mir, jeden Tag mit dir einzuschlafen, mit dir aufzuwachen und das Leben zu tei ...«

Den letzten Teil ihres Satzes verschluckte sie, weil er seine Lippen auf die ihren presste und sie dann ganz langsam zu küssen begann. Sie spürte seine Zunge, die ihre Lippen teilte und ließ sich nach hinten fallen. Er folgte ihr, wenn auch noch etwas unbeholfen aufgrund seiner Verletzung, die noch nicht wieder ganz abgeheilt war. Im Fernsehen lief ein Krimi, als er ihren Körper zu erforschen begann. Jeder Zentimeter ihrer Haut prickelte und sie gab sich diesem Gefühl von tief empfundener Liebe hin, welches sie endlich wieder vollends spüren konnte. Sie hielt ihn fest und sie gab ihm alles von sich. Sie küssten sich und sie liebten sich. Und als der Abspann lief, lagen sie aneinander gekuschelt auf seiner Couch und waren vor Erschöpfung und Glück eingeschlafen.

Epilog

San Diego, irgendwann im Juni

Wieder einmal war es ein sonniger Tag. So typisch für diese wunderschöne Stadt. Die Sonne glänzte am wolkenlosen Himmel und strahlte Wärme ab. Sie waren zusammengekommen, um ihren Freund und Kollegen zu ehren. Nicklas wäre an diesem Tag zweiundvierzig Jahre alt geworden und seine Freunde hatten diesen Sommertag zum Anlass genommen, um zu feiern und sich zu amüsieren. Genauso wie Nicklas es sich gewünscht hätte.

Eric hatte das Boot gemietet, mit welchem sie vor einem guten halben Jahr seine Asche auf dem Meer verstreut hatten und es wieder liebevoll geschmückt. Es gab ein Barbecue und im Hintergrund lief Musik. Es waren jede Menge Freunde und die Familie gekommen und Eric hatte ein Foto von Nicklas' geliebtem Auto, an welchem sie seit Jahren herumgeschraubt hatten, auf den Tisch gestellt. Mittlerweile hatte Eric es in einer kleinen Garage in der Nähe des Strandes untergebracht und bastelte in jeder freien Minute daran herum, sprach im Stillen mit Nick und hatte jedes Mal das Gefühl, sein Freund wäre noch irgendwo in der Nähe.

Und so auch heute. Es war ein Tag, genauso wie Nicklas sich einen chilligen Geburtstag gewünscht hätte. Er hatte auf Parties gestanden und er hatte es geliebt, sich mit Freunden zu treffen, zu plaudern oder Witze zu machen. Also taten ihm seine Freunde einen großen Gefallen. Es wurde gelacht, getanzt, getrunken und gegessen. Die Stimmung war viel besser als auf seiner Beerdigung, denn sie feierten seinen Geburtstag. Sein bester Freund hielt eine Rede und er erwähnte all die guten Seiten seines ehemaligen Partners, ließ aber auch die schlechten nicht aus.

Denn das Leben, so hatten sie alle gelernt, hielt sich die Waage. Es brachte stets die guten, aber auch die schlechten Seiten zum Vorschein und bescherte einem Kummer, Sorgen, Nöte, aber auch Liebe, Freude und Glück.

Die Zeiten des Unglücks schienen vorbei und so war es endlich Zeit für die Liebe. Und an diesem so wunderschönen, sonnigen

Tag, der San Diego erblühen ließ, wanderte die Sonne am wolkenlosen Himmel dahin und strahlte mit aller Kraft.

***

Am Abend

Er lief langsam, aber bestimmt in Richtung Wasser. Von Weitem konnte er das Boot schon sehen. Es war hell erleuchtet und Musik drang zu ihm herüber. Ab und an hörte er ein leises Lachen und der Duft von Gebratenem hing in der Luft. Er beneidete diese Menschen, die offenbar ein schönes Fest feierten und viel Spaß zu haben schienen. Denn er stand hier, am Rande des Geschehens und beobachtete nur. Erst einmal konnte er nur abwarten. Doch wie lange hatte er Zeit? Er hatte keine Ahnung, denn die Gefahr kroch ihm hinterher, legte sich über ihn wie ein leiser Schatten und ließ ihn zittern.

Und dennoch: er wollte einen Moment innehalten, um zu sehen, was sein Herz ihm sagte. Es fühlte sich seltsam an, wieder hier zu sein – in seiner alten Heimat. Es war merkwürdig, die vertrauten Plätze zu sehen, das Wasser, den Hafen, die Promenade und nicht zu wissen, ob er es jemals wieder würde genießen können.

Er musste sich entscheiden. Eingreifen oder nicht. Sich zu erkennen geben oder nicht. Ein Leben zerstören, um seines zu retten oder seines zu opfern, um Menschen, die ihm etwas bedeuteten, zu schützen?

Er musste sich entscheiden, so viel stand fest. Doch nicht sofort. Ein klein wenig hatte er noch Zeit. Ein paar Minuten konnte er noch in Erinnerungen schwelgen und sich vorstellen, alles wäre anders.

Also setzte er sich auf eine Bank und versuchte die Schmerzen in seinem Körper auszublenden, während er zum Boot hinüberblickte und in die Vergangenheit reiste, um seine Zukunft zu sichern.

Nur noch eine kleine Weile. Er würde warten bis sie kam …

To be continued …

283

Im dritten und letzten Teil der

Fokus-Reihe:

»Im Fokus der Zukunft«

Klappentext:

*»Ohne Vergangenheit kannst du lernen zu leben,
aber du kannst nicht leben, wenn es deine Zukunft nicht gibt.«*

Joselyn und Eric haben endlich zueinandergefunden und wollen als Familie glücklich sein. Doch Joselyns Vergangenheit gibt keine Ruhe. Völlig unerwartet tritt ihr Exfreund James zurück in ihr Leben und bringt sie, das Team und ihre Familie in große Gefahr. Nicht nur, dass er ein Geheimnis mit sich herumträgt, auch schleicht er sich wieder in ihr Herz. Verrat und Lügen spalten das Team und keiner weiß, welches Spiel James wirklich spielt.

*Teil 3 der Liebeskrimi-Trilogie:
»romantisch, dramatisch, provokant:
Ein Netz aus Lügen und Verrat.«*

Veröffentlichung:
November 2022

Eine Leseprobe

Es war weit nach Mitternacht, als sie das Boot, auf welchem sie Nicklas' Geburtstag gefeiert hatten, verließen. Eric trug den schlafenden Matthew auf den Armen, während sie zum Auto liefen. Die Feier war sehr schön gewesen, viel schöner als sie sich das vorgestellt hatten. Der anfänglichen Befangenheit war schnell Feierlaune gewichen und zum Schluss hatten sie alle ausgelassen getanzt.

»Das hätte Nick wirklich gefallen«, meinte Joselyn und Eric nickte.

»Da gebe ich dir recht«, pflichtete er ihr bei und strich Matthew, der sich im Schlaf bewegte, über den Kopf. Der Kleine brummte irgendetwas und kuschelte sich tiefer in Erics Arme. Joselyn lächelte die beiden an. Es wärmte ihr Herz, dass Eric so gut mit dem Kind umgehen konnte und sie war sehr glücklich darüber, dass Eric niemals erwähnte, dass es nicht sein eigener Sohn war. Er behandelte ihn, als wäre er sein Vater und das rechnete sie ihm hoch an.

»Meine Füße bringen mich noch um«, stöhnte Joselyn, als sie ein paar Meter gegangen waren. Sie bückte sich kurz und löste die Riemchen ihrer Sandalen, um sie schließlich von den Füßen zu ziehen. Eric grinste, als sie nun, die Schuhe in der Hand, barfuß zum Auto lief.

»Du hättest Turnschuhe anziehen sollen«, meinte er.

»So schlau bin ich jetzt auch«, entgegnete sie und lehnte sich leicht an ihn. Es waren nur noch ein paar Meter bis zum Auto, aber Joselyn genoss die frische Brise, die vom Meer heraufwehte und die kühlen Steine unter ihren Füßen.

»Was meinst du, wie lange haben wir morgen früh zum Ausschlafen?«, fragte Eric und deutete auf Matthew. Joselyn zuckte die Schultern.

»Schätze mal bis kurz nach sieben.«

»Oh nein«, maulte Eric und Joselyn musste kurz lachen.

»Sei froh drum. Wenn das Baby erst mal da ist, dann wird es wahrscheinlich schon gegen sechs oder noch viel früher mit der Nachtruhe vorbei sein.«

»Unser Kind wird durchschlafen. Mindestens zehn Stunden«, behauptete Eric nun.

»Träum weiter, Schatz«, sagte Joselyn und küsste ihn auf die Wange. Dann griff sie in seine Hosentasche und holte den Autoschlüssel heraus. Sie würde fahren. Eric hatte mehrere Bier getrunken und sie hatten ausgemacht, dass sie, da sie ohnehin nicht trinken konnte, den Shuttleservice übernehmen würde.

»Ich glaube fest daran. Unsere Tochter wird sehr lieb sein.«

»Unsere Tochter?« Joselyn blieb stehen und schaute ihn von der Seite her an.

»Ja, genau.«

»Was, wenn es ein Junge wird?« Sie hatten das Geschlecht des Babys noch nicht erfahren. Jedes Mal, wenn sie bei einer Untersuchung gewesen waren, hatte das Kind sich so gedreht, dass der Arzt absolut nichts erkennen konnte. Selbst ein freundliches Stupsen hatte nicht geholfen. Es hielt die Beine verschränkt und verdeckte damit alles. Irgendwann hatten sie es dann aufgegeben und nicht mehr nachgefragt, wollten sich überraschen lassen, aber offensichtlich hatte Eric schon eine feste Meinung, was das Geschlecht des Babys betraf.

»Es wird ein Mädchen«, sagte er fest.

»Wollen wir wetten?«, fragte Joselyn herausfordernd.

»Klar, weil ich sowieso gewinne.«

»Wirst du nicht«, behauptete sie und blitzte ihn an.

»Woher willst du das wissen?«

»Bin ich schwanger oder du?«

»Ist ein Argument, aber …«

»Ich liebe dich«, sagte sie plötzlich und hielt ihm die Lippen mit ihren Fingern zu, so dass er nichts mehr sagen konnte. Doch seine Augen flüsterten ihr ein »Ich dich auch« zu.

Sie waren am Auto angekommen, standen nun, beleuchtet von einer einsamen Straßenlaterne, davor und sahen sich an. Joselyn konnte das Glitzern in seinen Augen sehen und fühlte sich in diesem Moment einfach nur sicher. Sie liebte ihn. Sie liebte ihn von ganzem Herzen und alles, was er mit ihr tat, gefiel ihr. Sie hatte das Gefühl in einer Wolke zu schweben. Nach allem, was sie zusammen durchgestanden hatten, war es einfach nur wunderbar, ein wenig zur Ruhe zu kommen und zu genießen.

Eric beugte sich zu ihr hinab und drückte ihr einen kurzen Kuss auf den Mund. Dann schaute er wieder nach oben und runzelte die Stirn. Joselyn, die sein verändertes Mienenspiel beobachtet hatte, blickte ihn fragend an.

»Eric?« Er starrte immer noch hinter sie und griff dann ihren Arm. »Was ist denn?«, fragte sie noch einmal.

»Ich weiß nicht genau, vielleicht sollten wir einsteigen. Da drüben ist so ein komischer Typ.« Er deutete auf das Auto und sie schaute ihn verwirrt an.

»Komischer Typ? Was meinst du?« Sie drehte sich herum, so dass sie nun sehen konnte, was er sah und ihre Augen weiteten sich.

»Komm, Jo, der ist mir nicht geheuer.« Er zog wieder leicht an ihrem Ärmel, wollte sie zum Gehen bewegen, aber sie blieb wie angewurzelt stehen.

»Warte«, bat sie ihn und hielt seine Hand fest.

»Was? Wieso?«

Er runzelte die Stirn.

»Warte einfach.«

»Kennst du ihn etwa?«, fragte Eric. Sie nickte und spürte, wie ihr Herz zu klopfen begann. Plötzlich hatte sie das Gefühl, in die Vergangenheit gezogen zu werden. Sie drückte sich instinktiv näher an Eric heran und legte eine Hand auf Matthews Bein. Sie musste ihren Sohn in diesem Augenblick ganz einfach berühren, denn das, was sie vor sich sah, hatte definitiv mit ihm zu tun. Sie starrte den Mann, der nun näherkam, mit offenem Mund an und wusste nicht, was sie sagen sollte. Erinnerungen stürmten auf sie ein und sie musste schlucken.

›Warum jetzt?‹, fragte sie sich. Es war alles in Ordnung gewesen. Und nun? Nun würde es kompliziert werden. Der Mann trat ins Licht und blieb vor ihnen stehen. Er war groß und schlank und trug eine schwarze Lederjacke. Die Hände hatte er in die Taschen gesteckt und sein Gang war vorsichtig, sein Blick gehetzt. Er hatte die Lippen aufeinandergepresst und auf seiner Stirn standen kleine Schweißperlen. Ansonsten wirkte er jedoch ganz normal. Joselyn bemerkte, wie Eric sich neben ihr versteifte und wie er Matthew instinktiv näher an sich heranzog. Sie war ihm dankbar dafür.

»Hallo, Joselyn«, sagte der Mann nun und hob seine rechte Hand. Joselyn schaute kurz zu Eric und las die Verwirrung in seinem Gesicht. Dann blickte sie auf die ihr dargebotene Hand und hob ganz langsam ihre eigene. Sie streckte sie aus und berührte zunächst sacht die Fingerspitzen der anderen, bevor sie ihre in die seine schob und schließlich ein fester Händedruck entstand. Seine Hand fühlte sich warm und trocken an. Es waren keine Schwielen zu spüren, nur der feste Druck, mit dem er ihre Hand umklammert hielt. Joselyn merkte, wie die Wärme seiner Hand in ihrer emporkletterte und wie ein Stromstoß durch ihre Finger schoss. Schnell ließ sie ihn wieder los. Sie schluckte und räusperte sich.

Und ihre Stimme fühlte sich fremd an, als sie nun sagte: »Hallo James.«

[…]

***

Leserstimmen

»Romanze und Thriller treffen hier knallhart aufeinander und werden dem Leser den Atem rauben.«

»Mich als Thriller-Fan konnten die Liebeskrimis von Juliane Schmelzer mehr als überzeugen.«

»Wieder gelingt der Autorin der Spagat zwischen Liebe und Krimi. Eric und Jo bekommen noch mehr Tiefe und die Story ist fesselnd und spannend vom ersten bis zum letzten Kapitel. Ich konnte mir nicht vorstellen, wie ein Dritter Teil ansetzen und überzeugen könnte, aber es ist absolut gelungen. Bravo!«

Danksagung

Es ist geschafft. Die **Neuauflage** zu meinem ursprünglich zweiten Roman ist fertig und ich darf ein weiteres Mal DANKE sagen. Danke an all die lieben Menschen, die zum Entstehen dieses Buches beigetragen haben.

Ein besonderer Dank geht an meinen Mann und meinen Sohn sowie an meine Eltern. Ihr seid immer für mich da und unterstützt mich stets bei meinen Buchträumen.

Danke an meine Testleser/innen Susi, Sylvia, Stefan und Sigrid. Eure ehrliche Meinung ist mir immer sehr wichtig und trägt dazu bei, dass ich keinen Blödsinn schreibe.

Danke auch an meine treuen Leserinnen bei www.fanfiktion.de, die diese Geschichte wieder jede Woche mitverfolgt haben, während sie auf meinem Profil online stand. *NetSparrow*, *Butterfly26*, *Abertamy* und *Story-Girl75*, ihr habt mit euren Reviews die Geschichte lebendig gemacht und mir das ein oder andere Mal wertvolle Tipps gegeben. Der Austausch mit euch ist wundervoll und stets inspirierend.

Danke auch an Constanze von www.coverboutique.de, die diesem Buch ein neues Kleid geschenkt hat. Es ist wunderschön geworden. Ich bin noch immer hin und weg.

Und ein besonderer Dank geht an euch, meine lieben Leser/innen, denn ohne euch würde ich für die Schublade schreiben. Ich danke euch fürs Lesen meiner Bücher und würde mich über ein Feedback unter:

kontakt@juliane-schmelzer.de
oder eine Rezension auf **Amazon, Thalia, Lovelybooks** o.a.
Plattformen sehr freuen.

Weitere Informationen und kostenlose Leseproben unter:
www.Juliane-Schmelzer.de

Weitere Veröffentlichungen

Liebesromandilogie

3 Arten Schuld (Teil 1)

Dean ist 35, Musiker und das, was man eine verkappte Persönlichkeit nennen würde. Er kehrt nach vielen Jahren zurück nach Berlin, um eine alte Familienschuld zu begleichen, wird jedoch nicht mit offenen Armen empfangen. Isabell ist 29, Buchhändlerin und verheiratet mit dem ehrgeizigen Anwalt Ben (30), der alles tun würde, um seine Karriere anzukurbeln und seinem Vater zu gefallen. Sie haben alles, nur nicht das, was sie sich am meisten wünschen – ein Kind. Als Dean und Isabell sich über den Weg laufen, ist plötzlich nichts mehr so, wie es mal war. Geheimnisse kommen ans Licht und verursachen Chaos im Leben der Familie. Denn Dean ist nicht nur so ganz anders als Ben, sondern auch dessen verschollener Bruder. Und Isabell wird zur ersten Frau, die Deans Herz zu öffnen vermag.

ISBN: 978-3-96200-120-9, € 14,90

3 Arten Liebe (Teil 2)

Zwei Jahre sind vergangen, seit Dean Berlin und seine große Liebe Isabell verlassen hat. Er lebt mittlerweile in Dresden ein neues Leben: ohne Alkohol, ohne Drogen und ohne Musik. Mit Linda könnte er glücklich werden. Doch dann erhält er einen Anruf aus Berlin, der sein mühsam errichtetes Kartenhaus zum Einsturz bringt.

ISBN: 978-3-96200-235-0, € 14,90

Gedichtband

»In Waage – Gedichte und Gedanken«

In Waage

Jedes Tal hat einen Berg
Jedes Richtig ein Verkehrt
Jedes Dunkle wird mal hell
Alles dreht sich oft zu schnell

Jedes Böse wird mal gut
Jede Angst verlangt viel Mut
Jedes Wagnis bringt auch Glück
Und jeder Weg führt auch zurück

Jedes Lächeln bringt auch Trauer
Jedes Tief ist nicht von Dauer
Jeder Regen bringt auch Sonne
Und das Leben ist voll Wonne

In jedem Hass da steckt auch Liebe
Jeder Stillstand kennt auch Triebe
Jedes Gestern hat ein Morgen
Oft verschwinden dann die Sorgen

Jedes Handeln kennt zwei Seiten
Jede Enge hat auch Weiten
Jeder Kummer besitzt auch Freude
Und das Leben, das ist Heute

ISBN: 978-3-740-76519-4
€ 8,49

Die Fokus-Trilogie

Zwischen den Geistern der Vergangenheit und dem Blick in die Zukunft steht ihre Liebe. Eine Liebe, die im harten Alltag ihrer Jobs bei der Polizei in San Diego immer wieder auf die Probe gestellt wird.

Hauptakteure der Trilogie sind Joselyn (Jo) Davis und Eric Coleman (Cole), ein Paar mit ganz normalen Problemen, Sehnsüchten und Ängsten. Es könnte eine einfache Liebesgeschichte sein, doch ihr Leben ist geprägt von einer schmerzvollen Vergangenheit, einer komplizierten Gegenwart und einer ungewissen Zukunft. Gefahr droht von allen Seiten und ihre Ermittlungen bringen sie und ihr Team oftmals in Situationen, aus denen es scheinbar kein Entrinnen gibt. Im Kampf gegen Korruption, Drogengeschäfte, Mord und Verrat ist nicht nur ihr eigenes Leben, sondern auch das ihrer Familien in ständiger Gefahr.

Die Fokus Reihe ist eine Trilogie gemischt aus Krimi und Liebe. Die drei Bände bauen aufeinander auf und erzählen eine atemberaubende Geschichte im Süden Kaliforniens. Sowohl Fans von Polizeiromanen als auch romantischen Spannungsromanen werden diese Bücher lieben.

Teil 1: Im Fokus der Vergangenheit
»liebevoll, rasant, gefährlich: Es geht nicht nur um die Liebe, sondern auch um Leben und Tod.«
Teil 2: Im Fokus der Liebe
»spannend, fesselnd, lebensnah: Die perfekte Mischung aus Krimi und Liebe.«
Teil 3: Im Fokus der Zukunft
»romantisch, dramatisch, provokant: Ein Netz aus Lügen und Verrat.«